KB116021

미궁에 대한 추측

문지클래식 5 / 소설집

미궁에 대한 추측

초판 1쇄 발행 1994년 9월 9일
초판 5쇄 발행 2014년 6월 24일
재판 1쇄 발행 2018년 9월 3일

지 은 이   이승우
펴 낸 이   이광호
편   집   최지인 이민희 조은혜 박선우
펴 낸 곳   ㈜문학과지성사
등록번호   제1993-000098호
주   소   04034 서울 마포구 잔다리로7길 18 (서교동 377-20)
전   화   02)338-7224
팩   스   02)323-4180(편집)   02)338-7221(영업)
전자우편   moonji@moonji.com
홈페이지   www.moonji.com

ⓒ 이승우, 1994, 2018. Printed in Seoul, Korea

ISBN 978-89-320-3460-7 04810
ISBN 978-89-320-3455-3 (세트)

문 지
클 래 식

5

이승우

미궁에 대한 추측

소설집

문학과지성사

선
고

F는 눈을 뜨고 일어나 앉으며 시계를 보았다. 시계는 그의 머리맡에 놓여 있었다. 시곗바늘은 2시 35분을 가리키고 있었다. 한낮이었다. 목덜미며 겨드랑이가 끈적끈적한 게 여간 불쾌하지 않았다. 그는 자신이 두 시간 이상 잠을 잤다는 사실을 깨달았다. 그것은 별로 특별하거나 이상하지 않았다. 잠은 속옷처럼 익숙했다. 그는 언제나 잘 수 있었고, 얼마든지 잘 수 있었다.

정작 특별하고 이상한 점은 다른 데 있었다. 그는 자신의 머리카락을 잡아당겨보았다. 통증이 느껴졌다. 그러나 머릿속은 여전히 얼얼했다. 꿈을 꾼 것인지 아닌지도 분명하지 않았다. 바로 조금 전에 잠에서 깨어났으므로 정황으로 보아 꿈을 꾼 것이라고 해야 할 것 같긴 했다. 그러나 꿈이라고 말해버리기에는 그 내용이 너무 선명했다,는 정도가 아니라, 이건 아예 꿈 같지가 않았다. 아무리 선명한 꿈이라고 하더라도(어쩌면 선명할수록 더욱) 꿈이기 때문에 어쩔 수 없이 거느리고 있게 마련인 그 특징적인 비현실감이란 게 도무지 느껴지지 않는 것이었다. 그래서 F는 자신이 혹시 착각을 하고 있는 것은 아닐까, 하는 의심을 품어보기도 했다. 밤낮을 가리지 않는 잦은 잠버릇에 길들여져 있으니 그런 연상을 할 법도 하지 않은가…… 그런 생각이었다. 아닌 게 아니라 육체는 깨어 있으면서도 의식이 반쯤 잠에 빠져 있을 때가 많았다.

그러나 그 또한 확실하지 않았다. 그렇게 단정하려고 들면 다른 가능성 쪽이 가만있지를 않았다. 자신이 조금 전에 눈을 뜨고 일어나 앉았다는 사실만은 어쨌든 부정할 수 없지 않느냐는 반격 앞에선 마땅히 대응할 수가 없었다. 그러고 보면 영락없이 꿈을 꾼 것이었다. 그렇지만, 꿈이라고 단정해버리기에는 또 아쉬운 구석이 있었다. 그래서 F는, 그 두 가지 가능성의 중간을 택하여 자신이 잠들기 직전에 그 일이 실제로 일어났던 게 아닐까, 하는 생각을 하기에 이르렀다. 마침 그 일이 일어나기 직전부터 그가 조금씩 잠 속으로 빠져들어가고 있었다고 가정하면 꿈인지 현실인지 잘 분간되지 않는 이 현상의 수수께끼가 풀리기는 한다. 하지만 다른 수수께끼를 해명하지 않을 수 없게 된다. 의식이 몽롱한 상태에서 일어난 그 일이 한숨 자고 일어난 다음에도 선명하게 기억되는 현상을 어떻게 설명할 것인가.

머릿속이 뒤엉킨 생각들로 북적거렸다. F는 느릿느릿 몸을 일으켜 창문을 열었다. 창밖은 나른했다. 투명한 광채를 내며 햇빛들이 출렁이고 있었다. F는 문득 머리가 어질어질해오는 느낌에 사로잡혔다. 그는 눈을 질끈 감았다가 한참 후에 떴다. 실눈을 하고 햇빛들에 점령당한 세상을 보았다.

세상은 막막하고 적막했다. 세상의 모든 사물들이 출렁이는 햇빛에 녹아 없어진 것 같았다. 바람도 먹히고 소리조차 기화되어 사라진 것 같았다. 그 숨 막히는 한낮은 역설적으로 평화로웠다. F는 언제나 이 거짓 평화를 못 견뎌 했다. 그는 그 세상의 적막한 평화 뒤에 몸을 숨기고 있는 깜깜한 절벽을 보았다. 그는 할 수만 있다면 수족관처럼 나른한 이 한낮의, 거짓의, 위장된 평화의 숨통을 끊어버리고 싶은 충동을 느꼈다. 늘 그랬다. 그것이 그의 오래된 한결같은 욕망이었다. 실제로 그는 자신의 욕망을 실천에 옮긴 적이 있었다. 한번은 아파트 단지가 떠나가도록 고래고래 소리를 질렀고, 또 한번은 자신의 집 건너편에 있는 유리창을 향해 자신이 마시던 커피 잔을 던졌다. 그러나 세상은 끄떡하지 않았다. 그의 기대와는 달리 사람들은 밖으로 쏟아져 나오지 않았다. 단지 얼마간의 시간이 흐른 후 그의 집 벽에 매달려 있는 인터폰이 떵똥떵똥 소리를 내며 울렸을 뿐이었다. 관리실과 연결된 인터폰은 기계적인 목소리로 그의 몰상식적인 행동을 경고했다. 다음 달 관리비에 그가 깬 건너편 집 유리창 값이 추가될 것이라는 고지도 물론 잊지 않았다. 그러나 그것이 전부였다. 어느 날 옥상에 올라가 공동 안테나의 선을 모조리 잘라버렸을 때도 마찬가지였다. 세상은 그의 행동에 대해 철저하게 냉담한 반응을 보임으로써 그의 욕망을 무력화시켰다. 그의 욕망은 받아들여질 수 없는 것이었다. 왜냐하면 그것은 반(反)세상적인 욕망이었기 때문이다. 지금과 같이 낮잠이 습관화된 것은 그의 욕망이 거푸 좌절을 맛본 사실과 관련 있다. 그는 그 욕망을 세상을 향해 푸는 대신 자신 속에 담아두는 편을 택한 것이다.

F는 목을 타고 흘러내리는 땀을 닦았다. 출렁이는 햇빛에 그 자신조차 녹아날 것 같아서 그는 눈을 감았다. 그러자 그 꿈에선지 현실에선지 영 분간되지 않는 일이 다시금 선명하게 떠올랐다.

"당신을 초대합니다……"

또렷한 남자의 목소리였다. 어딘지 꾸며낸 것 같은 낭랑함이 느껴졌지만, 발음이나 억양은 정확했다. 전혀 생소하지는 않았다. 입고 있는 옷이며 몸짓조차도 바로 앞에 서 있는 것처럼 선명했다. 남자는 흰 와이셔츠에 나비넥타이를 매고 있었고, 까만 구두에 검정 색깔의 긴 연미복 차림을 하고 있었다. 그 옷차림은 정중하다는 인상과 시대착오적이라는 인상을 동시에 주었다. 그런데도 이상하게 그 남자의 얼굴만은 잘 보이지 않았다. 얼굴 부분에 이르러서는 갑자기 초점이 흐려지는 것이었다. 마치 안개가 가득 덮인 날 유리문을 통해 밖을 내다보는 것처럼 눈코의 윤곽이 뭉개져 보였다. 나이가 얼마나 되는지도 분간하기가 어려웠다.

"당신을 초대합니다. 우리는 오래전부터 당신을 기다리고 있습니다."

남자의 목소리는 정중했다. 목소리만이 아니었다. 깊숙이 고개를 숙여 절까지 했다. 현실적인가 하면 비현실적이었고, 비현실이라기에는 또 너무 현실에 가까웠다. 그러나 F는 이제 더 이상 그 남자가 그를 초대한 것이 꿈인지 아닌지를 따지지 않기로 했다. 그런 것을 따지는 일이 불필요하다고 판단했다는 뜻은 아니다. 그 순간, 물론 그 뜻하지 않은 초대에 감흥을 받은 영향 탓이 컸겠지만(그는 이제껏 누구에게 단 한 차례의 초대도 받은 적이 없었다), 그의 눈앞에 유일한 현실로 버티고 있는, 태산과도 같은 세상의 나른한 평화에 대한 혐오감이 그의 판단 기능에 심각한 위해를 가했다. 그는 고래고래 소리를 지르거나 커피 잔을 앞집 유리창을 향해 던지거나 공동 안테나를 망가뜨려야 할 위기에 봉착해 있었다. 알 수 없는 그 파괴 충동에 의해 그의 얼굴색은 붉게 변했다. 어떻게 해야 하는지 그는 알고 있었다. 잠을 자든가 밖으로 나가야 했다. 그 두 가지 중에서 그 순간 자신이 선택해야 하는 것이 무엇인지도 그는 알고 있었다. 그는 이미 초대를 받았던 것이다.

F는 입고 있는 옷을 모두 벗고 목욕탕으로 들어갔다. 맨몸에 찬물을 뒤집어썼다. 차가운 물줄기가 온몸을 관통하는 느낌이 싫지 않았다. 그는 샴푸로 머리를 감았다. 그다음에는 얼굴에 비누 거품을 잔뜩 묻히고 정성스레 면도를 했다. 그는 꽤 오랫동안 면도기를 사용하지 않았다는 걸 기억해냈다. 그 때문인지 면도날의 귀퉁이에 붉은 녹이 슬어 있는 게 보였다. 그는 개의치 않고 얼굴에 가져갔다. 녹슨 면도날은 말을 잘 듣지 않았다. 시간도 오래 걸렸고, 턱 밑에 조그만 상처까지 생겼다. 그러나 F는 상관하지 않기로 했다. 면도를 마친 F는 몸의 물기를 닦고 목욕탕을 나왔다.

그는 오랫동안 옷장에 처박아두었던, 그래서 나프탈렌 냄새가 짙게 밴 흰 와이셔츠와 감색 양복을 꺼냈다. 넥타이도 골랐다. 붉은 바탕에 색색의 둥근 꽃이 그려진 넥타이였다. 감색 양복이 연미복으로 가장 근사하다고 생각해서가 아니라, 양복이라고는 그것밖에 없었기 때문에 F는 그 옷을 입었다. 머리를 빗어 뒤로 넘기고, 구두를 꺼내 신었다. 그의 구두는 검정색이었는데, 먼지가 뿌옇게 앉아 있었다. 그는 구둣솔로 정성스럽게 구두를 닦았다. 그의 이마에서는 땀이 송골송골 솟아났다. 그는 서너 가지 색깔의 줄무늬가 가로세로로 쳐진 손수건을 꺼내 이마의 땀을 닦고, 아랫입술을 앞으로 내밀어 바람을 만들었다. 현관에 그의 상반신을 비출 수 있는 거울이 걸려 있었다. F는 그 거울에 자신의 모습을 비춰 보고 흡족한 미소를 지었다.

그는 수상한 적막이 수풀처럼 깔린 아파트 단지를 조심조심 벗어났다. 모처럼 만에 성장(盛裝)을 하고 외출을 하는 길이라 그런지 발걸음이 제법 무거웠다. 그의 앞에서, 뒤에서 햇빛은 정신없이 출렁이며 그의 의식을 비틀어댔다. 그는 사방을 두리번거렸다. 세상은 이미 외계에서 들이닥친 햇빛의 식민지였다. 땅에 있는 모든 것이 숨죽이고 있는 한낮이었다. 그가 아파트 단지를 빠져나가 완만한 경사를 이루며 차도로 이어지는 진입로에 들어설 때까지 그의 모습을 본 사람은 아무도 없었다. 그곳에 충만한 햇빛만이 유일한 목격자였다. 그러나 햇빛은 어떤 상황이 생겨도, 여하한 경우에도 증언하지 않을 것이었다.

F는 거의 차가 다니지 않는 차도를 가로질러 왕릉이 있는 쪽으로 걸어갔다. 왕과 그의 부인들이 누워 있는 능은 그가 살고 있는 아파트 단지보다 더 넓었다. 왕은 죽어서도 살아 있는 자보다 훨씬 넓은 땅을 소유하고 있었다. 그는 왕릉의 담을 끼고 오른쪽으로 돌았다. 그는, 자기가 어디를 향해 가고 있는지 잘 알고 있었다. 거기서부터는 평지도 아니었고, 길도 좋지 않

왔다. 좁다란 흙길이 나타났다. 길 양쪽으로 우거진 아까시나무와 은행나무가 서로 팔을 뻗어 반대편 나뭇가지와 악수를 하고 있었다. 덕분에 길은 갑자기 어두워지고, 그는 마치 터널 속을 걸어가는 것 같은 느낌에 사로잡혔다. 터널은 제법 길었다. 어디까지고 이어져 있을 것만 같았다. 나무 그늘로 걸어가는데도 몸에서 땀이 났다. 그는 자주 멈춰 서서 손수건으로 이마와 목의 땀을 훔쳤다.

나무 터널이 끝나자 벌판이 나타났다. 그 앞에 나타난 길은 세 갈래였다. 왕릉의 담을 타고 계속 시계 반대 방향으로 돌아가는 길이 하나 있고, 산속으로 들어가는 오른쪽 길이 또 하나였다. 나머지 하나의 길은 벌판을 관통해 있었다. 벌판은 붉은빛을 띠고 누워 있었다. 그곳에는 아무 건축물도 세워져 있지 않았고, 아무 농작물도 심어져 있지 않았다. 그곳은 그냥 있었다. 벌거벗은 채 그냥 누워 있었다. 햇빛만이 그 벌판을 산책하고 있었다.

F는 땀을 닦고, 숨을 고르고, 벌판을 향해 걸어갔다. 그의 발은 어디로 가야 하는지 알고 있는 것처럼 주저 없이 걸었다. 발바닥 밑에서 푸석거리는 소리가 들렸다.

한참을 걸어 들어가자 벌판이 사라지고 호수가 나타났다. 거기까지 오는 동안 그는 단 한 사람과도 마주치지 않았다. 더위에 지친 매미들이 목청을 늘어지게 뽑고 있을 뿐이었다. 그러나 매미들 역시 햇빛과 마찬가지로 아무 증언도 하지 않을 것이었다.

햇살은 호수의 수면 위에서도 변함없이 출렁거리고 있었다. F는 뒤를 돌아보았다. 벌판은 그의 뒤로 저만치 물러나 있었다. 호수를 껴안고 있는 형국의, 그다지 크지 않은 산이 벌판의 오른쪽에 우뚝했다. 산은 곧게 허리를 펴고 선 나무들로 울창했다. 그 산을 뚫고 길이 열려 있었다. 똑바른 길이었다. 포장도 되어 있었다. 길이 시작되는 지점에 나무 문도 하나 세워져 있었다. 그것은 어떤 경계를 표시하고 있는 것 같았다. 그러나 길의 끝은 보이지 않았다. 그는 그 끝까지 들어가본 적이 없었다. F는 그 나무 문 앞에 멈춰 서서 심호흡을 했다.

F는 처음 이곳까지 걸어왔던 날을 기억한다. 아마도 맞은편 집 유리창에 자신의 커피 잔을 던져 유리창을 박살 낸 날이었을 것이다. 그는 되풀이되는 일상의 지겨움에 질려 있었고, 속에다 핵폭탄을 장착하고서도 겉으로는 태연하게 거짓 평화를 시위하는(그가 그렇게 생각하는) 이 세상의 철면피함에 넌더리를 내고 있던 참이었다. 무슨 일인가가 일어나기를, 예컨대 그 감춰져 있는 핵폭탄이라도 터져서 이 위선으로 가득 찬 세계의 안일한 평화를 깨뜨려주기를 강렬하게 소망하고 있었다. 그의 바람은 너무도 크고 거칠어서 세상이 깨지지 않으면 그 자신이 깨질 것만 같았다. 그러나 그의 의도적인 소란에도 불구하고 세상의 평화는 깨지지 않았다. 인터폰이 걸려 왔고, 관리인이 기계적인 음성으로 다음 달 관리비에 유리창 값을 청구할 것이라는 사실만을 통보해왔을 뿐이었다. 세상의 노골적인 무관심은 그를 견딜 수 없게 했다.

그렇다고 그날 그가 처음부터 이곳까지 오려고 했던 것은 아니었다. 그는 그때까지 이곳에 와본 적이 없었고, 이런 곳이 있는지도 알지 못했다. 지난 왕조 시대의 통치자와 그의 부인들이 매장되어 있는 왕릉 주변까지가 고작이었다. 그나마도 몇 번 되지 않았다. 따라서 그가 그날 여기까지 와서 이 호수와 산, 그리고 그 안으로 들어가는 길과 문을 발견하게 된 것은 순전히 우연이라고 해야 할 것이었다. 순전한 우연은, 한편으로는 또 얼마나 광대한 섭리의 그물을 생각하게 하는가.

그날 F는 그 길을 따라 울창한 숲속으로 들어가볼 생각을 했다. 어떤 계획이나 의도가 있었던 것은 아니었다. 그곳을 우연히 발견한 것처럼 그 안으로 들어가보고 싶은 생각도 그냥 솟아났다. 생각 없이 발걸음이 움직였다고 하는 쪽이 좀더 사실에 가까울지 모르겠다.

처음엔 그가 들어서고 있는 길목에 세워져 있는 나무 구조물이 문이라는 생각도 들지 않았다. 반질반질한 표면에 별 모양과 꽃 모양의 무늬가 음각되어 있는, 그것은 차라리 무슨 조각품처럼 보였다. 그 자리에 서서 꽤 오랜 세월을 견딘 듯 귀퉁이마다 각이 무뎌져 있었고, 나무 표면의 색깔도 검은빛을 띠고 있었다. 그것은 몇 년 전의 작품이라는 생각을 지나, 몇백 년 전의(가령 저 능에 누워 있는 주인이 통치하던 시대의) 산물일 것이라는 짐작을 하게 했다. 그것은 모든 오래된 물건들이 지니고 있게 마련인 알 수 없는 신비감까지 내풍기고 있었다. 막연했고, 잠깐 스쳐 간 생각에 불과했지만, 그 나무 문의 존재는 F에게 어떤 식으로든 상당히 색다른 인상을 주었다.

"어디로 가십니까?"

어디에서 나타났을까. 어디에 숨어서 그의 모습을 지켜보고 있었을까. F가 그 문을 건성으로 살핀 후 한 발짝 걸음을 내디뎠을 때 불쑥 한 사람이 앞으로 모습을 드러내며 물었다. 키가 크고 몸이 건장해 보이는 사람이었다. 그 사람은 모자를 쓰고 있었고, 그 때문에 처음엔 얼굴을 볼 수 없었고, 초록색 계통의 저고리와 바지를 입고 있었다. 언뜻 보아 군인의 차림새를 연상시키는 복장이었는데, 자세도 로봇처럼 딱딱하고 어딘가 부자연스러웠다. 목소리만으로는 여자인지 남자인지를 구별하기도 쉽지 않았다.

"이 길을 따라 들어가보려고 합니다만."

F는 손가락으로 산속을 가리켰다.

"들어갈 수 없습니다."

로봇처럼 생긴 사람이 나무처럼 우뚝 선 채로 말했다.

"어째서 안 된다는 겁니까?"

F의 목소리는 자기도 모르게 짜증스러워졌다. 그는 바지 뒷주머니에서 손수건을 꺼내 이마의 땀을 닦았다.

"이곳은 아무나 들어갈 수 있는 곳이 아닙니다."

F는 어이가 없다는 표정을 다소 과장되게 지어 보이고, 그 사람의 말을 무시한 채 한 발짝 걸음을 내디뎠다. 그가 양팔을 벌리고 막았다. F는 자신의 어깨에 닿는 상대의 팔근육이 강철처럼 단단하다는 걸 눈치채고 움찔했다. F는 그 사람의 얼굴을 보기 위해 눈을 쳐들어야 했다. 그의 얼굴에는 표정이 없었다. 얼굴을 보았지만 여전히 남자인지 여자인지 구별이 되지 않았다. 표정이 없기 때문이었다. 그 사람은 길목에 서 있는 나무 구조물을 눈으로 가리켰다.

"저것은 문입니다. 저 문은 들여보내야 할 사람과 들여보내지 않아야 할 사람을 잘 알고 있습니다. 문은 사람을 차별합니다. 열리기도 하고 닫히기도 합니다. 열려 있기만 하는 것은 문이 아니지요. 문이 세워져 있는 것은 들어갈 사람이 있고 들어가지 않아야 할 사람이 있기 때문입니다. 그렇지 않다면 무엇 때문에 문이 세워져 있겠습니까? 더구나 여기 이 산길에 말입니다."

F는 그 순간, 그 고색창연한 나무 문을 지나 계속 길을 간다는 것에 어떤 비밀스러운 뜻이 개입하는 듯한 느낌을 받았다. 그 때문에 그는 그 길을 쉽게 포기해버릴 수 없었다. 이 길을 계속 걸어가면 무엇이 나오는가. 이곳이 아무나 들어갈 수 있는 곳이 아니라는 것은 무슨 뜻인가…… 그러나 F는 문지기의 무쇠 팔과 표정 없는 눈길에 압도당한 자신의 곤궁하고 후줄근한 정신을 보았다. 그는 못내 아쉽고 궁금하다는 눈길을, 야트막한 경사를 이루며 일직선으로 쭉 뻗은 산길 쪽으로 한동안 보내고 있다가 하는 수 없다는 듯 뭉그적거리며 그곳을 벗어났다.

그날 이후 F는 여러 차례 이곳까지 걸어왔다. 그가 집을 빠져나와야 할 일은 너무 많이 일어났다. 그는 왕과 그의 부인들이 누워 있는 능을 지나고, 아카시아와 은행잎이 둥글게 하늘을 덮고 있는 좁고 긴 터널을 지나고, 붉은 흙이 융단처럼 깔린 텅 빈 벌판을 지나 호수에 이르렀다. 그러면 어김없이 산속을 향해 뻗은 길이 나타나고, 별과 꽃 무늬가 음각된, 오래된 나무 문이 나타나고, 문 곁에는 또 언제나 군복 차림의 옷을 입은, 키가 크고 무쇠 같은 팔을 가진 남자인지 여자인지 분간되지 않는 사람이 서 있었다. 그는 도무지 그 문안으로 들어갈 수 없었다. 왜냐하면 그 안으로 들어가는 것이 허용되지 않기 때문이었다. 그 사람은 두 눈을 부릅뜨고 그를 쫓아냈다. 나중에는 그 문 가까이 가지도 못하고 멀찌감치 떨어져서 바라보고만 있다가 돌아오기도 했다.

　그러면서도 집을 나오면 어쩌자는 작정도 없이 여기까지 걸어오곤 했다. 꼭 무엇에 홀린 것만 같았다. 그런 과정을 거치면서 문안의 세계에 대한 F의 궁금증은 호기심의 차원을 넘어서버렸다. 어떻게 해서든 기필코 들어가보고 싶다는, 그 생각은 열망이 되었다. 세상을 깨뜨리려는 그의 가당치 않은 욕망은 이제 저 문을 지나 금지된 산길을 걸어 들어가보려는 욕망으로 대치되었다. 그의 간절한 마음을 헤아렸음일까, 언젠가는 크게 선심이라도 베푸는 듯한 태도로 그 문지기가 '이곳에 들어오려면 초대장이 있어야 한다'는 말을 해준 적이 있었다. F는 그 초대장을 어디서 누구에게 받아야 하느냐고 물었다. 그러나 문지기는 더는 말하지 않았다.

　그 사람은 언제나 그 자리에 있었다. 이제껏 그자가 문을 지키지 않은 적은 한 번도 없었다. 그런데 어쩐 일일까. 문지기의 모습이 보이지 않았다. 은근히 그자가 앞을 막아서면 어떻게 하나, 걱정하고 있던 터였다. 그를 초대한, 그 꿈인지 현실인지 잘 분간되지 않는 이야기를 해주면 작자가 믿어줄까, 자신이 생기지 않았다. 그런데, 문지기는 어디로 갔을까……F는 어떻게 해야 할지 몰라 빈 문 앞에서 잠시 어슬렁거렸다. 사방을 두리번거려보았지만, 어디에도 인기척은 느껴지지 않았다. 그냥 걸어 들어가버리려는 마음을 무쇠 같은 작자의 팔근육과 기계 같은 눈초리에 대한 기억이 저지했다. 그 때문에 그는 곧게 뻗어 올라간 야트막한 언덕길을 바라보며 나무 문 곁에 꽤 오래 서 있어야 했다.

　길은 자석처럼 사납게 그를 끌어당겼다. 그 길을 걸어 들어가야 한다는 그의, 세상을 부수려는 거친 욕망과 맞바꾼, 자석 같은 욕망이 결국 문지기의 근육과 눈초리를 무시하게 했다. 그는, '나는 초대를 받았다'라고 중얼거렸다. '문지기가 보이지 않는 것은 그가 자리를 비켰기 때문이고, 그가 자리를 비켜준 것은, 나를 들여보내지 않을 이유가 더 이상 없어졌기 때문이다'라고 생각했다. 나의 행동은 합법이다,라는 주문은 자신의 불법적인 행동을 합리화하기 위한 방편인지도 모르는 일이긴 했다. 좀더 정확한 표현을 쓰자면, 그는 자신이 한 행동의 합법성을 보장해줄 수 있는 입장에 있지 않았다. 그 문제에 관하여 입장을 밝힐 수 있는 사람은 그가 아니었다. 그 사람은 그 자리에 없었다. 그렇다고 무작정 행동을 유보할 수도 없었다. 판단을 뒤에 둔 채 행동부터 해야 하는 그런 상황이란 것이 있는 법이었다. 말하자면 그때 F의 경우가 그랬다.

F는 곧게 뻗은, 크고 울창한 나무들의 호위를 받으며 언덕길을 바삐 올라갔다. 얼마만큼 올라가다 뒤를 돌아보니 널브러져 있는 붉은 벌판이 보였다. 산길로 접어드는 입구에 나란히 서 있는 나무 문도 보였다. 그 옆에는 아까 보이지 않던 문지기의 모습도 보였다. 그는 흡사 나무처럼 우뚝 서서 빈 벌판을 지키고 있었다.

어느 순간 길은 내리막길로 바뀌었고, 노폭도 조금씩 좁아져서 나중에는 한 사람이 겨우 지나갈 수 있을 정도가 되었다. 그 어디쯤에서 뒤를 돌아다보았을 때, 더 이상 벌판의 붉은빛은 보이지 않았고, 문이나 문지기의 모습도 보이지 않았다. 눈앞에는 햇살이 기세 좋게 반짝거리는 물밭이 펼쳐져 있었다. 밖에서 볼 때는 호수인 줄 알았는데 강이었던가. 강은 오른쪽으로 길게 뻗치다가 산자락을 따라 급히 몸을 꺾고 있었다. 그가 걷는 길은 그 물가 쪽을 향해 열려 있었다. F는 조금 실망스러웠다. 무어라고 분명하게 말할 수는 없지만, 그는 어떤 기대를 가지고 있었다. 막연한 채로지만, 금지된 작물을 재배하는 큰 농장이거나 으리으리한 별장이라도 숨어 있을 거라는 기대가 있었다. 의외의 사태와 조우할 거라는 희망, 그것이 없었다면 그가 무엇 때문에 이곳을 그렇게 간절하게 꿈꾸었겠는가. 그는 무슨 일인가 벌어지기를 바라고 있었다. 적막하기 짝이 없는 일상의 시궁창에 큰 파장을 일으킬 특별한 돌덩어리를 찾고 있는 중이었다. 이 세상이 아닌 다른 세계를 구경만이라도 할 수 있다면 자신의 영혼이라도 내놓겠다고 마음먹고 있던 참이었다. 그런데 이게 뭔가…… 그 앞에 펼쳐진 풍경의 단조로움과 평범함이 그의 의욕을 꺾었다. F는 성급하게도 그냥 돌아가버릴까 하는 생각을 했다.

하지만, 그는 이내 마음을 고쳐먹고 길이 닿는 곳까지 내려가보기로 했다. 그리하여 그는 마침내 물가에 이르렀다. 그곳에서 강을 향해 납작 몸을 숙이고 있는 낡은 집을 한 채 발견했다. 그 집은 우묵한 지형 위에 신묘하다고 할 정도로 잘 은폐되어 있어서 아주 가까이 다가가지 않으면 발견할 수 없게 되어 있었다. 거기다가 열 길 높이로 치솟은 가지가지 나무들이, 마치 어미 닭이 자신의 날개로 병아리들을 감싸듯 그렇게 완벽하게 그 집을 덮고 있었다.

"기다리고 있었습니다."

F는 그 집의 교묘한 위장술에 대해 채 감탄하지도 못했다. 길목을 지키던 문지기와 똑같은 복장을 한, 그러나 그 사

람보다는 훨씬 키가 작고, 근육이나 눈길이 한층 부드러워 보이는 한 사람의 인사를 받아야 했다. 이 사람 역시 남자인지 여자인지 잘 분간되지 않았다. 모자를 너무 깊이 눌러써서 얼굴의 반 정도는 보이지도 않았다. 어차피 F는 사태를 찬찬히 헤아려볼 여유가 없었다. 그럴 마음조차 없었다는 쪽이 더 정확할지 모르겠다. 문이 열렸고, F는 엉겁결에 그 문안으로 들어갔다. 덜컹 소리를 내며 문이 닫히자 일순 어둠이 덮쳤다. 순식간에 검은 베일을 얼굴에 뒤집어쓴 것 같은 기분이 들었다. 바늘 구멍만 한 빛도 보이지 않았다. 닫힌 문을 더듬어보았다. 견고했고, 손잡이를 찾을 수도 없었다.

F는 손을 휘저으며 한 발을 조심스럽게 앞으로 내밀었다. 마땅히 발이 디뎌질 것이라고 예측한 자리가 뜻밖에도 허공이었다. 사태를 깨닫고 재빨리 발을 거두어들이려 했지만, 아래쪽으로 무게중심이 쏠린 그의 가벼운 발바닥은 허공에서 춤을 추듯 몇 차례 허우적거렸다. 그러고는 마침내 다른 쪽 발까지 허공의 어둠 속으로 끌려갔다. 아주 짧은 순간에 그의 몸은 중심을 잃고 공중에 던져졌다. 그런 채로 그는 어딘지 알 수 없는 곳으로 떨어져 내렸다. F는 자기 몸이 굉장히 오랫동안 공중에 떠 있는 것 같은 느낌을 받았다. 자신이 까마득하게 깊은 곳으로, 한없이 먼 곳으로 추락하고 있다고 생각했다. 그곳은 아마도 스올이거나 아주 먼 과거일 것이었다. 아니면 다른 세계?…… 그리고 암전. 깜깜한 공백. F는 오랫동안 자신의 의식을 가지고 사고하지 못했다.

"여기는 당신을 위한 세계입니다. 우리는 당신을 오랫동안 기다려왔습니다."

얼마나 길고 무서운 시간이 그의 의식 위에 덮여 있었을까. 몸이 꿈틀거림과 동시에 그의 정신도 점차 회복되어갔다. F는 눈을 떴다. 그러나 그의 눈은 아무것도 보지 못했다. 쩌렁쩌렁한 목소리만 귓속으로 파고들었다. 어쩌면 그 소리 때문에 의식을 회복한 건지도 모르는 일이었다.

"그러나 당신은 이제 미로를 뚫고 지나가야 한다는 사실을 알아야 합니다. 미로는 길고 복잡합니다. 그리고 곳곳에 방이 있습니다. 그 방들은 당신이 이 세계에 합당한 인물인지, 그 자격을 테스트할 것입니다. 그러나 걱정할 필요는 없습니다. 이 세계에 들어온 이상 추방이란 없습니다. 이 점을 명심하십시오. 다시 한번 말합니다. 이 세계에서 추방이란 없습니다. 아무나 들어올 수는 없지만, 들어온 사람을 내쫓는 법 또한 없습니다. 당신은 열 개의 방을 거칠 수도 있고, 백 개의 방을 거칠 수도 있고, 단 한 개의 방도 거치지 않을 수 있습니다. 그것은 당신이 어떤 길을 택해 걷느냐에 달려 있습니다. 당신이 운이 좋은 사람이기를 빕니다. 당신은 이미 첫번째 방에 들어와 있습니다. 하지만 운이 나쁘다고 미리부터 의기소침해지진 마십시오. 아직까지 이 검은 방을 경과하지 않고 이 세계로 들어간 사람은 한 명도 없으니까 말입니다."

"아무것도 보이지 않습니다. 어디서 말하고 있습니까? 당신은 어디 있습니까?"

F는 할 수 있는 대로 눈을 크게 뜨고 사방을 둘러보았다. 그러나 아무것도 보이지 않기는 마찬가지였다. 어떤 방인지, 얼마나 넓은 방인지도 분명하지 않았다. 다만 상대가 목청껏

말을 할 때 울리는 공기의 파장으로 미루어 공간이 그렇게 크지 않다고 어림짐작할 뿐이었다.

"검은 방이라고 하지 않았습니까? 내가 어디 있는지 내가 누구인지는 알려고 할 필요가 없습니다. 그러나 이 점은 유념하는 게 좋을 겁니다. 나는 당신을 아주 가까이에서 매우 또렷하게 보고 있습니다."

"여기는 어딥니까? 내가 어디에 온 겁니까?"

"당신이 매우 오고 싶어 했던 곳입니다. 아니, 당신이 와야 할 곳입니다. 이곳은 당신과 당신의 친구들을 위해 만들어졌습니다."

"나의 친구들? 나는 친구가 없는데."

"모두 다 그렇게 말합니다. 이곳에 오는 사람들은 하나같이 친구가 없는 사람들입니다. 아니, 친구가 없다고 말하는 사람들입니다. 그래서 여기 온 겁니다."

"나는 당신이 무슨 말을 하는지 모르겠소."

F는 고개를 저었다. 상대방은 잠시 말을 끊었다. 짧은 침묵의 골이 견딜 수 없게 깊고 길게 느껴졌다. 상대방의 표정을 살필 수 없었기 때문에 그가 말을 중단한 사실이 몹시 걱정스러웠다. F는 불안 때문에 눈이 휘둥그레졌다. 이윽고 이때까지와는 다르게 한층 누그러진 목소리가 들려왔다.

"정말로 못 알아듣겠습니까? 내 말을⋯⋯"

F는 오래 생각하지 않았다. 오래 생각하지 않아도 자신이 말을 잘못했다는 걸 깨달을 수 있었다. 기묘하게도 처음부터 그 사람의 말들이 전혀 이상하게 들리지 않았다. 말이 이상하지 않은 것은 상황이 이상하지 않았기 때문이었다. 그것은 그

낯선 사람이 설명해주는 상황을 그가 자연스러운 현실로 받아들이고 있다는 뜻이었다. 그 낯선 목소리가 그에게 길고 복잡한 미로를 통과해 가야 한다고 말했을 때, 그는 아무런 이의를 제기하지 않았던 것이다. 마치 당연히 그래야 한다는 듯이. 그 당연한 사실을 미리부터 알고 있었다는 듯이. 또 그는 그 사람이 하는 말들 사이의 모순을 지적하지도 않았다. 예컨대 이 세계에 적합한 인물인지 아닌지 시험할 것이라고 하면서 추방에 대한 가능성을 일소시키는 그자의 말에 대해 아무 의문도 표시하지 않았다. 그런 의문 따위가 부질없어지는 이상한 경험의 자장 안에 그는 있었다. 그래서 그는 서둘러 자신이 앞에 한 말을 부정했다.

"아닙니다. 이해합니다. 이해하고말고요."

"좋습니다. 이제 당신은 내가 내는 문제를 풀어야 합니다. 그래야 이 방을 나갈 수 있습니다. 그럼 시작하겠습니다. 여기에 길고 복잡한 미로가 있습니다. 그 길은 누가, 왜, 누구를 위해 만드는 것입니까?"

F는 생각을 모았지만 뭐라고 대답해야 할지 판단할 수 없었다. 문제가 너무 황당하다고 생각했다. 그래서 그는 꼭 대답해야 하느냐고 물었다. 물론이라는 대답이 돌아왔다. 그 사람은 더없이 진지해 보였다.

"지금부터 백을 세겠습니다. 그동안 답을 말하지 않으면 당신은 이 어둠 속에서 하룻낮과 하룻밤을 보내야 합니다. 미리 말해두지만, 이 방은 밤이고 낮이고 늘 이렇게 깜깜합니다. 어두워서 잘 보이지 않겠지만 바닥에는 지네와 같은 다족류의 벌레들이 우글거리고 있습니다. 아, 걱정하지 마십시오. 지금은 아닙니다. 벌레들은 밤에만 움직입니다. 당신은 밤과 낮을 구분하지 못하지만, 그러므로 이 방에서 따로 밤이 어디 있느냐고 항의할지 모르지만, 놈들은 그렇지 않습니다. 놈들은 밤과 낮, 자기들이 활보해야 할 시간과 조용히 잠이나 자두어야 할 시간을 똑바르게 인식하고 있습니다."

백을 세는 시간은 그렇게 길지 않았다. F는 한 번 더 백을 세어달라고 요구했다. 검은 방의 주인은 잠깐 동안 생각하는 눈치더니 F의 요구를 들어주었다. 그러나 F는 두번째 백이 끝났을 때도 정답을 말하지 못했다. F는 다시 백을 헤아려달라고 호소했다. 그러나 이번에는 단박에 거절당했다.

"당신은 실패했습니다. 그러므로 당신은 벌레들과 이 어둠 속에서 지내야 합니다. 어둠 속에서 잘 생각해보십시오. 어둠이 생각을 명철하게 만들어줄 것입니다."

그 말을 끝으로 목소리가 사라졌다. 어디로 간 것일까. 밖으로 나가는 기척 같은 건 들리지 않았는데 그 목소리의 주인이 방에 있다는 느낌이 갑자기 없어져버렸다. 하지만 F는 그자를 부르지 않았다. 불러서 선처를 부탁한다는 식으로 말할 수도 없는 일이었고, 또 설혹 그렇게 한다고 해도 그자가 부탁을 들어줄 것 같지 않았기 때문이었다. 거역할 수 없다는 것, 그것이 그가 이 방에서 깨달은 첫번째 교훈이었다.

F는 무릎을 꺾어 세우고 머리를 그 위에 얹었다. 길고 복잡한 미로, 그것을 누가, 왜, 누구를 위해 만들까?…… 아무리 생각해도 도무지 떠오르지 않았다. 엉뚱한 생각들만 엉키고 풀리며 마음을 어지럽게 했다. 그런데도 그는 자기가 왜 이렇게 수상하고 깜깜한 방에 갇혀 엉뚱한 문제를 풀기 위해 끙

끙거려야 하는가, 하는 의심을 하지 않았다. 그는 그것이 마치 자기가 풀지 않으면 안 되는 당연하고 마땅한 숙제인 양 생각했다. 이 숙제를 풀지 않으면 이 방을 나갈 수 없다. 여기를 나가지 않고는 미로를 벗어날 수 없다. 내 앞에는 이 황당한 수수께끼처럼 난해한 미로가 펼쳐져 있다…… 그런 생각들만 그를 초조하게 만들었다. 그는 눈을 뜨고 있었던가. 아마도 그랬을 것이다. 그러나 어쩌면 눈을 감고 있었는지도 몰랐다. 그가 그 점을 잘 기억해내지 못하는 것은 그 방이 완벽하게 어두웠기 때문이었다. 눈을 뜨든 감든 마찬가지인 상황에서는 눈을 뜨고 있거나 감고 있다는 자각이 현저하게 둔화되게 마련이었다. 앉은 자세로, 눈을 떴는지 감았는지도 모르는 상태로 그는 스르르 잠 속으로 빨려 들어갔다.

그의 잠을 깨운 것이 무엇인지 처음에는 명확하게 인식하지 못했다. 친숙하지 않은 이물감이 온몸 곳곳에서 스멀거린다고만 여겼다. 잠의 결을 따라 의식의 수면을 오르락내리락거리면서 그는 그런 이물감 따위는 상관하지 않기로 마음먹었다. 처음에는 그랬다. 그러나 그는 이내 그럴 수 없는 상황과 만났다. F는 비명을 지르며 자리에서 뛰었다. 날카로운 통증이, 예컨대 송곳에 찔린 듯한, 또는 살점이 뜯긴 듯한 예리한 아픔이 그의 발과 허벅지와 팔뚝에 동시다발적으로 가해졌기 때문이었다. F는 몇 번이고 폴짝폴짝 뛰었다. 머리 끝이 하늘로 솟구쳤다. 그의 의식을 마비시켰던 두터운 잠이 순식간에 벽을 뚫고 달아나버렸다.

손으로 몸을 더듬었다. 물컹하고 바삭거리는 것들이 여기저기서 만져진다고 느끼는 순간 그는 다시 외마디 비명을 지르며 몸을 떨었다. 무엇인가 몹시 예리한 것이 그의 손가락을 물어뜯었기 때문이었다. 눈에 보이지는 않았지만, F는 자신의 손가락 가운데 일부의 살점이 뜯겨 나갔다는 사실을 직감했다. 붉은 피가 바닥으로 뚝뚝 떨어지고 있으리라는 추측도 어렵지 않게 할 수 있었다. 그런 사정은 손가락에만 국한된 것이 아니었다. 그의 온몸이 벌레 떼의 공습을 받고 있는 중이었다. 적들의 모습은 보이지 않았다. 그러나 그들은 숫자가 많았고 가지고 있는 무기도 살벌했다. 그에 비해 F는 혼자였고 그들과 맞설 만한 무기도 없었다.

F는 엉겁결에 겉옷을 벗어서 마구 휘둘렀다. 전후좌우를 가리지 않고 정신없이 휘둘렀다. 벌레 떼가 후드득 소리를 내며 바닥으로 떨어졌다. 그러나 그것으로 끝이 아니었다. 벌레들은 이내 다시 전열을 정비하여 돌진해 왔다. 그 때문에 F는 계속해서 폴짝폴짝 뛰어야 했고, 마구 비명을 질러대야 했고, 자꾸만 겉옷을 휘둘러야 했다. 벌레 떼의 숫자가 그렇게 엄청나게 많은 것일까. 아니면 놈들은 죽었다가도 금방 다시 살아나는 무슨 불사의 능력이라도 타고난 것일까…… 끝이 없이 달려드는 벌레들의 공격으로 F의 몸은 넝마처럼 찢겼고, 손가락 하나 까딱할 수 없는 탈진 상태에 빠져버렸다. 그가 더 이상 견디지 못하고 썩은 나무처럼 쿵 소리를 내며 바닥에 쓰러졌을 때에야 벌레들은 공격을 멈추었다.

그 방은 시간까지도 감금하고 있었다. F를 따라 들어온 시간은 밖으로 빠져나갈 길을 찾지 못하고 있었다. 시간은 앞을 향해 똑바로 흐르는 자신의 본성을 잊어버리고 제자리만 한없이 뱅뱅 돌았다. 도대체 얼마나 많은 시간이 공회전을 한 것인지 알 수 없었다. F는 그 방의 주인이 그를 부르는 목소리를 다시 들었다.

"당신은 이제 이곳에서 나가야 합니다."

깜깜하고 단단한 바닥을 네발로 기면서 F는 소리 나는 쪽으로 나아갔다.

"지금 말입니까?"

"그렇습니다. 지금 당장 나가야 합니다."

"하지만 나는 그 문제를 풀지 못했습니다."

갑자기 검은 방의 주인이 큰 소리로 웃었다. 그자의 크고 갑작스러운 웃음은 F를 당황스럽게 만들었다. 그는 자신이 무엇을 잘못했는지 기억해보려고 했다. 그러나 머릿속은 자갈밭처럼 덜그럭거리는 소리만 냈다. 그의 생각은 한 치 앞으로도 나가지 못했다. 이윽고 웃음을 그친 남자가 정색을 하고 말했다.

"그 문제는 아무도 풀지 못합니다. 적어도 이 검은 방에서는 불가능합니다."

"그걸 풀지 못하면 이곳을 나가지 못할 것이라고 하지 않았습니까?"

"그랬지요. 그러나 그렇게 말한 사람은 당신이 아닙니다. 그렇게 말할 수 있는 사람은 이렇게 말할 수도 있는 겁니다. 길들은 올라가기도 하고 내려가기도 합니다. 옆으로 꺾이기도 하고 빙 돌아가기도 하지요. 당신이 동쪽을 택해 걷기 시작했다고 해서, 또는 당신이 올라가는 길을 택해 걷기 시작했다고 해서 당신의 목적지가 반드시 동쪽이 되거나 하늘이 되는 것은 아닙니다. 당신이 이쪽으로 가도 길은 당신을 저쪽으로 데려다 놓곤 합니다. 당신의 의지와는 상관없이 그러합니다. 당신은 이미 그 이치를 터득한 줄 알았는데요. 당신은 당신의 삶이 모순으로 가득 차 있다고 느껴왔지요? 그래서 세상을 모욕하고 저주하기도 했지요? 그러면서도 그 모순이야말로 당신이 견뎌야 할 세상의 참얼굴이라고 하는 인식을 수용하는 데 주저하는 까닭을 잘 모르겠군요."

"하지만, 나는 어떤, 보편타당한 원칙이랄까, 말하자면 삶의 틀을 잡아주는 규범 같은 것이……"

검은 방의 주인은 다시 큰 소리로 웃었다. F는 그만 스스로 기가 죽어서 말을 중단해버렸다.

"이곳에 잘 왔습니다. 이제부터 당신은 미로를 통해 중심으로 나가게 될 겁니다. 그 과정에서 당신은 스스로 깨닫게 될 것입니다. 서두르십시오."

"지금 나가란 말입니까?"

"그렇습니다. 지금 당장 나가지 않으면 안 됩니다."

"하지만 나는 몹시 다쳤습니다. 벌레들이 내 몸을 넝마처럼 만들어놓았습니다."

그 말을 하는 순간 F는 자기도 모르게 코끝이 매워오는 걸 느꼈다. 알 수 없는 설움이 마음속 깊은 곳에서부터 끓어올라오는 듯했다. 그는 할 수 있는 대로 자신이 받은 고통을 환기시키려고 했다.

"자신의 고통을 특별하고 유별난 것인 양 과장하는 태도는 스스로에게는 위안이 될지 모르지만 다른 사람의 위로까지를 이끌어내지는 못합니다. 더구나 그 위안은 아주 하찮은 것입니다. 생각해보십시오. 당신은 이곳에 오기 전에 비단이라도 두르고 있었습니까?"

F는 할 말을 찾지 못했다. 무언가 그자의 논리에 대항할 말이 있을 것 같은데, 떠오르지가 않았다. 그의 정신은 한없이 창백했다.

"조금만 여기 이 어둠 속에 더 머물게 해주십시오. 나는, 지금 몸을 움직일 수가 없습니다. 더구나 밝은 곳에 나갔을 때 내 몰골을 보게 될 일이 정말이지 끔찍하기만 합니다. 부탁입니다. 조금만 이 어둠 속에서 쉬게……"

"당신이 알아야 될 것이 있습니다. 지금 나가지 않으면 당신은 이 방에서 하루를 더 있어야 합니다. 벌레들은 밤을 기다리고 있습니다."

"벌레들…… 그것만은…… 하지만 나는 나가는 문을 모릅니다. 아니, 이 방에는 문이 없지 않습니까? 문이 있었다면 아마 나는 벌레 떼에게 시달리는 동안 열고 나갔을 것입니다."

F는 다시 그 카랑카랑한 웃음소리를 들어야 했다. 그 소리가 너무 싫어서 F는 귀를 막았다. 한쪽 귓불이 떨어져 나가고 없다는 걸 그의 너덜너덜한 손가락이 확인해주었다. 그는 얼른 귀에서 손을 뗐다.

"누가 이 방에 문이 없다고 했습니까? 아무도 당신에게 그런 말은 하지 않았습니다. 당신 스스로 그렇게 단정하고 아예 빠져나갈 생각을 하지 않은 것뿐입니다. 당신은 수수께끼를 풀지 못했기 때문에 여기 갇혀 있는 것이 아니라 이곳에서 나가려는 시도를 하지 않았기 때문에 갇혀 있는 겁니다. 내 말이 틀렸습니까? 물론 당신을 비난하려는 뜻은 조금도 없습니다. 모든 사람이 당신처럼 생각하고 행동하니까요. 내 말을 못

믿겠으면 지금 당신이 있는 쪽 벽을 가만히 밀어보십시오. 원한다면 다른 쪽도 상관없습니다. 당신이 손만 갖다 대면 벽은 문이 될 것입니다."

F는 시키는 대로 했다. 몸을 바닥에 대고 누운 채로 손을 벽에 갖다 대고 조금 힘을 주었다. 그러자 정말로 벽이 밀려났다. F는 조금씩 문이 열리는 정도에 따라 가느다란 실 모양이다가 점차 폭포나 집채가 되어 쏟아져 들어오는 빛의 세례를 받았다. 그 빛은 아파트 단지와 벌판과 호수 위에서 출렁거리던 햇살과는 어딘지 달라 보였다. 햇살보다는 조금 더 무거워 보였고, 색깔도 탁했다. 그 빛은 자연광이 아닌 것 같았다. 그 빛이 그의 눈을 찔렀다. 그는 통증 때문에 한동안 눈을 뜰 수 없었다.

이윽고 F가 조심스럽게 눈을 떴을 때 그의 몸은 이미 검은 방을 빠져나와 있었다. 그는 검은 방 주인의 얼굴을 끝내 보지 못했다. 그가 본 것은 그의 앞에 뻗어 있는 좁고 길고 요란한 길들이었다. 그리고 만신창이가 된 자신의 몸이었다. 모처럼 차려입은 옷은 걸레와 같았고, 그의 몸은 밤새 다리가 많은 벌레들에게 뜯겨서 너덜너덜했다. 그는 피투성이가 되어 있는 몸을 끌고 자기를 괴롭힌 벌레들처럼 네발로 기어서 앞으로 나아갔다. 혼란스럽고 경황없는 중에서도 길을 찾아 앞으로 나아가야 한다는 생각만은 의심 없이 선명했다. 미로를 벗어나 중심으로…… 그것만이 그의 길이었다.

길은 길의 꼬리를 물고 이어졌다. 힘들여 걷긴 하면서도 자신이 옳게 걷고 있는지 확신이 서지 않았다. 길은 갑자기 막히기도 하고, 그런가 하면 한꺼번에 서너 개씩 나타나기도 했다. 무슨 표시 같은 것도 없었다. 여기가 거기 같고 저기가 여기 같았다. 출구가 입구가 되고, 동쪽이 남쪽이 되는 길을 걷는 것이야말로 진을 빼는 일이었다. 부지런히 걷는다고 해서 될 일이 아니라는 사실을 확인할 때의 여지없는 낭패스러움을 어쩔 것인가. 그럼에도 불구하고 이제까지의 부지런한 보행을 포기할 수 없는 자의 막막함은? F의 입장이 그랬다. 그는 줄곧 혼란스러워하고 끝없이 막막한 심정에 사로잡히면서도 자꾸만 앞으로 나아갔다. 당연히 그래야 한다고 생각했기 때문이었다. 그것 말고도 다른 방법을 몰랐기 때문이었다. 처음에 들어갔다 나온 검은 방을 기웃거린 것도 여러 차례였다. 꽤 멀리 왔다 싶어 은근히 대견해하다가도 여태 그 자리를 맴돌고 있었다는 사실을 확인하게 되면 일순간에 다리의 힘이 쭉 빠지곤 했다.

시간은 이곳에서도 앞으로 나가지를 못했다. F가 그런 것처럼 시간 역시 미로에 갇혀 어리둥절해할 뿐이었다. 검은 방은 밤낮없이 깜깜했다. 시간이 멈추었기 때문이었다. 미로 속에서는 밤낮없이 환했다. 이곳에서는 또 그것이 시간이 길을 찾지 못하고 있는 증거였다. F가 헤매고 다닌 시간은, 따라서 측정 불가였다. 그것은 제로일 수도 있고 무한대일 수도 있었다. 몇 개의 밤이 지나고 몇 개의 낮이 사라졌는지 아무도 말할 수 없었다. 어쩌면 단 하나의 밤과 단 하나의 낮일 수도 있었다. 그러나 어쩌면 천 개의 낮과 천 개의 밤인지도 모를 일이었다.

그는 그 미로를 거쳐 가는 동안 두 개의 방을 경유했다. 하나는 흰 방이었고, 다른 하나는 푸른 방이었다. 흰 방에는 온몸에 하얀색 옷을 걸친 사람이 있었고, 푸른 방에는 온몸이 푸른색으로 치장된 사람이 있었다. 그들은 남자인지 여자인지 분간되지 않았다. 그들의 얼굴은 안개가 가득한 날 유리문을 통해 밖을 내다보는 것처럼 눈코의 윤곽이 뭉개져 보였다. 흰 방에서 그는 검은 방에서와 똑같은 질문을 받았다. 길고 복잡한 이 미로는 누가, 누구를 위해, 왜 만드는가…… 물론 그는 그 수수께끼를 풀지 못했다. 푸른 방에서도 그는 흰 방에서와 똑같은 질문을 받았다. 그는 거기서도 그 수수께끼를 풀지 못했다. 그는 흰 방에서 오랫동안 공중에 매달려 있어야 했고, 푸른 방에서는 얼마인지도 모르는 시간 동안 물속에 잠겨 있어야 했다. 그는 방에 들어갈 때마다 그 방의 벽에 문이 있다는 사실을 망각해버렸고, 따라서 밖으로 빠져나갈 궁리를 하지 못했다. 막연하지만 그는 겁을 집어먹고 있었다. 그는 매번 똑같은 일을 당하면서도 마치 처음 경험하는 것처럼 행동했다. 그는 몇 번이고 까무러쳤다가 일어나며 답답하고 희망 없는 걸음을 되풀이했다.

거의 녹초가 되어, 정말이지, 이제 더 이상은 한 발짝도 나갈 수 없게 되었을 때, 그는 그의 앞에 마침내 나타난 미로의 끝을 보았다. 그 끝은 그가 찾은 것이 아니라 나타나준 것이었다. F는 그렇게 생각했다. 몸과 정신을 폐허로 만들어가며 수고하고 노력했지만, 정작 목표에 도달한 것은 그 수고와 노력의 결과가 아니었다. 물론 그가 애썼기 때문에 거기에 이르렀다. 그 공로는 무시할 수 없는 것이긴 했다. 그것은 사실이지만, 그럼에도 불구하고 그 공로가 지겹게 길고 한없이 막막한 그 길을 끝나게 해준 것은 아니었다. 그 끝은 그냥 나타나준 것이었다. 불쑥, 그렇다, 그렇게 불쑥 나타나준 것이었다. F는 그 사실을 또렷하게 인식했다. 그러곤 의식을 잃었다.

"편히 쉬십시오. 이곳은 당신의 집입니다."

F의 의식이 혼곤한 잠에서 빠져나왔을 때 그의 주변에는 많은 사람이 모여 서서 그를 내려다보고 있었다. 남자도 있고, 여자도 있었다. 어린아이도 있고, 노인도 있었다. 그들은 은은한 미소를 입가에 담고 있었다. 그들 가운데 한 사람이 그의 얼굴 가까이 입을 대고 아주 낮은 소리로 그에게 속삭였다. F는 몸을 일으켜 세웠다. 몸의 이곳저곳이 삐그덕거렸다. F는 다시 자리에 눕고 말았다. 그의 몸에는 희고 깨끗한 옷이 입혀져 있었다. 그는 이곳이 어디냐고 묻지 않았다. 그는, 자신이 와야 할 곳, 오기로 한 곳에 와 있다는 사실을 직감으로 알아차렸다. 대단한 일을 한 것처럼 스스로가 자랑스럽다기보다 그저 자신이 그런 은혜를 입었다는 사실이 감격스러웠다.

그는 겨우 입을 열어 먹을 것을 좀 달라고 청했다. 그와 가장 가까운 곳에 서 있던 사람이 들고 있던 바구니를 내밀었다. 그곳에는 붉은색과 푸른색의, 크고 작은 음식 덩이가 가득 담겨 있었다. F는 그 가운데 붉은색이 도는 고깃덩이를 집어 들었다. 마음 같아서는 얼마든지 먹을 수 있을 것 같았는데, 실제로는 그렇지가 않았다. 맛은 있는 것 같았다. 그런데 고기를 씹을 힘이 없었다. 곁에 서 있던 사람이 붉은 액체가 들어 있는 접시를 내밀었다. 그것은 어떤 동물의 피처럼 보였다. 그는 우선 그걸 받아 마셨다. 그러곤 붉은 고기를 채 다 먹기 전에 다시 잠 속으로 빠져들어 갔다. 그의 의식이 잠의 수렁 속으로 완전히 빠져들기 전에 F는 주변에 서 있는 사람들이 나지막하게 웃는 소리를 들은 것 같았다.

잠에서 깨어났을 때 그는 이번에도 사람들을 보았다. 그러나 사람들은 지난번처럼 그를 둘러싸고 있지는 않았다. 사람들은 다른 일에 열중해 있었다. 수군거리기도 했고, 손을 흔들기도 했고, 두셋씩 머리를 맞대고 은밀한 미소를 교환하기도 했다. 전체적으로 분위기가 무겁고 심각했다.

"왕을 뽑는 겁니다. 이리 오십시오. 당신도 참여해야 합니다."

F는 자기에게 말을 건 사람이 맨 처음 그에게 환영 인사를 했던 바로 그 사람이라는 걸 알아차렸다. 키가 작고 얼굴이 길었다. F는 고맙다는 표시로 가볍게 목례를 하고는 물었다.

"왕이요? 왕이 왜 필요합니까?"

"왕이 없으면 살아가지 못하기 때문입니다. 우리는 왕을 필요로 합니다."

F는 그 사람이 하는 말의 뜻을 분명하게 이해하지 못했다. 그래서 그는 무슨 질문인가를 더 하려고 했다. 그런 의중이 내비친 걸까, 그 사람은 빙긋 웃으며 "차차 모든 걸 이해하게 될 것입니다" 하고 말했다.

"어쩌면 오늘 밤에 그 비밀을 알게 될지도 모르는 일이지요."

그 사람은 은근한 미소를 남기고 어딘가로 사라졌다.

잠시 후에 음식이 공급되었다. 음식을 공급하는 사람이 왕이었다. 머리에 금으로 만든 관을 쓴 사람이 한가운데 앉았고, 사람들은 한 명씩 그 앞으로 나가 무릎을 꿇었다. 그러면

관을 쓴 왕이 무릎 꿇은 사람의 얼굴을 한 차례 쓰다듬은 다음 음식 접시를 건넸다. 무릎 꿇은 사람은 두 번 절하고 물러났다. 왕의 얼굴에는 표정이 없었다. 그 번잡한 절차가 지루하게 진행되는 동안 사람들은 대체로 매우 진지하고 엄숙한 표정과 자세를 유지하고 있었다. 그곳에 모인 사람들 모두 음식 접시를 하나씩 받았다. 왕만 빼놓고 모든 사람이 받았다. 당연히 F에게도 음식 접시가 주어졌다. 이윽고 금관을 쓴 사람이 자리에서 일어나 양손을 높이 치켜들고 큰 소리로 외쳤다.

"나는 이 왕관을 새로 뽑힐 우리들의 복된 왕에게 넘길 것입니다. 새로 태어날 왕을 찬양합시다. 헌신과 영광은 그의 것입니다."

왕이 말을 마치고 자리에 앉았다. 그것을 신호로 사람들은 음식을 먹기 시작했다. F도 따라서 접시 위에 놓인 고기를 뜯었다.

"음식 속에 콩알만 한 금이 나오면 그가 새로운 왕입니다. 지금 이 순간부터 그가 왕입니다. 당신의 접시를 잘 살펴십시오."

언제 왔는지 아까 그 키가 작은 사람이 곁에 앉아 작은 소리로 그렇게 속삭였다.

"그것이 왕을 뽑는 방식입니까?"

"그렇습니다. 자기 접시에서 금을 찾는 사람이 왕이 됩니다."

F는 움찔했다. 그럴 리가 없겠지만, 자신의 접시에서 금이 발견되기라도 하는 날에는 어떻게 할 것인가, 생각하니 이상하게 가슴이 두근거렸다. 그것은 물론 왕이 되고 싶어 하는 마

음과는 상관없는 것이었다. 그런 욕망이 전혀 없다고야 할 수 없겠지만, 그런 욕망은 아주 미미했다. 그보다 더 큰 것은 두려움이었다. 이 낯선 제도와 방식이 그의 의식을 멈칫거리게 했다.

"걱정할 것 없습니다. 왕이 된다고 해도 특별히 수행해야 할 일은 없으니까요. 왕은 한 가지 의무와 무한대의 권리를 가집니다. 한 가지 의무 때문에 천 가지 권리가 허용됩니다. 그러나 한 가지 분명한 것은 이곳에 있는 사람이면 누구나 왕이 된다는 것입니다. 언제인지는 아무도 모릅니다. 어떤 사람은 빨리 되고, 어떤 사람은 늦게 됩니다. 차이는 그것뿐이지요."

"하지만, 언제까지나 왕이 안 될 수도 있을 것 같은데요. 제비를 뽑는 이런 식의 선출 방식이라면 말입니다."

"그렇지가 않습니다. 누구나 왕이 됩니다. 왜냐하면 왕이 되지 않으면 죽을 수가 없기 때문입니다. 왕이 천 개의 권리의 대가로 지게 되어 있는 한 개의 의무란 바로 죽을 의무입니다."

그의 설명은 알 것도 같고, 모를 것도 같았다. 그러나 이번에도 그는 더 질문을 하지 못했다. 한쪽에서 와! 하며 환호성이 일었기 때문이었다. 함성과 함께 한 사람의 몸뚱이가 공중으로 치솟았다. 그의 접시에서 콩알만 한 금이 발견되었다는 것이었다. 사람들은 박수를 치고 만세를 부르며 그를 왕의 자리로 인도했다. 그는 몸이 뚱뚱하고 키가 작은 사람이었다. 이제까지 왕관을 쓰고 있던 사람이 무릎을 꿇고 새로운 왕에게 왕관을 바쳤다.

"우리 왕께 영광을! 이제 당신이 우리들의 생명입니다."

왕관을 쓴 새로운 왕의 눈에서는 눈물이 흐르고 있었다. 애써 눈물을 삼키면서 새로 왕이 된 뚱보는 두 손을 높이 들어 좌중을 조용히 하도록 시켰다.

"나는 왕으로서의 첫번째 직무를 수행한다. 이 사람은 왕이었다. 그러므로 나는 이제 이 사람에게 우리를 위해 죽음을 선고한다."

사람들이 박수를 쳤다. 조금 전까지 왕이었던, 그러나 졸지에 사형수가 되어버린 그 사람은 무릎을 꿇고 꼼짝하지 않았다. 이윽고 사람들이 달려들어 조금 전까지 왕관을 쓰고 있던 사람을 밖으로 끌고 갔다.

"이제 먹고 즐기라."

새로운 왕이 명령했다. 사람들은 왁자지껄 떠들어대며 게 걸스럽게 음식 접시를 비우기 시작했다. F도 포크를 집어 들긴 했지만, 음식을 먹을 기분은 아니었다. 죽음이라니. 전(前)왕이 무슨 나쁜 짓을 저질렀을까. 무슨 흉악한 짓을 저질렀기에 왕의 자리를 내놓자마자 죽어야 한단 말인가. 도무지 이해가 되지 않았다. 그는 물었다.

"저 사람이 무슨 파렴치한 짓이라도 저질렀습니까?"

"아닙니다."

"그럼 왜?"

"당신이 본 대롭니다. 그는 왕이었습니다. 그것이 이유입니다."

F는 이번에도 그 사람의 말을 이해할 수 없었다. 그는 자세한 설명을 요구했다. 그러나 더 이상의 설명은 주어지지 않았다. 그 사람은 차차 알게 될 것이라는 말만 되풀이했다.

F를 의아스럽게 만든 것은 왕을 선출하는 의식이 매일 저녁 반복되는 점이었다. 말하자면 매일매일 새로운 왕이 태어나는 것이었다. 그러나 거기까지는 괜찮았다. F를 놀라게 한 것은 왕을 뽑는 의식이 끝나고 나면, 어김없이 새로운 왕에 의해 전왕에 대한 사형이 선고된다는 사실이었다. 어떻게 그럴 수 있을까? 특별한 잘못이나 범죄에 대한 혐의 같은 것은 고백되지도 않았고 심문되지도 않았다. 이유가 있었는데, 그것은 그가 왕이었기 때문이었다. 판결 내용은 언제나 같았다. "이 사람은 왕이었다. 그러므로 나는 이제 이 사람에게 죽음을 선고한다." 따라서 왕이 된다는 것은 곧 하루 전에 사형을 선고받는 일과 마찬가지였다. 어떻게 그럴 수 있을까. 그럴 이유가 무엇이란 말인가.

"그렇게 슬퍼하거나 놀랄 건 없습니다. 당신은 하루 전에 사형을 선고받는 사람의 운명의 가혹함에 대해 말하지만, 사실 이 세계에 들어온 순간 우리들은 모두 사형 선고를 받고 있는 것이나 마찬가지입니다. 조금 빠르냐, 늦냐, 그 차이지요. 그건 그렇게 중요한 게 아닙니다. 모든 것이 예정대로지요. 말하자면 운명이란 말입니다."

F의 의문과 놀람은 그곳 사람들의 반응을 불러일으키지 못했다. 처음부터 곧잘 말 상대를 해줬던, 키가 작고 얼굴이 긴 사람만이 그에게 허락된 유일한 항의의 창구였다. 하루가 지나자 그 사람은 F와 비교적 자세한 이야기를 나누기 시작했다. F는 왕이라는 이유만으로 죽어야 한다는 것을 이해하지 못하겠다고 말했다. 그 사람은, 모든 사람은 죽는다고 응수했다. 조금 빨리 죽느냐 늦게 죽느냐의 차이는 별로 중요한 게 아니

라는 주장이었다. 그리고 그는 또 왕이 누리는 천 개의 권리를 강조했다. 단 하루에만 허용된 천 개의 권리가 무슨 소용이냐는 F의 반문은 진지하게 논의되지 않았다.

"굳이 매일 한 번씩 왕을 새로 바꿔야 할 이유가 있는 겁니까? 물론 나는 왕이었다는 이유로 사형을 선고받아야 한다는 논리를 수용할 수 없지만, 많이 양보해서 설혹 그런 관례를 인정한다 하더라도, 내 생각에는 왕이 하루에 한 사람씩 새로 태어나야 할 필요는 없을 것 같은데 말입니다."

"그건 그렇지가 않습니다. 모든 결과는 필요의 산물입니다. 하루에 한 번씩 왕을 뽑는 것은 왕이 하루에 한 사람씩 새로 태어나야 할 확실한 이유가 있기 때문입니다. 그렇기 때문에 하루에 한 번씩 왕을 새로 뽑는 것입니다."

"그 이유가 무엇입니까?"

"그 의문도 당신 스스로 풀게 될 날이 올 겁니다."

F는 불쑥, 정말로 사람을 죽이는 걸까, 하는 의심이 들었다. 선고만 하고 집행은 하지 않는 게 아닐까. 그러니까 그 의식, 왕관을 벗는 사람에게 사형을 선고하는 의식은, 하루 동안의 짧은 권세가 이제 그를 완전히 떠났음을 다소 충격적으로 선언하는 상징일 수 있지 않을까. 선언적인 의미 같은 것, 그런 게 아닐까. 그래서 F는 조심스럽게 물었다.

"왕을, 정말로 죽이나요? 혹시⋯⋯"

"그렇지 않으면요?"

"나는, 혹시, 그러니까, 어떤 상징이라든지 비유, 그런 것일 수 있지 않은가 하고⋯⋯"

그 사람은 단호하게 고개를 저었다.

왕이 일곱 번 바뀌었을 때, F는 이곳을 떠나야겠다고 마음 먹었다. 그동안 그는 그곳에서 다른 사람들과 똑같이 생활했다. 사람들은 아침에 일어나서 저녁에 잠들 때까지 하루 종일 미로를 만들었다. 그것이 유일한 일이었고, 또 놀이였다. 그들은 일을 하듯 놀이를 했고, 놀이를 하듯 일을 했다. 그들은 까닭도 필요도 묻지 않고 길을 만들었다. 열기 위한 길이 아니라 닫기 위한 길, 떠나기 위한 길이 아니라 가두기 위한 길을 만들었다. 왜 사느냐고 물으면, 그들은 대답했다. 길을 만들기 위해서라고. 그러나 그 길은 가기 위한 길이 아니었다. 다른 일은 아무것도 하지 않았고, 할 필요도 없었다. 그리고 저녁에는 왕을 새로 뽑는 의식을 치렀다. F는 그 각질화된 일상의 단조로움과 철면피함에 질렸다. 떠나온 세계에 대한 욕망이 서서히 그의 가슴을 채워오기 시작했다. 그래서 그는 그곳을 떠나고자 했다. 그의 말을 들은 키 작은 남자는 코웃음을 쳤다.

"왜요? 안 됩니까?"

"안 될 거야 없지요. 다만 불가능할 뿐입니다."

"무슨 뜻인지요?"

"말 그대로입니다. 가능하지가 않다는 거지요. 당신은 원한다면 언제든지 이곳을 빠져나가려고 시도할 수 있습니다. 아무도 말리지 않고, 그 일로 벌을 받거나 하지도 않을 겁니다. 하지만 이곳을 빠져나가 다른 세계로 가는 일은, 거듭 말하건대, 가능하지가 않습니다. 당신은 5백 킬로미터나 되는 미로를 빠져나가야 합니다. 당신도 참여해서 만든 미로입니다. 역사의 시작과 함께 사람들은 미로를 만들어왔습니다. 이 미로야말로 오래전부터 이곳에 사람이 살아왔고, 또 살고 있다

는 유일한 증거물입니다. 미로의 곳곳에는 방이 있는데, 그곳
에는 물과 불과 사나운 동물들이 살고 있습니다. 물론 무서운
벌레 떼도 있습니다. 어떤 벌레는 당신 키보다 더 크지요. 누
구도 미로를 빠져나갈 수 없습니다. 그것은 불가능합니다. 만
에 하나 설혹 미로를 빠져나갔다 하더라도 기뻐하기는 이릅
니다. 미로를 빠져나갔다 하더라도 밖으로는 한 발짝도 나가
지 못했을 테니까요. 미로를 빠져나간 당신이 있게 될 곳은 바
로 지금 당신이 서 있는 발아래일 것입니다. 땅 밑 말입니다.
미로의 총길이가 5백 킬로미터라고 했지만, 그것은 한 번의 실
수도 없이 그 뒤죽박죽의 길을 제대로 찾아갔을 때의 이야기
이고, 실제로는 적어도 3천 킬로미터 이상을 각오해야 할 겁
니다. 그렇게 해서라도 길을 찾아낸다면 다행이지만요. 어쨌
거나 그렇게 해서 마침내 도달할 곳이 바로 당신이 서 있는 그
자리란 말입니다. 거기서부터는 물론 미로는 없습니다. 그 대
신 아예 길이 없습니다. 우리들이 아직 길을 만들지 않았기 때
문입니다. 거기서부터는 당신 스스로 길을 만들어서 나가야
합니다. 참고로 말씀드리면 그곳에서부터 혼자서 길을 만들어
다른 세계로 나가는 데 걸리는 시간은 당신의 전 생애의 열 배
가 걸립니다."

"하지만, 이곳으로 들어올 때는 길이 있었지 않습니까?
그 길을 타고 가면 될 것이 아니오?"

"잘 생각해보십시오. 길이 있었습니까?"

"있었던 것 같은데요."

"잘 생각해보시오. 길이 있었습니까?"

"잘 모르겠습니다. 나는 단지, 내가 여기에 와 있으니까

길이 있을 것 아니냐고, 그래요, 그런 상식적인 차원의 말을 한 겁니다. 그게 당연하지 않아요?"

"그것이 어째서 당연하지요? 오는 길이 있었으니까 가는 길도 있을 거라는 당신의 기대는 오는 길이 곧 가는 길이라는 아주 평범하고 단순하고 유치하고 소박한 생각에 기초하고 있습니다. 그것은 일견 타당해 보이나 실제로는 전혀 근거가 없는 연상입니다. 더구나 잘 기억이 나지 않는 모양인데, 이곳으로 오는 길은 없었습니다. 당신은 이미 있는 길을 타고 온 것이 아니라 이곳으로 오고 싶다는 당신의 그 집요한 의지로 길을 만들어 왔던 것입니다."

"그래도 나는 나가겠습니다."

"단언하건대 당신은 미로를 빠져나가지 못할 겁니다. 당신이 미로를 만드는 데 참여했다고 엉뚱하게 자신을 가진다면 그건 크게 실수하는 것입니다. 우리는 미로를 만들지만 미로를 알지는 못합니다. 아, 물론 당신은 자유입니다. 그러나 그 자유는 죽음의 한계 안에서의 자유입니다. 그 한계를 벗어나 바깥 세계로 이주하려는 욕망은, 물론 그 역시 자유롭게 시도할 수야 있는 일이지만, 실현될 수 있는 건 아닙니다."

그날의 대화는 그렇게 석연치 않게 끝이 났다. 그리고 그와의 대화가 석연치 않았기 때문에 F는 설득되지 않았다. 따라서 그 사람의 충고에도 불구하고 F는 몇 차례 밖으로 나가려는 시도를 했고, 그 사람의 예언대로 실패했다. 그는 번번이 첫번째 방에서 쫓겨 돌아왔다. 그 방에는 불이 이글거리고 있었다. 그는 불을 넘을 수가 없었다. 그는 자신의 어리석음을 한탄했다. 자기가 만든 미로 속에 갇혀서 길을 찾지 못해 죽는

다니…… 허망함과 서글픔이 걷잡을 길 없이 밀려왔지만, 요령부득이었다. 확실하게 말할 수 있는 한 가지 사실은 이것이었다. 힘써서 미로를 만들다 죽는다. 그 미로는 다른 사람이 아니라 바로 자기 자신을 가두기 위한 미로이다. 그것이 인생이다. 성찰은 너무 늦게 찾아오고, 시효가 지난 성찰은 보탬이 되지 않는다.

많은 날이 지나갔다. 그는 다른 사람들과 마찬가지의 삶을 살았다. 단순하고 평범하게 살았다. 낮에는 미로를 만들고, 저녁에는 왕을 뽑았다. 이튿날은 또 미로를 만들고, 그 전날 저녁에 자신이 뽑았던 왕을 사형시켰다.

그리고 또 상당히 많은 시간이 지나갔다. 어느 날 저녁 만찬 시간에 그는 자신의 음식 접시에서 콩알만 한 크기의 금을 발견했다. 피할 수 없는 시간이 그에게 찾아왔다. 그리하여 그는 왕이 되었다. 그것은 다음 날 그가 사형을 선고받을 것이라는 선고나 마찬가지였다. 그는 단 하나의 죽을 의무를 위해 천 개의 권리를 쓸 수 있는 자격을 부여받았다. 단 하루 동안. 그 하루 동안 그는 모든 일을 자기 마음대로 할 수 있었다. 미로를 만드는 작업에서 빠져 원한다면 음식을 양껏 먹을 수도 있었고, 실컷 잠을 잘 수도 있었다. 열 명의 여자를 불러 술 시중을 들게 할 수도 있었다. 그러나 그는 왕으로 보낸 마지막 하루 동안 한숨도 자지 않았고, 아무것도 먹지 않았다. 한 명의 여자도 부르지 않았다. 그는 단 한 개의 권리도 쓰지 못했다. 하루는 그렇게 빠르게 지나갔다.

어김없이 저녁이 찾아오고, 새로운 왕으로 선출된 사람은 처음부터 곧잘 그의 말 상대가 되어주곤 했던 그 키가 작고 얼굴이 길쭉한 사람이었다. F는 그에게 왕관을 건네주고 그 앞에 무릎을 꿇었다. 그 사람이 F에게 선고를 내리기 전에 쓸쓸한 눈빛으로 그를 쳐다보면서 나지막하게 물었다.

"깨달았습니까? 하루에 한 명씩의 왕이 필요한 까닭을?"

F는 말없이 고개를 끄덕였다. 그는 언제부턴가 더 이상 그 사실을 궁금해하지 않고 있었다. 그것은 그가 그 이유를 알아버렸기 때문이었다. 저들은 내일 나의 살을 먹을 것이다. 나의 살을 뜯어 먹고 나가 자기들이 살아 있다는 증거를 남기기 위해 자기들을 이곳에 영원히 묶어두는 미로를 애써 만들 것이다,라고 F는 중얼거렸다. 그의 표정 또한 한없이 쓸쓸했다.

이윽고 천둥 같은 선고가 그의 목 위로 떨어졌다.

"이 사람은 왕이었다. 그러므로 나는 이제 이 사람에게 우리를 위해 죽음을 선고한다."

하
얀
길

나는 별 망설임 없이 그녀에게 전화를 걸기로 했다.

도착한 지 며칠 되지 않았지만 나는 오래전부터 이 마을을 아주 잘 알고 있는 것 같은 기분에 빠져들었다. 산과 물이 모두 그렇게 친근하고 정다웠다. 뱀의 몸처럼 유연하면서도 무겁게 흘러가는 강물의 나지막한 숨결, 그 물에 발을 담그고 관능적인 자태를 뻐기며 서 있는 숲의 깊음과 그윽함, 그 산을 향해 한껏 여유를 과시하며 기다랗게 뻗어 있는 오솔길의 부드러운 빛남, 그리고 그 길이 끝나는 곳에 그림처럼 세워진 종탑도 여간 보기 좋은 것이 아니었다. 무엇보다도 마을을 연기처럼 휩싸고 도는 이상할 정도의 고요와 평화가 마음을 사로잡았다. 그것들을 처음 본 순간 나는 내가 이곳에 처음 왔다는 사실을 잊어버렸다. 아마도 언젠가 나는 이곳에서 살았으리라…… 나는 그렇게 중얼거렸다. 그러나 나의 몸과 정신은 그 '언젠가'를 기억하지 못했다. 사람에게 반하듯 그렇게 첫눈에 자연에 반할 수 있다니, 그것은 참 신기하고 이상한 경험이었다. 고백하건대 나는 가슴이 다 뛰었었다.

창문을 열면 나를 반하게 한 그 모든 것들이 한눈에 들어왔다. 나는 이곳에서의 첫번째 아침을 또렷하게 기억한다. 전날 밤 늦게 나는 이곳 '수연네'에 도착했었다. 아침에 부스스한 눈으로 창문을 열었을 때, 그 잘생긴 산의 중앙 쪽으로 가르마를 타듯 가늘고 길게 뻗은 길이 보였다. 햇살은 길 위에서 파도 거품처럼 부서지고 있었다. 그 하얀 길 끝으로 붉은 종탑이 보였다. 종탑 끝에는 십자가가 세워져 있었는데, 오래전부터 그곳에 있었던 듯 머리 위에 가득 세월을 이고 있었다. 수풀에 가려서 종탑의 몸체는 조금밖에 보이지 않았다. 그 몸체 역시 붉은색이었다. 그 화려한 색채 때문인지, 동화책 속의 그림을 보고 있는 것 같은 느낌이 들었다. 그곳을 향해 뻗어 있는, 흰빛을 내는, 길고 꼬불꼬불한 길도 그런 생각을 하도록 했다. 실제로 풍경은 미동도 없이 정지해 있었다. 더구나 종탑이 서 있는 곳은 마을에서 꽤 떨어진 위치였기 때문에 나는 그곳이 교회당이라는 사실을 곧바로 인식하지 못했다. 어떻게 저런 곳에 저런 건물이 서 있을까 싶게 그 그림은 특이하고, 그래서 인상적이었다.

그리고, 그 아침에 나는 또 보았다. 창밖으로 얼굴을 내밀고 한껏 공기를 들이마시다 말고 기지개를 켜며 그만 창가에서 물러나려는데 문득 그 정지된 그림에서 어떤 움직임인가가 감지된 것이었다. 나는 다시 고개를 돌려서 그 움직임의 실체를 살폈다. 개나리처럼 샛노란 유치원 복장의 어린애들이 그 길을 따라 내려오고 있었다. 세 명이었고, 각각 키가 달랐다.

옷 색깔과 같은 노란 빛깔의, 그들의 키에 비해 조금 커 보이는 가방을 등에 메고 있었다. 그들은 일렬로 줄을 지어 내려왔는데, 맨 뒤에는 두 명의 어른이 뒤따르고 있었다. 한 명은 남자고 한 명은 여자였다. 그 모습은 자연스럽게 행복한 한 가족을 연상시켰다. 그들이 까르르까르르 웃는 소리가 아주 가까이에서 들려오는 것만 같았다. 나는 그들에게서 눈을 떼지 못하고 한참 동안이나 더 창가에 서 있었다. 그 순간에 나는 이미 이 마을의 모든 것을 사랑하게 될 것 같은 기분에 젖어버렸다고 해야 할 것이다. 나는 내가 원하고 찾던 바로 그 장소에 와 있는 것이다. 무엇을 더 망설이겠는가. 이곳에 정주하리라, 이곳에 그만 멈춰 서리라.

느지막이 식사를 한 다음 마을을 한 바퀴 빙 둘러보고 나서 나는 나의 만족을 다시금 확인했다. 산과 물과 길이 다 내 마음을 사로잡았다. 나는 곧바로 지난밤 '수연네'까지 나를 데려다주었던 통나무집 여자를 찾아갔다.

사실 그 집은 좀 의외였다. 내가 가지고 있는 약도는 능수역까지만 그려져 있었다. 그러고는 없었다. 나에게 이곳을 소개해준 친구는 능수역에서 내리라고만 말했다. 나는 그렇게 했다. 그 친구는 능수역 앞의 통나무집에 대해서는 말하지 않았다.

기차는 하루에 마흔 번이나 능수역을 지나가지만 단 여섯 번만 멈춘다. 아침에 한 번, 낮에 한 번, 그리고 밤에 한 번, 그것이 전부이다. 도시에서 외곽으로 나가는 선도 그렇고, 외곽에서 도시로 들어가는 선도 그렇다. 그래서 여섯 번이다. 사실 이곳에서 내리거나 타는 사람도 별로 없다. 마을이 작은 데다가 도시에서 가깝다고는 해도 길이 좋지 않고 개발이 되지 않았기 때문에 게걸스러운 향락족들의 발길이 아직은 요란하지 않은 까닭이다. 역사(驛舍)도 비좁고 썰렁하다. 두 명의 역무원은 거의 대부분의 시간을 내기 장기로 소일하며 지내는 형편이다. 그런 곳이 능수역이다.

역사만 덩그렇게 세워져 있을 뿐, 허허벌판이나 마찬가지인데, 뜻밖에도 능수역에 내려 두리번거리자 그 통나무집의 작고 푸른 간판이 눈에 들어왔다. 그 간판은 손바닥만 했다. 처마 끝에서 '버들'이라는 글자가 삐뚤삐뚤 씌어진 채 흔들리고 있을 뿐, 그 밖의 다른 표시도 없었다. 내가 그 집 문을 열고 들어간 것은 엉뚱한 장소에서 마주친 그 찻집 간판이 어쩐지 반가웠기 때문이기도 하고, 또 당장 어떻게 움직여야 할지 알 수 없었기 때문이기도 했다. 너무 늦은 시간이었고, 초행이었다. 하긴 전혀 목적지가 없었던 것은 아니었다. 친구는 능수역에서 내리면 매우 가까운 곳에 그 집이 있다고 했다. 그는 '수연네'라는 집에 대해서만 말했을 뿐 '버들'에 대해서는 말하지 않았다. 세끼 밥을 지어주고 하루에 만 원씩만 받는다는 곳. 그 친구의 말이 아니라도 거저나 마찬가지였다. 주변의 경치와 물과 공기가 티 없이 맑고, 주인은 또 마음이 한없이 좋기 때문에 휴양지로는 둘도 없이 적합한 장소라는 것, 거기다가 찾아드는 사람도 거의 없어서 내가 있고 싶을 때까지 얼마든지 머물 수 있을 것이라는 말도 덧붙였었다. 그 친구가 말한 모든 게 마음에 들었다. 어쨌든 나는 도시를 떠나 떠돌고 있었고, 그만한 조건이라면 나쁘지가 않았다.

'버들'이라는 통나무집은 찻집이었다. 장난감처럼 조그만 탁자들이 벽 모서리마다 하나씩 붙어 있고, 그보다 조금 크고 동그란 탁자가 한가운데 놓여 있었다. 벽에 붙은 차림표에는 커피와 모과차와 유자차와 칡차, 그리고 맥주 등의 이름이 씌어져 있었다. 그 차림표와는 별도로 '수제비 2000원'이라고 적힌 직사각형의 종이가 벽에 비스듬히 붙여져 있는 모습도 보였다. 주인은 삼십대 중반쯤 되어 보이는 얼굴이 유난히 긴 여자였는데, 처음 보았을 때 머리까지 길게 늘어뜨리고 연신 담배를 피워댔다. 나로서는 곡목을 알 수 없는 음악이 들어갈 때부터 흐르고 있었고, 그녀는 음악이 끝날 때마다 일어나서 레코드판을 다시 올려놓는 일을 되풀이했다. 나중에 그녀에게서 들은 바에 의하면, 그 관현악곡은 현대 미국의 작곡가 가운데 한 사람인 사무엘 바버의 「현악을 위한 아다지오」라고 했다.

나는 모과차를 시켜 마셨다. 그녀는 말이 없는 편인지 내가 묻는 말 외에는 거의 입을 열지 않았다. 나도 그다지 언변이 좋은 편은 못 되어서 그녀와 나는 거의 대화를 나누지 못했다. 나는, 이런 곳에서 장사가 되느냐는 질문을 던졌지만 대답을 듣지 못했다. 당연히 그녀의 신상에 대한 궁금증은 자제해야 했다. 내가 찾아가는 '수연네'라는 이름의 음식점에 대해 물었을 때도 그녀는 짤막하게 '오토바이를 타고 왔느냐'고 반문하는 것으로 대답을 대신했다. 나는 아니라고 했고, 그녀는 '그럼?' 하는 눈빛으로 나를 빤히 쳐다보았다. 내가, 기차에서 방금 내렸다고, 더구나 초행이라고 공연히 더듬거리며 대답하고 나자 그녀는 고개를 절레절레 저었다.

"길이 좀 험해요. 별로 멀진 않지만, 초행이라면 찾기 힘들 텐데. 어둡기도 하고."

그녀는 필요한 말만 골라서 짤막하게 내놓았지만, 그렇다고 불친절한 것은 아니었다. 그녀가 자기 오토바이 뒤에 나를 태우고 직접 '수연네'까지 데려다준 것이 그 증거이다. 초면에 나는 그녀의 신세를 졌다.

너무 이른 시간이었을까, '버들'은 여태 문이 닫혀 있었다. 시계를 보았는데, 아직 11시가 되지 않은 시간이었다. 나는 어떻게 할까, 망설이다가 이 마을에 조금 더 친숙해지는 쪽을 택하기로 했다. 나는 강둑을 걸어 강물을 보러 갔다. 물은 맑았고, 햇살이 수면 위에서 미끄럼을 타고 있었다. 가끔씩 물고기들이 수면 위로 뛰어올라 보는 사람을 즐겁게 했다. 기분이 아늑해졌다. 나는 강둑에 누운 채 꽤 오랫동안 눈을 감고 시간을 보냈다. 다시 통나무집으로 갔을 때도 문은 닫혀 있었다. 나는 잠시 생각하다가 문을 두드려보기로 했다.

"문은 정오부터 열어요."

쪽문이 하나 날름 열리더니 그녀가 목소리를 내밀었다.

"저, 어젯밤에……"

"12시에 오세요."

"잠깐만요, 사실은 할 말이 좀……"

그녀는 조금 더 내 얼굴을 쳐다보더니 그대로 서서 할 말을 하라고 했다. 나는 좀 난처했지만, 별다른 방법이 없다는 걸 짐작했기 때문에 문밖에 그대로 선 채 말을 하기 시작했다. 나는, 이 마을이 마음에 든다고 말했다. 이곳에서 살고 싶다고 말했다. 가능하다면,이라고 전제한 다음 집을 한 채 얻었으면 좋겠다고 하고 도움을 받을 수 있겠느냐고 물었다. 그녀는 묘하게 웃었다. 어이없어하는 것도 같고 딱해하는 것도 같았다.

"들어오세요."

문이 열리고 나는 안으로 들어갔다.

그녀는 모과차를 마시겠느냐고 물었다. 나는 커피를 마시고 싶다고 대답했다. 잠시 후에 그녀는 자기 몫의 커피도 함께 가지고 내 앞자리로 와 앉았다. 실내에는 여전히 어제와 같은 음악이 흐르고 있었다. 그녀는 커피를 마시는 시종 그 음악을 듣고 있는 듯했다. 하지만 나는 그렇지가 않았기 때문에 무슨 말인가를 꺼내야 했다. 나는 조금 전에 문밖에 서서 했던 말을 되풀이했다. 그녀는 커피 잔을 탁자 위에 내려놓으며 심드렁한 목소리로 말했다.

"휴양하러 온 게 아니었나요?"

"휴양이라기보다…… 실은 좀 쉬려고 왔지요. 한데 아침에 일어나서 생각을 바꿨습니다. 이곳에 더 오래 머물고 싶어졌어요. 집을 구할 수 있을까요?"

"그야 어려운 일은 아니지요. 원한다면 알아는 보겠지만, 생각만큼 좋은 곳은 아니에요."

그녀는 긴 머리카락을 찰랑이며 자리에서 일어나 레코드판을 다시 걸었다.

"이곳에 누가 차를 마시러 오나요?"

나는 다소 큰 소리로 물었다. 사실은 그 점이 처음부터 궁금했다. 도무지 찻집이 있을 만한 장소가 아니라는 생각이었다.

"손님 같은 분이 가끔 있지요. 아무도 없으면 하루 종일 나 혼자 마시는 거구요. 여긴 내 집이거든요."

그녀는 천장을 가리키며 태평스럽게 미소까지 지어 보였다. 내가 무슨 말인가를 더 하려고 하는데 그녀가 선수를 치고 나섰다.

"앉아 계실 건가요? 나는 위층에 좀 올라가봐야 해서……"

그녀는 나의 대답도 듣지 않고 2층 계단을 밟고 올라갔다. 나는 그녀의 등에다 대고 전화를 좀 쓰겠다고 큰 소리로 말했다.

"좋도록 하세요. 하지만 전화 요금은 내야 합니다."

이제 나는 나의 결심과 계획을 되도록 빨리 알리고 싶어졌다. 그것을 도시에 있는 그녀도 원할 거라고 나는 생각했다. 그러나 내가 전화를 걸었을 때 그녀는 내 전화를 받지 않았다. 발신음만 한참이나 쓸쓸했다.

다음 날 아침에도, 그리고 그다음 날 아침에도 나는 무겁고 유연하게 흐르는 강물과 색색 옷을 입고 완만하게 솟아 있는 산과 그 산을 가르며 뻗어 있는 길 위로 하얗게 부서지는 햇살의 포말을 보았다. 나는 아예 창가에 의자를 갖다 놓고 앉아 바깥 풍경을 내다보며 아침 시간의 거의 대부분을 보냈다. 여전히 그 하얀 길의 끝에는 붉은색의 종탑이 서 있었다. 그 모든 것들은 너무나 고요하고 평화로워서 숨이 막힐 지경이었다. 그리고 어김없이 이어지는 하나의 움직임이 그 숨 막히는 평화를 일렁이게 했다. 개나리처럼 노란 옷을 입은 세 아이의 경쾌한 걸음걸이. 그리고 맨 뒤에서 어미 닭처럼 호위하며 따라 내려오는 그 애들의 어머니와 아버지. 그들은 연신 재잘거리기도 하고 노래를 부르기도 하는 것 같았다. 나는 멀리서도 그들의 노랫소리와 말소리와 웃음소리를 들었다. 내 동생 곱슬머리, 개구쟁이 내 동생, 이름은 하나인데 별명은 서너 개. 엄마가 부를 때는 꿀돼지…… 까르륵 하하…… 아빠, 우리 유치원 선생님이 내가 노래를 잘한다고 칭찬해줬다. 들어봐. 퐁당퐁당 돌을 던지자. 누나 몰래 돌을 던지자…… 나더러 그림을 잘 그린대…… 허허 녀석들…… 엄마, 오늘은 동화책 사러 가자…… 그러려무나. 아이구 내 귀여운 새끼들…… 자, 기차 시간에 늦겠다, 어서 가자…… 나는 그들의 목소리를 모두 들을 수 있었다. 그들이 하지 않은 말, 그들이 부르지 않은 노래까지도 나는 듣고 있었다. 그들은 너무나 천진하고 행복해 보였다. 나의 눈은 정체를 알 수 없는 감동으로 축축해졌다. 저 길을 따라 올라가보리라. 좀더 가까이 다가가서 저 행복한 가족의 모습을 보리라. 할 수 있다면 저 가족을 만나 이야기를 나눠보리라. 나는 그렇게 엉뚱한 다짐까지 하고 있었다. 만나서 어쩌자는 계획 같은 것은 물론 없었다. 그냥 그 가족의 한없이 천진하고 행복한 모습을 확인해보고 싶다는 욕망이 전부였다. 아니, 그것이 전부는 아니었다. 솔직해지자면, 아이들 뒤를 따라오며 연신 허허거리는 남자의 몸속으로 내 자신이 이미 소리도 없이 스며 들어가 있었다는 사실을 고백해야 할 것이다. 나는 그들을 나의 아이들, 나의 가족처럼 상상했다. 그들이 눈앞에서 사라지고 나서도 나는 한동안 창가를 떠나지 못했다.

"장 선생, 밥 먹어야지. 어서 내려와. 끼니 안 놓치는 것이 제일가는 보신이여."

'수연네' 할머니가 문을 벌컥 열더니 나의 축축하게 젖은 눈을 보고는 민망한 표정을 지으며 도로 문을 닫았다.

집을 마련하는 일은 그다지 어려울 것 같지 않았다. '버들'의 주인 여자는 나에게 한 남자를 소개해주었는데, 그 사람은 이 마을 토박이로 근처에서 양계장을 하며 마을 일을 맡아 하고 있다고 했다. 그 사람은 나에게 무엇 때문에 이곳에 오게 되었느냐고 물었다. 나는 7개월 전에 교통사고가 있었다고만 간단히 말했다.

"피해자였나요? 몸이 완전히 회복되지 않은 모양이로군요. 그렇다면 잘 오셨습니다."

그 사람은 '버들'의 여주인과는 달리 이곳이 매우 살기 좋은 마을이라는 점을 몇 번이나 강조했다. 이 나라에서 여기만큼 공기 좋고 산수가 수려한 곳이 없을 거라는 설명도 덧붙였다. 교통이 조금 불편하긴 하지만, 기차 시간을 잘만 이용하면 도시까지 출퇴근하는 것도 문제가 아니라는 설명이었다. 그는, 아침 7시 5분에 도시를 향해 출발하는 기차를 타면 8시 20분 안에 도시의 심장부 안에 도착할 수 있다고 말했다. 또 도시에서 저녁 7시 50분 기차를 놓치지 않으면 퇴근하는 것도 문제될 것이 없다고 했다. 도시에서 오는 기차는 아침 8시 40분에, 도시로 가는 기차는 저녁 7시 20분에 능수역에 멈춘다. 그리고 각각 낮 시간에 한 번씩 차가 더 선다. 설혹 그 시간을 놓친다고 하더라도 인근 역에 수시로 정차하는 기차 편을 이용하면 된다는 설명이 덧붙었다. 나는 그 사람에 의해 졸지에 사리에 밝고 현명한 판단을 하는 사람으로 치켜세워졌다. 양계장 주인이 하도 앞서가며 나에게 해명할 기회를 주지 않는 바람에 나는 내가 7개월 전에 있었던 교통사고의 피해자가 아니라 가해자이며, 그 일로 몇 달 동안 구속되어 있다가 세상에 나온 지 얼마 되지 않았고, 그 이후 도시 생활에 자신이 없어졌다는 설명을 덧붙이지 못했다. 무슨 일이든 하긴 해야겠지만 일단 도시에서 거처를 옮기고 나서 생각해보겠다는 말도 따라서 속에서만 만들어졌을 뿐 밖으로 나오지는 않았다.

나는 그 사람을 따라다니며 세 채의 집을 구경했다. 그중 한 채는 아쉬운 대로 수리하지 않고 쓸 수 있을 것 같았는데 위치가 별로 좋지 않았고, 나머지 두 채는 손을 많이 보아야 살 수 있을 것 같았다. 그 가운데 한 채는 꽤 오랫동안 비어 있었던지 훼손의 정도가 심했다. 첫번째 집의 경우는 전세만 가능했고, 다른 두 경우는 아예 살 수도 있다고 했다. 위치로 보았을 때는 지금 내가 임시로 묵고 있는 '수연네'와 가까운 거리에 있는 세번째 집이 가장 마음에 들었다. 문제는 그 집의 현재 상태가 너무 불량해서 도대체 어떻게 손을 보아야 할지 엄두가 나지 않는다는 점이었다.

내가 그 문제를 들어 난색을 표명하자 '버들'의 여주인이 그걸 헐고 자기처럼 통나무집을 지으라고 충고해왔다. 그녀 역시 2년 전에 낡은 집을 사서 헐고 새로 통나무집을 지었다는 것이었다. 원한다면 통나무집 시공업자를 추천해주겠다는 말도 했다. 양계장을 하는 남자도 그렇게 하라고 거들고 나섰다. 조금 비싸긴 해도 요즘은 모델에 따라 조립을 하기 때문에 공사 기간이 많이 단축되고, 또 무엇보다 다른 건물에 비해 운치도 있고, 어쩌고 해가며 통나무집의 이점을 열거하기까지 했다. 그래서 그런지 내 마음도 은근히 그쪽으로 기울어갔다. 그러나 소요되는 경비를 가늠할 수가 없었기 때문에 결정은 나중으로 미루기로 했다. 그러기 전에 나는 먼저 그녀와 통화를 해야 했다.

어쩐 일일까, 그녀는 내 전화를 받지 않았다. 나는 두 번 더 전화를 걸었지만 통화를 할 수가 없었다. 나는 여기저기 떠돌아다니면서 너무 오랫동안 연락을 취하지 않았다는 사실을 상기했다. 허전하게 울리는 긴 발신음이 자꾸만 나쁜 상상을 하게 했다. 그 소리는 나로 하여금 그녀와 나 사이로 끼어든 보이지 않는 앙금의 존재를 인식하게 했다.

"왜요? 전화가 안 걸려요? 고장이에요?"

'버들'의 주인은 마치 내가 통화를 하지 못한 책임이 자기 전화기에라도 있는 것처럼 공연히 미안해했다.

"이쪽 전화선이 고장이 잘 나는 편이에요. 비만 한번 왔다 하면 여지 없구요."

"아니에요. 전화기 때문이 아니고, 신호는 가는데 받지를 않네요."

그녀는 이제 제법 나와 대화를 나누려고 한다. 나로서는 여간 다행한 일이 아닐 수 없다. 그 덕택에 많은 시간을 이 통나무집에 앉아 소일할 수 있게 되었기 때문이다. 귀에 잘 들어오지 않는 그 무슨 「현악을 위한 아다지오」인지 하는 음악과도 차츰 친숙해져가는 중이었다.

나는 상당히 많은 시간을 '버들'에서 보내면서 안과 밖으로 오가는 사람들을 관찰하곤 했다. 지나가는 사람이 별로 없기 때문에 나의 주의력은 그에 비례해서 증가할 수밖에 없었다. 움직이는 것이 없으면 날아다니는 먼지에도 신경을 쓰게 되고, 할 일이 없으면 낡은 신문의 오자까지 바로잡게 되는 이치라고나 할까. 나는 종종 그것이 나의 직무라도 되는 것처럼 오가는 사람들을 관찰하는 일에 온 신경을 집중하곤 했다.

'버들'에 들어오는 손님은 대개 기차 시간을 기다리는 사람들이었다. 양계장 주인 남자도 가끔 들러서 인삼차를 시켜 마시곤 했다. 그 사람이 여주인에게 꽤 공을 들이고 있다는 짐작은 그 사람의 말투며 눈빛만 보고도 어렵지 않게 할 수 있었다. 그 친구도 그랬지만, 다른 사람들도 어쩐지 이 긴 머리를 늘어뜨린 삼십대의 여자에게 맥을 추지 못하는 낌새였다. 이를 테면 실내에 흐르고 있는 바버의 음악에 대해 사람들은 한결같이 눈살을 찌푸리면서도 어쩔 수 없다는 듯 받아들였다. 나는 그들이 "거, 주현미나 김수희 판은 없나?" 하고 투덜거리는 소리를 여러 번 들었다. 그러나 여주인은 들은 체도 하지 않았고, 그러면 손님들도 거기서 그만, 더는 요구를 하지 않았다.

가끔씩은 낯선 사람들이 찾아오기도 했다. 그들은 대개 간편한 차림에 낚시 가방을 메고 있었다. 더러는 대학생으로 보이는 젊은이들이 우르르 몰려들어 바닥에 진을 치고 앉기도 했다. 낚시꾼들 가운데 어떤 사람은 비교적 자주 오는 편인지 여주인과 스스럼없이 인사를 나누었다. "지난번보다 훨씬 예뻐졌네" 하고 야릇한 눈길을 보내면서 실실 웃는 이도 있었고, "이따 여기서 매운탕 좀 끓여 먹읍시다. 괜찮지요?" 하고 부탁하는 이도 있었다. 그러나 그런 사람들은 어쨌든 모두 손님이었다. 내가 그런 것처럼.

그러나 오늘 '버들'의 통나무 문을 열고 들어온 사람은 다르다. 그는 낚시꾼도 아니고 양계장 주인도 아니다. 나는 다시 통화를 하는 데 실패한 후 마침 창가 쪽 자리로 돌아와 앉아 창밖을 내다보고 있었는데, 그 남자는 역을 빠져나오자마자 곧장 통나무집을 향해 걸어왔다. 그는 흰 와이셔츠에 넥타이를 매고 감색 양복을 입은 중년의 신사였다. 눈치까지 덩달아 예민해진 걸까, 그 사람이 들어서는 순간 나는 그가 이 집주인과 매우 특별한 관계를 맺고 있는 사람이라는 점을 바로 짐작해버렸다. 요컨대 그 남자는 평범한 손님 같아 보이지 않았다. 그 사람은 문고리를 쥔 채 입구에 서 있었는데, 2층에서 내려오다가 그를 확인한 여자가 순간적으로 걸음을 멈춘 채 몹시 심란한 표정을 짓는 모습을 나는 놓치지 않았다. 그것은 명확하게 반기는 표정도, 그렇다고 명백하게 거부하는 표정도 아니었다. 종잡을 수 없는 복잡한 감정의 표류가 그녀의 표정을 허물고 있었다고 해야 할까. 손쓸 수 없이 빠르게 내려 덮인 미세한 불안의 그물이 그녀의 얼굴에서 윤기를 빼앗았다고 해야 할까. 그런 정도의 느낌이었다. 아마도 그녀 자신은 그 순간의 자기 표정을 전혀 의식하지 못하고 있었을 테지만.

남자는 망설임 없이 2층으로 올라갔다.

나는 마땅히 그래야 할 것 같아서 자리에서 일어났다. 그녀는 아무 말도 하지 않았다. 나 역시 아무 말도 붙이지 않았다. 그러고서 나는 그 집을 나왔고 그녀는 문을 닫았다.

나는, 왜 그랬을까, 통나무집을 나왔으면서도 다른 곳으로 가지를 못했다. 오히려 통나무집이 잘 내려다보이는 언덕에 올라가 자리를 잡고 앉았다. 별다른 생각이 있었던 것은 아니었다. 그 역시 '버들'에 앉아 오가는 사람들을 관찰하는 사연과 별다를 바가 없을 터였다. 움직이는 것이 없으면 날아다니는 먼지에도 관심을 기울이게 되고 할 일이 없으면 오래된 신문을 뒤적이며 교정까지 보게 되는 이치. 굳이 한 가지를 덧붙이자면 쓸데없이 왕성해진 나의 호기심을 들 수 있지 않을까. 그녀에게 어떤 매력을 느꼈기 때문이라는 지적도 아주 터무니없지는 않을 것이다. 그것이 전부는 아니라고 하더라도 어느 정도의 동인으로 작용했으리라고 추측하는 것은 무리라고 할 수 없다. 나는 자리를 잡고 앉아 통나무집을 노려보았다.

황혼이 질 때까지 '버들'의 문은 열리지 않았다. 내가 보고 있는 동안 두 명의 손님이 문을 두드리다 돌아갔다. 나는 도시로 들어가는 기차가 7시 20분이면 능수역에 멈춘다는 사실을 상기해냈다. 물론 그 남자가 이곳에서 잠을 자고 갈지도 모르는 일이긴 했다. 하지만 그가 오늘 도시로 돌아갈 생각이라면 마지막 기차를 놓쳐서는 안 될 것이었다. 시계를 보니 7시였다. 나는 10분만 더 기다려보기로 했다. 어쩌자는 계산도 없이 무작정 통나무집만 내려다보고 있는 내 자신이 우스꽝스럽고 쑥스러워서 나는 그 10분 동안 몇 차례나 쓴웃음을 지었다. 10분은 금방 지나갔다. 나는 하는 수 없이 자리를 털고 일어났다. 길게 늘어진 황혼의 자락을 밟으며 언덕을 내려오면서도 나는 여전히 통나무집에서 눈을 떼지 않았다.

언덕을 내려오자 두 개의 길이 나타났다. 하나는 '수연네'로 가는 길이고, 그 길은 오르막길이었고, 다른 하나는 '버들'로 가는 길이고, 그 길은 내리막길이었다. 나의 몸은 자동적으로 아래로 향했다. 언덕을 올라갈 때 어쩌자는 계산이 없었던 것처럼 내리막길을 잡아 걸으면서도 나에게는 아무 계산이 없었다.

모퉁이를 돌아 막 찻집 앞으로 몸을 내미는데 뜻밖에도 문이 열렸다. 찻집 문을 열고 들어가겠다는 생각을 하고 있었던 게 아니었기 때문에, 나는 나쁜 짓을 하다가 들키기라도 한 사람처럼 그 자리에 우뚝 멈춰 서고 말았다. 문을 열고 나온 사람은 남자였다. 뒤이어 여자의 모습이 보일 거라고 생각하며 문 쪽에 시선을 주고 기다렸는데 여자는 나타나지 않았다. 남자는 옆에 서 있는 나를 일별한 후 곧바로 고개를 돌려버렸다. 그는 들어올 때와 똑같은 여유만만한 걸음걸이로 빠르지도 않고 느리지도 않게 능수역 쪽으로 걸어갔다. 그의 태도에서는 아무 감정도 전해지지 않았다. 그가 막 역사 안으로 몸을 감췄을 때 저만치서 기차가 다가오는 게 보였다. 도시로 가는 기차였다.

　여자는 창문 가까이 얼굴을 대고 서서 그 기차를 바라보고 있었다. 나와 눈이 마주치자 여자는 얼른 고개를 돌렸다. 그러나 그때 나는 이미 그녀의 눈에서 눈물을 보아버린 뒤였다.

　나는 마치 당연히 그래야 하는 것처럼 나무 문을 열고 들어갔다. 실내 가득 「현악을 위한 아다지오」라는 미국 작곡가의 음악이 흐르고 있었고, 여자는 등을 돌려 선 채로 술을 마시고 있었다. 나는 안주 접시와 함께 서너 개의 맥주병이 세워져 있는 테이블을 보았다. 그들은 그동안 거기 앉아 술을 마신 모양이었다. 나는 그쪽으로 다가가 자리를 차지하고 앉았다. 기차가 역을 떠나는 소리가 들렸다. 그녀는 잔을 비웠다.

　"전화를 한번 더 해보려고요. 괜찮지요?"

　여자는 대꾸하지 않았다. 나는 전화기 쪽으로 다가갔다. 이번에는 통화 중임을 알리는 신호음이 들렸다. 다행이구나,

싶었다. 나는 조금 쉬었다가 다시 번호를 눌렀다. 마찬가지로 통화 중 신호가 들렸다. 내가 전화기를 내려놓고 자리로 돌아와 앉았을 때 더 이상 음악 소리는 들리지 않았고 여자는 맞은편 의자에 앉아 있었다. 여자는 음반을 다시 올려놓을 생각을 하지 않았다. 나는 그녀가 일부러 판을 내려놓아버렸다고 추측했다.

"지겨운 바버. 개나 물어 가라지……"

그녀는 혼잣말하듯 작은 소리로 중얼거렸지만 나는 그 말을 알아들었다. 나는 남자에 대해 아무것도 묻지 않았다. 그 남자가 누구냐, 무슨 일이냐, 하고 묻는 것은 온당한 일이 아닐 것 같았다. 아무것도 묻지 않고 아무것도 말하지 않아도 대충 사정을 짐작할 만했다. 나는 그녀의 빈 잔에 맥주를 채우기만 했다. 그녀는 가끔씩 긴 머리카락을 손가락으로 쓸어 올리면서 빠른 속도로 잔을 비웠다. 나는 그런 그녀가 은근히 걱정되었다. 아니나 다를까, 잠시 후에 그녀는 훌쩍훌쩍 울먹이기 시작했다. 나는 난처하고 불편했다. 아무 생각도 없이 공연히 들어왔다는 후회가 생겼지만 이미 늦은 다음이었다. 그 순간 그 자리에서 그녀는 내가 상대해야 할 대상이었다. 내가 감당하지 않으면 안 될, 피할 수 없는 부담이었다. 나는 그 사실을 인지했다.

"지겨운 능수. 난…… 난 떠날 거예요."

이번에도 그녀는 혼잣말처럼 중얼거렸다. 하지만 그녀가 이번에는 나에게 말을 걸고 있다는 걸 알아차렸다. 나는 무슨 소리냐고 물었다. 그녀는 나의 질문에 곧바로 대답하지 않았다. 그 대신 문득 생각이 나기라도 한 듯 고개를 번쩍 들더니

대들 듯 내 가슴을 향해 손가락을 내뻗었다.

"당신, 여기가 좋다고 했지요? 여기서 살고 싶다고 했죠, 이 지겨운 능수에서? 통나무집을 지을까 그냥 살까 고민 중이지요? 좋아, 좋아요…… 당신의 고민이 풀렸어요. 산신령 능수 신령이 보우하사 우리나라 만세네요. 이 집에서 살아요. 나는 갈 거니까. 나는 이제 여기하고 인연이 끝났으니까. 끝났어요, 그래 끝났다구요. 당신이나 잘 살아요. 이 빌어먹을 능수에서. 제기랄! 어쩔래요, 맘에 들어요? 들어요, 안 들어요?"

그녀는 끝내 탁자에다 얼굴을 묻고 울음을 터뜨렸다. 그 모습은 매우 낯설었다. 그녀는 이제까지와는 전혀 다른 모습을 보여주고 있었다. 나는 당황한 나머지 어떻게 대해야 할지 갈피를 잡을 수가 없었다. 그녀에게 어떤 위로의 말을 건넨다고 해서 그녀의 마음이 개운해질 것 같지도 않았다. 어쩌면 아무 말도 하지 않고 가만히 앉아 있는 편이 내가 취할 수 있는 최선의 호의일 거라는 생각도 들었다.

"지금보다 많이 젊었을 때 결핵 요양소에서 지낸 적이 있어요. 꽤 오랫동안요."

한참 만에 고개를 치켜든 그녀가 왼쪽 손을 이마에 받치고 다른 쪽 손으로는 탁자 위에 의미 없는 글씨를 쓰면서 문득 입을 열었다. 한없이 깊이 가라앉은 목소리이긴 했지만 아까처럼 감정이 격앙된 것 같지는 않았다. 한바탕의 울음을 토해내고서 마침내 평상의 자신으로 돌아온 것일까. 나는 내심 안심이 되었다. 그녀의 오른쪽 손가락들은 탁자 위에 엎질러진 술을 휘젓고 있었다. 그녀의 목소리는 흡사 고해라도 하고 있는 것처럼 진지했다.

"그곳에서는 아무도 힘든 일을 하거나 급히 뛰거나 하지 않아요. 다들 힘이 없으니까요. 모두들 어슬렁거리며 양지바른 곳에 쪼그리고 앉아 햇빛을 쬐고는 하지요. 요양소는 산 아래 있었어요. 그다지 높은 산은 아니었지만 폐병 환자인 우리는 오를 수가 없었기 때문에 하늘처럼 높게만 여겨졌어요. 봄이면 그 산이 노랑과 분홍 꽃들로 온통 뒤덮였지요. 마치 그 봄꽃들이 산을 점령하러 내려온 외계의 생명체같이 느껴질 정도였어요. 자고 일어나서 산을 보면 또 이만큼 점령당해 있고…… 겁나게 아름다웠어요. 그때 내 꿈이 무엇이었는지 아세요? 그 산에 오르는 것이었어요. 그 산에 올라 그 흐드러지게 피어 있는 행복한 꽃들 속에 누워보는 것이었어요. 그래서 그 꽃들처럼 행복해지는 것이었어요. 그랬어요. 그 산까지 걸어 올라가게 되기를 얼마나 바랐는지 몰라요. 거기 올라가 꽃들 사이에 눕기만 하면, 아, 그럴 수만 있다면, 도무지 부러울 것이 없을 것만 같았지요…… 하지만 다 부질없는 짓이었어요."

그녀는 거기서 말을 멈췄다. 나는 "그런 일이 있었나요?" 하고 물었다. 나의 그 말은 상대방을 응원하기 위한, 말하자면 추임새 같은 것이었다. 나는 그녀가 문득 자신의 과거를 꺼내기 시작했을 때 어떤 기대를 가졌었다. 그녀 스스로 자기를 이야기하려고 하지 않는가. 어떤 동기에서든, 그것은 결코 단순한 일일 수 없었다…… 그러나 그녀는 갑자기 잘 알지도 못하는 남자를 상대로 넋두리를 늘어놓는 자신이 문득 민망스러워진 모양이었다. 나의 추임새를 그녀는 간단히 무시해버렸다.

"아까 내가 했던 제안이 맘에 들거든 연락주세요. 너무 시간을 끌지는 마세요. 나는 조금이라도 빨리 이곳을 뜰 생각이니까요. 자, 이제 가보세요."

"괜찮겠습니까? 제가 곁에 있어주고 싶은데……"

여자는 내 얼굴을 빤히 쳐다보며 웃었다. 나는 그녀가 나의 제안을 불쾌해했다고는 생각지 않는다. 그녀의 웃음은 어쩐지 쓸쓸하고 슬프기까지 했다. 그녀의 고개가 서서히 도리질을 했다. 그녀의 긴 머리카락이 아주 느리게 움직이며 볼을 쓰다듬었다.

"고맙지만 신경 쓰지 않아도 돼요."

통나무집에서 나오자마자 내가 아직 통화를 하지 못했다는 사실이 떠올랐다. '버들'에 들어와서 전화를 걸었을 때 전화기에서 들리던 소리는 통화 중을 알리는 신호음이었다. 그것은 누군가가 전화를 쓰고 있다는 뜻이고, 또 그것은 사람이 집에 있다는 표시이다. 나는 '버들'의 문 앞에 서서 잠시 망설였다. 하지만 이미 나온 문을 열고 다시 들어간다는 게 쉽지 않았다. 어쩐지 그러면 안 될 것 같은 기분이었다. '수연네'에 가서 전화를 쓰기로 하고 그냥 앞으로 나아갔다. 그러나 결론을 말하면 나는 그날 끝내 다시 전화를 걸 수 없었다. 내가 숙소로 돌아왔을 때, '수연네' 식구들은 이미 잠자리에 든 다음이었다.

눈을 뜨자마자 나는 시계부터 살폈다. 8시가 조금 지나 있었다. 다른 때보다 조금 더 잠을 잤는가 싶었는데, 그렇지가 않았다. 나는 능수역에 기차가 멈추는 시간을 알고 있었다. 8시 40분에는 도시 쪽에서 오는 기차가 선다. 나는 창가 쪽으로 의

자를 갖다 놓고 앉았다. 산의 뿌리를 어루만지며 흐르는 유연한 강, 그 강으로부터 비스듬하게 곡선을 이루며 뻗어 올라간 잘생긴 산, 그리고 햇살이 포말되어 부서지는 하얀 길, 붉은 십자가와 종탑, 그리고…… 세 명의 아이와 그들의 부모, 그들의 유쾌한 발걸음, 그들의 노랫소리, 웃음소리…… 행복하고 아름다운 풍경이 거기 있었다. 나는 그 풍경을 놓치고 싶지 않았다. 내 추측이 맞다면, 그들은 8시 40분 기차를 탈 것이다.

그들이 나의 시선 안으로 들어왔다. 아이들은 언제나처럼 개나리꽃보다 더 샛노란 옷을 입었다. 머리에는 마찬가지로 노란색 모자를 썼고, 등에는 가방을 멨다. 나는 어린아이들이 실제로 꽃보다 더 예쁘다는 사실을 알고 있다. 꽃이 없으면 숲이 아름답지 않고, 어린아이가 없으면 세상이 눈부시지 않다. 저 길이 저렇듯 하얗게 빛을 내는 것은, 그것은 햇빛 때문이 아니다, 나는 생각을 수정한다, 그 길 위를 걸어가는 아이들 때문이다. 아이들은 노래하고 웃는다. 아이들은 재잘거리고 깡충거린다. 그것이 아이들의 존재 방식이다…… 나리 나리 개나리 입에 따다 물고요. 병아리 떼 종종종 봄나들이 갑니다…… 까르륵 낄낄…… 엄마, 아빠, 있잖아요, 나는요, 티코가 갖고 싶어요. 빨간 냉동차는 있는데, 하얀 티코가 없어요…… 아이들은 아이들의 모습으로 세상을 빛나게 한다.

거기까지 생각의 꼬리를 이어가다 말고 나는 벌떡 일어섰다. 나는, 전화를 해야 한다,라고 혼잣말을 했다. 그녀를 불러야 한다. 내 가슴속에서는 말들이 만들어지고 있었다…… 기차를 타고 와서 능수역에서 내려요. 이곳에서 나는 아들과 딸을 낳을 참이에요. 내 아들과 내 딸을. 이제 기억하지 말도록 합시다. 그 사건은 악몽이었소. 사나운 시련이었지. 나는 내가 어떻게 해야 내 죄를 사할 수 있는지를 깨달았소. 이곳 능수의 산천이, 능수의 아이들이 나에게 가르쳐주었소. 그래, 나는 아이를 가져야 하오. 나는, 나는, 내가 앗아버린 어린 생명들이, 그 영혼들이 나의 아이로 다시 태어나기 위해 애타게 기다리고 있다는, 그런 뜨거운 깨달음에 이제야 도달했소…… 그렇게 함으로써 나는 살아나게 되는 것이오. 그것은 말하자면 구원이라고 할 수 있을 텐데, 내가 하는 구원이 아니라 그 아이들이 나에게 베푸는, 아마도 은총일 것이오……

'수연네'의 할머니는, 오늘은 아침부터 웬 부지런이냐며 전화기를 내주었다. 도시로 거는 거면 전화 요금을 제대로 내야 한다는 말을 그녀는 잊지 않았다. 나는 그러마고 대답하고는 번호를 누르면서 그 산속으로 나 있는 하얀 길 끝의 붉은 건물에 대해 아느냐고 물었다. 할머니는 소리 나게 그릇들을 부시면서 건성으로 받았다.

"아, 나사로의 집?"

"나사로의 집이오? 교회당이 아니구요? 나는 참 외진 데 교회당이 숨어 있구나 싶었는데……"

"그래, 그게 예배당이었지. 문둥이들이 그 일대에 집을 짓고 살았거든. 지금은 다 떠났을걸. 문둥이들이 예배를 드리던 예배당만 그냥 덩그렇게 서 있지. 아마 그걸 보고 말하는 모양이로구면……"

할머니의 설명은 흥미를 끌었지만, 나는 그 흥미에 이끌려 들어갈 수가 없었다. 네 차례의 신호음이 끝난 후 누군가가 전화를 받았기 때문이다. 그런데 "여보세요" 하고 받는 목소리가 친숙하지 않았다. 착각일 수 없는 것이 그 목소리는 여자가 아니었다. 나는 어쩔 수 없이 약간 당황했고, 조심스럽게 그녀의 이름을 댔다. 상대방 남자는 무뚝뚝하게 '그런 여자는 살지 않는다'고 응수해왔다. 전화가 잘못 걸린 모양이라고 생각하며, 나는 전화를 끊고 다시 또박또박 번호를 눌렀다. 이번에는 두번째 벨이 채 울리기도 전에 연결이 되었다. 이번에도 남자가 전화를 받았다. 아까와 같은 목소리였다.

"여보세요, 거기가……"

나는 다시 그녀의 이름을 입에 올렸다. 상대방은 다소 짜증스러운 목소리로 "그런 사람, 안 산다니까요" 하고 받았다. 나는 내가 기억하고 있는 전화번호를 확인하고 거기가 맞느냐고 물었다. 전화번호는 맞지만, 그런 사람은 살지 않는다는 대답이 돌아왔다.

"실례지만, 언제부터 그 번호를 가지고 계셨는지요?"

"아니라면 아닌 줄 알지, 그 사람, 거참……"

상대의 목소리가 심한 짜증으로 일그러진다고 느끼는 순간 철커덕 소리를 내며 전화가 끊겼다. 순식간의 일이었다. 나는 좀 어안이 벙벙해졌다. 한 번 더 전화를 걸어볼까도 싶었지만, 쉽게 손이 가지 않았다. 이 사태를 어떻게 해석해야 하는가. 난감하고 어리둥절했다. 이런저런 상상들이 자유롭게 넘나들며 신경을 날카롭게 했다.

"왜, 무슨 일이 있수?"

할머니가 밥상을 내밀며 물었지만, 나는 아무 대답도 하지 못했다. 직전에 '나사로의 집'이라는 붉은 종탑 건물에 대해 할머니와 이야기를 나누고 있었다는 사실도 상기하지 못했다.

시간이 지나면서 상상은 어두운 쪽을 향해 내몰렸다. 정오가 가까웠을 무렵 나는 용기를 내서 전화를 다시 걸었다. 이번에는 아무도 전화를 받지 않았다. 나는 기차가 정오 무렵에 능수역을 출발한다는 사실을 알고 있었다.

어쩌면 나는 도시에 들어가지 않았어야 했는지 모른다. 도시야말로 현실이므로, 도시는 도무지 환상을 용납하지 않으므로. 현실이 아닌 것은 그 무엇도 존재의 값을 얻지 못하는 곳이 도시이므로.

도시로 들어서는 순간 눈과 발과 정신이 똑같이 분주해졌다. 그곳에서는 아무리 바쁘지 않은 사람도 바쁘게 걷고, 아무리 시간이 많은 사람도 조급해한다. 분주함과 조급함의 문화에 중독된 곳, 그곳이 도시이다. 도시는 자연이 아니다. 자연은 여백으로 말하지만, 도시는 가득 채우고 까발리는 것으로 말한다. 눈에 보이는 자연은 눈에 보이지 않는 세계에 뿌리내리고 그것을 품고 지향한다. 도시는 눈에 보이지 않는 세계에 대해서는 도무지 알지 못하고 이해하려 하지도 않는다. 그곳에서는 눈에 보이지 않는 것은 눈에 보이게 될 때까지는 아무 뜻도 부여받지 못한다…… 아, 나는 지금 나에게 일어난 잘못의 모든 책임을 도시에게 떠넘기려고 하는 것 같다. 그러나 도시가 원흉이라는 식이어서는 곤란하다. 나는 안다. 모든 문제는 공간의 문제가 아니라 사람의 문제이다.

기차에서 내리면 바로 전철로 갈아탈 수 있는 환승역이 있었다. 나는 그곳에서 전철을 기다리는 동안 요의를 느꼈고,

그래서 소변을 보기 위해 잠깐 화장실에 들렀다. 그리고 그곳에서 이상한 광경을 목도했다.

썩 깨끗하지도 않고 악취까지 내뿜는 화장실 벽에 기대서서 두 명의 어린애가 볼때기 가득 큼지막한 김밥을 집어넣고 있었다. 한 아이는 목이 막히는지 컥컥거리기도 했다. 둘 다 그다지 크지 않은 손가방을 하나씩 들고 있었는데, 비교적 옷차림은 단정했지만 얼굴은 지저분했고, 손톱 밑에는 때가 잔뜩 끼어 있었다. 한 아이는 다른 아이에 비해 비교적 어려 보였다. 아이들은 화장실에서 밥을 먹으면서도 전혀 개의치 않는 것 같았다. 무엇이 그렇게 급한지 한 마디 말도 하지 않고 먹을 것을 입속에 집어넣기가 바빠 보였다. 마침 그곳에는 그들과 나 말고는 다른 사람이 없었기 때문에 나는 조금 짠한 눈빛으로 그들을 쳐다보았다. 그 나이의 아이들 같지 않게 그놈들은 심드렁하고 지쳐 보였다. 그 어느 순간, 나의 눈길을 의식했을까, 둘 가운데 약간 키가 큰 아이가 내 쪽으로 고개를 획 돌리더니 볼때기 가득 음식을 넣고 우적우적 씹으면서 팩 소리를 지르는 것이었다.

"아저씨, 뭘 봐요? 남 밥 먹는 것 처음 봐요?"

아이의 입속에서 밥알들이 툭툭 튀어나왔다. 나는 아이가 그렇게 나오자 기분이 상해버렸다. 나는 짠하고 안됐다는 생각을 얼른 거두어들였다. 공연한 관심을 기울일 필요가 없겠다는 생각이 들어서였다. 아이들이 그런 관심을 온몸으로 거부하고 있었기 때문이었다. 내 마음속에 동정심 대신 혐오스러운 감정이 자리잡았다. 나는 돌아 나오려고 했다. 그 순간 비슷한 차림새의 여자애가 남자 화장실로 쑥 들어왔다. 그 애도 어디서 급히 밥을 먹고 왔는지 입가에 밥풀이 달라붙어 있었다.

"얘들아, 빨리 오지 않고 뭐해? 아빠가 화낸단 말야. 혼나고 싶지 않으면 빨리 서둘러. 차 왔어."

"알았어. 씨팔! 가면 될 거 아냐."

남자아이들은 서둘러 김밥을 입속에 털어 넣더니 투덜거리며 여자아이를 따라나섰다. 나는 그때 손을 씻고 있었는데, 나에게 빽 악을 쓰던 놈이 나를 한번 힐끗 쳐다보고는 그대로 나갔다. 나도 화장실을 빠져나와야 했기 때문에 그들을 따라나선 꼴이 되고 말았다.

그들은 순식간에 사람들 속에 묻혀버렸다. 나의 시선은 자연스럽게 그들의 뒤를 좇았다. 나는 사람들을 헤치고 그들이 있는 쪽으로 다가갔다. 그 아이들의 무엇인가가 나의 관심을 지속적으로 잡아끌었다. 그들은 저만치 떨어진 곳에서 두 명의 어른(남자와 여자)에게 무슨 말인가를 듣고 있었다. 아이들은 고개를 숙이고 있었는데, 그 모습이 어딘지 부자연스러웠다.

마침 양쪽 레일에 열차가 한 대씩 서자 두 명의 남자아이가 오른쪽 열차로 올라탔고, 여자아이는 왼쪽 열차로 올라탔다. 약간의 간격을 두고 남자와 여자도 각각 오른쪽과 왼쪽 열차에 나누어 올랐는데, 나는 그 순간 나의 관심을 지속적으로 잡아끌었던 것의 정체와 비로소 맞닥뜨렸다. 아! 나는 하마터면 소리를 지를 뻔했다. 남자가 열차에 올라타다 말고 주변을 두리번거렸기 때문에, 나는 내가 그들의 정체를 알아차린 것처럼 그도 역시 나의 정체를 알아차린 것이 아닌가 걱정이 되었다. 그러나 그럴 리가 없었다. 그와 나는 한 번도 얼굴을 마주친 적이 없었으니까. 나는 아침마다 그들의 움직임을 보았지만, 그들은 나를 보았을 리가 없었다.

나는 그 남자를 따라 서둘러 오른쪽 열차에 올라탔다. 그때 이미 아이들은 들고 있는 가방에서 한 움큼씩의 껌을 꺼내어 앉아 있는 승객들의 무릎 위에 하나씩 올려놓고 있는 중이었다. 남자는 짐짓 무관심한 듯 신문을 펴 들고 있었지만, 그러나 실제로는 눈알을 희번덕거리며 주변을 살피고 있었다. 아이들의 동작은 기계적이었고, 표정은 경악스러울 정도로 덤덤했다. 저런 모습이 아이의 모습일까, 싶을 지경이었다. '나리 나리 개나리'를 부르며 까르륵거리던 모습은 어디에도 없었다. 그들은 나를 속였고, 배반했다. 나는 중얼거렸다. 그들은 나를 우롱했다. 나는 그들에게 터무니없는 적의를 느꼈다. 그 난폭한 감정은 절망감에서 나오는 독소와 같았다.

"야, 이 파렴치한 작자야."

나의 독소는 사내의 면상을 향해 날아갔다. 졸지에 주먹 세례를 받은 그 남자는 신문을 걷어치우고는 '이거 왜 이러느냐'는 얼굴로 나를 바라보았다. 그러고는 억울하다는 표정을 지으며 동조를 구하는 듯 주변을 휘 둘러보았다. 나는 다시 한번 주먹을 쥐고 달려갔지만, 주변에 있는 사람들에 의해 제지를 당하고 말았다. 가만히 서서 신문을 보고 있는 사람에게 느닷없이 주먹질을 하는 내가 그들 눈에는 미친놈으로 보였을 것이었다. 나는 '저 자식은 어린애들을 학대하는 더러운 인간'이라고, '저 꼬마들에게 물어보라'고 악을 쓰며 발버둥 쳤지만, 나의 말을 들어주는 사람은 없었다. 그러면 그럴수록 사람들은 이상한 눈빛으로 나를 쳐다보기만 했다. 그런 나에 비해 멀뚱하게 서서 별 해괴한 일을 다 당한다는 듯 "내 참, 재수가 없으려니!"를 연발하고 있는 그 사내의 태도는 훨씬 당당하고 믿음직해 보였다. 누가 보아도 그 사람은 졸지에 이유 없이 날벼락을 맞은 사람이었다.

다음 역에서 열차가 멈췄을 때, 사람들은 억지로 내 몸을 붙들어 밖으로 던져버렸다.

통나무집 '버들'의 주인은 짐을 싸고 있었다. 내가 들어가는데도 잠깐 고개를 돌려 내려다보기만 할 뿐, 왔느냐는 인사도 건네지 않고 아래층으로 내려오지도 않았다. 나는 스스로 냉장고 문을 열고 맥주를 한 병 꺼내 테이블로 가지고 가서 마셨다. 2층에서는 시종 쿵쾅거리는 소리가 들려왔다. 나의 여자도 저렇게 짐을 싸 들고 집을 나갔으리라. 나는 순식간에 맥주 한 병을 비웠다. 다시 냉장고 문을 여는데, 여자가 큰 소리로 말했다.

"어제 내가 한 말은 취소예요. 이 집에 있으라고 했던 거요. 생각해봤는데, 이 집을 내가 가지고 있다는 게 치욕스럽게 느껴졌어요. 돌려줄 거예요. 어차피 내 것이 아니었던 거니까요. 그게 마음이 편할 것 같아요. 자유롭고…… 저 윗집을 사서 새로 통나무집을 지으세요. 그게 나을 거예요."

"나도 필요 없어졌소. 나도 여기 오래 있지는 않을 생각이오."

잠깐 동안 위층에서는 아무 말이 없었다. 쿵쾅거리는 소리도 멈췄다. 나는 병따개로 맥주병의 뚜껑을 따서 잔에 넘치게 부었다.

"왜요?"

한참 만에 그녀가 물어왔다. 이번에는 내가 뜸을 들였다. 나는 잔을 비웠다.

"생각이 바뀌었어요."

그녀는 '왜요?' 하고 다시 묻지 않았다. 그 대신 그녀는 짐 싸던 걸 멈추고 계단을 내려와서 내 앞에 앉았다. 나는 그녀에게 잔을 내밀었다. 그녀는 손을 흔들어 사양하겠다는 표시를 했다. 나는 더 권하지 않았다. 그녀는 긴 머리를 뒤로 묶고 있었고, 얼굴에는 화장기가 전혀 없었다. 그래서 그런지 까칠하고 나이가 들어 보였다. 하룻밤 사이에 사람이 저렇게 달라질 수도 있는가, 의문스러울 정도였다.

"내가 처음에 그랬지요. 생각만큼 좋은 곳은 아닐 거라고. 내 말은 이곳 능수가 특별히 나쁘다는 뜻이 아니었어요. 어느 곳도 특별히 나쁘거나 특별히 좋거나 하지는 않다는 뜻이었지요. 중요한 것은 사람이에요. 자연이나 풍경이 아니에요. 사람이 좋게도 만들고 나쁘게도 만들어요. 사람 때문에 좋은 곳이 나빠지기도 하고 나쁜 곳이 좋아지기도 해요. 그 말을 하려는 거였어요…… 지난번에 하다가 중단했던 이야기를 마저 해드릴게요. 내 젊은 시절의 요양소 이야기요. 그곳에서 내 유일한 소망은 꽃들 천지인 그 산에 그 행복한 꽃들과 함께 누워보는 것이었다고 했지요. 그럴 수만 있다면 아무것도 부러울 게 없다고 생각했다고. 나만 그런 게 아니고 결핵균과 싸움을 벌이고 있던 대부분의 환자들이 다 그랬어요. 그런데 그런 소망을 이룬 사람들이 누구인지 알아요? 그런 사람들이 있긴 했어요. 그 행복한 사람들은 바로 죽은 사람들이었어요. 요양소에

서 환자가 죽으면 그 산에다 묻는다는 거였어요. 그 화려한 꽃
들 사이에요. 산은 무덤이고, 꽃들은 무덤을 덮어요. 멀리서는
무덤은 안 보이고 꽃만 보이는 거지요. 무덤은 안 보고 꽃만
보고 싶으면 가까이 가지 말아야 해요. 하지만 그건 본질을 보
지 못하는 거지요. 그런데 본질을 보면 또 뭐 해요?"

그녀는 자상한 누나 같았다. 나는 얌전히 앉아 그녀의 말
을 듣기만 했을 뿐, 아무 말도 하지 못했다. 자꾸만 술이 들어
갔다. 어제는 그녀가 내 앞에서 만취했다. 오늘은 거꾸로다. 그
녀는 어제의 그녀가 아니다. 나도 내일이면 오늘과 다른 내가
되어 있을까? 그럴 수 있을까?…… 나는 대답하지 못했다. 그
대신 투정하듯 그놈의 바번지 바본지 하는 미국 사람의 음반
을 틀어보라고 주문했다. 그녀는 쓸쓸하게 웃었다. 나는 그 미
소가 기분 나빴다. 그래서 비틀거리며 전축이 있는 곳으로 걸
어갔다.

"없어요. 부쉈어요."

등 뒤에서 그녀가 한숨처럼 내뱉은 말이 그랬다. 나는 잠
시 동안 그 자리에 우뚝 서 있었다. 내 속에서 쿵쾅거리는 소
리가 들렸다. 나는 몸을 돌리지 못한 채 중얼거리듯 말했다.

"당신은 정말 존경스러운 여자요."

그 말은 진심이었다.

나는 그길로 '버들'을 빠져나왔다. 부끄러움 때문이었을
까. 그렇지 않다면 무엇 때문이었을까? 어쩐지 그녀를 볼 수가
없을 것 같았다. 내 걸음걸이는 중심을 잡지 못하고 비틀거렸
다. 여자가 문밖으로 나와서 나를 부축했다.

"타세요, 내가 모셔다 드릴게요."

여자는 어느새 오토바이를 끌고 와서 나를 뒷자리로 밀어 올렸다.

눈을 떴을 때 바깥에는 비가 오고 있었다. 방 안은 어두웠고, 나뭇잎이나 땅바닥 위로 떨어지는 빗소리는 제법 시끄러웠다. 시곗바늘은 8시 30분을 넘기고 있었다. 입안이 모래를 씹은 것처럼 깔깔하고 머리는 묵지근했다. 나는 힘들게 자리를 털고 일어났다.

창문에 의자가 놓여 있었다. 아침마다 그곳에 앉아서 창밖을 바라보았었다. 나는 습관적으로 그곳에 가서 앉았다. 비는 생각보다 많이 쏟아지고 있었다. 창밖에서 풍경을 지우며 쏟아지는 빗줄기 말고는 아무것도 볼 수가 없었다. 하얀 길도, 붉은 종탑도, 그곳에서부터 걸어 나오던 샛노란 유치원복의 아이들도, 그들의 부모도 보이지 않았다. 당연히 나는 아이들의 노랫소리도 웃음소리도 들을 수가 없었다. 그런 것들은 아예 처음부터 없었는지 모른다. 없었을 것이다. 아마도 그랬을 것이다. 그렇다. 처음부터 내 창밖에는 아무것도 없었다……나는 필사적으로 중얼거렸다. 전원이 나간 컴퓨터의 화면이 순간적으로 검은색으로 변하듯 그렇게 급작스럽게 눈앞이 캄캄해졌다. 암전.

나는 캄캄한 어둠 속에서, 아무도 받지 않는, 그래서 감이 점점 희미해져가는 발신음을 듣고 있었다.

해는 어떻게 뜨는가

— 망구스족 이야기

해는 어떻게 떠오르는가. 이 질문은 너무 시시하다. 이제 이런 질문에 대답하지 못할 사람은 이 부족(部族)에는 없다. 세상에 태어난 지 얼마 되지 않아 아직 말을 배우지 못한 어린 애들을 빼놓고 누구에게든 물어보라. 해가 어떻게 떠오르는 것이냐고. 그들은 별 신통치도 않은 질문을 다 받는다는 듯한 표정으로 잠시 멀뚱하게 바라볼 것이다. 그대가 이 망구스 부족의 사정에 어두운 이방인이라는 사실을 납득시켰다면, 그대는 이내 막힘없는 대답을 듣게 될 것이다. 해는 주술사가 불러낸다. 그들은 대답한다. 그가 부르면 해가 뜬다고. '태양의 신전'에서 그들의 왕인 주술사가 부싯돌을 부딪치며 주문을 외면 해가 그 둥글고 잘생긴 얼굴을 동쪽 바닷속에서 서서히 들어 올린다고. 주술사의 부싯돌에서 불꽃이 나와 잠자고 있던 해를 깨우는 것이라고.

언제부터였는지 정확하게 기억하는 사람은 없었다. 어디서부터 비롯된 것인지도 분명치 않았다. 그러나 그 소문은 먼지를 실어 나르는 바람처럼, 그렇게 은밀하고 재빠르게 전 부족을 휩쓸고 지나갔다. 아니다. 그 소문은 지나가지 않았다. 바람처럼 지나가기라도 했다면 그들은 바람에 나는 먼지들처럼 행복했을 것이다. 그러나 그 소문은 먼지를 나르는 바람처럼 왔지만 바람에 나는 먼지들처럼 지나가지는 않았다. 오히려 그 바람은 부족민들의 머릿속으로 침투해 들어와서 똬리를 틀고 들어앉아버렸다. 그래서 그들은 터무니없이 무겁고 큰 불안에 휩싸였다.

머지않아 해가 뜨지 않을 것이다. 우우…… 사람들은 몸을 떨며 진저리를 치며 그 소문을 옮겼다. 그것은 머지않아 큰 재앙이 닥칠 거라는 뜻이었다. 해가 뜨고 지는 것은 세상이 우주의 법칙을 좇아 질서 있게 운행하고 있다는 가장 확실하고 견고한 표상이었다. 그들은 마을 한가운데 세워진 가장 큰 건물인 회당에서 그렇게 배웠다. 해는 부족의 삶의 한복판에 있었다. 그들은 해가 뜨면 잠자리에서 일어나 일터로 나갔고, 해가 지면 일을 마치고 집으로 돌아왔다. 부족의 모든 집들은 해가 떠오르는 동쪽을 향해 지어졌고, 사람들이 죽으면 해가 지는 서쪽에 무덤을 만들어 묻었다. 오래전부터 그들의 삶 속에, 그들과 함께 해는 뜨고 졌다. 해의 뜨고 짐은 오래전부터 그들의 삶의 자연스러운 척도였고, 축도였다. 태어나고, 그리고 반드시 죽는다는 것. 개인의 삶은 일회적이고, 그러나 부족의 삶은 되풀이된다는 것. 해는 그들이 자연의 일부임을 가장 정직하고 선명하게 환기시켰다. 따라서 해가 뜨지 않는다는 것은 무서운 액운의 징조였다. 그것은 이제껏 한 번도 상상된 적이 없는 두렵고 떨리는 가능성이었다. 그것은 세상의 마지막이 임박했음을 암시하는 신호였다.

"그날이 언제래?"

"진짜로 해가 뜨지 않을까? 세상이 그렇게 끝장날 수 있을까?"

"그런 일이 정말로 생길까?"

"우리는 어떻게 해야 하지?"

그들은 일손을 놓고 몸을 떨며 수군거렸다. 일이 손에 잡힐 리 없었다. 그 문제에 관한 한 남자와 여자, 어른과 아이의 구별이 없었다.

다음 날 아침에 당장 해가 솟아오르지 않을지도 모른다는 걱정 때문에 사람들은 밤에 잠을 이루지 못했다. 그들은 불안했다. 혹시 내가 잠 속으로 빠져들어간 사이에 세상이 흉측하게 변해버리는 것이 아닐까. 세상이 끝장나버리지는 않을까…… 그들은 편안하게 잠을 잘 수가 없었다. 그래서 사람들은 밤새 뜬눈으로 동쪽 하늘을 지켜보고 있다가 조금씩 밝아오는 동쪽 하늘을 보고 아직 세상의 끝이 닥치지 않았다는 사실을 확인하고서야 아주 잠깐씩 눈을 붙이곤 했다. 그 때문에 그들의 눈은 늘 붉게 충혈되어 있었고 얼굴은 언제나 수면 부족으로 푸석푸석했다.

물론 그 밑도 끝도 없는 소문에 의심의 눈초리를 보내고 이의를 제기하는 사람이 없었던 것은 아니다. 예컨대 부족의 한복판에 자리 잡은 회당에서 해의 뜨고 짐을 우주 질서의 생생한 원리라고 믿고 가르쳐온 장로의 경우를 들 수 있다. 그는 그 소문을 터무니없는 것으로 치부하고, 민심을 흉흉하게 하려는 불순한 무리의 음모가 개입했을 가능성이 있음을 경고했다. 그러나 이제까지와는 달리 장로의 계몽은 먹히지 않았다. 사람들을 휘어잡은 것은 떠돌아다니는 괴소문에 대한 맹목적인 믿음과 그에 따른 불안한 기류였다. 장로의 권위조차도 소문 속의 수상한 바람결을 잠재울 수 없었다. 처음으로 자신의 권위 있는 가르침이 부족민들의 마음속으로 유입되지 않는 사태에 직면한 장로는, 세상의 마지막이 가깝긴 한 모양이라고 혼잣말을 했다.

망구스 부족 사람들의 마음속으로 다른 것이 유입되었다. 주민들은 장로의 주장을 정면으로 반박하고 나선 한 이방인의 논리에 매료되었다.

회당 앞이었다. 장로는 태양이 뜨지 않을 가능성에 대한 우려를 기우라고 몰아붙이며 강경한 어조로 주민들을 설득시키고 있었다. 그때 그 이상하게 생긴 사람이 불쑥 앞으로 모습을 드러냈다. 그는 키가 컸고, 머리에 털이 없었으며, 외눈이었고, 피처럼 붉은 망토를 걸치고 있었다. 그전까지 그를 본 사람은 아무도 없었다. 그가 어디에서 왔는지 아무도 알지 못했고, 알려고 하지도 않았다. 머리부터 발끝까지 붉은 망토를 걸친 그 낯선 사람은 장로의 면전에서 카랑카랑하고 위엄 있는 목소리로 말했다.

"그대들의 장로는 어제 해가 떴고 오늘도 해가 떴으므로 당연히 내일도 그럴 것이라고 말한다. 매우 합리적이고 논리적인 것처럼 위장된 그 무슨 우주 질서니 자연의 법칙이니 하는 것이 실은 이처럼 허술하고 맹목적인 믿음에 뿌리박고 있다니 놀랍지 않으냐? 물론 해는 어제도 떴고 그제도 떴다. 그렇기 때문에 내일도 뜰 것이다? 그것은 맹목적인 신념이 아닌가? 가장 유치하고 단순한 미신이 아닌가? 행위의 반복이 습관이 되긴 하지만, 그것을 원칙으로 삼는다는 것은 다른 문제이다. 말해보라. 늘 그래왔으니까, 이제까지의 반복된 경험으로 비추어 내일 아침도 해가 뜰 것이라는 그대들의 기대가 맹목인가, 어제도 떴고 그제도 떴지만 내일 아침에는 해가 뜨지 않을 수도 있을 거라는 나의 주장이 맹목인가? 그대들은 아침마다 해가 떠올라 새로운 하루를 연다는 확신을 어디서 무엇으로부터 받았는가? 말해보라. 누가 그대들에게 그런 약속을 했는가? 그대들도 알거니와 해는 약속하지 않았다. 그럼 누군가? 누가 그런 보장을 해주었는가? 저 큰 건물 속에 들어앉아 그대들을 세 치 혀와 공교한 논리로 우롱하는 장로? 어리석도다, 그대들. 해가 어떻게 뜨는지 정녕 알고 싶지 않은가?"

사람들은 그에게 매료되었다. 누구도 그 사람처럼 말하지 않았다. 장로도 그렇게 말하지 않았다. 굳이 말하자면, 장로는 도리어 말을 아끼는 편이었다. 그는 말로 사람들을 감동시킨 적이 없었다. 그런데 이 사람을 보라. 그가 사람들을 향해 말할 때, 그들은 가슴이 비수에 찔린 것 같은 통증을 느꼈다. 도대체 이 사람이 누구인가……

수군거림은 잠시였다. 그가 이방에서 온 최고의 주술사임이 곧 확인되었다. 하늘을 운행하는 천체를 관장한다는 그의 신비한 능력도 머지않아 알려졌다. 그의 출생과 성장 과정에 대해서도 믿을 수 없는 기적적 일화들이 들러붙었다. 알에서 태어났다든지, 마귀산의 동굴에서 열흘을 버텨 마귀의 귀를 잘라 왔다든지 하는 일화들이었다. 그가 눈이 하나밖에 없는 것은 그때의 치열한 싸움에서 한쪽 눈을 잃었기 때문이라고 했다. 그것들은 사람들의 입을 거쳐갈 때마다 조금씩 부풀려져서 나중에는 그를 하늘에서 자연의 운행과 생명체들의 삶을 관장하고 있는 신 가운데 하나라고까지 말하는 사람이 생겨났다. 이상한 것은 그런 식의 믿기 어려운 이야기들에 대한 주민들의 반응이었다. 유포된 불안의 망이 그만큼 조밀하고 사나워서였을까, 사람들은 티끌만큼도 의심하지 않았다. 그들은 그가 하는 말에 이미 사로잡혀 있었다.

"저렇게 말하는 사람은 본 적이 없다. 그는 우리와 다르다."

그들은 더욱 열광적으로 주술사를 따랐다. 그들은 앞다투어 주술사에게 몰려와서 물었다.

"우리가 어떻게 해야 하겠습니까?"

그 질문은 그들이 어렵고 이해하기 어려운 일을 당할 때면, 회당으로 장로를 찾아 던지던 것이었다. 우리는 어떻게 해야 합니까? 그러나 그들은 장로를 잊어버렸다. 그들은 장로에게 가지 않고 주술사에게로 갔다.

주술사는 오래 기다리게 하지 않았다. 그는 사람들을 모두 모이게 한 후 선언하듯 외쳤다. 그가 말할 때 그의 피처럼 붉은 망토에서는 빛이 났다. 사람들은 눈이 부셔서 고개를 숙였다.

"그대들은 염려하지 말라. 나는 그대들의 염려와 불안을 안다. 내가 그것들을 없애주겠다. 나는 그대들을 위해 매일 아침마다 해를 뜨게 해줄 것이다. 매일 아침마다 내가 그대들을

위해 해를 부르겠다. 아무것도 염려하지 말라. 내가 부르면 해
는 뜰 것이다."

그는 큰 소리로 말했다.

"나를 믿으라. 의심하지 말라. 티끌만큼도 의심을 품지 말
라. 의심하는 자가 한 사람이라도 있으면 해는 뜨지 않을 것이
다. 그리고 그자는 무서운 벌을 받게 될 것이다."

"믿습니다. 우리가 믿습니다. 우리의 조상들도 믿고 우리
의 아이들도 믿고 우리의 태어날 아이들도 믿습니다."

사람들은 맹세했다. 주술사는 흡족한 미소를 지었다. 모
인 사람들을 훑어보고 나서 그는 또 말했다.

"좋다. 해가 어떻게 떠오르는지 보아라. 오늘 밤 나와 함
께 언덕으로 올라가자. 그대들은 해가 어떻게 떠오르는지 보
게 될 것이다."

밤이 되었다. 사람들은 그를 따라 산으로 올라갔다. 산은
마을을 품에 싸안고 있었고, 바다를 양팔로 끌어안고 있었다.
그곳에 올라가면 부족의 살림살이가 한눈에 들어왔다. 그 산
위에 크고 높은 바위가 뾰족하게 서 있었다. 주술사는 사람들
을 그 아래쪽에 앉히고 자신은 그 위로 올라갔다. 하늘은 칠흑
같이 어두웠다. 주술사는 어둠 속에서 동쪽을 향해 정좌를 하
고 앉았다. 그는 오랫동안 무슨 주문인가를 외었다. 그의 간절
하고 쩌렁쩌렁한 목소리가 깜깜한 하늘을 울리고 다녔다. 사
람의 목소리 같지가 않다고 그들은 느꼈다. 언덕 아래 모여 앉
은 사람들 가운데는 벌써 주술사의 주문 속으로 흘러든 사람
들도 있었다. 사람들은 기대와 호기심으로 가슴을 벌렁거리며
끈기 있게 기다렸다. 주술사가 해를 불러 올리기를.

주문이 끝났는가 싶자, 그가 갑자기 팔을 벌렸다. 그러고는 동쪽 하늘을 향해 엄청나게 큰 목소리로 기합을 넣었다. 천지가 진동하는 듯했다. 사람들은 숨을 죽였다. 주술사의 손에는 부싯돌이 한쪽 손에 하나씩 들려 있었다. 그가 부싯돌을 맞부딪쳤다. 그러자 부싯돌에서 불꽃이 튀어 하늘로 날아올라갔다. 더러는 짧게, 더러는 길게, 더러는 작게, 더러는 크게…… 주술사는 부싯돌 부딪치는 동작을 거듭 반복했다.

"보아라, 해가 뜬다."

마침내 누군가가 동쪽 하늘을 가리키며 소리 질렀다. 사람들은 일제히 그가 가리키는 곳을 보았다.

"그래, 해가 뜬다."

"해가 뜬다, 와!"

사람들은 소리를 질렀다. 그들은 두 눈으로 똑똑히 보았다. 수평선 위로 유난히 새빨간 태양이 수줍은 듯 아주 조금 얼굴을 내밀고 있었다. 사람들은 떠오르는 해를 향해 손을 높이 들고 흔들었다. 손을 흔들며 춤을 추었다. 춤을 추며 환호성을 지르고 서로 얼싸안고 깡총깡총 뛰었다.

"무릎을 꿇어라. 무릎을 꿇고 예를 갖추라."

그 순간, 그들은 쩌렁쩌렁한 주술사의 목소리를 다시 들었다. 사람들의 들뜬 흥분과 사로잡힌 격정에 찬물을 끼얹는 목소리였다. 불그스름하게 물든 하늘을 배경으로 바위 위에 우뚝 서서 호령하는 그의 목소리에는 거역할 수 없는 힘이 묻어 있었다. 그 힘은 어디서 나온 것인가. 사람들은 알지 못했다. 바로 자신들이 부여한 힘이라는 것을. 바로 자신들이 그에게 그만한 권위를 갖게 했다는 사실을. 그 목소리는 사람의 것 같지가 않았다. 누가 먼저랄 것도 없이 사람들은 일제히 해를 향해 무릎을 꿇었다. '예를 갖추기 위해' 자세를 낮추고 머리를 숙인 사람들을 향해 주술사는 다시 더 큰 소리로 말하기 시작했다.

"나는 약속한다. 그대들의 근심을 가져가고 달콤한 밤잠을 돌려주겠다. 바로 내가 그렇게 하겠다. 오늘 밤부터는 내일의 노동을 위해 편히 잠을 자도 좋다. 그대들은 해가 어떻게 뜨는지를 그대들의 눈으로 보았다. 그러므로 더 이상 걱정할 필요가 없다. 의심할 이유도 없다. 전혀 없다. 이제 앞으로 해는 나의 주문에 의해 뜨고 질 것이다. 내가 부르면 뜰 것이고, 내가 부르지 않으면 뜨지 않을 것이다."

"우리가 믿습니다. 우리의 조상들도 믿고 우리의 아이들도 믿고 우리의 태어날 아이들도 믿습니다."

사람들은 고개도 들지 못하고, 한 점의 회의도 내비치지 못하고, 주술사의 일방적인 선언을 수용했다. 그들은 무릎을 꿇고 고개를 깊이 숙였다. 그러나 이제 더 이상 해를 향해서가 아니었다. 그들 역시 그 순간에 곧바로 깨닫지는 못했지만, 그들의 경배를 받고 있는 것은 해가 아니라, 주술사 자신이었다.

그리고 주술사의 장담대로 되었다. 이제 그 부족에서 해는 주술사의 호출에 의해 어김없이 떠올랐다. 해가 주술사의 능력에 의해 뜬다는 사실을 의심하려는 사람은 없었다.

물론 예외가 있었다. 부족의 장로, 그는 침묵할 수 없었다. 그는 부족민들을 향해 한탄하며 외쳤다.

"어리석구나. 오늘 저자가 불러냈다고 하는 저 해는 실은 어제도 그제도 어김없이 떴던 바로 그 해이다. 저자가 부르지 않았어도 해는 떴다. 그대들은 그 사실을 너무나 잘 알고 있다. 그런데 왜 갑자기 오늘부터는 저자가 주문을 외워야 해가 뜬단 말인가. 어째서 그렇게 생각하는가."

그의 외침은 너무나 쉽게 묵살되었다. 이미 주술사의 마력적인 웅변의 맛에 취한 부족민들의 귀에 늙은 장로의 평범하고 건조한 음성은 들리지도 않았다.

"오늘의 해는 어제의 해가 아니다. 새로운 해이다. 우리는 더 이상 반복 경험에 대한 막연한 기대나 근거 없는 우연에 의지하여 해를 기다릴 수가 없다. 해는 언제든 떠올라야 한다. 우리에게는 확신이 필요하다. 그는 우리에게 해를 약속했다."

이만큼 자세하게 설명을 붙인 쪽은 그래도 친절한 편이었다. 대부분의 부족민들은 자신들의 단순하고 견고한 확신이 어디에서 비롯했는지를 매우 직접적으로 드러내어 장로의 말문을 막아버렸다.

"우리는 그가 주문으로 해를 불러내는 모습을 두 눈으로 똑똑히 보았다."

눈으로 본 것이야말로 가장 확실한 증거였다. 망구스 부족은 여러 가지 의견이 엇갈릴 때면 눈으로 본 사실을 가장 신뢰할 만한 첫번째 증거로 채택했다. 그다음은 귀였고, 그다음은 손, 그다음은 코였다. 그것은 오래전부터 전해 내려온 조상들의 지혜였고, 장로의 가르침이었다. 눈으로 직접 목격했다는 사람이 나타나면 의견이 분분한 모든 논쟁은 바로 끝을 맺게 마련이었다. 따라서 눈으로 직접 보았다는 그들의 평범하고 단순한 말에 이의를 제기하기는 어려웠다.

주술사는 의심하는 사람이 있으면 해가 다시 뜨지 않을

것이라고 선언했고, 사람들은 오히려 그 점을 우려하고 두려워했다. 그래서 그들은 장로의 부정한 입을 막으려고 했다. 주술사의 침묵 속의 뜻을 재빨리 간파한 주민들에 의해 장로는 변경으로 추방되었다. 조상들의 유전(遺傳)과 삶의 지혜를 가르치던 회당도 문을 닫았다. 그 대신 주술사가 주문으로 해를 불러내는 언덕 위에 회당 건물보다 더 크고 더 웅장한 집이 지어졌다. 그 집을 짓기 위해 한 집에서 한 명씩의 장정이 의무적으로 동원되었다. 계절이 네 번 바뀌도록 장정들은 그 집을 짓는 일에만 매달려야 했다. 마을에 그렇게 크고 높은 건물이 생긴 건 처음이었다. 사람들은 그렇게 크고 높은 건물을 한 번도 필요로 하지 않았다. 필요하지 않았으므로 수고스럽게 집을 지을 이유 또한 없었다. 그러나 그들은 비로소 실용성과 상관없는 가치의 영역이 있음을 알게 되었다. 오랜 시간과 많은 사람의 노동의 결과로 마침내 그 집이 지어졌을 때, 주술사는 손수 '태양의 신전'이라는 이름을 붙였다.

태양이라는, 이상하게 신비스러운 느낌을 주는 낯설고 어려운 단어가 망구스 부족의 삶 속으로 침투해 들어왔다. 그때부터 사람들은 해를 태양이라고 불렀다. 이름을 바꿈으로써 태양은 일상에서 신성으로 그 자리를 바꾸었다. 그것은 하나의 자연물이 아니라 신성한 숭배의 대상이 되었다. 예컨대 사람들이 '해'라고 발음할 때와 '태양'이라고 발음할 때는, 그 지칭이 동일한 하나의 대상을 향하고 있음에도 불구하고, 그 뜻은 판이하게 달랐다. 해는 태양이었지만, 태양은 해가 아니었다.

그것이 전부가 아니었다. 점차 주민들의 언어 사용에 제한이 생겨났고, 특별한 상황에만 사용하도록 구별된 단어들의 숫자도 늘어나기 시작했다. 사람들은 '계시'라는 새로운 낱말을 습득해서 사용해야 했는데, 그 단어는 태양이 떠오르는 현상을 표현하는 경우에만 쓰였다. 마찬가지로 '왕림' '찬양' '성소' '부정' '합장' 같은 말들도 일상과 구별되어 사용하도록 부족에게 선물된 말들이었다. 그 가운데 가장 인상적이고 특별한 영향을 미친 것은 '왕'이라는 단어였다. 이 단어 역시 그런 식으로 어느 날부턴가 망구스 부족민들에게 하사되었다. 그때부터 사람들은 주술사를 주술사라고 부르지 못하도록 명령받았다. 그때부터 주술사는 '왕'이라고 불렸다. 말의 사용에 대한 그와 같은 구별과 제한과 통제를 통해 또렷하게 형성되어가는 권력이라고 하는 것의 실체에 주목하는 사람은 없었다.

해를 마음대로 호출할 수 있는 능력을 가진 것으로 믿어진 그 주술사의 권한은 그런 식으로 점차 확대되어갔다. 해는 뜨지 않으면 안 되기 때문에, 해를 다루는 주술사의 존재 또한 없어서는 안 되었다. 그는 해가 뜨지 않을지도 모른다는 사람들의 맹목적인 근심과 불안을 없애고 그 대신 달콤한 밤잠을 돌려주었다. 해가 뜨지 않을 것을 걱정할 필요가 없어진 평범한 사람들은 그저 열심히 일만 하면 그만이었다. 그리고 그것이 그들이 원하는 바였다.

더러는 해가 하루 종일 떠오르지 않을 때도 있었다. 그래도 그들은 걱정하지 않았다. 그런 날은 주술사가 해를 부르지 않은 날이었다. 그들은 그렇게 믿었다. 그런 날이 반복되면 사람들은 주술사의 심기가 불편하다고 판단했다. 그럴 때면 그들은 '태양의 신전'으로 헌물을 가지고 찾아가 머리를 조아리고 부탁했다.

"우리를 위해서 태양을 불러주십시오."

간혹 주술사는, 몹시 심각하고 음울한 표정을 지으며, 부족의 구성원 가운데 누군가가 부정을 저질러서 태양이 떠오르지 않으려 한다고 말하기도 했다. 그럴 때면 그들은 제비를 뽑아야 했다. 제비에 뽑힌 자는 부정한 짓을 했거나 불경스러운 의심을 품은 자신의 죄를 씻기 위해 주민들에게 심한 추궁과 함께 처벌을 받아야 했다. 처벌은 상상 밖으로 엄했다. 부정한 자로 지목된 자는 다리 하나를 잃기도 했고, 한쪽 눈을 잃기도 했다. 더러는 목숨을 잃기도 했다. 그러나 사람들은 개의치 않았다. 부정은 그만한 처벌이 가해져야 할 죄악이었다. 태양은 그만한 희생과 대가를 치르고서라도 지키고 숭배해야 할 소중한 가치가 있었다.

'태양의 신전'에서 주술사는 혼자 살았다. 그는 아무 일도 하지 않았다. '왕'이었기 때문이다. 다른 모든 사람들이 산과 밭에 나가 열심히 일하고 있는 동안 그는 사람들이 가져다준 맛있는 음식을 조금씩 떼어 먹으면서, 빈둥거리거나 낮잠을 자거나 했다. 그가 음식을 먹거나 휴식을 취할 때는 아무도 방해해선 안 되었다. 그것은 금지되어 있었으며, 실수로라도 금기를 범하는 자는 무서운 질병에 걸린다고 믿었다. 그가 하는 일이란 새벽녘에 부싯돌을 부딪쳐 해를 뜨게 하는 일이 전부였다. 그러면서도 그는 그 부족민들 가운데서 가장 맛있는 음식을 먹었고, 가장 넓고 편안한 잠자리에서 잠이 들었으며, 가장 화려한 장신구를 몸에 걸치고 다녔다. 말할 것도 없이 그것들은 부족 사람들이 제공한 것들이었다. 사람들은 봄과 가을에 정기적으로 헌물을 바쳐야 했고, 수시로 '왕'의 요구를 들어주어야 했다.

이전에 부족의 구성원들은 평등했었다. 같이 먹었고, 같이 입었고, 같이 일했다. 그들은 같이 살았다. 그러나 이제는 달라졌다. 한 사람의 예외자가 생겨났다. 그는 다른 사람들과 어울려 살 수 있는 존재가 아니었다. 그는 가장 높은 곳에서 일도 하지 않으면서 호화스러운 생활을 하며 살았다. 그것은 그가 다른 사람이 갖고 있지 않은 능력——해를 뜨게 할 수 있다는——을 갖고 있기 때문이었다. 그가 부족의 삶을 재앙에서 지켜주기 때문이었다. 그들은 그 사실을 의심 없이 믿었다. 그 믿음에 의혹을 품은 사람이 한 명 있었지만, 그는 이미 추방되고 없었다. 장로가 사라지고 나자 아무도 주술사를 간섭하지 못했다.

오래지 않아서 주술사가 살고 있는 '태양의 신전'을 출입하는 데도 제한이 생겨났다. 주술사는 자신의 허락을 받지 않은 사람의 출입을 금했다. 그렇게 하여 신전은 한층 특별한 지역이 되었다. 그것이 끝은 아니었다. 생활과 관련된 이런저런 제한과 통제와 금기가 자꾸 늘어났다. 이를테면 해가 질 때부터 해가 뜰 때까지 거리를 배회하면 안 된다든지, 여자들은 얼굴을 드러내고 사람들이 모인 자리에 나타나면 안 된다는 따위의 금령이 그런 것들이었다. 법들은 부족의 안녕과 백성들의 행복을 지킨다는 구실 아래, 그런 식으로 태어나고 불어났다. 성(聖)은 너무나 자연스럽게 권력으로 화했다. 법을 제정한 것은 백성들이 아니었다. 백성들에게는 복종할 의무만이 지워졌다. 사람들은 의심 없이 복종했다. 사람들은 천부적인 자유를 반납하고 기꺼이 통제와 관리의 대상이 되었다. 해는 떠야 했고, 해의 뜨고 뜨지 않음은 주술사의 뜻 속에 있었다.

부족의 모든 살림살이도 주술사가 관장하고 나섰다. 아무리 작은 부족이라고 해도, 전체 부족의 살림살이를 혼자서 감당하는 것은 쉬운 일이 아니었다. 모든 사람들이 그의 무릎 아래 머리를 조아렸지만, 그중에서도 특히 자신의 말을 잘 듣는 몇 사람을 뽑아서 신전을 지키게 하고, 자신을 경호하게 하고, 살림살이를 관리하게 했다.

주술사에 의해 간택된 자들 역시 하루 종일 아무 일도 하지 않고 빈둥거렸다. 그들은 주술사의 힘을 믿고 기고만장하게 굴었다. 일은 하지 않고 채찍을 들고 어슬렁거리며 주민들에게 행패를 부리기도 했다. 아니, 그것이야말로 그들이 맡은 새로운 일이었다. 그들은 주술사가 열을 원하면 스물을 긁어갔다.

주술사의 주변을 어슬렁거리며 빈둥거리는 그런 사람들의 입까지 책임져야 했기 때문에, 주민들이 바쳐야 할 헌물의 양은 점점 더 늘어났고, 그에 비례해서 부족 사람들의 전체 생활은 한층 빈궁해졌다.

'왕'만이 부자였다. 신전의 창고에서는 곡식들이 썩어갔지만, 주술사는 자꾸만 헌물을 요구했고, 그것들을 보관하기 위해 더 큰 창고를 짓게 했다. 백성들은 그 새로운 큰 창고를 채우기 위해 허리가 휘어졌다. 백성들은 이제, 이튿날 해가 뜰 것인가, 뜨지 않을 것인가 걱정하느라 잠을 이루지 못하는 것이 아니었다. 그렇지만 상황은 조금도 좋아지지 않았다. 그들은 낮 동안 밀린 일을 하기 위해서 밤잠을 자지 못했다.

그럼에도 불구하고 그들은 주술사를 원망하지 않았다. 그가 부족을 위해 해를 떠오르게 하는 한, 어떤 순간에도 주술사는 원망의 대상일 수 없었다. 그들은 자기들의 생활이 바로 그 주술사 때문에 궁핍해지고 피폐해졌다고 생각하지 않았다. 그런 생각은 불경한 생각이었고, 그처럼 불경한 생각을 하면 해가 뜨지 않게 될 것이라는 두려움은 크고도 깊었다. 그 두려움은 상상 속의 것이 아니었다. 해가 뜨지 않게 한 장본인으로 지명되어 나가 곤욕을 당하는 사람을 그들은 여럿 보았다. 무섭고 끔찍한, 항거할 수 없는 체벌…… 죽어 나가는 사람도 있었지만, 아무도 그를 동정하지 않았다. 그렇게 되기를 원하는 사람은 아무도 없었다.

어느 해 여름이었다. 여러 날 동안 해가 뜨지 않고 하늘에 구멍이라도 뚫린 것처럼 폭우가 계속되었다. 강가의 둑이 무너져 애써 가꾼 곡식들이 파헤쳐지고, 집들도 여러 채 떠내려갔다. 물살에 휘말려 목숨을 잃은 사람도 생겨났다. 그런데도 하늘은 캄캄하고 해가 뜰 기미는 보이지 않았다. 물론 그전에도 여러 날씩 비가 오고 해가 뜨지 않은 적은 있었다. 그런 때면 주술사는 백성들 가운데 누군가가 부정한 일을 저질렀다는 사실을 사람들에게 믿게 했다. 마을 사람들은 제비를 뽑아야 했고, 제비에 뽑힌 사람은 마을 한가운데서 사람들로부터 징벌을 받아야 했다. 그 징벌이 얼마나 무섭고 끔찍하던지, 무언가 떳떳하지 않은 일로 괴로워하던 사람 중에는 제비뽑기가 있기 전에 야밤을 이용해 도망가버리는 경우도 생겨났다.

"그대들도 충분히 짐작하고 있겠지만, 그대들 가운데 누군가 부정한 일을 저지른 사람이 있다. 그래서 태양이 떠오르지 않는 것이다. 그 사람을 찾아내서 벌해야 한다. 그래야만 태양을 다시 볼 수 있을 것이다. 그러지 않으면 태양의 계시는 영원히 없을지도 모른다. 그대들이 원하는 것은 무엇인가?"

주술사는 마을 사람들을 신전으로 불렀다. 사람들은 두려움으로 벌벌 떨면서 신전 앞마당으로 모여들었다.

"우리가 원하는 것은 매일 아침 태양의 계시를 알현하는 것입니다."

"그렇다면 부정한 자를 추려내라."

누군들 자신과 신의 이름 앞에서 떳떳한 사람이 있을까. 해 아래 죄 없이 사는 사람이 한 명인들 있을까. 사람들은 남이 모르는 은밀한 허물을 신전에 내놓고 간절하게 빌었다. 나는 죄를 밥 먹듯 짓고 삽니다. 하오나 이번만은 제발 제비를 내게서 피하게 하소서.

"동쪽 편에서부터 시작하라."

주술사는 높은 의자에 눕듯이 앉아서 향기 나는 과일을 입으로 가져가며 나른한 목소리로 지시했다. 처음에 비해 그 숫자가 턱없이 많아진 관리들이 채찍을 들고 다니며 제비뽑기에 참여하기를 꺼려하는 백성들의 이탈을 막았다. 혹시나 하는 두려움 때문에 머뭇거리며 선뜻 손을 내밀지 못하는 사람은 그들이 휘두르는 채찍의 매운맛을 보아야 했다. 채찍은 인정이 없었고, 사정도 몰랐다. 채찍질당한 자리에 시퍼렇게 멍이 들고, 검붉은 피가 튀어나오기도 했다. 사람들은 채찍을 피하고자 몸을 웅크렸다.

마침내 오래전에 남편을 잃고 혼자 살아온 젊은 아낙이 뽑혀 나왔다. 그녀는 자식과 친척과 이웃 들 앞에서 외간 남자와의 단 한 번의 불륜을 고백해야 했다. 사람들은 그녀의 딱한 신세를 안쓰러워하면서도, 자신과 자신의 가족이 그 재앙에 걸려들지 않은 사실에 안도의 한숨을 내쉬었다. 그리고 이내 징벌이 시작되었다. 아낙은 한쪽 팔과 이빨이 다섯 개나 부러진 채 온몸이 피투성이가 되어 강바닥에 버려졌다. 그녀는 몸을 일으키지도 못했다.

"이제 돌아가라. 내일은 태양이 뜰 것이다."

주술사는 선언했다. 사람들은 서둘러 언덕을 내려갔다.

그러나 이튿날도 해는 떠오르지 않았다. 하루 종일 깜깜한 먹장 구름이 하늘을 덮고 있을 뿐이었다. 그리고 그날도 적지 않은 논과 밭이 유실되고 여러 명의 아이가 더 불어난 강물에 떠내려갔다. 그들은 다시 신전에 모였다. 그날도 '부정한 자'가 한 명 다시 뽑혀 나와서 곤욕을 치렀다. 주술사는 말했다.

"이제 돌아가라. 내일은 태양이 뜰 것이다."

그렇지만, 역시 그 이튿날도 해는 떠오르지 않았다. 다음 날도, 그다음 날도 마찬가지였다. 그러는 가운데 여러 명의 희생자가 나왔지만, 어찌 된 일인지 해는 떠오를 생각을 하지 않았다. 안타깝고 불안한 나날이 계속되었다.

일곱째 날이 지났을 때, 사람들 사이에 웅성거림이 일기 시작했다. 그들 가운데 조심스럽게 왕의 자격과 능력에 의심을 표시하는 사람이 생겨났다. 해가 뜨지 않는 것은 누군가의 부정 때문이 아니라, 왕이 부르지 못하기 때문이 아닐까······ 한참을 머뭇거린 끝에 아주 은밀하고 비밀스러운 목소리로 누군가가 그런 의견을 냈다. 그러자 기다렸다는 듯 몇 사람이 그 의견에 공감을 표하고 나섰다. 그 의혹은 그들의 내면에서 얼마 전부터 조금씩 조금씩 싹터온 것이었다. 그러면서도 '불경'과 '부정'에 대한 압박 때문에 차마 입 밖으로 내지는 못하고 있던 터였다. 그러던 중에 한 사람이 심중의 생각을 꺼내자 사람들은 그 의혹이 자기만의 것이 아니었음을 깨닫고 마침내 그 '부정한' 생각들을 수군거리며 서로 나누었다. 왕이 태양을 부르지 못하는 것이라면, 그 까닭은 어디 있을까. 그들의 생각은 백성들 가운데 한 사람이 아니라, 지도자의 부덕을 하늘이 징벌하는 것이 아니냐는 쪽으로 자연스럽게 기울어갔다.

"우리가 그를 왕으로 섬기는 것은, 기억해보시오. 그가 우리에게 태양을 약속했기 때문이오. 그가 그런 능력을 가지고 있었기 때문이오."

"그렇소."

사람들은 고개를 끄덕이고 손을 흔들었다. 하지만 섣불리 주술사에게 그 말을 꺼내겠다고 나서는 사람은 없었다. 관리들의 매서운 채찍은 그들의 용기를 꺾었다. 더구나 불경한 상상을 했다는 구실로 성난 부족들의 한가운데 세워져야 하는 사태를 감내할 용기가 그들에게는 없었다. 그들은 끙끙 앓기만 했다.

마침내 누군가가 조심스럽게 그들이 추방했던 장로를 기억해냈다. 그들은 너무나 오랫동안 장로를 잊고 살았었다. 그 사람이라면…… 그들은 그 사람이라면 틀림없이 용기를 낼 수 있을 거라고 생각했다. 그러나 그는 그들이 추방한 사람이었다. 그를 다시 불러온다는 것이 마음에 걸렸다. 그들은 고심을 거듭했다. 가능하면 다른 방법을 강구해보려고 했다. 오랜 궁리와 긴 토론이 이어졌다. 그러나 주술사 앞에서 떳떳하고 소신 있게 자기 목소리를 낼 수 있는 사람은 장로밖에 없음을 거듭 확인하는 데 그칠 뿐이었다. 그들은 어쩔 수 없이 예정된 결론을 내리고 장로를 부르러 갔다. 건강하고 다리가 튼튼한 두 명의 장정이 뽑혔다. 그들은 빗속을 뚫고 달려갔다.

사흘 만에 부족에게로 돌아온 두 명의 청년은 슬픈 낯빛으로 장로의 죽음을 전했다. 변경으로 추방된 지 한 달 만에 처소에서 의문의 죽음을 맞았다는 소식이었다. 누군가가 교살한 것 같다는 추측이 덧붙여졌다. 그들은 자책감 때문에 어찌할 바 모르고 자신들의 옷을 찢었다. 많은 사람이 부서진 회당 앞에 나가 울음을 토해냈다.

"우리가 그를 죽였구나."

장로와 비교적 가깝게 지냈던 노인 가운데 한 사람이 마침내 울음을 그쳤다. 가장 크게 가장 많이 운 사람이었다. 그는 용기를 냈다.

다시 '부정한 자'를 찾는 제비를 뽑기 위해 '태양의 신전' 앞에 온 부족민들이 여느 때와 같이 모였을 때, 머리가 하얗게 희고 얼굴에 온통 주름이 덮인 노인이 자리에서 일어났다. 그는 주술사를 향해 입을 열었다. 노인은 긴장하고 있었고, 백성들 또한 긴장하고 있었다. 천지가 이상한 고요 속으로 빨려 들어갔다. 노인의 정중하고 나직한, 그러나 소신에 찬 목소리만이 호수에 던진 돌처럼 파장을 넓혀나갔다. 그 순간 사람들 가운데는 노인의 모습에서 옛날 장로의 모습을 본 사람도 있었다.

"분수가 아닌 줄 아오나 소인으로 하여금 한 말씀 여쭙게 하십시오. 해가 떠오르지 않은 지가 벌써 열다섯 날이 지나갔고, 또 제비를 뽑아 부정한 자를 색출한 지도 벌써 열흘이 지났습니다. 그동안 우리 부족이 당한 피해는 말로 표현할 수가 없습니다. 그런데도 여태 태양의 계시를 접하지 못하고 있습니다. 이 사실은 우리를 극도로 불안하고 걱정스럽게 합니다. 이는 필시 한 개인의 부정이 아니라 우리 부족 전체의 부정을 나무라는 하늘의 뜻으로 들어야 할 줄로 압니다."

노인은 거기서 잠시 호흡을 가다듬었다. 활 시위를 당긴 듯한 팽팽한 긴장감이 사람들의 눈에서 빛을 발하게 했다. 왕 또한 심상치 않은 기류를 감지했을까. 처음엔 느긋하게 자세를 잡고 앉아 있던 그도 꼿꼿이 상체를 세우고 귀를 기울였다. 그러나 노인의 목소리는 그때쯤에는 오히려 안정감을 찾아가고 있었다.

"말씀드리기가 송구스럽습니다만, 백성들 가운데는 최근 들어 지도자의 자격과 능력을 의심하는 사람도 생겨나고 있는 것이 솔직한 현실입니다. 물론 우리는 진정으로 그렇게 생각하고 싶지 않으며, 왕을 믿고 왕께 충성을 다하고 싶습니다. 하오나 우리 부족이 최대의 위난에 처해 있음을 모두들 본능적으로 감지하고 불안에 떨고 있는 상태입니다. 그런 뜻에서, 황공하오나, 왕께서도 저희들과 함께 제비뽑기에 참여하시어, 우매한 백성들 사이에서 미미하게 일고 있는 왕에 대한 의혹을 깨끗이 일소해주셨으면 하고 감히 바랍니다."

이미 오래전부터 왕이라는 이름으로 불리고 있던 주술사는 이 뜻밖의 제안을 받고 몹시 기분이 상했다. 이 어리석은 것들이…… 그는 먹고 있던 과일 그릇을 집어 던졌다. 그러나 군중들의 눈빛은 별로 수그러드는 것 같지가 않았다. 뜻밖이었고, 미처 경험해보지 못한 일이었다. 그는 당황했다. 군중들이 노인의 연설에 크게 고무되어 있다는 사실이 손에 잡힐 듯 훤하게 느껴졌다. 손가락만 까딱하면 당장 노인을 끌고 갈 준비를 하고 있는 충성스러운 심복들이, 좌우에서 그의 눈치를 살피고 있었다. 그러나 그는 순간적으로 태도를 바꾸었다. 그렇게 해서는 안 될 상황이라는 걸 직감으로 알아차렸다. 그는 몸을 바로 세우고 백성들의 반응을 살폈다.

"그대들도 그렇게 생각하는가?"

그는 좌중을 둘러보고 물었다. 사람들은 침묵으로 노인의 의견에 동조했다. 술렁거리는 소리는 들렸지만, 반대의 의사를 발표하는 사람은 없었다. 이것들 봐라. 이것들 봐라…… 자신에 대한 의혹이 일어나고 있는 이런 상황을 그는 용납할 수 없었다. 충복들로 하여금 채찍을 사용하게 한다면 이 무리들을 흩어버리는 것쯤은 일도 아니었다. 그러나 주술사는 이 상황을 무조건 피하기만 하는 것은 현명한 처사가 아니라고 판단했다.

주술사는 눈을 가늘게 뜨고 생각에 잠겼다. 왕은 위기를 기회로 바꿀 줄 알아야 한다. 그것이 지도력이라는 것이다. 그들의 요구를 수용하여 제비뽑기에 직접 참여함으로써 자신의 너그러움을 과시하고 권한을 좀더 확고하게 굳힐 수 있는 기회로 삼을 수 있으리라는 판단도 했다. 무례하고 불경스러운 요구를 자기들의 왕에게 행했다는 죄의식 때문에 저들은 한층 더 두려워하고 복종하게 되지 않겠는가.

그는 제비뽑기에 걸려든 사람을 보면서, 도대체 얼마나 운이 나쁜 사람이 이 많은 백성 가운데 단 한 명만을 마구잡

이로 뽑는 제비에 걸려드는 것인지 한심하게 생각하곤 했었다. 그는 스스로 자신이 그렇게 운이 없는 편이 아니라고 자부했다. 운이 없다니. 운이 없다면 이만한 부귀와 권력과 명예가 어떻게 내 손안에 한꺼번에 들어올 수 있었겠는가. 그는 그것들을 물려받은 것이 아니라 자신의 힘으로 확보한 것이었다. 그리고 그에게는 운도 또한 하나의 능력이었다.

"그대들의 우매함과 불필요한 의심이 나를 짜증스럽게 한다. 나는 지금 몹시 실망을 느낀다. 어떻게 해야 그대들은 예전처럼 나를 믿고 복종하겠는가. 아, 한탄할 일이로구나. 그대들은 그대들의 불신이 이 같은 재앙을 초래하고 있다는 사실을 모르는가……"

왕은 온갖 보화들로 화려하게 장식된 의자를 버리고 일어나 신전의 이곳저곳을 걸어 다니면서 외치기 시작했다. 그럴 때마다 그의 피처럼 붉은 망토가 눈을 부시게 했다. 사람들은 그의 목소리에서 분노를 읽었다. 그들은 머리를 숙이고 숨을 죽였다.

"좋다. 그대들이 정말로 원한다면 그렇게 하겠다. 그러나 내가 그대들과 함께 이 제비에 참여하려는 것은, 그대들의 주장에 동의해서가 아니다. 단지 그대들 사이에 혹시 일어나고 있을지도 모르는 불순한 의혹을 잠재우려는 뜻에서이다. 내가 그대들의 요구를 수용하는 것은, 기억하라, 내가 그만큼 관대하고 인자하기 때문이다. 그대들의 왕이 그만큼 그대들을 사랑하고 망구스 부족의 안녕을 염려하기 때문이다."

주술사는 새로운 제비를 준비하게 했다.

"자, 시작하라."

주술사는 명령했다. 이미 익숙한 의식이었다. 사람들은 긴장과 두려움으로 벌벌 떨면서도 익숙하게 한 명의 부정한 자를 찾는 의식에 참여했다. 단 한 사람, 주술사만이 당당했다. 그는 이 많은 사람 가운데 그 운 나쁜 제비가 자기에게 돌아올 확률은 거의 없다고 판단했다. 그것은 말 그대로 하늘의 저주를 받은 사람이나 당하는 횡액인데, 지금까지의 경우로 보아 자신은 그렇게까지 운이 없는 사람이 아니었다. 부족민의 숫자가 이미 만 명을 넘었으므로 그 확률은 만 분의 일이었다.

그러나 결과는 어이없고 한심했다. '부정한 자'의 제비를 뽑은 사람은 주술사, 바로 자신이었다. 주술사는 당황했다. 이럴 리가 없는데…… 군중 속에서 웅성거림이 일어났다. 왕은 자신에게 돌아온 제비를 인정할 수 없었다. 그는 서둘러 절차상의 하자가 있었다고 주장했다.

"이번 것은 무효다. 우리의 제비뽑기는 언제나 동쪽에 있는 사람부터 시작했다. 그것이 원칙이었다. 그런데 이번에는 그렇게 하지 않았다."

"이번에도 동쪽부터 했습니다."

한쪽에서 주술사의 주장에 이의를 다는 사람이 있었다.

"그렇지 않다. 내가 내 눈으로 똑똑히 보았다."

주술사는 이의를 다는 사람을 노려보고 소리 질렀다. 그러자 아무도 더 이상 항변하지 않았다. 수군거림도 점차 수그러들었다.

의식은 다시 진행되었다. 주술사는 자신이 액땜을 한 것이라고 생각했다. 대부분의 사람들이 한 번도 걸리지 않는다. 한 번 걸리는 것이 최악이다. 두 번 연속으로 그 운 나쁜 제비뽑기에 걸리는 액운이란 없다. 그런 것은 가능하지가 않다. 그 것은 시간과 공간의 엄연한 규제를 받는 이 세계에서는 있을 수 없는 일이다. 아무리 운이 없더라도 그 재수 없는 제비가 같은 사람에게 연속적으로 돌아가지는 않을 것이다. 그럴 가 능성은 태양이 실제로 녹아 없어지고 지금 당장 세상이 끝장 난다는 가정보다 더 희귀하고 믿기 어렵다.

그런데, 이번에도 결과는 같았다. 한 번 더 시도함으로써 사람들에게 제비뽑기의 효험에 대한 확신을 한층 견고하게 만 들어준 결과를 초래했을 뿐이었다. 주술사는 뜻밖의 결과에 대한 당혹과 알 수 없는 배신감으로 얼굴이 흙빛으로 변했다. 주술사가 두 번 연속 제비에 뽑히는 경우를 부자연스럽고 불 가능하다고 추정했던 것처럼, 그곳에 모인 백성들 또한 그렇 게 생각했다. 그런데 부자연스럽고 불가능한 일이 현실로 나 타났다. 이것은 하늘의 뜻이 아니라면 일어날 수 없는 결과였 다. 사람들은 거기서 하늘의 뜻을 읽었다. 그들은 하늘의 뜻을 읽고, 주술사가 그런 것만큼 놀라고 경악했다.

사람들은, 곧바로 어떤 행동을 하지는 않았다. 경악에서 깨어나는 데는 시간이 필요했다. 그들은 하늘이 자신들에게 무슨 일을 시키고 있는지 아주 천천히 감지했다. 그들은 미적 미적거리더니, 최면에서 깨어난 사람들처럼 한 사람씩 일어나 주술사를 에워싸기 시작했다. 그들의 납처럼 어둡고 무거운 표정에서 주술사는 살기를 보았다.

"이거 봐. 왜들 이래. 이번도 잘못된 거야. 다시 해야 한다 고. 그대들, 태양을 뜨게 하고 싶지 않나? 태양이 뜨지 않을까 불안하지 않나?"

"그렇소. 우리는 태양이 뜨지 않을까 불안하오. 이 불안을 없애주겠다는 약속 때문에 그대는 우리의 왕이 되었소. 그러므로 우리가 다시 불안해한다면 그대는 더 이상 우리에게서 왕이라고 불릴 수 없소. 우리는 매일 아침 우리를 위해 태양을 불러줄 진정한 능력을 가진 왕을 원하오. 그대는 실패했소. 그대는 하늘이 버렸소. 우리는 다른 왕을 찾아야 하오. 모르겠소? 우리가 당신을 쫓아내려는 것은 태양이 뜨지 않을까 불안하기 때문이오. 그대는 태양 때문에 왕이 되었으니, 이제 태양 때문에 왕의 자리를 내놓아야 하오."

노인이 선언하듯 점잖은 목소리로 왕에게 말했고, 백성들이 일제히 두 손을 들어 올리며 무슨 말인지 알아들을 수 없는 소리를 마구 질러대었다.

주술사는 마지막 남은 권위로 눈알을 부라렸다. 그러나 그의 목소리는 이미 권위를 잃고 있었다. 백성들을 매료시키던 그 신비스러운 힘은 더 이상 느껴지지 않았다. 주술사는 뒷걸음질 쳤다.

시작은 더뎠지만, 과정은 빠르게 진행되었다. 그들은 주술사를 향해 달려들었다. 발길질을 하고 주먹을 날리고 돌을 던졌다. 주술사가 안간힘을 쓰며 왕권을 가지고 위협해보았지만, 이미 그의 위협은 그 자신에게조차 먹히지 않았다.

깨달음은, 계기가 주어지면 한꺼번에 들이닥친다. 사람들은 그 짧은 순간에 오래고 질긴 미혹에서 빠져나왔다. 그들은 주술사를 용서할 수 없다고 생각했다. 궁지에 처한 주술사가 마침내 피투성이가 되어 '살려달라'고 빌었지만, 그들의 한번 솟구친 울분을 멈추려 하지 않았다. 물결은 거세게 그들을 휩쓸었다. 그들은 그 물결을 탔고, 따라서 이미 자신들을 스스로 통제할 수가 없었다. 그들은 주술사를 잡아 마을 한복판에 묶어 세웠다. 노인부터 어린아이까지 모든 부족 사람이 달려들어 침을 뱉고 뺨을 때렸다. 주술사는 오래 견디지 못했다. 그들은 숨이 끊겨 바닥에 누워 있는 주술사를 바다에 처넣고, 주술사 밑에서 아부하며 백성들을 괴롭혀온 소수의 관리들도 함께 바다에 빠뜨렸다. 그러고는 '태양의 신전'에 모여 회의를 했다.

밤을 꼬박 새운 길고 진지한 회의였다. 그 회의의 내용을 모두 다 여기에 소개할 수는 없다. 그러나 무엇보다도 중요한 한 가지 내용만은 밝히지 않을 수가 없다. 그들은 그날의 길고 진지한 회의를 통해 매우 중요한 사실 한 가지를 확인했는데, 그것은 애초에 해가 떠오르지 않을 것이라는 소문이 나돌기 시작한 것이 언제부터이며, 대체 누가 그런 소문을 퍼뜨려 부족 내에 불안을 조성했느냐는 데 대한 논의였다. 비교적 기억력이 좋은 한 남자가 그 쓸데없는 소문이 사실은 그 주술사에 의해 만들어진 것 같다고 상기했다. 적어도 그들 망구스 부족이 머지않아 해가 뜨지 않고 세상이 끝장날 거라는 걱정과 불안으로 밤을 지새우기 시작한 시점에 그 이방인이 모습을 나타낸 것은 분명하다는 사실이 여러 사람의 진술에 의해 확인되었다. 주술사가 나타나기 전에 그들은 그런 걱정을 하지 않고 살았었다. 해는 아침에 뜨거나 뜨지 않았으며, 뜨든 뜨지 않든 자연스러웠다. 그때 그들은 평화로웠다. 자연스러운 일을 부자연스럽게 인식하기 시작하는 순간 평화가 깨졌다.

회의가 끝나갈 무렵에 누군가가 장로의 죽음을 상기시켰다. 그는 장로의 시신을 모셔와 장례를 제대로 치르고, 그분의 뜻을 기리기 위해 회당을 다시 세워야 한다고 주장했다. 예전처럼 조상들의 유전과 삶의 지혜를 가르치고 배워야 한다고 주장했다. 그들은 하나같이 부끄러워하며 고개를 끄덕였다. 그들은 '태양의 신전'의 일부를 허물고 새롭게 꾸몄다. 그곳에는 신전 대신 회당이라는 잊혔던 이름이 붙여졌다. 사람들은 환호성을 지르며 죽은 장로의 가장 가까운 친구였던 노인을 무등 태워서 그곳으로 모셔 왔다. 주술사를 왕의 자리에서 내쫓는 데 가장 큰 공헌을 한 사람이었다.

"이곳에 머물면서 우리 부족을 위해 지혜를 베풀어주십시오."

노인은 정중하게 거절했지만, 군중들은 그의 거절을 용납하지 않았다. 그는 강제로 왕이 앉던 자리에 앉혀졌다. 군중들은 손을 높이 들고 만세를 불렀다.

"망구스족 만세!"

"망구스여, 영원하라!"

해는 아침에 뜨거나 뜨지 않았다. 그리고 뜨든 뜨지 않든 그것은 자연스러운 일이었다. 그들은 더 이상 그런 일에 마음 쓰지 않았다. 망구스들은, 적어도 계절이 네 번 바뀌기까지는 자연 속에서 평화로웠다.

미궁에 대한 추측

일찍이 에게해 주변에서 번창했던 한 위대한 문명의 존재를 우리에게 알려준 사람은 하인리히 슐리만과 아서 에번스였다. 그들이 이 지역에 대한 발굴을 시작하여 황금 가면과 사자 문과 양손에 뱀을 든 여신상을 보여주기까지 인류는 에게 문명에 대해 아무것도 알지 못했다. 19세기 중엽, '호머'를 단순한 이야기꾼으로서만이 아니라 역사적 사실들을 기록한 위대한 역사가로 믿었던 한 남자, '호머에게 미친' 슐리만의 집념이 에게 문명의 유적들을 땅속에서 끌어냈다. 트로이가 맨 처음 햇빛을 보고, 이어서 미케네도 그 역사의 어두운 지하실에서 모습을 드러내었다.

"미노스왕이 9년 동안 통치하였다"라고 호머가 기록하고 있는 위대한 도시 크노소스는 에게해의 남단에 위치한 크레타 섬의 중심지였다. 그런데 이 섬을 발굴한 사람은 슐리만이 아니라 아서 에번스다. 그는 1900년부터 크노소스의 발굴을 시작했는데, 그 과정에서 크고 복잡하고 이상한 건물을 발견했다. 전설적인 미노스왕이 다스리던 크노소스 궁전으로 밝혀진 이 건물은 완만한 경사면 위에 세워져 있었다. 그 때문에 이쪽에서 보면 1층인 곳이 다른 쪽에서는 3층이기도 하고, 어떤 쪽에서는 4층으로 보이기도 했다. 건물 한가운데 직사각형 모양의 넓은 정원이 있었으며, 그 정원을 둘러싸고 수많은 크고 작은 방이 배치되어 있었다. 1층만 해도 방의 수가 백 개가 넘었다. 그 방들 가운데는 제실(祭室)과 집무실과 아틀리에, 창고와 같이 그 용도를 어렵지 않게 추측할 수 있는 것들이 있었다. 하지만 훨씬 많은 방은 무얼 하는 곳이었는지 짐작하기조차 어려웠다. 이렇게 많은 방이 무엇 때문에 필요했을까, 하는 질문은 별로 중요하지 않다. 그보다 훨씬 의심스럽고 이상스러운 것은 그 건물 내부의 한없이 좁고 길고 꾸불꾸불한 통로와 턱없이 많은 계단이었다. 그 안에서 길은 길을 만나 길이 된다. 방향 감각이 사라져버리는 것은 순식간의 일이고, 마침내는 어디가 들어왔던 곳인지, 어디가 나가는 곳인지조차 알 수 없게 되어버린다. 이 한없이 복잡한 구조의 건물에, 그래서 '라비린토스(미궁)'라는 이름이 붙여졌던 것이다.

이 미궁의 존재는 수 세기 동안 그 방면의 전문가들뿐만 아니라 수많은 평범한 사람의 호기심을 유발해왔다. 나 역시 그들 가운데 한 사람이다. 지금으로부터 4천 년이나 전의 것인, 흡사 함정과도 같은 이 건물은 어떤 목적으로 만들어졌으며 그 용도는 무엇이었을까. 그리고 이 건물을 만든 사람은 누구였으며 이 건물 안에서 산 사람은 누구였을까. 그 까마득한 과거의 한 시절에 이곳에서 무슨 일들이 있었던 것일까. 정말로 왕이 이 미궁에서 살았을까. 만일 그랬다면 그는 이 복잡하고 들고 나는 방향을 종잡을 길 없는 이런 곳에서 어떻게 살았을까. 알려진 바에 따르면, 그는 크레타섬의 군주였다. 그가 무엇 때문에 이런 불편을 감내하려 했을까. 그에게 무슨 괴상한 취미라도 있어서 신하들과 숨바꼭질 놀이 같은 걸 하며 놀았단 말인가. 그러려고 이런 건물을 설계했단 말인가. 어딘지 장난스럽고 우스꽝스럽긴 하지만, 그런 해석을 무조건 터무니없다고 매도하는 것은 온당한 일이 아니다. 그것 역시 미궁의 수수께끼에 대해 해볼 수 있는 여러 가지 자유로운 추측 가운데 하나일 수 있기 때문이다.

이 가정은 미노스왕이 강력한 군주였다는 사실과 그가 다스리던 크레타섬이 당시 지중해 일대에서 최고의 번영을 누리고 있었다는 사실로부터 약간의 지원을 받는다. 그 두 가지 조건은 외부 세력의 위협이 없어 무료해진 이 절대 군주로 하여금 무언가 색다르고 자극적인 놀이를 강구하게 하였을 거라는 추측을 가능하게 한다.

물론, 다시 말하지만, 이것은 하나의 추측에 불과하다. 그리고 이 추측은 유일한 것이 아니라 많은 다른 추측 가운데 하나일 뿐이다. 이보다 더 그럴싸한 다른 해석들도 얼마든지 있을 수 있다. 이 미궁의 존재에 대해 명쾌하게 기술해놓은 원전을 우리는 가지고 있지 않기 때문이다. 요컨대 기원전 2000년에 크레타섬에 살던 사람은 지금 이곳에 살고 있지 않은 것이다. 선장이 없으면 뱃길을 안다고 나서는 이가 더 많아지는 이치일까. 딱 부러지게 답을 댈 수 없는 이 미궁의 수수께끼는 많은 사람의 추리력에 불을 지피는 역할을 했고, 그리하여 각자의 경험과 상상력에 의해 확언할 수 없는 이런저런 해석들이 수도 없이 태어났다. 그 가운데 어떤 것들은 세상에 공개되었지만, 훨씬 많은 것은 개인들의 머릿속에서 빠져나오지도 못했다.

여기 소개하는 이 책은 미궁에 대해 의문과 호기심을 품어온 한 호사가가 그것의 비밀을 풀어보겠다고 자유롭게 상상력을 발휘해본 기록들 가운데 하나이다. '미궁에 대한 추측'이라는 제목의 이 얇은 책을 나는 몇 해 전 유럽 일대를 여행하던 중 우연히 발견했다. 겨우 80페이지 정도인 이 낡은 책은 서기 1939년 파리에서 간행되었고, 저자는 장 델뤼크Jean Delluc로 되어 있었다.

먼지가 자욱이 내려앉은 고서가의 한 귀퉁이에 꽂혀 있는 이 책을 보는 순간 솔직히 나는 조금 흥분하였다. 나는 제목만 보고 두말없이 값을 치렀다. 슐리만이 호머에게 그랬던 것처럼 나는 그때까지 미노스왕의 미궁에 미쳐 있었다. 미쳐 있었다고 하는 것은 아마 조금은 과장된 표현일 것이다. 하지만 그때 나는 마침 지중해 일대를 돌며 크레타와 미케네 문명을 답사하고 돌아오는 길이었다. 오래전에 인류가 이루어놓은 문명의 편린들을 직접 눈으로 확인한 감동이 채 가라앉기 전에 그 책을 발견했기 때문에 우연한 일이 아닌 것처럼 생각되었던 것이다. "미궁에 미쳐 있었다"는 문장은 그러니까 그 순간의 나의 그런 들뜬 기분을 간접적으로 드러낸 표현이라고 이해하면 좋을 것 같다.

나는 그 책을 쓴 장 델뤼크라는 사람이 누구인지를 알아내기 위해 파리의 한 대학 도서관을 찾아가기까지 했다. 처음의 기대와는 달리 그는 역사가나 고고학자가 아니었고, 뜻밖에도 거의 이름이 알려져 있지 않은 소설가였다. 1891년에 태어나 1950년에 죽었고, 오랫동안 한 지방 신문의 편집자 일을 하다가 말년 무렵에 서너 편의 소설을 써낸 것으로, 내가 확인한 대학 도서관의 인명 사전은 전하고 있었다.

고작 세 줄로 압축되어 소개된 그의 대표작은 『악몽』과 『어두운 외침』이었고, 그것들은 공포물로 분류되어 있었으며, 당연히 문학사적 의미를 거의 부여받지 못하고 있었다. 더욱 어이없게도 『미궁에 대한 추측』이라는 작품은 아예 언급조차 없었다. 따라서 나는 내가 찾고 있는 장 델뤼크가 『악몽』과 『어두운 외침』을 쓴 그 장 델뤼크인지 아니면 그 둘이 전혀 다른 사람인지 알 수 없었다. 나는 그 도서관에 장 델뤼크의 저작이 소장되어 있는지 알아보았다. 다행히 『악몽』이 있었고, 나는 그 책의 작가 소개에서 '미궁에 대한 추측'이라는 제목의 소설을 찾아냈다.

그러니까 그렇게 해서 얻은 이 얇은 책도 분명하게 말하거니와 역사적인 자료는 아닌 셈이다. 추측건대 이 책의 저자는 그저 신화와 역사의 수렁을 메우는 벽돌 조각 하나를 찾는 일 따위에 일없이 신명 나 하는, 나와 같은 부류의 몽상가이고, 그는 그러니까 자신의 머릿속에서 우글거리고 있는 그 허구의 생각들을 자유롭게(소설이라는 비교적 자유로운 문학 장르에 기대어) 펼쳐 보이고자 했던 것 같다. 그의 책 속에 들어 있는 내용들이 뭐 특별히 새롭거나 기발한 것이라고 말할 수 없을지도 모른다. 그 내용들 가운데 일부는 내 머릿속으로도 수없이 들락날락하던 것들이었고, 미궁의 존재에 대해 궁금해하는 사람이라면 한 번 이상씩 떠올려보았을 그런 상상들이다.

그럼에도 불구하고 굳이 내가 이 책을 번역하려고 하는 것은 이 이색적인 소재를 가지고 한 편의 작품을 만들어낸 사람이 있다는 사실을 우연히 발견한 감격 때문인지 모른다. 그의 미궁은 나의 미궁이기도 하였던 까닭이다. 하지만 내가 처음부터 이 책을 번역하겠다고 나선 것은 아니었다. 나에게 이 책은, 그 작가의 미미한 존재와 더불어, 문학적 가치에 대한 믿음을 분명하게 심어주지 못했다. 어느 곳에서도 나는 그 작가의 이름을 다시는 들어보지 못했고, 이 책에 대해서는 더욱 그랬다. 이 책을 읽은 사람이 나 말고 또 누가 있을지 의심스러웠다. 거기다 지적 호기심을 충족시킨다는 측면에서도 소수의 색다른 취향을 가진 몽상가들을 제외하면 그다지 유인력이 있어 보이지 않아서 오랫동안 소개할 생각을 하지 않았었다.

독자들은, 그러면……? 하고 물을 것이다. 그렇다면 왜 이제 와서 번역하기로 했는가? 이 책의 문학적 가치에 대한 믿음이 갑자기 생겨나기라도 했다는 말인가. 지적 호기심의 충족이라는 측면에서 썩 유용한 텍스트로 다루어야 할 무슨 갑작스러운 사정이 생기기라도 했단 말인가. 그렇다. 나는, 내가 장 델뤼크의 『미궁에 대한 추측』을 번역하기로 한 동기 가운데 중요한 사실 한 가지를 감추고 있는데, 나중에 밝혀지겠지만, 그것은 최근 들어 그의 책에 나타난 내용을 단순히 공상에 불과하다고 내버릴 수는 없는 사정이 생겨났기 때문이다.

지난해에 그 궁전의 벽에서 새로 발견된 상형 문자와 선문자(線文字)를 해독하는 데 성공한 한 연구가 비교적 상세하게 미궁이 건립된 역사적 정황을 추적해냈다는 소식은 이미 알려졌다. 그런데 장 델뤼크는 1939년에 발행된 책에서 벌써 그 사실을, 물론 소설의 형식으로지만, 상당히 세밀하게 기록해놓았던 것이다. 영국인 벤트리스가 최초로 선문자 B의 해독에 성공한 해가 1952년이었다는 사실을 상기한다면 이 저자의 직관은 놀라운 면이 없지 않다.

사람들은 문자 해독을 통해 미궁의 비밀이 벗겨진 사실만을 강조할 뿐, 이미 50년 전에 그 가능성을 추측했던 한 몽상가의 저작에 대해서는 전혀 언급하지 않는다. 그것은 물론 당연한 일이다. 요즘 사람들이 그 작품의 존재를 알지 못하기 때문이고, 또 그 작품이 잘 정리된 연구서가 아니라 창작물의 형식을 취하고 있기 때문이다.

나는 그 점이 몹시 안타까웠다. 나는 내가 가지고 있는 이 자료를 만인 앞에 내놓는 것이 합당하다는 판단을 하기에 이르렀다. 그렇게 결정을 내리고 나자 엉뚱스레 사명감 같은 것까지 생겨나기까지 했다. 이 무명의 몽상가에게 합당한 명예를 안겨주어야 한다는 이상한 정열이 나를 이끌었다.

물론 그는 몽상가에 불과하고, 따라서 그것은 우연한 행운에 불과하다고 주장할 사람이 있을지 모르겠다. 그렇다고 하더라도 그의 공이 과소평가될 수 없다고 나는 생각한다. 대부분의 역사적인 발견들에는 우연한 행운이 큰 몫을 차지하고 있음을 알기 때문이다. 예컨대 슐리만이나 에번스가 크레타-미케네 문명의 흔적을 찾아낸 과정에도 그들의 집념과 노력을 가치 있게 만드는 초인간적인, 눈에는 보이지 않는, 우연한 손길이 개입해 있지 않다고 말할 수 없는 것이다. 가령, 에번스가 미노스 왕조의 크노소스 문명을 발굴해낸 영웅이 된 데에서도 우리는 보이지 않는 우연의 개입을 또렷하게 감지할 수 있다. 우연의 손길이 슐리만 대신 에번스를 택했음을 시사하는 일화가 있다. 슐리만은 트로이와 미케네를 발굴하고 나서 크레타섬이 이 문명의 중심지였으리라고 추측했었다. 그리하여 그는 곧 이 섬에 대한 발굴 작업에 나섰다. 하지만 그는 그 땅의 주인이었던 한 터키인의 탐욕과 비열함을 참아내지 못하고 그만 도중에 철수해버린다. 그 때문에 크레타섬의 크노소스를 발굴하는 행운이 영국의 고고학자 아서 에번스에게 넘어갔다고 전해진다. 그 터키인이 슐리만에게 조금만 호의적이었다면, 그리고 슐리만이 그 터키인의 탐욕과 비열함을 견딜 만큼의 여유만 있었다면, 아서 에번스에게는 그 행운이 찾아가지 않았을 것이다.

하긴 그것이 행운이었다 하더라도, 그 행운 또한 그가 만들어낸 것이라는 사실을 부정하면 안 된다. 모든 행운은 어느만큼 우연에 의지하지만, 그 우연한 행운의 손은 맹목이 아니기 때문이다. 그런 점에서 아서 에번스의 행운을 그가 만든 행운이라고 평가한다면 장 델뤼크의 업적이 설령 우연한 행운에 불과하다 하더라도, 그 역시 그의 몫을 정당하게 평가받아야 하지 않겠는가.

내가 이 책을 펴내기로 작정한 사연이다.

도대체 왜 미궁이어야 했는가. 누가 이런 미궁을 무엇 때문에 필요로 했는가. 그것이, 크레타섬의 미궁에 관심 있는 사람들이 갖고 있는 호기심의 핵심이고, 또 이 책의 출발점이다.

이 질문에 대한 대답을 장 델뤼크의 책에서 찾기 전에 우리가 먼저 참조해야 할 하나의 우뚝한 기둥이 있다. 우리는 그 기둥에 잠시 우리의 말을 묶어야 한다. 모든 세기와 모든 사회에 걸쳐 가장 많이 알려진 그리스 신화는, 신화의 형태로, 미노스왕의 미궁에 대한 이야기를 전하고 있다. 이 신화에 의하면, 미궁을 만들도록 지시한 사람은 미노스왕이고, 왕의 명령에 따라 직접 이 궁을 설계하고 만든 사람은 세공인(細工人) 다이달로스였다. 신화는, 계속해서 이 미궁이 무엇 때문에 만들어져야 했는지에 대해 언급한다. 미노타우로스라고 하는 괴물 때문이다. 머리는 황소이고, 몸뚱이는 사람인 이 반인반우의 미노타우로스는 사람을 잡아먹는 식인의 괴물이다.

이 괴물의 탄생에는 사연이 있다. 미노스왕은 그에게 왕권을 보장해준 포세이돈과의 약속을 지키지 않았다. 왕은 바다의 신 포세이돈에게 자신의 왕권을 보장해달라고 요청하고 그 증거로 바다에서 황소를 나오게 해달라고 빌었었다. 만일 포세이돈의 도움으로 자신이 계속 왕의 자리를 유지하게 되면 그 황소를 신에게 제물로 바치겠다고 기도했다. 그러나 그는 신과의 약속을 지키지 않았다. 바다에서 나온 포세이돈의 그 황소가 너무 아름다웠기 때문이다. 왕은 황소를 보는 순간 너무 마음에 들었고, 그 훌륭한 황소를 죽여 신들에게 바친다는 게 어쩐지 아깝고 억울하다는 생각이 들었다. 포세이돈은 화가 났다. 그리스 신화에서 신들은 화를 잘 내고, 화가 나면 반드시 보복을 한다. 그리고 신들이 인간에게 보복하기 위해 흔히 사용하는 방법 가운데 대표적인 것은 사람의 마음을 붙잡아 일종의 최면을 거는 것이다. 포세이돈은 미노스의 아내인 파시파에로 하여금 그 황소를 사랑하도록 만들어버린다. 이 최면은 신이 건 최면이기 때문에 빠져나갈 수 없다. 최면에 걸려 황소를 사랑하게 된 파시파에는 애가 타고, 마침내 자신의 사랑을 이루기 위해 조언자를 찾아간다. 다이달로스가 그 사람이다. 왕비는 다이달로스에게 그 황소와의 사랑을 이룰 수 있게 해달라고 부탁한다.

신화에 의하면, 예술가의 창조적 영감으로 빛나는 이 흥미 있는 세공인 다이달로스는 나무로 소의 모형을 만들어 암소 가죽을 씌우고, 그 속에 왕비를 숨겨 소들이 뛰노는 목장에 놓아두었다고 한다. 그러자 황소가 이 모형을 암소로 착각하고 접근한다. 그리하여 파시파에는 황소와 사랑을 나눈다. 그리고 얼마 후 그녀는 머리는 황소이고 몸뚱이는 사람인 괴물을 낳는다. 이 괴물이 바로 미노타우로스이다.

괴물은 위험했다. 신화는 이 괴물이 사람을 잡아먹었다고 전한다. 미노스왕은 그의 아내인 파시파에가 그런 것처럼 다이달로스를 찾아간다. 다이달로스는 자신의 직업과 상관없이 이 왕의 가문에서 매우 중요한 역할을 맡는데, 그것은 상담자, 또는 조언자의 역할이다. 왕은 다이달로스에게 이 괴물을 가두어둘 건물을 짓도록 지시한다. 일단 안으로 들어가면 아무도 나올 수 없는, 미로와 미로로 이어진 건물, 그 안에 우두인신(牛頭人身)의 괴물을 가둔다. 미궁은 그렇게 만들어졌다.

계속 전하는 이야기에 의하면, 미노스왕은 아테네 여행 중 갑자기 변을 당한 자기 아들의 죽음에 대한 책임을 물어 아테네를 공격하는데, 그 싸움에서 이기자 아테네인들에게 9년마다 한 번씩 미소년과 미소녀 일곱 명씩을 바치라고 요구한다. 이 열네 명의 소년과 소녀는 미궁에 갇힌 미노타우로스에게 인신 공양으로 제공된다. 그런데 어느 해 이 일곱 명의 소년 속에 아테네의 왕자 테세우스가 자진하여 섞인다. 그리고 이 용감한 아테네의 왕자는 사랑에 빠진 미노스의 공주 아리아드네의 도움을 받아 미노타우로스를 무찌르는 데 성공한다.

신화는 테세우스를 처음 본 순간 공주의 마음이 흔들렸다고 말한다. 속국의 왕자에게 한눈에 반한 그녀는 미궁의 설계자 다이달로스를 조른다. 미궁에 들어가서 살아 나올 수 있는 방법을 알려달라고. 다이달로스는 단순한 세공 기술자가 아니다. 그는 매우 특별한 존재다. 아버지와 어머니와 딸이 모두 다이달로스에게 의지한다.

다이달로스는 망설임 끝에 누구에게도 발설해서는 안 되는 그 미궁의 비밀을 공주에게 알려준다. 실타래의 한 끝을 미궁의 입구에 묶어놓고 풀면서 들어간 다음 그 실을 되감으면서 나오면 그곳을 어렵지 않게 빠져나올 수 있다는 것이다.

테세우스는 공주가 알려준 방법대로 하여 미노타우로스를 죽이고 미궁을 빠져나온다. 그러고는 아리아드네 공주와 함께 배를 타고 아테네로 도망친다. 아마도 그녀는, 조국, 또는 혈육과 사랑 사이에서 망설임 없이 사랑을 택한 최초의 여자였으리라. 한편 왕의 명령을 어기고 미궁의 비밀을 발설한 다이달로스는 아들 이카로스와 함께 자신이 만든 미궁에 갇히는 것으로 되어 있다.

이 유명한 이야기는 크노소스의 미궁이 발견됨으로써 역사적인 근거가 없는 황당무계한 신화에 지나지 않는다는 누명을 벗었다. 니코스 카잔자키스는 실제로 이 익숙한 신화를 기본 골격으로 하고 에번스에 의해 발굴된 여러 유적들을 참고

하여 매우 재미있는 한 편의 소설을 쓰기도 했다. 몇 가지 사소한 의도적인 왜곡을 제외하면(가령 아테네인들로부터 9년마다 한 번씩 받은 것으로 되어 있는 인신 공양을 1년마다 한 번씩으로 바꾼 것과 같은) 니코스 카잔자키스는 그리스 신화가 전하는 이야기를 거의 충실히 따르고 있다. 그는 미노타우로스라고 하는 괴물의 존재를 의심 없이 받아들인다.

그는 진정으로 반인반우의 그 괴물이 아테네의 청소년들을 잡아먹었다는 이야기를 사실로 믿었던 것일까. 대답할 수 없다. 우리는 그의 「미노스 궁전에서」가 하나의 소설이라는 점을 인정해야 한다. 아울러 소설적 진실이란 게 따로 있을 수 있다는 사실도 인정하는 것이 좋겠다. 예를 들면, 니코스 카잔자키스는 그 이야기를 역사적인 사실로는 믿지 않으면서, 소설적 진실로는 받아들였을 수 있는 것이다. 그리고 그는, 대부분의 작가들이 그러하듯 그 점과 관련하여 자신 속에서 아무런 모순이나 괴리도 느끼지 않았을 것이다. 왜냐하면 그는 역사가가 아니라 소설가이기 때문이다. 우리는 그 점을 이해해야 한다. 소설가는 증거하거나 논쟁하기 위해 글을 쓰는 것이 아니라 이야기를 들려주기 위해 글을 쓰는 사람이기 때문이다.

만일 우리가 이 지중해 출신의 소설가가 쓴 소설에 의지하여 미궁의 비밀을 캐내려 한다면, 아무런 혼란도 느낄 필요가 없을 것이다. 왜 미궁이 필요했는가. 우리는 니코스 카잔자키스가 그런 것처럼 신화의 목소리에 귀 기울이면 그만이다. 왜 미궁이 필요했는가. 미노타우로스라고 하는 반인반우의 식인 괴물이 있었다. 그 괴물을 가두기 위해서 미노스왕은 한 번 들어가면 도저히 밖으로 나올 수 없는 건물을 짓도록 명령했다.

그렇지만 만일 우리가 미노타우로스라고 하는 괴물의 존재를 비신화화하여 역사의 빛 아래서 조명하려고 한다면 이야기는 썩 많이 달라지게 된다. 소설가가 쓴 소설을 재미있게 읽지만, 우리는 소설가가 아니다. 소설가가 소설적 진실을 갖고 있는 것처럼 독자들도 자기가 읽은 소설 속에서 소설적 진실이라는 것을 발견한다. 소설적 진실이라는 말 속에는 역사적 허구, 또는 허구적 역사라는 카드가 겹쳐져 보인다.

신화란, 일반적으로 이해하고 있는 것과 같은 비중으로 종교적인 기원에 연결되어 있는 것은 아니다. 신화들은 문학적 욕구에 의해 더 많이 태어났다고 나는 생각한다. 말하자면 신화들은 일종의 구전 문학, 즉 사람들 속에서 자연 발생적으로 만들어져서 시간과 사람들 사이를 떠돌아다니던 거대한 이야기 덩어리들이었을 것이다. 이야기들은 상상력의 산물이지만, 그래서 자유롭게 허공을 날아다니지만, 그 상상력은 땅의 견고함에 기초하고 있다. 사실의 기반 위에서만 상상력은 날개를 단다. 그러므로 우리가 어떤 이야기 속에 묻어 있는 상상력의 층을 구별해낼 수만 있다면, 우리는 그 이야기를 붙들고 있는 본래의 역사적 사실에 접근할 수 있을 것이다.

옷은 몸을 감싸고 있다. 옷은 몸에 붙어 몸을 풍부하게 한다. 어떤 옷은 화려하고 어떤 옷은 고상하다. 어떤 옷은 고급스럽고 어떤 옷은 촌스럽다. 어떤 옷은 운동할 때 입고, 어떤 옷은 잠잘 때 입는다. 입고 있는 옷의 질감과 색깔과 디자인에 따라 같은 사람도 다르게 보인다. 그렇지 않다면 우리가 무엇 때문에 제각기 다른 여러 벌의 옷을 가지고 상황에 따라 갈아

입으려 하겠는가.

그러니까 옷을 벗지 않으면 몸이 보이지 않는다. 몸을 보기 위해서는 먼저 옷을 벗어야 한다. 옷이 날개라는 말은 옳다. 상상력이 날개라는 말도 옳다. 우리는 몸에 이르기 위해 옷을 벗는 - 벗긴다. 이것을, 한 신학자가 신약 성서 속의 예수 연구를 하면서 사용했던 용어를 빌려와 '비신화화'라고 불러보자. 왜 비신화화가 필요한가. 그것은 왜 옷을 벗는 - 벗기는 일이 필요한가, 하는 질문과 그 구조가 같다. 몸에 이르기 위해서 '비(非)옷화'가 필요하다. 해석되지 않은 텍스트는 벙어리와 마찬가지다. 그것은 우리에게 아무것도 전해주지 않는다. 벙어리는 말을 하지 못하기 때문이다.

도대체 미궁은 왜 만들어졌을까. 그리고 그곳에서는 무슨 일들이 일어났을까.

이 신화에서, 우리가 제일 먼저 벗길 대상은 미노타우로스이다. 이 괴물이야말로 미궁의 비밀을 가두고 있는 가장 무겁고 큰 자물쇠이다. 이 자물쇠를 풀 수만 있다면, 우리는 미궁의 매우 깊은 곳까지 이를 수 있을 것이다. 이 괴물은 무엇이었을까. 이 괴물에게서 옷을 벗겨내면 무엇이 나올까.

장 델뤼크는 기원전의 한 역사가의 견해를 우리에게 소개한다. 필로크로스라고 하는 이 역사가는 이미 기원전 3세기쯤에 미노타우로스를 나름대로 비신화화하려고 했다. 그의 해석에 따르면, 주기적으로 아테네의 젊은이들을 잡아먹은 괴물로 묘사된 미노타우로스는 사실 괴물이 아니었다. 그는 단지 보통 사람보다 힘세고 용맹스러운 그 나라 최고의 용사일 뿐이었다. 에게해 일대에서는 과격하고 거친 운동 경기가 유행했는데, 각종 운동 경기를 석권한 승리자에게는 '황소'라는 뜻의 '타우로스'라는 이름이 붙여졌다고 한다. 이 경기의 우승은 큰 영광이어서 우승자는 당대 최고의 시인들의 헌시의 대상이 되곤 했었다. 이 타우로스는 미노스왕의 군대를 지휘하는 지휘관이 되었으므로, 미노스의 타우로스, 즉 미노타우로스라고 불렸을 것이라고 해석한다. 그리고 식민지에서 끌려온 아테네의 소년 소녀 들은 이 타우로스에게 상으로 주어졌다는 것이다.

이 해석은 상당히 그럴싸하다. 당대 최고의 용사에게 부여된 황소라는 이름이나, 그의 초인간적인 힘에 대해 평범한 백성들이 품었을 외경심과 공포심이 반인반우의 괴물을 상상하게 했을 수 있다. 그러나 아쉽게도 필로크로스의 이 해석은 미노타우로스에게만 집착한 나머지 미궁의 존재를 전혀 언급하지 않고 있다. 마치 미궁에 대해서는 아무런 관심도 없다는 듯이. 그런 것이 있기나 했느냐는 듯이.

『미궁에 대한 추측』의 저자는 그 사실을 지적한다. 혹시 미궁과 미노타우로스 가운데 하나를 무시해야 한다면 그것은 미노타우로스여야 하지, 미궁이 아니라는 것. 필로크로스는 이해하지 못했을지 모르지만, 우리에게 미궁의 존재는 엄연하다. 미궁을 해석하지 않고 이 신화를 풀려고 함으로써 필로크로스는 스스로 자신의 해석이 갖는 한계를 인정했다. 어떤 이유에서인지 미궁에 대해 언급하지 않음으로써 그의 퍽 재치 있는 미노타우로스 해석은 장 델뤼크의 지지를 얻는 데 실패한다.

그러면 이 얇은 책은 미궁에 대해 무엇을 말하려 하는가.

번역자인 내가 이 책의 서두에 저자의 말들을 주절주절 옮겨놓는 것은 저자에게도, 또 호기심을 가지고 이 책에 접근할 독자들에게도 온당한 일이 아닌 줄 안다. 하지만 먼저 읽은 독자의 입장에서 이 책이 어떤 구조를 가지고 있으며, 그 구조 안에 담긴 내용의 핵심이 무엇인지를 귀띔해주고 싶은 욕구를 억누르지 않는다고 해서 크게 허물이 되리라고 생각지는 않는다.

등장인물은 넷이다. 한 사람은 건축가이고, 또 한 사람은 법률가이고, 나머지 두 사람은 종교학자와 연극배우다. 이들은 어느 날, 우연히 한 여관에 묵게 된다. 그리고 고전적인 추리소설의 발단이 대개 그런 것처럼(이 책의 저자가 그런 유의 소설을 적어도 두 편 이상 썼다는 사실을 상기할 것) 이틀 낮 이틀 밤 동안 폭설이 내려 길이 끊기는 바람에 닷새 동안이나 발이 묶이게 된다. 그들은 식당에 모여 인사를 나누고, 트럼프를 하고, 장기를 두고, 책을 읽고, 노래를 부른다. 그래도 길이 끊어졌다는 불안과 무료는 사라지지 않는다.

어느 날 밤, 연극배우가 한 가지 제안을 한다. 지금까지 각지를 여행하면서 보거나 듣거나 경험한 것 가운데 가장 재미있는 이야기를 차례대로 하나씩 하자. 이 제안은 그곳에 모인 모든 사람들의 환영을 받는다. 연극배우가 먼저 시작하고 종교학자가 그다음 순서를 맡았다. 건축가에게 차례가 돌아왔을 때, 그는 한때 번창했던 에게해 일대의 눈부신 문명에 대해 이야기한다. 그리고 미노스의 미궁에 대한 자신의 남다른 관심을 드러낸다. 그 이상한 건축물은 이집트의 피라미드와 함께 오랫동안 그의 호기심의 대상이 되어왔다는 것이다.

그의 고백이 발단이 되어 좌중의 분위기가 변한다. 그 미궁은 누가 어떤 필요에 의해 건축했을까. 그곳에서는 무슨 일들이 일어났을까. 이 의문에 대한 각자의 견해들이 활발하게 논의되기 시작한 것이다. 사람들은 무료하던 차에 마침 시간을 보낼 거리가 생겨서 잘되었다는 듯이 갑자기 이상스러운 열기를 가지고 이 토론에 덤벼든다. 점차 열기가 고조되면서 목소리도 높아진다.

물론 이 토론은 특별한 격식 같은 것에 구애받지 않고 자유롭게 진행된다. 여기서 불쑥 한마디 하면, 저기서 또 불쑥, 하는 식이다. 내용에도 제한이 있을 수 없다. 그들은 마음껏 자신들의 상상력을 발휘한다. 마치 그들의 발을 묶어놓은 폭설에 화풀이라도 하려는 듯 밤새워 대화를 나눈다. 그들이 대화를 마치고 일어났을 때, 창밖은 환하게 밝아 있었고, 그 지독하던 눈보라도 그쳐 있었다.

이 책의 거의 대부분은 그러니까 그날 밤에 그들이 나눈 대화들을 그대로 옮겨놓은 기록인 셈이다. 자신의 상상력에 불필요한 제한을 가하기를 좋아하는 독자가 아니라면 누구나 이 흥미진진한 상상력의 성찬에 쉽게 매료될 것이라고 나는 생각한다.

나는 여기에 그 네 사람의 인물이 미노스의 미궁에 대해 추측하고 있는 바를 간단하게 요약하고 싶은 충동을 느낀다. 부디 나의 주책스러운 친절을 너그럽게 이해해주기 바란다. 만일 작가의 입을 통해 곧바로 미궁의 진실에 다가가기를 원하는 독자라면, 나의 이 시답잖은 친절을 과감하게 건너뛰는 것도 나쁘지 않을 것이라는 충고를 첨가해둔다.

먼저 법률가의 견해. 그는 그리스 신화가 미노타우로스라고 하는 식인의 괴물을 가두기 위한 목적으로 이 궁전을 만들었다고 전하는 사실에 주목한다. 그리고 신화가 역사적 사건을, 사실 그대로는 아니지만, 은유적으로 담고 있다는 점을 전제한다.

　　미노스왕 시절의 크레타에는 절대 왕정이 수립되어 있었고, 무적의 함대를 가지고 바다를 제패한 미노스왕은 주변 일대에 여러 속국을 거느리고 있었다. 신화는 아테네가 크레타의 식민지였음을 암시하고 있지 않은가. 최초의 발굴자 에번스는 특히 미궁이 발견된 크노소스가 정치, 경제의 중심지로서 인구가 약 8만에 이르렀을 거라고 추정하였다. 그쯤 되면 사회를 어지럽히는 흉악범이나 보안 사범 들도 상당했을 거라는 추측이 자연스럽다. 또 자국의 독립을 쟁취하기 위해 크고 작은 소요를 일으키는 식민지 국가의 열혈 당원들도 꽤 있었을 것이다. 거기다 전쟁 포로들까지 합치면 사회로부터 격리해야 할 숫자가 적지 않았을 거라고 추측할 수 있다.

　　말하자면, 이 특이한 양식의 건축물은 중형을 선고받은 죄수들을 사회로부터 격리하기 위해 만들어진 감옥이었을 것이다. 법률가는 덧붙인다. 어쩌면 크레타섬에는 사형 제도라는 것이 따로 없었을지 모른다. 이 건물이 말하자면 사형 틀이나 마찬가지가 아니었을까. 죄수들은 이곳에 한번 들어가면 다시는 세상 구경을 할 수가 없었을 테니까. 크노소스 말고도 크레타섬 일대의 다른 지역에서 이와 유사한 양식의 건축물이 더 발견되었다는 점이 이 추측을 지원한다.

　　종교학자는 종교학자답게 이 미궁을 일종의 신전으로 이

해하고 싶어 한다. 지중해 일대를 장악하여 역사 이래 가장 강력한 왕국을 건설한 미노스왕은 전체 백성들을 하나로 통합할 모종의 상징 체계를 필요로 했고, 숙고 끝에 정교한 하나의 신화를 만들어 제공하기로 결정했을 것이라는 게 그의 해석의 출발점이다.

이 경우 미노타우로스는 괴물이나 죄수의 총칭이 아니라 신적 숭배의 대상이 된다. 미노타우로스는 실재했을 수도 있고, 실재하지 않았을 수도 있다. 이래도 좋고 저래도 상관없다. 필요하고 중요한 것은 사람들로 하여금 공포와 경외의 대상인 미노타우로스가 존재한다는 사실을 믿게 하는 것이다. 종교는, 초월적 존재가 있느냐, 없느냐가 아니라, 그것을 믿느냐, 믿지 않느냐가 문제인 세계다. 믿지 않는 자에게는 있어도 없고, 믿는 자에게는 없어도 있다. 실은 그것이 신의 정체다.

그렇다면 미궁은 왜 미궁이어야 했을까. 그곳에는 미노타우로스, 즉 신적 존재가 살기 때문이다. 미궁에는 아무도 들어가지 않으려 한다. 왜 그랬을까. 그곳에 들어가면 다시는 밖으로 나올 수 없다는 풍문이 그 이유 가운데 하나이다. 그러나 더 분명하고 확실한 대답은 그곳에 미노타우로스가 살고 있기 때문이라는 것이다. 미노타우로스는 가까이 할 수도 없고 그래서도 안 되는 존재다. 왜? 그는 사람과는 다른 존재니까. 그에게 노출되는 것은 곧 죽음을 의미한다. 미노타우로스가 괴물이기 때문이 아니라 미노타우로스가 신성한 존재기 때문이다.

고대인들에게 신성한 것은 곧 두려움의 대상이고, 그것에 접촉하는 것은 불경이다. '신을 본 자는 죽는다.' 종교학자는 강조한다. 미궁은 신적 숭배 대상인 미노타우로스를 더욱 신비화하고 성스럽게 하기 위해 고안된 특별한 양식의 신전이었을 것이다. 아테네의 젊은이들이 미노타우로스에게 제물로 바쳐졌다는 전언이야말로 이 미궁이 종교적인 목적으로 건축되고 활용되었을 거라는 추측을 지원하는 결정적인 증거다. 아마도 크레타섬의 군주는 미궁 안의 신성한 존재로 하여금 반인반우의 형상을 갖게 하여 신비감을 더하고, 또 그에게 인신공양을 받게 함으로써, 일반인들의 공포심을 증폭시켜, 좀더 효과적으로 통치하려 하였는지 모른다.

다음은 건축가의 견해. 그의 해석은 유별나다. 그는, 앞서의 법률가나 종교학자가 그런 것처럼 건축가답게 상상한다. 그에 의하면, 미궁은 창의력이 분출하는 한 예술가의 작품이다. 그는 다이달로스라는 이름의, 신화 속에서 세공인으로 나오는 인물을 부각시킨다. 그는 누구였을까. 실마리를 거기서부터 찾아보자고 그는 제안한다. 다이달로스는 누구였을까. 그의 이름에는 '교묘한 공인(工人)'이라는 뜻이 있다. 그는 아들 이카로스와 함께 갇혀 있던 미궁에서 밀랍으로 날개를 만들어 붙이고 탈출하는 데 성공했던 인물이다. 그는 장인이었고, 발명가였으며, 또 비범한 예술가였다. 미궁만이 아니라 그곳에서 발견된 모든 신상과 조각 들이 아마도 그의 작품이었을 것이다. 그의 특별한 재능은 왕이 곧 법인 그 나라에서 그의 위상을 매우 특별하게 만들어주었을 거라고 추측할 수 있다.

그는 과학자일 뿐 아니라 본질적으로 예술가였기 때문에 실용성과는 상관없는 건물을 짓고 싶은 욕망을 품었을 것이라고 상정해보자. 예컨대 이 세상에서의 삶을 마감할 때가 가까웠음을 예감한 늙은 예술가는 군주에게 봉사하기 위해서가 아니라 자신의 욕망에 봉사하기 위해서 최후의 걸작을 만들고 싶지 않았을까. 그는 쓰임새를 염두에 두지 않은 작품을 구상했다. 그리고 그를 신임한 군주는 그에게 그 복잡하고 특별하고 쓸모없는 건축물의 설계와 건설을 허용했다. 안정된 사회 분위기와 최강대국을 만들어놓은 미노스왕의 여유와 허세가 그 정도의 도락을 가능하게 했을 것이다. 그리하여 다이달로스는 그 자신의 남은 인생을 이 필생의 작업에 걸었을 것이다.

미궁의 비밀을 발설한 죄로 아들과 함께 자신이 만든 미궁에 갇히는 신세가 되고 말았다는 신화적 발언은 어쩌면 그가 스스로 자신의 최고의 작품 속으로 들어가 그 작품의 일부가 되었다는 사실을 돌려서 말한 것이 아닐까. 그는, 말하자면 한번 들어가면 누구도 밖으로 나올 수 없는(심지어는 그 자신조차) 정교하고 교묘한 건축물을 설계했고, 그리고 실제로 그 자신이 그곳에서 빠져나오지 못함으로써 그 건물이 본인의 의도대로 완성된 완벽한 작품임을 자신과 세상에 증명해 보인 것이 아니겠는가.

이 건축가의 추측을 연장해나가면, 우두인신의 괴물 미노타우로스에게 정기적으로 희생된 아테네의 젊은이들은 이 신기하고 복잡한 건물에 달라붙은 믿을 수 없는 단서 조항(들어가면 나오지 못한다는)에 콧방귀를 뀌며 의심을 표명했던 일단의 모험심 많은 젊은이들로 해석할 수 있다. 들어가는 곳이 있으면 나오는 곳도 있다고 그들은 생각했을 것이고, 큰소리치며 들어갔을 것이다. 그러나 미궁 속으로 들어간 그들 젊은이들은 영영 밖으로 나오지 못했을 것이다. 이런 이야기들이 시간이 지나면서 조금씩 변질되어 미궁에는 사람을 잡아먹는 흉악한 괴물이 산다는 식으로 구전되었을 것이다.

건축가의 해석은 법률가나 종교학자의 그것에 결코 뒤지지 않는다. 나는 그 세 인물의 견해 속에 들어 있는 상상력의 자유로운 발산에 매료되었다. 그렇지만 마찬가지로 매력적이고, 인상적인 생각이 하나 더 준비되어 있다. 네 명의 인물 가운데 가장 많은 대사를 부여받고 있는 이 마지막 인물은 연극배우이다. 그의 설명은 연극배우답게 훨씬 구체적이고 상세하다.

그는 한 편의 재미난 드라마를 상상해낸다. 미궁은 무얼 하는 곳이었고, 그것은 누가 무엇 때문에 만들었을까. 그도 건축가와 마찬가지로 다이달로스라고 하는 장인을 이 드라마의 주인공으로 설정한다. 그가 설정하는 또 한 명의 주인공은 미노스왕의 부인인 파시파에다. 신화 속에서 포세이돈의 황소에 반해 다이달로스에게 도움을 청하고, 다이달로스의 도움을 받아 황소와 사랑을 나누고, 그 결과 황소 머리에 사람의 몸을 한 괴물을 낳았다고 전해진 여자다.

그런데 연극배우는 이 파시파에의 연인으로 황소 대신 다이달로스를 지목한다. 파시파에가 사랑한 '포세이돈의 황소'는 바로 다이달로스였다는 것이다. 다이달로스의 풍부한 예술적 기질과 현실 밖의 세계에 관심을 기울이는 그의 자유 분방한 정신은 정복자이고 무사인 남편과는 사뭇 다른 매력을 풍겼을 것이고, 만일 그녀가 그전부터 남편에 대해 불만이 있기라도 했다면, 의외로 쉽게 다이달로스에게 빠져들었으리라고 추측해볼 수 있다.

그녀가 황소를 사랑한다고 알려진 것은 그렇다면 어떻게 된 것일까. 그것은 다이달로스가 밤늦은 시간에 왕의 아내인 파시파에를 만나러 갈 때 자신이 직접 만든 황소 가면을 뒤집어쓰고 왕궁을 출입했기 때문이라고 연극배우는 해석한다. 그가 소의 모형을 만들어 왕비에게 씌워준 것이 아니라 그 자신이 쓰고 다녔다는 것이다. 아무리 조심을 했다 하더라도 밀애를 위해 왕궁을 드나드는 이 황소가 사람들 눈에 띄지 않을 까닭이 없었을 것이다. 그리하여 사람들 사이에 황소 머리를 한 괴물에 대한 소문이 들끓기 시작한다. 나중에는 그 괴물이 용모가 아름다운 젊은 남녀들만을 잡아먹는다는 식으로 확대되기에 이른다. 가만 놔두면 잠잠해질 것으로 기대했던 소문은 시간이 흐르면서 점점 악성으로 변해가고, 크노소스만 아니라 크레타섬 전체로 퍼져나가고 만다.

그 일로 민심이 흉흉해지고 사회가 불안해지자 왕은 온 나라에 비상 사태를 선포하고 이 괴물을 잡아내라고 명령한다. 그러나 온갖 칼 쓰는 무사들과 힘깨나 쓴다는 용사들이 달려들지만, 성공하지 못한다. 온 나라 안이 더욱 시끌시끌해지고, 백성들의 불만은 높아만 간다. 울화통을 끓이고 있는 왕에게 누군가가 한번 들어가면 다시는 나올 수 없는 미궁을 만들어 괴물을 가두라고 진언한다. 그 진언자는 누구였을까. 아마도 다이달로스 자신이라는 편이 가장 적절할 것이다. 그 소문 속 괴물의 존재를 믿지 않는 단 두 사람 가운데 한 사람이 그였다. 그런데도 그는 짐짓 그 소문을 그대로 믿는다는 태도를 취한다. 그의 제안은 자신의 왕국이 혼란해지는 것을 가장 두려워한 왕에 의해 선택의 여지가 없는 것으로 받아들여진다.

왕은 묻는다. 누가 그런 건물을 설계할 수 있는가. 다이달로스가 대답한다. 제가 할 수 있습니다. 왕이 다시 묻는다. 누가 그 건물 안으로 그 신출귀몰하는 괴물을 잡아넣을 수 있는 가. 다이달로스가 다시 대답한다. 제가 할 수 있습니다. 왕이 고개를 갸웃한다. 이 나라의 뛰어난 무사와 용사 들이 성공하지 못한 일이다. 건축가인 그대가 어떻게 한다는 말인가. 다이달로스가 또 대답한다. 괴물과의 싸움은 힘이나 무기로 하는 것이 아닙니다. 그런 것은 사람과의 싸움에나 유용할 뿐입니다. 괴물은 초인입니다. 힘으로는 초인인 괴물을 이기지 못합니다. 왜냐하면 언제나 괴물이 사람보다는 힘이 세기 때문입니다. 괴물은 그래서 괴물입니다. 괴물을 이기기 위해 필요한 것은 힘이 아니라 책략과 지혜입니다. 왕이 고개를 끄덕이며 묻는다. 그대에게 그런 책략과 지혜가 있는 줄 내 오래전부터 인정해오고 있는 터이다. 하지만 어떻게 하겠다는 말이냐. 다이달로스가 가장 공손하게 머리를 숙이고 대답한다. 송구스럽사오나 그것을 이 자리에서 말할 수가 없습니다. 계략은 입으로 말해지는 순간 이미 계략이 아닙니다. 계략은 정신의 힘이고, 그것은 흡사 마법과도 같은 것입니다. 말을 하면 그 말은 공기가 삼키고, 그러면 그 순간 마력을 잃게 되고 맙니다. 괴물은 공기 속에서 우리들의 지혜와 책략을 눈치채고 말 것입니다. 왕은 고개를 끄덕이고는 말한다. 좋다. 그대에게 미궁의 설계와 건축을 맡기겠다. 되도록 빨리 괴물을 잡아들여 온 나라의 소란을 막아주기 바란다. 필요한 경비와 장비와 인력은 원하는 대로 청하라.

이 견해를 경청하면, 다이달로스가 미궁을 만든 것은 그의 예술가적 욕구 때문이 아니다. 라비린토스는 다이달로스의 예술혼의 산물이 아니라, 이 연극배우의 상상에 의하면, 사련

(邪戀)의 산물이다. 그는 그가 섬기는 군주의 아내와의 허락되지 않은 사랑을 나눌 그들만의, 은밀한 공간을 확보하기 위해 자신의 재주를 사용했다. 어쩌면 그 미궁 건설이라는 아이디어는 애인인 파시파에의 머리에서 나온 것인지 모른다.

어쨌거나 다이달로스는, 자기 말고는 누구든 한번 들어가면 다시는 밖으로 나올 수 없는 복잡한 건축물을 설계하는 데 성공한다. 그리고 이제 그는, 자신만이 알고 있는 통로를 이용해 그곳에서 마음 놓고 애인을 만난다. 미궁이 완성된 후 황소 머리를 한, 식인의 괴물에 대한 소문은 잠잠해지고 나라는 다시금 평온을 되찾는데, 그것은 그 황소 머리를 한 괴물이 미궁 속으로 들어갔기 때문이다. 괴물이 산다는 미궁 근처로 접근하는 사람도 없었으므로 소문은 곧 사그라들었던 것이다.

연극배우는 여기서 자신의 드라마를 멈추지 않고, 테세우스에게로 상상을 밀고 나간다. 그렇다면 미궁 속으로 들어가 미노타우로스를 죽이고 나왔다는 테세우스는 누구였으며 실제로 그가 한 일은 무엇이었을까. 연극배우는, 미노스왕과 파시파에의 딸인 아리아드네 공주(신화 속에서 첫눈에 테세우스에게 반해 그에게 미궁의 비밀을 가르쳐주었다고 나오는)가 테세우스가 아니라 바로 다이달로스를 사랑했을지 모른다고 추측한다. 그렇게 가정을 세우면 자신의 드라마를 그럴듯하게 완성시킬 수 있다는 것이 그의 설명이다. 그리하여 그의 드라마는 비극을 향해 달려간다. 다이달로스를 사랑했던 아리아드네는, 자신의 사랑을 받아달라고 간청한다. 그러나 다이달로스는 냉담하기만 하다. 그로서는 어머니와 딸을 함께 사랑할 수 없었을 것이다. 낙심해 있던 아리아드네는 우연한 기회에 다이달로스가 그녀의 어머니인 파시파에를 사랑하고 있다는 사실을 알아차린다. 분노에 사로잡혀 자신의 감정을 추스리지 못한 아리아드네는 그 비밀을 아버지인 미노스에게 일러바치는 대신 오래전부터 자기에게 사랑을 갈구해온 테세우스에게 말한다. 그리고 약속한다. 미궁 속에 들어가 다이달로스를 죽이면 그대의 사랑을 받아들이겠노라고. 테세우스는 용기를 내어 미궁 속으로 들어간다. 그러고 그는 다이달로스를 처치했다는 증거로 황소 가면을 들고 나온다. 테세우스는 파시파에까지 죽일 수 없었다. 아리아드네도 그것까지 요구한 것은 아니었다. 그러나 파시파에는 다이달로스와 함께 미궁 속에서 나오지 않았다. 그녀는 애인과 함께, 애인 곁에서 죽는 쪽을 택했다…… 얽히고설킨 남녀 간의 애증으로 얼룩진 연극배우의 드라마는, 모든 러브 스토리가 그런 것처럼, 비극으로 끝이 난다.

장 델뤼크는, 명시적으로는 이들 네 명의 등장인물 가운데 어느 편도 들지 않는다. 연극배우에게 가장 많은 대사를 주고 있는 것이 사실이긴 하지만, 그것은 연극배우라는 인물의 성격을 고려했기 때문으로 보인다. 말하자면, 그는 한두 마디 설명으로 자신의 견해를 풀어내는 대신 한 편의 길고 복잡한 드라마를 재현해 보이는 쪽이 연극배우의 역할에 더 잘 어울린다고 판단했던 것 같다.

저자 스스로 서문에서 밝히고 있는 것처럼 애초에 그에게는 무슨 결론을 이끌어낼 생각 같은 것은 없었다. 그는 단지 자신의 머릿속에서 오랫동안 숙성된, 저 오래전 크레타섬에 실재했던 미궁과 관련된 상념들을 자유롭게 풀어놓고 싶었이 책을 집어 든 당신의 정신이 낡은 관념으로 너무 딱딱하게 고정되어 있지만 않다면, 저자와 함께 4천 년 전의 크레타로 상상력의 여행을 떠나보는 것은 매우 색다르고 흥미로운 경험이 될 거라고 나는 확신한다. 우리의 정신은 종종 이색적인 경험을 통해 고양되기도 하는 법이다. 상상력이란, 이를테면 다이달로스가 그의 아들 이카로스와 함께 만들어 달고 미궁을 빠져나왔다고 하는 그 밀랍 날개와 같은 것이다. 이 책이 부디 독자들의 어깨에 날개를 달아주기를. 그리하여 미궁과 같은 이 세상을 빠져나가 시실리의 풍요롭고 자유로운 하늘로 날아갈 수 있게 되기를……

너무 장황해진 것 같다. 이 책에 대해 너무 많은 것을 미리 말해버림으로써 혹 독자들의 호기심을 빼앗지나 않았는지 걱정된다. 만일 그랬다면, 그것은 나의 의도가 아니었음을 너그럽게 이해해주기 바란다.

그가 죽었다. 사람들은 입에서 입으로 그 뉴스를 옮겼다. 그가 죽었다는 소문이 맨 먼저 퍼진 곳은 이번에도 주식 시장이었다. 이번에도,라고 말한 것은 그의 죽음에 대한 소문이 이번이 처음이 아니기 때문이다. 그는 벌써 몇 차례나 죽음을 선고받았다 다시 살아났다. 이른 아침에 증권가에 떠돈 소문에 의하면, 그는 하루 전인 3월 12일 밤 11시 35분에 자신의 침실에서 잠을 자던 중 조용히 숨을 거둔 것으로 되어 있다. 사인은 위암. 그가 오랫동안 암과 투병해왔다는 설명이 덧붙여졌다. 소문은 상당히 구체적이고 치밀했다. 그가 이 땅에서의 생을 마감할 때 그 옆에는 부인과 두 아들과 세 명의 주치의와 두 명의 비서가 마지막 모습을 지켜보고 있었다. 그들에 의하면 그는 눈을 감기 직전까지 나라의 장래를 걱정했다고 한다. 착공을 막 시작한 국토 종단 수로 공사와 계획 단계에 있는 해저 공원 건설에 대한 미련과 강한 집착을 피력하였으며, 지도

자를 잃은 민심의 동요와 유리(遊離)를 몹시 걱정하였다고도
한다. 그 때문인지 숨을 거두고도 차마 눈을 감지 못하였다는
것이다. 동양의 어떤 영웅적인 장수를 모방하여 "내가 죽었다
는 사실을 알리지 말라"는 메시지를 유언으로 남겼다는 이야
기도 끼어들었다.

　오후가 되면서 다른 소문이 돌기 시작했다. 새로운 소문
에 의하면, 그는 위암으로 죽은 것이 아니라고 했다. 그의 죽
음은 그렇게 평온하고 조용하지 않았다. 영웅의 최후가 항용
그러한 것처럼 그의 마지막 역시 비극적이었다. 소문은 이랬
다. 측근 가운데 한 사람이 그의 가슴에 총을 겨누었다. 저녁
만찬 중에 갑자기 총을 빼든 그의 경호 책임자에 의해 세 발의
총을 맞고 그 자리에서 즉사했다. 해저 공원에 대한 의견을 나
누던 도중 시종 공박을 당하던 경호원이 우발적으로 총을 빼
들었다고 하는 설이 지배적이지만, 단순한 우발 사고가 아니
라 쿠데타 세력에 의한 치밀한 작전이었다는 의견도 만만치
않았다.

　소문은 발 없는 바람처럼 빠르고 변덕스럽게 퍼져 나갔
다. 3월 14일 밤이 될 때까지 사람들의 입에서 입으로 전파된
그의 신상에 대한 뉴스는 그것이 전부가 아니었다. 비행기 추
락 사고도 있었고, 자동차 전복 사고도 있었다. 다분히 악의에
찬 비난일 테지만 그 떠도는 말들 가운데는 이름을 대면 삼척
동자라도 알 만한 유명한 여배우와 동침하던 중 복상사했다는
것도 있었다.

　소문의 세부적인 내용은 약간씩 달랐지만, 그가 세상을
떠났다는 데에는 이의가 없었다. 그가 죽었다. 사람들은 둘만

모이면 그의 죽음을 화제에 올렸다. 말은 더 많은 말을 낳고 더 새로운 말을 낳았다.

예컨대 이런 식이었다. 누군가가 "그가 죽었다며?" 하고 말을 꺼낸다. 그러면 상대방이 "그러게. 하도 여러 번이라 믿어야 할지 어떨지 모르겠어" 하고 받는다. 처음에 말을 꺼낸 사람이 정색을 하고 이번에는 진짜라고 주장한다.

"내가 그쪽 정보에 밝은 소식통에게 들었는데, 이번에는 진짜라는구먼. 위암이었대. 벌써 오랫동안 암과 씨름하느라 고생깨나 했다는 거야. 하긴 위암이 걸릴 만도 하지 뭐. 그 양반이 집어삼킨 게……"

"쉿! 이 사람아. 아무리 그렇다고 말을 함부로 하는 게 아니야. 하지만 전에도 시나리오는 그럴싸했잖아?"

"믿을 만한 소식통이야."

"그러고 보니…… 그래서 그 양반이 그렇게 통 얼굴을 내보이지 않았구먼."

"맞아. 믿을 만한 소식통에 의하면 암에 걸린 후부터 수상이 공식 행사에 모습을 드러내지 않았다는 거야."

그 '믿을 만한 소식통'의 정체는 물어지지도 않고 대답되지도 않는다. 그런 식으로 그 정체불명의 '믿을 만한 소식통'을 많은 사람이 공유한다. 앞의 대화에서 반신반의하던 쪽의 사람이 다른 사람을 만나서는 정색을 하고 확신에 찬 어조로 '믿을 만한 소식통'을 판다. 그 소식통은 하나둘이 아니다. 여러 개의 '믿을 만한 소식통'이 여러 개의 각기 다른 '믿을 만한 소식'을 유포한다. 그러나 그것들끼리의 맞부딪침은 긴장을 불러일으키지 않는다. 예를 들어 위암설과 쿠데타설이 부딪쳤다고 하자. 둘 중 어느 하나는 틀려야 한다. 그것이 이치이다. 두 사람의 정보 가운데 한 사람의 정보는 그른 것임에 틀림없다. 그러나 구태여 둘 가운데 어느 하나의 진위나 정부를 가리려 하는 사람은 없다. 그것들은 단지 서로의 정보량을 늘려줄 뿐이다. 따라서 시간이 갈수록 가장 영향력 있는 어느 한쪽의 주장으로 소문의 가닥이 잡혀가는 것이 아니라 각기 상이한 여러 주장이 거의 똑같은 비중으로 증폭되어가는 이상한 현상이 생겨나는 것이다. 그래서 그는 3년간의 투병 끝에 병사하기도 하고, 지방 순회 도중 비행기 사고를 당하기도 하고, 미모의 젊은 여배우의 배 위에서 복상사를 당하기도 한다.

그런 식으로 말들은 자꾸만 번식했고, 무엇이 사실인지 알 수 없게 되어버렸다. 그 소문들이 일치하게 주장하는 한 가지 사실은 그의 죽음이었다.

관공서와 언론 기관에 사실을 확인하려는 질문들이 폭주했다. 그러나 그들은 시원한 답변을 들을 수 없었다. 하달받은 지침이 없다는 것, 그러므로 뭐라고 답할 입장이 아니라는 것이 그들의 천편일률적인 대답이었다. 그 대답은 언뜻 소문의 내용을 인정하는 것처럼 들렸지만, 사실은 그렇지가 않았다. 별로 기억력이 좋지 않은 사람조차도 이런 소문이 나돌 때마다 그런 식의 대답이 되풀이되었다는 사실을 알고 있었다. 그런 와중에 3월 14일 오후, 그러니까 그가 죽었다는 소문이 주식 시장에 퍼진 지 약 30시간이 지나지 않아서 이 나라에서 가장 넓은 136공원에서는 엄청난 규모의 군중 집회가 열렸다. 주최한 단체만도 30여 개에 달하고, 참석한 인원은, 그들의 발표에 의하면, 3백만 명이 넘었다. 그 숫자는 어린이와 노인을 포함한 수도권 인구의 3분의 1에 이르는 규모였다(언젠가 한 신문이 그 공원에 산술적으로 동원 가능한 사람의 수를 산출하여 보도한 적이 있었다. 한 정치 집회의 참석 인파를 두고 주최 측과 상대방 측이 소비적인 격론을 벌일 때의 일이었는데, 그 보도에 의하면 송곳 하나 세울 여분의 땅도 남기지 않고 사람들이 빽빽하게 들어찼을 때 136공원이 수용할 수 있는 인원이 136만 명이었다. 그때부터 이 공원을 136공원이라고 부르게 되었다. 그들의 주장대로 3백만 명이 모이려면 그만한 면적의 공원이 하나 더 있어야 했다. 그러나 그 숫자의 허점을 심각하게 지적하는 사람은 많지 않았다. 대부분의 사람들에게 3백만 명이란 굉장히 많은 사람을 가리키는 상징적인 숫자로 막연히 인식될 뿐이었다. 이 나라 사람들은 언제부턴지 정치적 성격의 집회에 대해 꼼꼼하지 못했다). 평소에는 이름도 들어보지 못했던, 무슨 애국이니 민족이니 하는 이름을 노골적으로 앞세운 단체들이 그렇게나 많은 것도 따져볼 일이었다. 그러나 그런 수고를 하겠다고 나서는 사람은 없었다. 어쨌거나 관변 단체들이 총집합한 그 행사의 주제는 한마디로 '수상은 죽어서도 안 되고, 죽을 수도 없다'는 것이었다. 시중에 유포된 소문을 정면으로 부정하고 나선 그 집회의 분위기는 몹시 호전적이고 열정적이어서 설령 그가 죽었다 하더라도 다시 살려내려는 것 같았고, 또 그럴 수 있을 것만 같았다. 그의 죽음에 대한 소문 때문에 더욱 증폭된 그에 대한 지지 열기는 하늘을 찌르고 바다를 말릴 것 같았다. 그들은 그를 불사신으로 만들어내고 있었다. 그는 죽어서도 안 되고, 죽을 수도 없을 것 같은 열광적인 분위기였다. 하지만 그 또한 낯선 풍경은 아니었다. 사람들은 그가 죽었다는 소문이 있을 때마다 그들의 열광적인 집회를 경험했었다. 대부분의 사람들은 혼란스러워했다. 그는 정말로 죽었을까.

그의 존재야말로 가장 큰 미스터리였다. 그는 지금으로부터 19년 전에 전 국민의 '열화와 같은' 지지와 환영을 받으며 임기 4년의 수상이 되었다. 처음 4년 동안 그는 오랫동안 이민족의 지배를 받아 형성된 경제적인 궁핍과 정신적인 좌절의 수렁에서 국민들을 건져 올리기 위해 최선을 다했다. 국민들은 그의 인품과 지도력을 믿고 따랐다. 그는 너그러웠으나 과감했으며 신중하면서도 추진력이 있었다. 4년 후에 국민은 그를 다시 수상으로 뽑았다. 세계의 언론들은 그의 치적과 영광스러운 재집권을 경이적인 시선으로 바라보며 최대의 호의를 가지고 보도했다. 그 단적인 증거는 어느 외국 통신사의 다음과 같은 전문이었다. "R국 현 수상 재당선. 야당도 그의 재집권을 지지." 그리고 그는 한 번 더 수상이 되었다.

그러나 국민들은 다시는 그를 수상으로 뽑을 수가 없었다. 왜냐하면 그런 권한이 없어져버렸기 때문이었다. 사정은 이러했다. 세번째로 수상으로 뽑힌 지 두 해가 지났을 무렵에 나라 안이 한바탕 시끄럽게 요동친 적이 있었다. 일단의 정치적 야망을 가진 군인들이 반란을 일으켰기 때문이었다. 지금으로부터 9년 전의 일이었다. 물론 그 반란은 성공하지 못했다. 수상을 지지하는 군인들에 의해 반란군들이 곧 진압되었다는 발표가 있었다. 일을 벌인 지 사흘 만의 일이었다. 그 와중에 한때 수상이 반란군의 총을 맞고 목숨을 잃었다는 보도가 나오기도 했지만 나중에 오보임이 밝혀졌다(굳이 따지자면, 그것이 그의 죽음과 관련된 첫번째 소문이었던 셈이다). 그 일이 있고 난 직후 '국가 비상 사태에 효율적으로 대응하기 위해' 나라의 중요한 틀과 체제를 혁신적으로 바꾸었는데, 그 가운데 수상직의 종신제가 포함되어 있었다. 국민들은 그의 이제까지의 인품에 비추어 그와 같은 조치를 파격으로 받아들이면서도 워낙 그에 대한 신뢰가 두터웠기 때문에 별 이견을 내지 않고 추인해주었다. 강력한 권한을 가진 수상이 필요하다는 여론이 갑자기 비등하기 시작했고, 그 주장에 사람들은 대부분 암묵적으로 동의를 보내고 있던 터였다. 그 방법이 굳이 수상직의 종신제일 필요가 있느냐는 의견이 없었던 것은 아니지만, 그 의견은 많은 사람의 동의를 이끌어내지 못했다. 새로운 제도의 도입을 의심하기에는 수상에 대한 국민들의 기대와 믿음이 너무 컸으며, 총을 가진 집단에 의해 도발된 반란에 대한 공포가 또 그만큼 컸다.

수상은 그때부터 나라의 살림을 꾸려가는 데 있어 이제까지와는 눈에 띄게 다른 모습을 보여왔다. 그는 이전에 비해 현저하게 강해졌으며, 가령 법을 운용하는 경우에 있어서 놀라울 만큼 융통성이 없어졌다. 국민들과의 사이에 거리를 만든 것도 그 변화 가운데 하나였다. 그는 처음 수상이 되었을 때부터 계속해오던 국민들과의 대화 시간을 비효율적이며 전근대적이라는 이유를 내세워 없애버렸다. 불순 세력으로부터의 신변 보호라는 구실도 덧붙여졌다. 군인들의 실패한 쿠데타가 그렇게 엄청난 충격과 영향을 미친 것일까, 이해는 하면서도 대부분의 국민들은 그의 변화를 아쉬워했다. 언론 매체에도 통 얼굴을 드러내지 않았으며 어쩌다 모습을 보이더라도 딱딱하게 담화문이나 낭독하고는 그만이었다. 그는 이제 더 이상

친근하지 않았고 너그럽지도 않았다. 부드러운 미소가 사라져 버린 그의 얼굴은 인간미가 느껴지지 않는 그의 강력한 통치술이 그런 것처럼 매력을 잃어갔다. 그러나 사람들은 수상에 대한 불만을 털어놓을 수도 없었다. 수상을 모욕했거나 현재의 통치 구조를 바꾸려 했다는 이유로 곤욕을 치른 사람들에 대한 소문이 나라 안을 흉흉하게 만들고 사람들의 어깨를 움츠러들게 했다. 변화는 급격했고, 대중은 그 변화를 재빨리 수용했다. 수상의 사진은 마을 회관마다 걸려 있었지만, 정작 그의 살아 있는 얼굴은 아무 데서도 볼 수가 없었다. 그는 얼굴 없는 수상이 되어버린 것이다.

그가 죽었다는 소문은 그 무렵부터 잊어버릴 만하면 한 번씩 터져 나와 나라 안을 휘저어놓았다. 소문 속에서 그는 수없이 많이 죽었다. 그것은 수상의 얼굴을 볼 수 없게 된 사실과 연관이 아주 없지 않았다. 그리고 그 소문이 주기적으로 유포되는 배경에는 수상의 죽음을 바라는 사람들의 집단적 원망이 숨어 있으리라는 추측도 가능하다. 수상은 더 이상 국민들의 전폭적인 지지와 사랑을 받는 예전의 지도자가 아니었다. 물론 그때마다 수상은 언론 매체에 등장함으로써 자신의 건재함을 증거해 보이곤 했다. 그는 수없이 많이 죽었지만 한 번도 죽지 않았다. 그는 불사조였다.

이번에도 사정은 다르지 않았다. 그의 죽음에 대한 소문이 절정에 이르렀을 때, 그는 국영 텔레비전 방송에 얼굴을 드러냈다. 3월 15일 저녁 8시였다. 처음 소문이 퍼진 시점부터 계산해서 정확히 60시간 만의 일이었다. 그는 '대국민 특별 담화문'이라는 것을 또렷또렷한 목소리로 읽어나갔다. 그는 머리가 하얗게 세고 얼굴에 주름이 제법 깊게 패긴 했지만 누구보다 건강해 보였다. 패기 넘치는 목소리와 몸에 밴 절도 있는 자세가 그의 건강에 대한 의혹을 일축하게 했다. 적어도 암을 상대로 몇 년째 투병하고 있거나 여자의 배 위에서 숨이 끊어질 위인으로는 보이지 않았던 것이다.

친애하는 국민 여러분. 항간에 떠돌고 있는, 본인과 관련된 불미스러운 풍문으로 인해 다시금 국민 여러분들께 심려를 끼쳐드려 몹시 송구스럽습니다. 조사한 결과 당국은 정국의 혼란을 획책하려는 반국가 집단의 조직적인 음모가 배후에 있다는 매우 우려할 만한 사실을 밝혀내었습니다. 이 불순 조직에 대한 수사가 이미 착수되었으므로 수일 내로 그 진상이 백일하에 드러날 것입니다. 본인은 이 혼란을 수습하고 흩어졌던 민심을 하나로 모으는 일에 진력할 것입니다……

들끓던 소문은 일시에 잠들었다. 그는 죽지 않았던 것이다.

며칠 후 문제의 불순 조직을 결성한 사람들이 적발되었다. 대학교수가 한 명, 정치인이 세 명, 그리고 군인도 한 명이 포함되어 있었다. 그들은 현 정부의 전복을 기도하기 위해 적성국과 접촉한 혐의를 받고 있었다. 그들은 특별재판위원회에 의해 종신형을 선고받을 것이었다.

수상은 죽지 않는다. 그의 죽음에 대한 잦은 오보는 역설적으로 그런 식의 이상한 믿음을 창출해내는 데 기여했다.

소설가 KMS는 3월 15일 밤 우연히 텔레비전에 나온 수상의 연설 장면을 녹화했다. 그날 저녁에 그는 한 텔레비전 방송

국에서 방영하는 북극의 생태계에 대한 다큐멘터리를 시청할
예정이었다. 사전에 예고된 바에 의하면 그 프로는 십몇 주년
의 방송국 개국을 기념하는 대작으로 그의 기대를 자아내기에
족했다. 방송 시간은 저녁 7시 40분으로 잡혀 있었다. 그런데
공교롭게도 그날 저녁이 다 되어서 집 밖으로 나갈 일이 생겼
다. 6시쯤에 그에게 전화가 걸려왔다. 전화를 건 사람은 여자
였는데, 그는 그 여자의 저녁 데이트 요청을 묵살할 수가 없었
다. 그녀는 그의 비밀스러운 애인이었고, 고급 공무원인 그 여
자의 남편이 출장을 갔기 때문에 그날 밤이 빈다고 알려왔기
때문이었다. 그런 기회를 마다할 그가 아니었다. KMS는 녹화
를 예약해두고 집을 나왔다.

　　그가 다시 자기 집으로 돌아온 것은 이튿날, 그러니까 3월
16일 아침 8시 30분쯤이었다. 물론 혼자였다. 그 시간에 그의
애인 또한 자신의 집으로 혼자 들어갔다. 그는 따뜻한 물을 틀
어 목욕을 하고 홍차를 끓여 마셨다. 그의 집 현관에는 두 장
의 신문이 떨어져 있었는데, 그중 한 장은 목욕탕에서 읽었고,
다른 한 장은 식탁에서 홍차를 마시면서 읽었다. 두 장의 신문
은 다루고 있는 기사가 비슷비슷해서 두번째 신문은 거의 읽
을 거리가 없었다. 그런데도 그는 비교적 꼼꼼하게 그것들을
읽었다. 1면에는 건재를 과시하고 있는 수상의 전신 사진이 큼
지막하게 실려 있었다. 두 신문에 실린 사진이 똑같았다. 테이
블에 앉아 원고를 읽고 있는 모습이었다. 그의 등 뒤에는 바다
를 뚫고 떠오르는 붉은 해를 찍은 사진이 걸려 있었다. 뽑혀
나온 기사의 제목까지도 한 신문은 "수상 각하, 대국민 특별
담화 발표"였고, 다른 신문은 "수상 각하의 대국민 특별 담화"

였다. 별다른 감흥이 일지 않았기 때문에 그는 건성으로 읽어 치우고 문화 면을 뒤적거렸다. 그러나 거기에도 별로 그의 눈길을 끌 만한 기사는 보이지 않았다. 최근에 수 권의 베스트셀러를 써낸 한 남자 소설가에 대한 인터뷰 기사가 실려 있었지만, 그는 보지 않았다. 그는 베스트셀러를 양산해내는 작가들의 대중적인 감각에 대해 턱없이 오만한 편견을 가지고 있었다. 그는 잘 읽히는 소설을 써낼 능력이 없다는 것을 잘 알고 있었기 때문에 마음 놓고 그들을 상업주의에 투항한 매문꾼이라고 비난했다. 그따위 소설이야 마음만 먹으면 나도 얼마든지 쓸 수 있다는 식의 오만한 자신감을 은근히 내비치곤 했지만, 그러나 그는 누구보다 잘 알고 있었다. 죽었다 깨어나도 그렇게 잘 읽히는 소설을 쓸 능력이 자신에게는 없다는 사실을. 그는 드러내놓고 밝히진 않았지만, 대중적인 감각이 중요한 재능이라는 사실을 알고 있었다. 그리고 자신에게는 그런 재능이 주어져 있지 않다는 것도. 그것은 그의 오래된 콤플렉스이기도 했다. 콤플렉스를 감추기 위해 그는 자신에게 결여되어 있는 그 대중적인 감각과 그것을 가지고 있는 작가들에 대해 악의적인 공격을 일삼았다. 혼자 의인인 양하는 그의 문학적 허세는 그러나 그다지 치밀하지 못해서 다른 문학인들에게 쉽게 들켰고, 그래서 동정심을 유발시키기까지 했다.

그가 그날 신문을 보면서 가장 신경을 집중해서 오래 들여다본 것은 백화점 세일 광고와 개봉 중인 영화 광고였다. 그는 한 메모지에 'YQ 백화점 세일. 19일까지. 소형 녹음기 60% 할인'이라고 쓰고, 다른 메모지에는 '아무도 그녀에게 전화하지 않는다. RT 극장──11:00 13:30 16:00 18:30 21:00. 밤의 낙화. DF 극장——11:00 13:00 15:00 17:00 19:00 21:00'이라고 썼다. 그는 라디오도 들을 수 있고 카세트테이프도 들을 수 있는 소형 녹음기를 하나 사야겠다는 생각을 오래전부터 하고 있었다. 상영 영화의 시간표를 메모한 것은 조금 전 헤어질 때 했던 약속이 생각나서였다. 그는 주말에 애인과 함께 영화를 보기로 했는데, 자신이 영화를 골라서 연락을 해주기로 했던 것이다.

그러고 나서야 「북극의 생태계」에 생각이 미쳤다. 그는 마침 심심하던 차에 할 일이 떠올라주어서 다행이라는 듯한 태도로 벌떡 일어나 비디오 앞으로 다가갔다. 테이프를 앞으로 되감고 텔레비전을 켜고 비디오의 재생 버튼을 눌렀다. 그러고는 어깨까지 빠지는 푹신한 소파에 몸을 담갔다. 오렌지주스 광고가 나오고 있었다. 그는 리모컨을 눌러 테이프를 빨리 돌아가게 했다. 음성이 소거된 상태로 그림이 빠르게 넘어갔다. 여성 화장품 광고가 나오고 7차 방어전을 갖는 복싱 챔피언의 경기를 예고하는 방송이 이어졌다. 그리고 갑자기 뉴스가 나왔다. 시간표대로라면 「북극의 생태계」를 시작해야 할 시간이었다. 그런데 예정에도 없는 뉴스라니. 그가 기억하는 한 뉴스는 「북극의 생태계」가 끝난 다음 프로그램이었다. 그는 자기가 예약 녹화를 할 때 혹시 시간을 잘못 지정한 것이 아닐까 생각해보았다. 기억은 나지 않았지만, 그럴 가능성이 전혀 없다고 장담할 수도 없는 일이었다. 빠르게 움직이는 화면의 맨 아랫단으로 일단의 글자들이 띠를 이루어 지나가는 것을 그는 보았다. 글자들은 화면의 오른쪽에서 나타나서 왼쪽으로 쏜살같이 사라졌다. 그는 그 글자들을 자세히 보기 위해 리모컨을 움직여 화면을 앞으로 돌렸다. 글자들의 띠가 나타나기 시작하는 지점에 맞춰 재생 버튼을 눌렀다.

……7시 40분에 방송될 예정이던 창사 15주년 특집 대작 「북극의 생태계」는 수상 각하의 특별 담화 생중계 관계로 늦어집니다. 수상 각하의 특별 담화는 8시에 있을 예정입니다. 「북극의 생태계」는 특별 담화가 끝나는 대로 보내드리겠습니다. #이 시간 이후의 방송 순서 8:00 특별 방송 「수상 각하의 특별 담화」 8:30 창사 15주년 특집 대작 「북극의 생태계」 9:50 미니시리즈 「남자의 사랑」 10:50 시민 광장 「해저 공원 건설 ──이렇게 생각한다」 11:40 심야 스포츠 「프로 농구 하이라이트」 12:30 뉴스 #많은 시청 바랍니다……

그는 녹화 예약을 할 때 7시 40분부터 9시까지로 시간을 지정했었다. 그것이 「북극의 생태계」가 방송되는 시간이었다. 그러나 변경된 방송 시간에 의해, 그의 비디오테이프에는 수상의 특별 담화가 통째로 녹화되고, 정작 그가 원하는 프로그램은 단 30분밖에 녹화되지 않았다.

제기랄.

그는 욕설을 뱉었다. 수상의 특별 담화 따위는 흥미도 없었다. KMS는 수상이 죽었거나 죽었다가 다시 살아났거나 별 상관하지 않는 위인이었다. 수상을 포함하여 모든 정치적인 것에 대한 그의 불감증은 의식적인 구석이 없지 않았다. 희망 없는 정치에 대한 혐오감을 그는 무관심으로 드러냈다. 그것은 그가 택할 수 있는 가장 적극적인 시위 방법이었다. 수상의 죽음으로 세상이 떠들썩할 때 그는 꼼짝하지 않고 집 안에 틀어박혀 지냈다. 수상의 죽음을 부정하는 소위 3백만의 인파가

공원에 모여 열기를 내뿜고 있는 뉴스 화면을 보면서 그는 콧방귀를 뀌었다. 무슨 근거가 있었던 것은 아니지만, 직감적으로 그 소문의 허울을 간파하고 있었다고 해야 할 것이다. 수상이 죽었다고 호들갑을 떨 때도, 죽은 것이 아니라 버젓이 살아 있다고 흥분을 할 때도 그는 놀라지 않았다. 수상이 특별 담화를 하던 지난밤은 호텔 방에서 남편이 있는 여자를 끌어안고 보냈다. 그는 그런 인간이었다.

거기다가 수상의 특별 담화의 내용을 별 감동 없이 신문에서 대충 읽은 직후였다. 별다른 흥미가 일어날 이유가 없었다. 그는 다시 리모컨을 쥐고 테이프를 빨리 돌렸다. 목소리를 빼앗긴 아나운서가 입만 경망스럽게 빠끔거리기를 계속했다. 그 장면은 물을 잃어버린 붕어가 가쁘게 호흡을 몰아쉬는 모습을 연상시켰다. 뉴스는 오래 진행되지 않았다. 뉴스가 끝나자 냉장고와 자동차와 원목 가구와 두통약과 냉동 피자 광고와 교통 질서를 강조하는 한 개의 공익 광고가 나가고 아까 보았던 권투 시합 중계 예고가 다시 나타났다. 그는 아무 생각 없이 화면을 응시하고 있었고 그것들은 빠르게 그의 눈앞을 스쳐 지나갔다. 그러고 난 후 다시 다섯 개의 광고가 나왔다. 이번에는 맥주와 면도기와 커피와 캐주얼 슈즈와 자동카메라였다. 이어서 특별 방송이 시작되었다. 수상의 모습이 화면에 나타났다. 그는 갑자기, 자기도 의식하지 못하는 새에 리모컨을 눌렀다. 화면이 정상 속도를 회복하면서 소리를 되찾았다. 그는 자신이 무슨 생각으로 리모컨을 조작했는지 알지 못했다. 어쩌면 무의지적인 화면 응시가 그를 좀 지겹게 만들었는지 모른다. 별생각 없이 손가락이 움직였다는 평계는 그러나 별로 설득력이 없다. 이유는 화면에 나타난 인물이 수상 '각하'라는 데 있지 않았을까. KMS가 아무리 관심 없는 척하고 무시하고자 해도, 그는 이 나라의 수상이었다. 더구나 자신의 생사 문제를 빈번하게 국민들의 화젯거리로 제공하는, 그럴 정도로 자신의 얼굴을 잘 나타내 보이지 않는 수수께끼 같은 인물이었다. 고작해야 1년에 한두 번 정도 중요한 행사가 있을 때만 텔레비전에 얼굴을 내보일 뿐이었다. 그의 민얼굴을 가까이에서 접할 수 없는 거의 모든 국민들 사이에서 그는 알지 못하는 사이에 신화적인 존재가 되어 있었다. 그 모습을 직접 보고 그의 음성을 직접 들어보자는 호기심 같은 것이 발동한 것은 어쩌면 당연한 일이었을 것이다. 소설가 KMS라고 그런 정도의 호기심이 없으란 법은 없다.

그러나 그는 수상의 연설 내용에는 귀를 기울이지 않았다. 그 내용을 이미 알고 있었기 때문이기도 했거니와 담화문류의 진부한 정치적 연설을 듣는 일이 얼마나 괴로운지가 퍼뜩 상기되었기 때문이었다. 그는 내심 텔레비전 카메라를 통해 공개되는 한 나라의 강력한 통치자의 면모를 관찰하고 싶었던 것 같다. 그것은 어쩌면 문학적인 호기심의 일종이었는지 모른다. 그는 그러기 위해서 소리를 아주 작게 만들었다.

카메라는 한자리에 고정되어 있었다. 수상이 담화를 발표하는 10여 분 동안 카메라의 앵글은 조금도 바뀌지 않았다. 수상의 전신 모습이 화면의 한가운데 잡혀 움직이지 않았다. 다른 프로그램의 현란한 화면 구성과 비교할 때 몹시 진부하고 구태의연하고 무엇보다 시대착오적이라는 느낌이 들었다. 그는 검은 양복을 입고 있었는데, 언제나처럼 목소리에 확신이 차 있고 태도 또한 절도가 있었다. 그런데도, 양복 색깔 때문이었는지, 아니면 원고를 읽느라고 가끔 고개를 숙이곤 해서였는지는 몰라도 어쩐지 장례식장에서 조사를 읽고 있는 것 같다는 느낌을 주었다. 자신의 장례식에서 조사를 읽고 있는 사람의 모습이 돌연 연상되어 그는 피식 멋쩍게 웃었다. 그러나 그 느낌은 잠깐 스쳐 간 것에 불과했다. KMS의 의식 속으로 그가 알지 못하는 사이에 아주 천천히 스며 들어와 똬리를 틀고 주저앉은 뜻밖의, 또렷한 인상 한 가지는 왠지 그가 연기를 하고 있는 것 같다는 것이었다. 부자연스러웠다는 뜻이 아니다. 오히려 그 반대이다. 충분히 연습을 하고 무대에 나온 성실한 연기자의 대사와 동작처럼 지나치게 자연스러웠다는 뜻이다. 가령 그는, "강력한 힘의 집중이 없으면 호시탐탐 혼란과 파괴를 획책하는 불순 집단의 책동을 효율적으로 제지할 수 없다는 사실을 국민 여러분은 명심하셔야 하는 것입니다"라고 말할 때 주먹을 불끈 쥔 오른손을 눈높이로 끌어 올려 정면을 향해 쭉 뻗고서 한동안 카메라에 시선을 고정한 채 움직이지 않았는데, 그런 장면들이 연기를 하는 것 같다는 느낌을 갖게 했다. 하긴 그런 장면들은 집권 초기부터 그가 자주 보여온, 그래서 사람들에게 매우 친숙한 제스처 가운데 하나이긴 했다. 그의 그런 몸짓은 강력한 의지와 확신을 읽게 했다. 사람들은 그런 그에게 한없는 기대와 믿음을 보냈었다. 국민들의 기대와 믿음은 그처럼 확신에 찬 몸짓을 통해 드러난 그의 강력한 의지와 신념을 향한 것이었다. 그런데 KMS는 어째서 그 익숙한 몸짓에 대해 다른 해석을 하고 있는 것일까. 누가 사람의 머릿속으로 들어가 상상력에 빗장을 치고 울타리를 두를 수 있겠는가. 하물며 작가의 상상력임에랴.

KMS는 눈으로는 텔레비전 화면을 주시하면서 기묘한 허구의 세계 속으로 빠져 들어갔다. 아는 사람은 알겠지만 머릿속 상상의 공간은 언제나 현실의 공간보다 광활하다. 이 소설가의 경우는 두말할 것이 없다. 현실의 이면(裏面)에 대한 그의 관심은 매우 집요해서 자주 시도 때도 없이 백일몽의 환각 속으로 끌려 들어가곤 했다. 그런 점을 들어 그가 작가라는 증거라고 해석하는 사람도 없지 않은데 그런 해석이 아주 터무니없다는 비난을 받을 정도라고 생각되지는 않는다. 왜냐하면, 다른 소설가들은 모르겠지만, 적어도 KMS의 경우에는 그의 이름을 달고 나온 소설의 거의 전부가 그와 같은 백일몽의 산물이라고 말해도 과언이 아니기 때문이다. 그의 소설 세계에 대해 환각적 리얼리즘이라든지 비현실적인 진지성의 탐구 등등의 관용구들이 따라붙는 점이 이와 무관하지 않다.

어찌하다 보니 그의 창작의 비밀을 누설하고 말았는데, 내친김에 더 이야기를 하자면 이렇다. 그가 있는 곳에는 언제나 메모지가 있다. 손바닥 두 개를 겹쳐 붙인 크기만 한 그 작은 종잇조각들은 그의 책상 위에도 굴러다니고, 그의 호주머니에도 들어 있고, 그의 수첩 사이나 그가 읽고 있는 책갈피에도 끼여 있다. 그가 백일몽에 빠져들면 그 메모지에는 글자들이 적힌다. 때로는 의식적이기도 하지만 대부분은 자기도 또렷하게 의식하지 못하는 사이에 적히는 글자들이다. 그리고 후자 쪽이 훨씬 그럴듯한 세계를 만들어낸다. 그의 방에 들어가면 기발하고 놀라운 환각의 언어들이 꿈틀거리는 종잇조각들을 수도 없이 볼 수 있다. 그러나 물론 그 방에는 아무도 들어갈 수 없다.

그는 별로 까다로운 성격은 아니지만 자신의 작업실을 공개하는 것은 몹시 싫어하기 때문이다. 말하자면 그처럼 많은 메모지가 그의 창작의 밑그림인 셈이다. 그는 틈만 나면 그 종잇조각들을 만지작거리고 뒤적거린다. 그 과정에서 물건이 될 만한 종잇조각이 뽑혀 나온다. 그러면 그는 그 종잇조각을 들고 워드프로세서 앞으로 다가간다. 그때부터 실제로 작품이 되어 나오는 데까지는 그리 많은 시간이 걸리지 않는다.

KMS의 소설들이 하나같이 현실을 교묘하게 비틀거나 현실 밖의 세계에 집착하고 있는 것은 그가 소설의 골격을 백일몽으로부터 얻어 오기 때문이다. 말하자면 소설을 쓰는 것은 그의 의식이 아니라 그의 무의식인 것이다. 무의식의 자유분방함과 기묘함과 파렴치함이 그의 소설에 자유분방함과 기묘함과 파렴치함을 만든다. 직접 고백하지는 않지만, 그는 백일몽의 보이지 않는 손이 없으면 한 편의 소설도 쓰지 못한다. 그런 뜻에서 불행한 작가이고, 그런 뜻에서 행복한 작가이다.

그가 백일몽에서 깨어났을 때 텔레비전 화면은 북극의 생태계를 방영하고 있었다. 그는 화면을 그대로 둔 채 메모지에 적힌 글자들을 읽었다. 그의 손이 쓴 글자들은 그 순간까지 한 번도 그의 머릿속으로 들어와본 적이 없는 내용이었기 때문에 (적어도 그가 의식은 하지 못하고 있던 내용이었기 때문에) 그는 그 글자들을 해독하면서 몹시 놀랐다.

수상을 의심하라.
그가 연기를 하고 있을 가능성. 그의 연기는 완벽하다. 그러나 완벽한 연기는 그것이 곧 완벽한 가공임을 더불어 증거한다. 연기를 하는 자는 자신의 정체를 발현한다. 연극 속의 햄릿은 햄릿을 연기하는 아무개라는 이름의 직업적인 연기자이다. 그를, 수상을 연기하는 직업적인 연기자라고 가정해보자. 그는 수상이 아니다. 수상은 어디 있을까.

추측 1) 수상은 처음부터 존재하지 않았을 수 있다. 그 경우 그는 죽지도 않는다. 그의 존재는 전 국민의 총화를 위해 고안된 하나의 표상에 불과하다. 그는 처음부터 실재하지 않은 허깨비였다. 그가 과거에 비해 모습을 잘 드러내지 않는 것은 그 이미지의 영향력이 그만큼 줄어들었기 때문이고, 또 그 이미지를 조장할 필요가 현저하게 줄어들었기 때문이다. 말하자면 그가 존재할 필요가 없어져가고 있는 것이다. 머지않아 그는 원래대로 사라질 것이다.

추측 2) 수상은 존재했다. 그러나 그는 지금은 존재하지 않는다고 가정해보자. 그는 오래전에 사라졌다. 이를테면 죽었다. 이 경우 그의 죽음은 타살 쪽이 합당하다. 그의 죽음은 그를 죽인 세력에 의해 교묘한 방법으로 은폐되어왔다. 그들은 그는 제거했지만, 그의 이미지까지 제거하는 것은 옳지 않을 뿐만 아니라 위험하다고 생각했다. 그래서 그들은 묘안을 짜냈다. 그들에 의해 수상 역을 맡은 배우가 만들어졌다. 배우는 얼굴을 고치고 오랜 연습을 거쳐 몸매와 말투와 제스처까지 모방했다. 그는 필요할 때마다 수상의 대역을 한다.

두 개의 추측 중 어느 쪽이든 확실한 사실 하나: 수상은 부재중이다. 그러나 그의 부재는 아직은 어떤 이유에서든 사실대로 공개되어서는 안 된다. 그의 부재 사실이 공개되어서는 안 되는 가장 구체적이고 현실적인 이유는 그의 부재가 이제까지 공개되지 않았다는 데에 있다. 공개되지 않은 것은 공개되지 않을 이유가 있기 때문이다. 어떤 이유? 그것은 공개하지 않은 특정한 인물이나 세력이 공개하기를 꺼리기 때문이다. 공개하지 않을 권리를 가지고 있는 자만이 공개할 권한도 가지고 있다.

KMS는 자기가 써놓은 글자들에 충격받아 백일몽 밖으로 빠져나오고 나서도 한동안 움직이지를 못했다. 당황스럽고 혼란스러웠다. 그는 메모지에 적힌 내용을 몇 번이나 읽어보았다. 그는 자꾸만 고개를 끄덕였다. 이건 대단하다. 이건 대단히 흥미 있는 추측이다,라고 그는 되풀이하여 말했다. 텔레비전은 여전히 「북극의 생태계」를 내보내고 있었다. 그러나 그는 그것을 보지 않았다. 그는 정신을 수습하기 위해 벌떡 일어나 벽에다 두어 차례 머리를 세게 찧은 후 비디오테이프를 거꾸로 돌렸다.

그는 수상이 연설하는 모습을 처음부터 다시 찬찬히 보기로 했다. 그렇게 생각을 하고 보아서 그런지 수상이 연기를 하고 있다는 느낌이 굳어져갔다. 그의 상상력은 한쪽 방향을 향해 치달았다. 숙련된 배우가 연기를 하고 있는 것 같다는 느낌을 갖게 하는 것이 무엇인지는 구체적으로 드러나지 않았다. 그저 막연했다. 무언지 잘은 모르지만 어쩐지 수상하다는 정도였는데, 그것으로는 충분하지 않았다. 테이프를 연속으로 세 번 보고 난 후 그는 어떤 결정을 내렸다. 그는 서둘러 옷을 찾아 입고 밖으로 나왔다.

그길로 그는 시립 도서관을 찾아갔다. 도서관은 시의 외곽에 있었다. 도서관이 문을 닫는 시간까지 꼬박 여덟 시간 동안 그는 묵은 신문과 잡지와 화보 들과 정부가 간행한 정책 홍보물 등을 뒤졌다. 도서관에 있는 동안 꼭 두 번 자리를 떴는데, 한 번은 화장실을 가기 위해서였고, 또 한 번은 햄버거와 커피로 오랫동안 비어 있는 위장을 다스리기 위해서였다. 한 가지 밝혀둘 것은 그의 돌연한 열심에 대해서인데, 이는 단지 그가 무언가 소설 작품을 쓸 수 있을 것 같은 예감을 받았다는 증거일 뿐이다. 다른 추측을 하는 것은 물론 자유지만 온당한 일은 아니다. 작품이 될 것 같은 예감이 들면 그는 언제나 만사를 제쳐놓고 일에 매달리는 버릇이 있다. 사람도 거의 만나지 않고 잠도 별로 자지 않고 심지어는 잘 먹지도 않는다. 그런 식으로 한꺼번에 몰아붙여 일을 끝내고 나서는 또 빈둥거리며 소일한다. 이 이야기를 하는 것은, 그에게 다른 의도나 동기—예컨대 정치적인—가 없었다는 것을 말하기 위해서이다. 그는 무엇에 홀린 것처럼 열심을 냈는데, 그의 그런 태도는 작품을 만들어낼 때가 아니고는 찾아보기 힘든 모습이라는 점을 밝히고자 하는 것이다. 굉장히 뜨겁고 활발한 무엇인가가 그를 사로잡고 있었다. 금방이라도 폭발할 것 같은 내부의 활력에 압도당해 그는 일에 몰두했다. 도서관의 문이 닫힐 때 그는 채 읽지 못한 자료들을 복사해서 양손 가득 들고 나왔다. 그는 밤새 그 복사물들을 찬찬히 읽고 살폈다. 중요하다고 생각되는 부분에는 줄을 긋고 다른 곳에 옮겨 적기도 했다.

해가 뜨기 직전에야 소파에 웅크린 채 잠이 들었던 KMS는 전화벨 소리에 놀라 깨어났다. 그는 전화를 받고 싶은 기분이 아니었다. 그래서 수화기를 들었다 도로 내려놓았다. 잠시 후에 전화벨이 다시 울렸다. 그는 귀찮아하며 수화기를 들어서 아무렇게나 팽개쳤다. 꾸불꾸불한 선에 매달린 수화기가 공중에서 대롱거렸다. 전화기 속에서 누군가가 모기 소리를 냈다. 그는 그것을 내버려둔 채 눈도 뜨지 않고 비틀거리며 안방으로 걸어가 침대 위에 쓰러졌다. 그는 잠을 잤다. 그의 잠 속으로 수상이 걸어 들어왔다. 수상은 늙고 힘이 없어 보였는데, 그의 손을 잡고 눈물을 뚝뚝 흘렸다. 무슨 말인가를 하는데, 무슨 말인지 한마디도 알아들을 수가 없었다. 그의 말을 알아들을 수 없는 것은 그의 목에서 소리가 새어 나오지 않기 때문이었다. 그의 목에서 소리가 새어 나오지 않는 것은 누군가가 그의 혀를 움켜잡고 있기 때문이었다. 수상은 입을 벌리고 있는데, 어떤 크고 검은 손이 수상의 입속으로 들어가 혀를 붙잡고 있었다. 그런데 그 손은 수상의 손이었다. 수상의 혀를 붙잡고 있는 크고 검은 손의 주인인 수상은 젊고 힘이 넘쳐 보였다. 젊은 수상과 늙은 수상이 따로 보이다가 겹쳐 보이다가 했다. 같은 사람인가 하면 다른 사람이고, 다른 사람인가 하면 같은 사람이었다. 어지럽고 혼란스러웠다. 그 어느 순간 갑자기 수상의 얼굴 가죽이 벗겨져 나갔다. 그러자 수상이 썩은 나뭇등걸처럼 툭 쓰러졌는데, 순식간에 그 얼굴이 흉측하고 까맣게 변해버렸다.

누군가가 그의 집 초인종을 시끄럽게 울려대고 있을 때 그는 보기 흉하게 부패한 수상의 시체가 벌떡 일어나 큰 소리로 연설을 하는 꿈을 꾸고 있었다. 연설의 내용은 통 알아들을 수가 없었다. 그의 입에서 나오는 것은 사람의 소리가 아니었다. 쨍그랑거리는 쇳소리처럼 들렸다. 미처 잠의 그물망에서 벗어나지 못한 그는 순간적으로 요란하게 울려대는 초인종 소리를 수상의 연설 소리로 착각하고 몸을 부르르 떨었다. 이 무슨 터무니없는 악몽이란 말인가. 초인종 소리에 이어 들리는 사람 소리를 듣고서야 그는 자신이 꿈을 꾸고 있었음을 깨달았다. 문밖에서는 누군가가 악을 쓰고 있었는데, 어딘지 장난기가 묻어 있는 목소리로 "빨리 문 열어, 이 친구야. 안에 있는 거 다 알고 있다고. 안 열면 부술 거야"라고 외치고 있었다. 누군지 알 만했다. 그는 그 목소리에 까닭없이 고마움을 느꼈다.

찾아온 사람은 그가 출판 계약을 맺고 있는 출판사의 편집자이기도 한 그의 친구 LPY였다. 4일 전에 그는 KMS가 지난달에 넘긴 장편소설에 대해 의논할 것이 있다고 전화를 걸었다. KMS는 3월 17일 오전에 출판사로 가겠다고 약속을 했다. 그날이 바로 오늘이었다. 편집자는 사무실에서 소설가를 기다리다 약속한 시간이 한참 지나도 나타나지 않자 전화를 걸었고, 수화기가 들어 올려졌다 도로 내려지는 걸 듣고 그가 집에 있다는 걸 확인했다. 몇 차례 더 전화를 넣어본 LPY는 망설이지 않고 직접 집으로 쳐들어가기로 마음먹었다. 그로서는 더 미룰 수 없는 일이었기 때문이었다. 편집자인 그는 소설가가 써 온 원고에서 심각한 오류를 몇 가지 발견했는데, 작가의 자존심을 건드리지 않고 설득을 시켜서 고쳐 쓰도록 만들어야 했다. 출판 날짜를 미리 예정해놓은 터라 시일이 촉박했다. 어이없게도 KMS는 그 약속을 까맣게 잊고 있었다. 그의 친구는 오해했지만, 그가 일부러 편집자를 만나지 않으려 한 것은 아니었다. 굳이 이유를 찾는다면 수상의 신상에 대한 그의 과도한 관심 때문이랄 수 있었다. 그는 한군데 정신을 쏟으면 다른 것에는 백지가 되는 위인이었다.

LPY는 뜻밖으로 강경하게 소설가의 무성의와 불성실을 나무라고 나섰다. 그와 같은 태도에는 이제부터 전개될 그의 원고와 관련된 논쟁에서 다소나마 우월한 위치를 선점해보려는 계산이 깔려 있었다. 소설가들의 타고난 막무가내의 고집과 자기가 쓴 원고에 대한 도에 지나친 애정과 싸우며 편집자의 객관적인 의견을 반영시키는 일은 언제나 살얼음판을 걷는 것처럼 아슬아슬했다. 작품의 완성도뿐만 아니라 책의 판매까지를 고려해야 하는 출판 편집자의 입장에 대해 작가들은 별로 우호적이지 않았다. 상대가 흉금을 털어놓고 지내는 친구라고 해도 사정은 크게 달라지지 않는다. 따라서 이런 경우, 본격적인 논의에 들어가기 전에 할 수 있는 한 자기에게 유리한 상황을 만들어놓는다는 것은 꼭 필요한 일이었다. 그러니까 편집자의 그와 같은 계산된 질책이 KMS로 하여금 전날 자기에게 일어났던 일을 변명 삼아 이야기하도록 시킨 셈이다. 편집자가 그렇게 밀어붙이지 않았다면 그는 자신의 구상을 입밖에 내지 않았을지 모른다. 그는 자신이 수상의 연설을 녹화하게 된 사연부터 시작했는데, 한번 이야기를 꺼내자 도저히 중간에서 그만둘 수가 없었다. 그의 내부에는 그 자신도 통제하기 힘든 역동적인 기운이 꿈틀거리고 있었던 것이다. 편집자는 이전에 쓴 소설에 대해 이야기하려고 왔다가 엉뚱하게 새로 쓸 소설에 대한 이야기를 들어야 했다.

KMS는 자신의 소설 제목이 '수상에 대한 추측'이 될 거라고 말했다. 그의 수상에 대한 추측은, '수상이란 존재하지 않는다'에서 시작한다. 한 나라를 통치하는 수상이 가짜라는 것, 국민들이 조금도 의심하지 않고 가짜 수상의 통치를 받아왔다는 것. 이 엄청난 사실을 어떻게 이해해야 하는가. 국민들이 속아왔다면 속여온 세력이 있을 텐데, 그 또는 그들이 누구이며, 어떻게 그렇게 교묘하게 오랜 세월 동안 전 국민을 상대로 속임수를 쓸 수가 있었는가, 그것이 가능한 일인가, 그리고 그 시점은 언제부터인가, 혹시 수상은 처음부터 존재하지 않은 것은 아닌가 등의 문제를 거론했다.

어처구니없어 하는 LPY에게 KMS는 수상의 사진이 실린 여러 장의 신문을 내보였다. 연설을 하고 있는 수상의 사진이 천편일률적으로 똑같았다. 다섯 개의 지난 3월 16일 아침 신문들이었다. KMS는 이상하지 않느냐고 물었다. 그의 친구는 좀 의심스럽긴 하지만, 대수롭지 않다는 반응을 보였다. 신문사들이 같은 자료를 받았겠지, 하고 그는 말했다. 소설가는 친구의 가슴을 주먹으로 가볍게 쳤다. 소설가는 영문을 알 수 없는 회심의 미소를 지어 보이며 말했다.

"바로 그 점이야. 기자가 가서 찍은 것이 아니라 수상실에서 보내온 것을 받은 거야. 다시 말하면, 이 기사를 쓴 기자들도 수상을 보지는 않았다는 거지."

편집자는 조금 흥미를 보이기 시작했다. 그러나 소설가의 상상력에 전적으로 신뢰를 보내려 하지는 않았다. 그는 소설을 쓰나? 하고 물었고, 소설가는 그 질문을 기다렸다는 듯 크게 고개를 끄덕이며 그렇다고 대답했다. 소설을 구상하고 있는 거야. 수상의 존재가 내게 뜻밖으로 흥미 있는 소설 소재를 제공하고 있는 거야. LPY는 수상이 신문에만 난 것이 아니라 텔레비전 방송까지 했다는 사실을 상기시켰다. 소설가는,

그 질문 역시 기다리고 있었던 것처럼, 아직 확인은 해보지 않았지만,이라는 전제를 달고 나서, 세 개의 방송사 것이 똑같을 수 있지 않겠느냐고 반문했다. 자신은 그러리라고 확신하는데, 만일 그렇다면 그것은 그 연설 테이프 또한 모처에서 방송국으로 보낸 것임을 뜻한다고 말했다. 경직되고 구태의연한 카메라가 그 첫번째 혐의점이며, 10분의 연설 도중 단 한 번도 수상의 얼굴을 클로즈업하지 않은 것이 두번째 혐의점이라고 덧붙였다. 편집자는 더욱 흥미를 보이기 시작했다. 그는, 이건 소설이 아닌데……, 하고 말했다. 소설가는 두 손을 크게 흔들어 그 의견에 반대의 뜻을 나타냈다.

"천만에, 이건 내 소설이니 소설로 받아들여줘."

소설가는 다른 자료를 꺼냈다. 역시 수상의 사진이 박힌 세 장의 신문이었다. 그것들은 3월 16일 아침 신문에 난 사진과 같았다. 편집자는, 이것도 3월 16일 신문이 아니냐고 반문했다. 소설가는 고개를 설레설레 흔들었다.

"믿기 어렵게도 아니야. 이것들은 작년 5월 23일 신문이야. 어떻게 생각해?"

LPY는 이미 소설가에게 말려들었다. 그는, 이게 어떻게 된 거지? 그렇다면 무슨 뜻이야? 하고 진지하게 접근해왔다. 소설가의 대꾸는 뜻밖으로 무덤덤했다. 신문사에서 똑같은 자료 사진을 사용한 거라고 생각하면 간단하다고 그는 설명했다. 수상실에서 그 사진만 쓰라고 지시했을 수도 있는 일이 아니냐는 것이었다. 그는 공연히 흥분하지 말라고 충고하기까지 했다. 흉측한 모양의 탈을 쓰고 불쑥 나타나 잔뜩 겁을 주고는 이내 탈을 벗어 보이며 무서워 떠는 사람의 약한 담력을 놀리는 격이었다.

"분명히 말하지만, 나는 지금 소설을 쓰고 있는 거야. 알아?"

KMS는 그 밖에도 몇 개의 자료를 더 보여주었다. 그 가운데에는 수상의 성장 과정을 수록한 '미래를 향해 뛰어라'라는 제목의, 9년 전에 발행된 책이 있었는데, 소설가는 '수상의 아버지'라는 설명이 붙은 사진을 가리켰다. 육십대 중반쯤 되어 보이는 남자였다. 소설가는 그 인물이 대머리라는 사실을 지적했다. 그리고 최근의 신문에 난 수상의 사진을 가리켰다. 수상은 대머리가 아니었다.

"대머리는 유전이야."

소설가는 그렇게 말하고 곧 덧붙였다.

"물론 가발을 쓸 수 있지. 그럴 가능성은 얼마든지 있어."

그런 식으로 끊임없이 연막을 치는 소설가의 종잡을 길 없는 화술이 편집자를 혼돈 속으로 몰고 갔다. 예컨대 한 외국 잡지의 최근 호 기사에 대한 KMS의 뜬구름 잡는 식의 코멘트도 마찬가지 경우랄 수 있었다. 그 잡지는 "10년 동안 외국 나들이를 하지 않은 유일한 국가 원수"라고 수상을 소개하고 있었다. 국가 원수가 외국 여행을 해야 하는 것이 아닌 바에야 그것이 허물이 될 까닭은 없다고 소설가는 천명했다. 더구나 국내로 찾아온 외국의 원수와 서너 차례의 정상 회담을 가진 바 있기 때문에 그의 존재를 의심하는 시선으로부터 비켜날 수 있다는 점을 지적했다. 그렇지만, 그렇기 때문에 더욱 이 기사 역시 자신의 소설 창작에 무한한 상상력을 제공한다고 덧붙였다. LPY는 종내에는 KMS가 정말로 소설을 구상하고 있는 것인지, 아니면 소설 구상에 빗대어 위험한 정치적 사건을 만들고 있는지조차 분간하기 힘든 상황에 빠져버렸다.

편집자는 자기가 찾아온 목적을 달성하지 못했다. KMS가 몇 가지 미진한 자료를 찾으러 도서관에 가야 한다며 일어나버렸기 때문이었다. 그는 어안이 벙벙한 채로 다음 약속 날짜를 건성으로 다짐받고는 쫓겨나고 말았다.

그러나 사실상 KMS는 더 이상 자료 같은 것을 필요로 하지 않았다. 이제까지 모은 것만으로도 충분했다. 그다음부터는 상상력이었다. 아니 어쩌면 처음부터 자료에 의존할 생각 같은 것은 없었다고 해야 할 것이다. 앞에서 말한 대로 그의 소설은 백일몽의 산물이었다. 기상천외한 상상력을 동원하여 현실을 비틀고 있다고 알려진 그의 소설 세계의 비밀은 백일몽에 있었다. 그렇다면 도서관을 쫓아다니고 밤을 새우고 한 그의 열심은 어떻게 이해해야 하는가. 간단한 답이 준비되어 있다. 그 또한 그의 백일몽의 한 부분이다. 그는 백일몽 속에서 움직인 것이다.

KMS는 "그가 죽었다"라고 썼다. 잠시 쉬었다가 "사람들은 입에서 입으로 그 충격적인 뉴스를 옮겼다"라고 이어서 썼다.

그가 죽었다. 사람들은 입에서 입으로 그 뉴스를 옮겼다. 그가 죽었다는 소문이 맨 먼저 퍼진 곳은 이번에도 주식시장이었다. 이번에도,라고 말한 것은 그의 죽음에 대한 소문이 이번이 처음이 아니기 때문이다. 그는 벌써 몇 차례나 죽음을 선고받았다 다시 살아났다. 이른 아침에 증권가에 떠돈 소문에 의하면, 그는 하루 전인 3월 12일 밤 11시 35분에 자신의 침실에서 잠을 자던 중 조용히 숨을 거둔 것으로 되어 있다. 사인은 위암. 그가 오랫동안 암과 투병해왔다는 설명이 덧붙여졌다. 소문은 상당히 구체적이고 치밀했다. 그가 이 땅에서의 생을 마감할 때 그 옆에는 부인과 두 아들과 세 명의 주치의와 두 명의 비서가 마지막 모습을 지켜보고 있었다……

KMS는 전문 연기자를 등장시켰다. 그가 언제 누구의 눈에 들어 어떤 경로를 통해 수상을 연기하는 대역 인간이 되어 살고 있는지를 추적하는 과정이 소설의 뼈대를 이루었다. 그는 수상을 많이 닮은 편이었던가? 소설가는 그럴 필요가 없다고 썼다. 그는 배우로 성공해보겠다는 야망만 분별없이 큰 무명 연기자였다. 아직 자신의 고유한 캐릭터를 만들지 못했을 뿐만 아니라 그럴 기회도 갖지 못한 상태였다. 그는 아직 큰 무대에 자신의 이름을 걸고 서본 경력이 없는 연기자였다. 따라서 대중들은 그의 이름을 알지 못했다. 그는 호구를 해결하기 위해 밤이면 술을 파는 클럽에 나가 재롱을 부리곤 했는데, 그곳에서 그가 한 것은 유명 배우나 코미디언 들의 흉내를 내는 일이었다. 사람들은 그의 놀라운 모방술에 박수를 보냈다. 사람들은, 똑같애, 똑같애, 하고 외치며 박장대소했다. 그가 그였다. 얼굴과 체형은 6개월간의 길고 집중적인 수술 끝에 고쳐졌고, 음성과 몸짓은 그의 탁월한 모방술에 의해 똑같이 모방되었다. 배우는 완벽하게 수상이 되었다. 수상으로 거듭 태어나 수상으로 살기 시작했다. 그는 때때로 자신의 진짜 정체가 무엇인지 혼란에 빠지곤 했다. 그는 자주 자신이 연기를 하고 있다는 사실까지도 잊어버리곤 했다. 그의 삶은 연기였고, 그의 연기는 곧 그의 삶이었다.

언제부터 수상의 대역이 등장했는가. 그리고 그 배경은 무엇인가. KMS는 수상 집권 10년째 되는 해에 권부 내에서 일어난 권력 다툼의 구도를 설정했다. 그것은 2인자들 간의 치열한 경쟁이었다. 수상은 2년 후 자신의 임기가 끝나는 대로 그만 수상 자리에서 물러나겠다는 뜻을 기회 있을 때마다 내비쳤다. 한 사람이 너무 오래 그 자리를 차지하고 있으면 좋지 않다는 것, 그리고 자신은 이미 자신이 할 수 있는 역할을 다했다는 것이 그 이유였다. 수상 자리를 이어받으려는 측근들 간의 눈에 보이지 않는 암투가 급기야 피를 부르는 참사로 이어지고 말았다. KMS는 그 싸움에서 승리한 세력에 의해 강권 통치가 비롯되었으며, 수상의 대국민 영향력을 고려한 새로운 통치 세력에 의해 대역 수상이 필요하게 되었다는 식의 줄거리를 짰다. 효율적인 통치를 위해서는 당분간 수상의 이미지를 활용하는 것이 마땅하다는 계산을 했다는 것이다. 그때부터 공개된 자리에서 수상의 얼굴을 볼 수 없게 된 것은 너무 자연스러운 일이었다. 수상이 죽었다는 소문이 심심찮게 나돈 것도 그 여파였다. 그러한 과정을 통해 수상의 이미지는 놀랍게 변질되었다. 그는 더 이상 지도력과 인품을 갖춘 경륜가가 아니었다. 그는 철권 통치를 하는 살벌한 독재자였다. 앞의 이미지가 효율적인 통치를 위해 필요했던 것처럼 후자의 이미지도 필요했다. 그와 같은 수상의 이미지를 통치 수단으로 이용하고 있던 세력들은 인원을 동원하여 수상의 죽음이 사실이 아니며 가능한 일도 아니라는 식의 여론을 조장해냈다. 그들은 한결같이 말했다. 수상은 죽지 않는다.

KMS가 고민한 부분 역시 수상의 신상과 관련된 대목이었다. 수상은 어디 있는가. 그는 죽었는가. 어떻게 죽었는가. 아니면 어딘가에 살아 있는가. 죽는 것도 가능하고 살아 있게 두는 것도 나쁘지 않을 듯싶었다. 어떻게 설정하는 것이 자연스럽고, 그러면서도 충격적일까. 자연스럽기 위해서는 죽음을 설정하는 편이 나을 것이다. 그러나 그를 그대로 살려두고 다른 카드로 활용하는 쪽이 훨씬 충격적일 것 같다는 생각도 들었다. 그리고 둘 중 어느 쪽을 택하느냐에 따라 소설의 마무리도 달라질 수 있었다. 단순히 이야기 마무리의 문제가 아니었다. 마무리를 어떻게 짓느냐에 따라 작품이 드러내는 주제나 메시지까지도 영향을 받을 수 있었다. KMS는 책상 앞을 물러나와 방 안을 오가며 두 가지 가능성 사이를 왔다 갔다 했다. 어느 쪽으로도 마음이 쉽게 기울지 않았다.

그 어느 순간에 초인종이 울렸다. 평소대로 그는 문을 열어주지 않았다. 초인종이야 울리건 말건 상관하지 않았다. 그의 귀에는 초인종 소리가 들리지 않았다는 쪽이 정확할지 모르겠다. 초인종을 누르다 지친 상대가 교묘한 방법으로 문을 따고 들어오는 것도 그는 눈치채지 못했다. 양복을 말끔하게 차려입고 넥타이까지 맨 두 명의 젊은 남자와 그보다는 나이 들어 보이는 마찬가지로 말끔한 차림의 남자가 그의 서재 문을 열고 들어왔다. 그들은 주인이 문을 열어주지 않아 할 수 없이 문을 따고 들어왔다며 정중하게 사과의 말을 건넸다. KMS는 당연히 누구냐고 물었다. 그들은 그 질문에는 대답하지 않았다. 그 대신 나이 들어 보이는 쪽 남자가 의자에 몸을 던지며 싸늘한 목소리로 말했다. 찬바람이 쌩 소리를 내며 지나가는 것 같았다.

"이제부터 당신은 질문을 하지 못합니다. 대답만 해야 합니다."

KMS는 어이가 없다는 표시로 소리를 내어 웃었다.

"웃는 건 자유입니다. 단 질문은 하지 못합니다. 질문은 우리가 합니다."

웃지도 않고 남자가 다시 그렇게 말했다. 그사이에 다른 두 명의 젊은 남자는 서재 안을 뒤지기 시작했다. 그들은 책상 위에 있는 그의 원고들과 도서관에서 복사해 온 자료와 책 들을 찾아냈다. KMS는 남의 방에 함부로 들어와 뭘 하는 거냐고 따졌다. 의자에 앉은 남자가 질문은 하면 안 된다는 사실을 싸늘한 목소리로 상기시켰다. 두 명의 젊은 남자는 이번에는 거실을 어지럽히고 있었다.

그들이 들어온 지 한 시간 반 만에 그의 집은 쓰레기장처럼 변해버렸다. 그들은 소설가의 방에서 찾아낸 세 묶음의 물건들을 대기시켜두었던 차에 실었다. 소설가도 같이 태웠다. 어딘지 모르는 곳에 KMS는 이틀 동안 갇혀 있었다. 한 움큼의 빛도 들어오지 않았고, 빵 조각 하나 들여보내지지 않았다. 사흘째 되는 날부터 끊임없는 질문이 이어졌다. 질문의 요지는 그가 확보한 수상에 대한 정보의 출처와 사용 목적과 용도에 대한 것에 집중되었다. 그들은 그를 적성국과 내통하고 있는 정보원쯤으로 몰아붙였다. KMS는 한결같이 자신이 소설을 쓰고 있었을 뿐임을 강변했다. 질문하는 자는 콧방귀도 뀌지 않았다. 그들은 그가 만나고 있는 사람들, 그가 읽은 책의 내용, 그가 쓴 책들과 그의 소설 세계에 대한 정보를 놀랍도록 정확하게 확보하고 있었다. 모든 점에 있어서 그들은 소설가에 대해 본인보다 더 정확하고 치밀한 정보를 가지고 있었다. 혀가 내둘러질 정도였다. 그런 그들이 어떻게 이렇게 터무니없는 혐의를 그에게 씌우려 한단 말인가. 이 문제에 대해서만 그들이 모르고 있다는 것을 어떻게 해석해야 하는가. KMS는 이해할 수가 없었다. 답답하고 억울했다. 그러나 그의 항변은 그들의 귀에 가닿지 않았다. 머지않아 깨달았지만 그들은 듣고 싶은 것만 들으려 했다.

취조가 시작된 지 스물여섯 시간이 지났을 때, 질문하는 사람은 출판사 편집자인 그의 친구 LPY의 녹음된 목소리를 들려주었다. LPY의 목소리는 무엇 때문인지 몹시 떨리고 있었다. 탈진한 목소리였다. 그 목소리에서 소설가는 심하게 긁힌 상처를 읽었다.

"……KMS는 어느 날 제게 우리 수상이 가짜라고 말했습니다. 연기자라고요. 진짜 수상은 벌써 죽었을 거라고요. 어디서 얻은 정보인지는 모르겠지만 굉장히 많은 걸 알고 있었습니다. 몇 개는 보여주었지만, 더 많은 것은 공개하지 않았습니다. 나는, 그를 좋은 소설가라고 생각하고 있습니다. 다른 것은, 정말이지 그가 어떤 생각을 하고 어떤 정치적 견해를 가지고 있는지는 전혀 모르는 일입니다. 사실 일 때문에 가끔 만나긴 했지만 그와 가까운 편은 아닙니다. 그는 속을 알 수 없는 사람이었습니다……"

그로부터 여덟 시간 후, 그러니까 취조가 시작된 지 서른

네 시간이 지났을 때, 그는 다른 녹음테이프를 들어야 했다. 그것은 그의 자동 응답기에 녹음된 애인의 목소리였다. 그녀는 무안하게도 고양이 울음소리 같은 목소리로 투정을 부리고 있었다.

"주말에 영화를 보러 가기로 해놓고는, 정말 이러기예요? 이러면 나 정말 외로워지고 슬퍼지는 거 몰라. 어디 있어, 도대체? 전화도 안 받고. 내일 오후에 시간을 낼 수 있어. 우리집 스컹크가 출장을 간다고. 거기로 나와. 4시까지. 알았지? 보고 싶어죽겠어. 전화 안 하면 죽여버릴 거야."

그들은 전화 내용을 듣고 그녀가 유부녀라는 사실을 알아차렸다. 그들은 그녀의 정체를 모질게 다그쳤다. 스컹크가 누구냐는 질문이 반복적으로 이어졌다. 그것은 그녀가 자신의 남편을 부르는 말이었다. 그는 물색없이 픽 웃음이 나오는 걸 참지 못했다. 그러나 그는 더 웃지 못했다. 그들은 호되게 다그친 끝에 소설가에게서 그녀가 말한 '거기'가 HBN 호텔 1406호라는 걸 알아냈다.

이튿날 저녁 6시 30분에 소설가 KMS는 애인의 녹음테이프를 들었다. 그녀의 목소리는 약간 들떠 있고 조금 허둥대고 있는 것 같다는 느낌을 주었다. 당황하고 있는 것이 분명했지만, 그렇다고 기가 죽은 목소리는 아니었다.

"……어머, 그랬군요. 나는 정말 몰랐어요. 그래서 그자가 내게 접근했군요. 어쩐지 좀 수상하다고 생각했어요. 네, 냄새가 좀 나더라고요. 우리 남편이 정보를 관리하는 공무원인 줄 알고 내게 접근했겠네요. 그럴 수가…… 하지만, 오해는 마세요. 그 사람과 나 사이에는 아무 일도 없었어요. 하도 끈질기게 접근해서 오늘 따끔하게 야단을 쳐주려고 만나겠다고 한 거라구요. 정말이라구요. 세상에, 그런 멀쩡한 놈이……"

취조를 하는 사람이 그 테이프를 들려주는 순간, KMS는 돌연 기묘한 환각 속으로 빠져들어갔다. 그는 습관적으로 주변을 더듬어 볼펜을 찾아 들었다. 그의 백일몽은 환경과 처지를 따지지 않는 특징이 있었다.

그는 백일몽 속에서 자신의 운명을 본다. 원탁이 보인다. 열 명 남짓한 사람들이 빙 둘러앉아 있다. 그중 절반은 군복을 입고 있다. 한 사람이 일어서더니 허리를 굽혀 절을 한다. 절을 받은 사람은 의자 깊숙이 몸을 담그고 앉아 있다. 그 사람의 손가락이 원탁 위에서 까딱거린다. 수상이다. 이내 일어선 사람이 보고를 하기 시작한다. 지금까지 조사한 바로는 적성국과의 접촉이나 불순 세력과의 연계 조짐 같은 것은 발견되지 않았습니다,라고 그는 말을 시작한다. 비현실적인 세계를 천착하는 한 소설가가 공상 속에서 우연히 만들어낸 작품으로 보입니다. 위험한 인물로 보이지는 않습니다. 뜻밖에 정교하고 치밀하긴 하지만, 다른 의도나 배후는 없는 것으로 판명되었습니다. 그렇지만, 사안의 중요성에 비추어 소홀히 처리할 문제는 아니라고 사료됩니다. 만일 그 작자의 구상이 세상에 알려지게 되면 적지 않은 파문이 야기될 가능성이 없지 않습니다. 그래서 작자를 세상과 격리시키는 조치를 취하고자 합니다. 그자는 적성국의 정보원으로 오랫동안 우리 사회에 암약하여 불순한 여론을 선동하려 했다는 혐의를 쓰게 될 것입니다. 작자가 이제까지 발표한 창작물들 가운데서 추려낸 몇 개의 문장이 국민을 현혹시키려 한 증거로 제시될 것입니다.

수상이 나지막한 소리로, 여전히 손가락을 까딱거리며 물었다. 그런 문장을 찾을 수 있소? 내 말은 모든 사람의 공감을 불러일으킬 만한 문장을 제시할 수 있느냐 그 말이오. 보고자는 큰 소리로 절도 있게 그렇다고 대답했다. 그 정도는 식은 죽 먹기보다 더 쉽습니다. 그는 보고를 계속했다. 동조 세력으로 출판사의 편집자와 그자의 내연녀가 함께 처형될 것입니다. 수상이 다시, 보고자를 쳐다보지도 않은 채 말했다. 그자의 내연녀라는 여자는 그대의 부인이지 않소? 보고자가 고개를 번쩍 쳐들고 큰 소리로 네, 그렇습니다, 하고 대답했다. 수상이, 괜찮소? 하고 물었다. 그가, 괜찮습니다, 하고 대답했다. 수상이 손가락을 까딱거리기를 멈췄다. 그는 천천히 몸을 일으킨 다음 보고자를 향해 차갑게 한마디를 뱉었다. 그대도 그 명단에 포함시켜 같이 처벌하시오. 회의장은 쥐 죽은 듯 조용했다. 찬물을 끼얹은 것 같은 고요가 원탁을 맴돌고 있었다. 아무도 아무 말도 하지 않았다. 수상은 회의장을 떠났다……

취조관은 KMS의 뺨을 두 차례 세게 쳤다. 백일몽에서 깨어나기에 족한 고통이 뺨을 얼얼하게 했다. 그는 억지로 일으켜 세워졌다. 조사는 끝났소. 당신은 당신의 탁월한 상상력을 원망하도록 하시오. 때때로 탁월한 것들은 단지 그 탁월성 때문에 배척당하기도 하는 것이오. 그 탁월함의 내용이야 다르지만, 적지 않은 사람들이 이미 그렇게 희생되었소. 그는 건장한 체격의 두 명의 젊은이의 손에 이끌려 어딘가로 끌려갔다. 취조관은 KMS가 백일몽 속에서 끄적거려놓은 글을 읽었다.

수상은 연기자가 아니다. 그는 한때 연기자였다. 그러나 지금은 아니다. 그는 대역 연기자에서 진짜 수상이 되었다. 수상은 죽지 않는다……

취조관이 그 종이를 읽고 있을 때 그의 코앞에서 전화기가 울었다. 그는 전화기를 들고 전화기를 향해 거수경례를 했다.

넷. 방금 보냈습니다. 위험한 놈입니다. 그렇습니다. 알았습니다. 곧 처형하도록 하겠습니다.

이 그러하듯, 네 사람의 견해 가운데 어느 한쪽 의견에 공감을 표하고 싶은 욕망을 느낄 것이다. 그 욕망은 너무 자연스럽다. 그리고 지난해 그 미궁에서 새로 발견된 벽면의 선문자 B가 해독되었다는 정보까지 확보하고 있는 독자라면, 별 망설임 없이 넷 가운데 어느 한 사람의 손을 들어주려고 할 것이다. 우리가 손을 들어줄 사람이 건축가인지 법률가인지 종교학자인지, 아니면 연극배우인지는 여기서 내가 밝히지 않는 편이 좋겠다. 그것까지 누설해버린다면, 나는 정말로 독자들의 책 읽는 즐거움을 너무 많이 훼손시켰다는 비난을 면하지 못하게 될 것이다.

하지만, 굳이 한 번 더 되풀이하자면, 고고학자들에 의해 드러난 딱딱하고 고정된 소위 '역사적 사실'이라고 하는 것에 집착하는 것은 이 책을 재미있게 읽는 방법이 아니다. 그런 뜻에서 차라리 지난해의 연구 발표에 대한 정보를 가지고 있지 못한 독자가 행복할지 모르겠다. 그런 사람들은 이 책을 읽어가면서 누구의 견해가 정당하다고 평가받았을지를 나름대로 추측해볼 수 있을 것이고, 그것은 상당히 즐거운 책 읽기의 경험이 되리라고 생각한다.

다만 한 가지 분명하게 언급해두고 싶은 점은, 참으로 우리가 손을 들어주어야 할 사람은, 건축가나 법률가나 종교학자나 연극배우 가운데 한 명이 아니라 바로 이 진기한 책의 저자인 장 델뤼크라는 것이다. 그는 놀랍게도 50년이나 전에, 그리고 학자들이 크레타인들의 선문자를 해독해내기도 전에, 마치 눈으로 보기라도 한 것처럼 까마득한 옛날 에게해의 한 섬에서 일어났던 일들을 생생하게 그려 보인 것이다.

을 따름이다. 그는 객관적인 결론을 유추해내기 위해 이 글을 쓴 것이 아니었고, 마찬가지로 논쟁을 하거나 자료를 제공하기 위해서 쓴 것도 아니었다. 그는 서문을 통해 이 책이 허구임을 분명히 밝히고 있고, 제목에도 '추측'이라는 단어를 쓰고 있다. 그러니까 이들 네 개의 상상 가운데 어느 하나가 진실이고, 나머지는 거짓이라는 식으로 말하는 것은 그의 뜻을 거스르는 것이고, 따라서 온당한 일이 아닐 것이다. 설령 고고학적 자료들에 의해 역사적 사실이 무엇인지 비교적 선명하게 드러난다 하더라도 사정은 다르지 않다.

차라리 그 네 사람의 입을 통해 말해진 상이한 해석들이 모두 나름대로의 진실을 담고 있다는 편이 진실에 좀더 가까울 것이다. 왜냐하면 장 델뤼크는 이 네 개의 해석 가운데 어느 하나도 버리고 싶지 않았을 터이므로. 하나의 사실을 둘러싸고 있는 네 개의 각기 다른 진실. 이것은 개수의 문제가 아니라, 객관적 사실과 주관적 진실 사이의 문제다. 사실은 딱딱하고 고정되어 있지만, 진실은 부드럽고 유연하다. 진실이 넷인 것은 네 명의 인물, 네 개의 정황이 있기 때문이다.

거듭 말하지만, 그는 학자가 아니라 작가였고, 연구를 한 것이 아니라 작품을 썼다. 마치 그의 글 어느 부분에서, 미궁이 실용적인 목적과는 상관없이 단지 다이달로스의 예술적 욕구를 충족시키기 위해 만들어졌다고 상상된 것처럼, 그 역시 이 책을 실용적인 목적을 떠나 단지 즐기기 위해서 썼고, 쓰면서 충분히 즐겼을 것이다.

하지만 독자들은 그의 글을 읽으면서, 자신이 처한 입장과 가지고 있는 직업이나 세계관에 따라, 작중의 네 명의 인물

마르크스 이후 정의론

일
기

봄이 오는 것을 시샘이라도 하는 듯 4월에 들어서면서 줄곧 우중충한 날씨가 계속되더니 마침내 오늘에야 하늘이 걷혔다. 햇살은 아무 방해도 받지 않고 지상으로 곧바로 떨어져 내렸다. 햇살이 투명한 것은 햇살을 나르는 공기가 투명하기 때문이다.

전철을 갈아타고 사당역에 도착했을 때는 오전 11시 10분 전이었다. 조금 일찍 서둘렀어야 했는데, 아무래도 늦은 감이 있었다. 다른 날에 비해 거의 한 시간이나 늦은 시간이었다. 하지만 어쩔 수 없는 일이었다. 동행하겠다고 나서는 아내를 거절할 수 없었다.

얼굴을 씻고 옷을 갈아입는 나에게 아내는, "어디 가세요?" 하고 물었다. 여느 때라면 아직 소파에 길게 몸을 누인 채 신문을 뒤적거리고 있을 시간에 서두르는 내가 의아하다는 표정이었다. 나는 그녀에게 오늘이 수요일임을 상기시켰다.

"아, 거기 가시게요? 벌써 일주일이 되었어요?"

그곳에 갔다 온 지 벌써 일주일이 지났다. 지난 한 달 동안 나는 매주 수요일이면 늘 그곳에 갔었다.

"저기, 오늘은 나도 같이 가볼까요? 그래도 되려나?"

아내는 커피 잔과 접시 들을 식탁에서 치우다 말고 나를 쳐다보았다. 그래도 되려나?라는 물음 속에 포함되어 있는 그녀의 망설임이 손에 잡히는 것 같았다.

"상관이야 없지만, 어쩐 일이야?"

"그래도 내가 명색이 형수잖아요. 삼촌이 거북해할까 그게 걱정이지만."

아내는 무엇이 자신을 망설이게 하는지를 비교적 선명하게 드러냈다. 동생은 아내를 보면 거북해할까. 그럴지도 모른다는 생각이 아주 없는 것은 아니었다. 녀석은 하나밖에 없는 형인 내게조차 자신의 부끄러운 모습을 보이고 싶지 않다며 연락을 미루다가 오히려 일을 이 지경으로 비틀어놓은 위인이었다. 하지만, 아내는 미리부터 그런 생각을 만지작거리고 있었던 듯 별 망설임이 없었다.

"조금만 기다려요. 금방 머리만 좀 만지고요."

그렇게 말하며 아내는 목욕탕으로 들어갔다. 나는 아무 말도 하지 않았고, 그것은 그대로 그녀에게 승낙의 표시로 받아들여졌다. 이런 경우에 내가 기다려야 할 '조금만'의 정도를 이제는 안다. 아내와 한집에서 산 지가 벌써 몇 년인가. 첫째 애는 국민학교 3학년이고, 둘째 애는 1학년이다. 그만한 세월을 겪어내고도 아내의 외출 준비에 짜증을 내는 남자가 있다면, 그 사람은 너무 둔해서 아직까지 아내의 습관을 익히지 못한 자이거나 지나치게 예민해서 번번이 그 시간을 참아내지 못하는 자일 것이다. 전자의 경우는 한심하고 후자의 경우는 어리석다. 그리고 두 경우 모두 불행하다. 나는 마음을 느긋하게 먹고 소파에 앉아 아까 대충 읽고 치워버린 조간신문을 다시 주워 들었다. 세심하게 주의를 기울여 거의 모든 기사를 읽고, 시간이 아주 많이 남아돌 때가 아니면 좀처럼 기웃거리지 않는 과학 면의 기사까지 섭렵을 끝내야 아내의 외출 준비가 끝날 것이다.

"서둘러. 늦게 가면 한나절이나 기다려야 한다구. 대충 하고 빨리 나와."

말은 그렇게 했지만, 그것은 그저 습관적인 허사일 뿐이었다. 나는 아내가 나의 재촉에 신경을 쓰리라고 믿을 만큼 둔하지도 않고 또 그만큼 순수하지도 않다. 그렇기 때문에 과학 면의 기사를 채 다 읽기 전에 아내가 외출복으로 갈아입고 방에서 나왔을 때 나는 솔직하게 놀랐다는 표정을 지어 보였다.

아내는, 모처럼 만의 남편과의 나들이에 조금 들떠 있는 것 같았다. 그녀는 날씨가 너무 좋다는 말을 수도 없이 해댔다. 사당역 지하도를 빠져나와서도 그녀는 폭포처럼 내리붓는 투명한 햇살을 손으로 가리면서, "어떻게 가요? 여기서 얼마나 더 가야 해요?" 하고 물으며 내 팔에 매달려 왔다. 그곳에서 우리를 본 사람이 있다면, 어디 서울대공원이라도 놀러 가는 줄 오해하기 딱 좋은 모습이었다. 아니, 어쩌면 아내는 실제로 그 비슷한 마음을 품고 따라나선 것인지 모른다.

나는 익숙한 걸음걸이로 버스 정류장을 지나쳐 올라갔다. 합승 택시들이 줄지어 서 있는 곳을 나는 안다. 그곳에 가면

언제나 여러 대의 택시가 모여 있다. 택시 기사들은 차 밖으로
나와서 손님들을 부른다. 그러나 그들은 결코 새치기는 하지
않는다. 앞에 서 있는 택시부터 차례대로 네 사람씩 태워 보내
며 자기 순서를 기다린다. 그들은 하루 온종일 이곳에서 과천
을 거쳐 의왕시에 있는 서울 구치소까지 왔다 갔다 하며 합승
손님들을 실어 나른다. 기사들은 서로를 잘 안다. 혹시라도 낯
선 택시가 그들 사이로 끼어드는 것을 그들은 용납하지 않는
다. 이곳은 그들의 구역이기 때문이다.

"과천, 인덕원, 의왕, 구치소 가요. 아저씨, 어디 가요? 구
치소 안 가요? 지금 바로 출발합니다. 타세요. 빨리 타세요. 이
차가 먼저 떠납니다."

나는 그들이 안내하는 대로 문이 열려 있는 택시 안으로
들어갔다. 익숙한 사람은 지체하지 않는 법이다. 지체할 까닭
이 없기 때문이다. 택시의 앞 좌석은 젊은 청년이 자리를 잡고
앉아 있었다. 아내는 밖에서 주뼛거리더니 내 재촉을 받고서
야 차 문을 열었다.

"택시를 타야 해요? 버스는 없어요?"

"있지만, 간격이 뜸하고, 또 버스를 타고 가면 내려서 조
금 걸어 올라가야 해. 어서 타. 많이 늦었어."

내 말이 끝나기도 전에 운전기사가 아내의 등을 떠밀다시
피 하며 차에 태워버렸다.

"아주머니. 타요. 지금 바로 출발할 거예요."

그러나 택시는 10분은 족히 기다려 한 사람을 더 태우고
서야 떠났다. 네 명이 다 차기 전에는 무슨 일이 있어도 떠나
지 않는 것이 또한 그들의 불문율이었다. 혹시 시간이 몹시 급

한 사람이라면, 나머지 인원수에 해당하는 요금을 자신이 부담하겠다는 약속을 해줘야 한다.

길은 처음부터 기분 좋게 뚫려 있었다. 고개를 넘자마자 서울과 경기도를 가르는 경계가 나타났다. 과천 쪽을 향해 뻗은 길은 막 세수하고 나온 어린아이의 얼굴처럼 말끔했다. 그 길을 따라 택시는 상쾌하게 달렸다. 상쾌하다는 느낌을 준 것은 바람 속에 떠도는 자잘한 공기의 입자들이었다. 아주 조금 열린 차창의 틈새로 몸이 가벼운 공기가 밀려 들어왔다. 봄의 햇살이 녹아 있는 부드러운 공기였다. 아내는 창밖으로 향한 시선을 좀처럼 떼려 하지 않았다. "너무 좋아요. 봄이에요" 하고 중얼거리는 목소리에서 나는 그녀가 가볍게 흥분해 있음을 눈치챘다.

"모두들 구치소 가나요? 다른 데 가시는 분은 말씀하세요."

한참을 달리다가 운전기사는 백미러로 뒤를 살피며 말했다. 맨 마지막으로 차에 오른 젊은 여자가 자기는 과천 주공아파트에 간다고 서둘러 대답했다. 다른 말이 없는 걸로 보아 앞에 탄 남자 역시 구치소로 누군가를 면회하러 가는 모양이었다.

"멀어요?"

아내가 내게 물었다. 나는 고개를 저었다. 나의 고갯짓에 보충 설명을 하고 나선 사람은 택시 기사였다.

"구치소요? 금방입니다. 2천 원 거리가 멀면 얼마나 멀겠습니까?"

"2천 원밖에 안 나와요?"

이번에는 아내가 기사에게 직접 물었고, 기사는 친절하게 설명을 보냈다.

"구치소까지 한 사람당 2천 원입니다. 거기서 사당역까지 올 때는 천 5백 원을 받고요. 요금기를 꺾고 가면 3천 원은 넘게 나오는 거리니까 손님이야 훨씬 이득이지요…… 합승을 하니까 택시 기사들이 돈을 많이 남길 것 같지만, 그렇지도 않아요. 여기 노선에 매달린 택시가 한두 대겠어요? 순번 기다리며 서 있는 시간이 좀 많아야지요. 그나마 차례 기다리는 게 지겨워서 구치소 정문에서 안 태우고 버스 정류장까지 조금 내려와서 태우면 천 원 아닙니까. 손님 넷을 다 채워서 다니지 않으면, 헛장사라니까요."

운전기사는 자신의 변칙 영업에 대해 장황하게 이해를 구했고, 아내는 고개를 끄덕였다. 사람은, 특히 하루 종일 운전하며 다양한 종류의 손님들을 맞고 보내는 이런 직업의 사람은, 자신의 말에 고개를 끄덕여주는 사람을 좋아한다. 계산된 동기나 숨겨진 목적 없이 다른 사람이 하는 말에 맞장구를 치고 응원해주는 사람을 만난다는 것이 어디 용이한 일인가. 건성으로라도,라고 간단하게 말하지만, 그와 같은 '건성'은 더욱 몸에 밴 습관이 아니면 안 되는 것일 터. 상대방의 기분을 배려하는 데 인색한 요즘 사람들에게 그러한 습관이 몸에 배기를 요구하는 것이 쉽겠는가. 자신의 보잘것없는 정보를 굳이 공유하고 싶어서 안달인 사람은 어디를 가나 있는 법이고, 그런 사람들에게는 '건성으로라도' 고개를 끄덕여주는 것이 최상의 대접이 된다. 더구나 지금의 아내의 친절은 건성이 아닌지 모른다…… 여자 손님을 내려주기 위해 택시가 과천 주공 아파트 단지 안으로 들어갔을 때, 나는 문득 그런 느낌에 사로잡혔다.

　그때 아내는 엉뚱하게도 아파트 시세에 관심을 표명하고 나선 참이었다. 이 경우에 '엉뚱하게도'라는 나의 언어 사용은 어딘지 불순(不純)하다. 적어도 아내에게 그것은 불손(不遜)하기 짝이 없는 말투로 들릴 것이다. 요 근래 들어 그녀의 최대의 관심사가 '가장의 문패가 달린 집'에 있으며, 다른 경우는 혹시 몰라도, 그녀가 '집'을 화제로 삼고 있는 동안은 언제나 진지하다는 것을 나는 안다. 결혼하고 11년간 나와 함께 살면서 그녀는 아홉 번 이삿짐을 쌌다. 그때마다 이번이 마지막 전세살이가 되기를 희망하면서. 그러나 이른 봄날의 새싹 같은 희망은 언제나 한겨울의 고목나무 같은 절망으로 바뀌곤 했다. 집을 구하기는커녕 오른 전셋값을 뒤쫓아가기도 힘들어서 이사 철만 되면 수준에 맞는 집을 찾아 복덕방을 뒤지고 다녀야 했다. 통장에 하나가 모일 때, 집값은 열을 달아났다. 처음부터 승부가 정해진, 너무나 불공정한 게임이었다. 아내는 마침내 어떤 위기의식을 느끼기 시작한 것 같다. 이러다가는 평생을 가도…… 하는 불안일 텐데, 그 불안은 근거가 분명했다. 가장의 수입과 부동산의 인상 추이를 산술적으로 암산해보았을 아내의 위기감에 대해 나는 유감스럽게도 별로 할 말이 없다. 아내는 나의 의도적인 무관심을 나무라지도 않는다. 그 대신 그녀 스스로 요새 들어 부쩍 '내 집 마련 정보' 따위에 관심을 기울이고 다니는 눈치다. 새 집 헌 집, 큰 집 작은 집 가릴 것 없이 무리를 해서라도 한 채 사놓고 봐야 한다는, 일을 벌이고 보면 무슨 수가 생길 거라는 그녀의 단순한, 그러나 진지한 신념은, 실은 똑같이 위기의식에 사로잡혀 있거나 가까스로 그런 위기의식에서 벗어나는 데 성공한 주변의 여인네들에게서 주입받은 강박관념임을 나는 안다. 그렇다고 그 신념에 대해 내가 어떻게 해볼 수가 없다는 것도.

"여기 집값이요? 얼마나 될 것 같아요?"

"아무래도 서울보다는 싸지 않겠어요?"

아내가 되묻고, 운전기사는 백미러로 아내를 보고 빙그레 웃는다.

"누가 그래요?…… 몰라도 한참 모르시는데, 여기 아파트 값은 서울의 강남 수준입니다."

"그렇게나?……"

아내는 놀랐다는 표정을 지어 보이고 내 쪽으로 힐끗 고개를 돌렸다. 나는 적절하지 않은 화제라는 식의 지적을 하지 않았다. 애초부터 아내는 갇혀 있는 사람을 면회 가는 사람처럼 행동하지 않았다. 구치소에 면회하러 가는 사람이라고 달리 특별하게 행동해야 한다는 뜻은 아니지만, 그러나 적어도 소풍 가는 사람과는 구별되지 않겠는가. 나는 그런 생각을 하고 있었지만, 그렇다고 그 생각을 밖으로 꺼낼 필요까지 느끼지는 않고 있었다. 나는 아내를 향해 씨익, 웃어 보이고 눈을 감았다. 열린 창문 틈으로 바람이 한 움큼 몰려 들어왔다. 그 바람 속에 파릇한 풀냄새도 섞여 있는 것 같았다. 나는 눈을 감은 채 심호흡을 했다.

동생은 한 달 전에 구속되었다. 누구보다도 착하고 마음이 여린 놈이었기 때문에 나는 그가 폭력을 행사한 혐의로 구속되었다는 말을 듣고 어리둥절했었다. 어떤 사람도 그런 혐의를 받을 수 있지만, 그는 아니었다. 나는 그렇게 생각해왔었다.

"술을 너무 먹었던가 봐요. 상대가 여럿이었고, 그쪽에서 시비를 먼저 걸어온 것 같은데, 그쪽에 그렇게 큰 상처가 있다니…… 기억은 잘 안 나지만, 이상해요……"

고개를 떨구고 그는 횡설수설했다. 억울하긴 한데, 자기의 잘못도 없지 않다는 것이 적어도 외형적으로 분명히 드러나 있는 터라 뭐라고 차마 항변하지 못하겠다는 투였다.

"연락이나 일찍 하지."

"사태가 이렇게 될지 몰랐지요. 정말로 대수롭지 않게 생각했다니까요."

그는 그렇게 순진하다. 유치장에 갇힌 지 이틀이 꼬박 지나도록 보호자가 나타나지 않는 피의자를 형사들이 어떻게 처리할지 그는 짐작도 하지 못한다. 그는 말했다. 미처 생각지 못했는데 뜻밖에 구속 영장이 떨어졌고, 그때서야 정신이 퍼뜩 들더라고. 정말이지 그때까지는 일이 이렇게 되리라는 생각을 하지 않았노라고. 그래서 알리지 않은 거라고. 구속 영장이 떨어진 사실을 알고 나자 더 이상 형에게 전화를 걸지 않고는 버틸 수가 없었노라고…… 내가 달려갔을 때는 이미 모든 일이 결정 난 다음이었다. 그는 곧 구치소로 옮겨졌고, 나는 변호사를 선임하는 일 말고는 달리 할 일이 없었다.

"여기요? 좋지요. 서울까지 20분 거리인 데다가 공기 맑고…… 여기가 의왕시 아닙니까? 저쪽이 그 유명한 평촌 신도시 예정지고요."

"서울까지 20분밖에 안 걸려요?"

"보세요. 사당역에서 출발한 지가 20분도 채 안 되었잖아요?"

"저 아파트들은 값이 어때요? 어느 정돈가요? 비싸요?"

택시 운전기사와 아내의 '진지한 대화'가 줄곧 이어져오고 있었던가. 아내는 다시금 이 도시의 집값을 추궁함으로써 요사이 자신의 관심이 무엇에 쏠려 있는지를 분명하게 환기시켰다. 그녀는 사당동에서 의왕시까지 오로지 그놈의 '집'에만 매달려서 달려온 것이다. 하지만 그런 그녀를, 나는 비난할 형편이 못 된다. 지난주에 집주인에게서 전화가 왔다고 했다. 매정하게 액수를 제시하지는 않았지만, 전세 보증금을 주변 시세에 맞추어서 올리겠으니 그리 알라고 통보했다는 것이다. 주변 시세라는 것을 알아보겠다고 복덕방에 들렀다 온 후 아내는 한숨만 몰아쉬었다. 마침내 그녀는, 해마다 엄청난 전세금을 구해서 올려줘가며 남의집살이를 하느니 차라리 서울 근교 어디에 조그만 아파트라도 살 수 있는지 알아보자는 궁리를 하고 나섰다. 나는 그녀의 제안에 대해, 무슨 돈으로? 하고 웃었다. 2년째 붓고 있는 적금을 해약하고, 순번을 당겨달라고 해서 계를 타고, 은행에 있는 처남을 통해 융자를 좀 받아보고, 거기다가 전세금을 빼 넣으면, 서울은 곤란하더라도, 혹시 서울 근처의 작은 도시에서는 승부를 걸어볼 수 있지 않겠느냐는 것이 그녀의 계산이었다. 예컨대 그녀는 요사이 그런 궁리들을 부지런히 저작하고 다니는 중이었다. 그런 그녀를 내가 어떻게 나무랄 수 있겠는가. 그것은 측은해할 일일지언정 나무랄 일은 아니었다.

"과천보다야…… 반값 정도 되려나? 여기도 하루가 다르게 오르는 추세라대요. 제가 저기 보이는 산호 아파트를 작년 이맘때 샀는데, 지금 배는 뛴 것 같아요. 그래도 아직은 싸다는 거 아닙니까?"

"그래요? 아저씨는 돈 버셨네요."

진심으로 부러워하는 어투로 아내가 말했다. 그 탐나는 산호 아파트를 눈으로라도 찾아보겠다는 것일까, 아내는 창쪽으로 고개를 빼서 밖을 내다보았다. 그녀의 머릿속으로 어떤 생각들이 출몰하고 있을지 나는 대충 짐작할 수 있을 것 같았다. 아내는 택시 기사와의 대화 도중 가끔씩 내게도 시선을 보내왔지만, 나는 끝까지 모른 체했다.

예상했던 대로였다. 우리가 구치소에 도착했을 때는 이미 11시 30분이 지나 있었고, 건물 안팎에 너무 많은 사람이 웅성거리며 서거나 앉아 있었다. 처음 이곳에 왔을 때, 나는 마치 고속버스 대합실 같은 이곳의 이런 분위기에 적잖이 당황했었다. 나는 막연하게나마 구치소라는 장소에 대하여 어떤 선입견을 가지고 있었는데, 그것은 닫힌 공간에 상응하는 일종의 암울한 분위기였지 대합실의 분방함은 아니었다. 아내도 그런 느낌을 받은 것일까. 연신 주변을 둘러보더니, 무슨 사람들이 이렇게 많으냐고 물어왔다.

"세상에, 죄짓고 사는 사람이 이렇게 많나요? 병원에 가면 죄다 아픈 사람뿐인 것 같다더니, 여기 오니까……"

그곳은 시끄러웠고 무질서했고 복잡했다. 그만큼 면회하기도 힘들었다. 그 때문에 나는 되도록 아침 일찍 오는 쪽을 택하고 있었다. 처음 왔던 날, 택시 기사는 되도록 아침 10시 전에 와서 면회 신청을 하라고 가르쳐주었었다. 그러면 오래 기다리지도 않고, 면회 시간도 많이 얻을 수 있다는 것이었다.

나는 그 택시 기사의 말을 충실히 따랐고, 그의 충고는 틀리지 않았다. 아침이라고 사람들이 붐비지 않은 것은 아니었지만, 비교적 조금 기다리고도 면회를 할 수 있었고, 면회 시간도 거의 10분이나 되었다. 반대로 조금만 늦으면 거의 한나절을 기다려야 했고, 면회하는 시간도 너무 짧아서 인사말을 주고받고 나면 끝나는 벨이 울릴 정도였다.

"아무리 빨라도 두 시간은 기다려야겠는데."

"그렇게나 많이요?"

"저길 봐. 이제 10회 차 진행 중이잖아."

나는 가운데 기둥에 붙은 안내문을 가리키고, 우리의 면회 신청서도 보여주었다. 기둥에는 '지금은 10회 차 진행 중입니다'라는 문구가, 10이라는 숫자에 빨간색으로 불이 켜진 채, 적혀 있고, 내가 내민 면회 신청서에는 '37회 차 9호실'이라는 글씨가 씌어져 있었다. 아내는 그 글자들의 뜻을 바로 이해하지 못했다. 나는, 신청한 순서대로 면회를 하게 되는데, 지금은 10번 번호를 받은 사람들이 하고 있고, 우리는 37번을 받았다고, 따라서 우리 번호가 되려면 두 시간 이상을 기다려야 할 것 같다고 차근차근 설명해주었다.

"항상 그래요?"

"이 정도는 아니야. 오늘은 당신 때문에 늦어서 그렇지."

"그때까지 시간을 어떻게 보내요?"

"글쎄, 다른 사람들이 어떻게 시간을 보내나 살펴보라구."

나는 영치금을 2만 원 넣었다. 아내는 2만 원밖에 안 넣느냐고 물었고, 나는 1회에 2만 원 이상은 넣을 수 없다고 대답해주었다. 속옷과 양말, 맛김, 호두과자, 종합 사탕, 베지밀, 사과 따위의 물건들을 사서 넣고, 서울로 전화 한 통을 쓰고 나서 보니 안내문의 내용이 11회 차 진행 중으로 바뀌어 있었다. 까마득하군…… 안내판에서 눈을 떼면서 아내가 중얼거렸다. 나를 올려다보는 그녀의 눈빛이, 이 시간들을 어떻게 하지요? 하고 묻고 있는 듯했다. 여태까지의 들뜬 기분이 일시에 사라져버린 모습이어서 조금 마음이 안 좋았다. 나는 자동판매기에서 커피를 두 잔 뽑아 그녀에게 권하고 나도 마셨다. 그러고는 그녀를 데리고 건물 밖으로 나왔다.

햇살이 따뜻했다. 오른쪽에 벤치가 몇 개 놓여 있었는데, 그 위로 담쟁이덩굴이 뻗어 올라가도록 가느다란 나무들이 묶여 있었다. 그러나 그것들은 아직 벤치에 충분한 그늘을 만들지는 못하고 있었다. 우리는 그 벤치를 향해 걸어갔다. 해가 아주 가까이에 있어요,라고 말하며 그녀는 손바닥을 펴서 햇살을 가렸다.

담쟁이덩굴 아래에는 짧은 치마를 입은 여자가 앉아 책을 읽고 있었고, 그 맞은편에서는 부부로 보이는 중년 남녀가 심각한 표정으로 무슨 이야기인가를 나누고 있었다. 나는 아내를 데리고 빈자리를 찾아 앉았다. 마침 그 자리에 신문지들이 어지럽게 널려 있었다. 스포츠 신문이었는데, 누군가가 그곳에 앉아 읽다가 버리고 간 모양이었다. 나는 그것들을 가지런히 펴서 읽기 시작했다. 연예인들의 대형 사진들이 시원스럽게 박히고 여러 편의 만화로 여러 장의 지면이 땜질된 그 신문은 읽을거리가 없었다. 그런데도 아내가 고개를 옆으로 빼서 신문지에 눈길을 주는 걸 보면 그녀 역시 달리 할 일이 없다는 사실을 눈치챈 모양이었다. 나는 이내 아내에게 신문을 넘겨

주었다.

앉은 자세 때문에 유난히 치마가 짧아 보이는 옆자리의 젊은 여자는 여전히 책에다 눈을 박고 있었다. 긴 머리카락이 얼굴을 반쯤 가리고 있었는데, 반드시 그 때문은 아닐 테지만, 어쩐지 진지해 보였다. 저 여자는 누구를 만나러 온 것일까…… 나는 이곳에서 사람들, 특히 여자들을 보면서 속으로 뚱딴지같은 상상을 하곤 했다. 중년의 여자들이나 그보다 조금 더 나이가 들어 보이는 사람들은 비교적 쉽게 상상이 되었다. 그들이 만나려는 사람은 남편이거나 자식일 터였다. 상상의 갈래가 여럿으로 나뉘는 대상은 젊은 여자들이었다. 그들은 여러 가지 상상의 가능성을 내게 제공했다. 한번은 주민등록증에 표기된 나이로 열아홉밖에 안 된 여자가(창구 앞에서 기다리고 서 있다가 여자가 직원에게 내미는 주민등록증을 훔쳐보았었다) 재소자와의 관계를 적는 칸에 '처'라고 쓰는 것을 보고 놀란 적도 있었다. 저 여자와 저 여자가 만나려고 하는 사람과의 관계는 무엇일까? 직업은? 면회 시간을 기다리면서 저렇게 진지하게 무슨 책인가를 읽을 수 있는 여유는 어디서 오는 것일까? 나는 스스로 엉뚱한 궁금증에 매달리는 자신이 겸연쩍어져서 몸을 일으켜 세우고 가볍게 허리를 움직여보았다. 아내가 잠깐 나를 올려다보더니 다시 연예인의 사진으로 시선을 돌렸다.

햇살이 투명하게 떨어져 내리고 있는 풀밭에도 사람들이 자리를 차지하고 앉아 있었다. 모두들 기다릴 시간이 많이 남은 사람들일 터였다. 그들은 대부분 일행들끼리 이야기를 나누고 있었는데, 간간이 낮은 웃음소리가 새어 나왔다. 비스듬히 누워 안경알을 닦고 있는 남자도 있었고, 어린 아들의 바지를 벗겨서 오줌을 누이는 여자도 있었다. 한 명의 어린이가 끼여 있는 네 명의 여자가 풀밭으로 들어가는 모습이 보였다. 그들의 손에는 컵라면이 하나씩 들려 있었다. 나는 그래야겠다는 무슨 작정 같은 것도 없이, 그저 반사적으로 그들을 바라보았다. 무슨 이야기를 나누는지는 알 수 없지만, 유쾌한 웃음소리만은 선명하게 들려왔다. 그들 중에 비교적 나이가 들어 보이는 한 여자는 풀밭에 앉자마자 신발을 벗었다. 굽 높은 구두를 컵라면 옆에 놓고 여자는 자신의 발을 주무르기 시작했다. 한 여자는 깡통을 따서 콜라를 마셨다. 어린아이가 손을 내밀며 졸랐고, 그러자 여자는 깡통을 아이에게 내밀었다. 이번에는 아이가 콜라를 마셨다. 웃음소리는 줄곧 이어지고 있었다. 그들이 마시는 캔콜라와, 풀밭에 놓여 면이 풀어지기를 기다리고 있는 컵라면과, 그들이 피워 올리는 웃음의 확 트인 울림이 마치 소풍이라도 온 것 같은 착각을 하게 만들었다. 다른 한쪽에서는 신사복 차림의 한 남자가 아예 풀밭에 누워서 눈을 감고 있었다. 그의 바짓가랑이가 말려 올라가 있었고, 얼굴에는 뜨거운 햇볕을 가리기 위해서인 듯 신문지가 한 장 얹어져 있었다. 그는 잠들어버린 것일까. 아마도 그런 것 같다. 한동안 쳐다보았는데도 전혀 움직임이 없었다⋯⋯

그 모든 풍경들이 몹시 평화로워 보였다. 평화라니, 그 단어는 어쩐지 좀 이상하게 들린다. 이상한 평화──저들도 또한 갇혀 있는 누군가를 만나러 왔을 것이다. 사람이 갇혀 있는 것은 결코 평화로운 상황이 아니다. 평화는 갇히지 않는 것이다. 더욱이 평화는 나뉘지 않는 것이다⋯⋯ 그래서 어쩌란 말인

가. 쏟아지는 햇살을 저들더러 어쩌란 말인가.

아무것도.

"대학가의 최대 바보가 어떤 사람인지 아세요?"

아내가 신문에다 얼굴을 들이댄 채로 내게 말을 걸어왔다. 그녀는 끈질기게 스포츠 신문을 붙들고 있었다.

"글쎄?"

"서울대학교에 들어가서요, 자기는 고등학교 때 공부를 잘했다고 자랑하는 사람이래요. 웃기지요? 여기 신문에 그런 게 실렸어요. 그담 바보도 가르쳐드려요? 캠퍼스 구경하러 서강대학교 가는 사람이라는군요. 그 학교 캠퍼스가 형편없다는 뜻인가 봐요…… 그나저나 아직 멀었어요?"

아내도 어지간히 시간 보내기가 따분한 모양이었다. 그녀는 손바닥으로 입을 가리고 하품을 했다. 나는 시계를 보고, 어떻게 되었는지 알아보겠다며 건물 안으로 들어갔다. 나는 20회 정도는 진행되고 있으리라고 생각했다. 그러나 어림없었다. 아직 15회였다. 한참 많이 지난 것 같은데, 여태 4, 5회밖에 진행되지 않았단 말인가. 나는 매점에서 컵라면 두 개와 깡통에 든 오렌지주스를 샀다. 큰 물통이 매점 앞에 세워져 있어서 뜨거운 물을 받아 붓게 되어 있었는데, 그 물은 별로 뜨겁지가 않았다.

"이게 점심이에요?"

아내는 컵라면을 받아 들면서 물었다.

"다른 게 없어."

"시간이, 얼마나 남았어요?"

"아직도 한참 멀었어. 이제부터 두 시간은 기다려야 할 것 같애."

"또 두 시간?"

"내가 그랬잖아. 조금만 늦어도 이 모양이라고. 아침 출근 시간에 5분만 늦게 나가면 30분이 늦는다는 말 있지. 꼭 그 말대로라고."

우리는 라면을 먹었다. 물이 뜨겁지 않아 불려서 먹는 꼴이 되었지만, 장소 때문인지 아주 못 먹을 정도는 아니었다. 대충 라면 건더기를 걷어 올리고 오렌지주스를 마시는데, 예의 짧은 치마를 입은 젊은 여자가 벤치에서 몸을 일으켰다. 여자는 우리를 한번 쳐다보더니(여자의 얼굴은 내가 상상한 대로 무척 예뻐 보였다) 책을 덮어두고 건물 쪽으로 걸어갔다. 아마도 그녀 역시 점심을 해결해야겠다는 생각이 든 모양이었다. 나는 커피를 뽑아 오겠다고 말하고는 자리를 떴다. 등 뒤에서 깔깔거리는 웃음소리가 따라왔다. 나는 놀라서 뒤를 돌아보았다. 하이힐을 벗은 여자가 풀밭에서 머리를 뒤로 젖힌 채 큰 소리로 웃고 있었다. 그녀의 머리카락 끝부분이 거의 잔디에 닿을 것 같았다. 신문지를 얼굴에 덮어쓴 남자는 여전히 움직임이 없었다. 바짓가랑이가 걷어 올려진 것도 아까 그대로였다.

자동판매기 앞에는 사람들이 줄을 서 있었다. 자동판매기는 모두 세 개가 있었는데, 하나는 콜라나 사이다 따위의 차가운 음료수를 파는 기계였고, 다른 둘은 커피를 파는 기계였다. 그 두 개의 커피 자판기 중에 하나는 돈을 넣는 구멍 앞에 '고장' 표시가 되어 있었다. 따라서 사람들은 두 개의 자판기 앞에만 줄을 서 있었다. 나는 커피 자판기 줄 끝에 섰다. 조금 있지 않아 내 뒤에도 사람들이 달라붙었다. 사람들은 애꿎은 커피라도 마셔대지 않으면 안 되겠는 모양이라고 나는 생각했다. 하루 종일 혼자 집을 지키는 노인이 특별한 기호 때문이 아니라 달리 할 일이 없기 때문에 자꾸만 차를 타 마시더라는 말이 실감되는 순간이었다. 내 뒤로 다섯 사람이 섰을 때, 내 앞에는 두 사람밖에 남지 않았는데, 그제야 나는 내가 동전을 준비하지 못한 사실을 알아차렸다. 주머니를 모두 뒤졌지만, 동전은 나타나주지 않았다. 나는 하는 수 없이 공들여 지킨 자리를 양보하고 줄에서 빠져나왔다.

매점에서 동전을 바꿔 다시 돌아왔을 때는 아까보다 더 많은 사람이 커피를 뽑기 위해 줄을 서 있었다. 나는 미리 쓴 커피를 마신 표정을 하고 다시 그 줄 끝에 서 있는 꽃무늬 블라우스 차림의 중년 부인 뒤에 가서 섰다.

순서를 기다리면서 나는 주변 사람들을 둘러보았다. 책을 읽는 사람, 신문을 펴 든 사람, 일행끼리 이야기를 나누는 사람, 멍한 얼굴로 그냥 앉아 있는 사람, 고개를 숙이고 있는 사람, 초조하게 시계를 들여다보고 있는 사람, 눈을 감고 있는 사람, 일어서서 서성대는 사람…… 가지가지 사람들이 그곳에 있었다. 그중에는 나처럼 다른 사람의 모습을 살피는 사람도 섞여 있었다. 얼마 후에 나는 한쪽 의자에서 어떤 '움직임'을 포착했다. 두 사람의 여자였다. 한 사람은 나이가 좀 들었고, 다른 사람은 훨씬 젊었다. 그들은 얼핏 보기에 모녀지간으로 느껴졌다. 손수건으로 눈물을 닦으면서 소리를 지르고 있는 사람은 나이가 많은 쪽이었고, 젊은 여자는 우는 여자를 붙들어 안고 있었다.

"이것이 무신 날벼락이라냐. 나는 아직도 가슴이 벌렁벌렁해서 죽겠다. 우리 착한 순철이를 붙잡아 가다니. 그 착한 것이 먼 잘못을 했다냐. 야야, 말 좀 해봐라. 내 평생에 이런 일은 첨이다. 이런 일이 어째 우리 집안에 일어난다냐."

"고정하세요, 어머니. 일이 다 잘 풀릴 거예요. 순철이는 주동자는 아니니까, 금방 풀려날 거라잖아요."

"생각해보그라. 그 몸도 약한 것이 저 속에서…… 얼마나 고생스러울거나…… 아이고, 순철아. 내 새끼야……"

그것만으로도 전후 사정을 충분히 짐작할 수 있었다. 주변에 있는 사람들도 모두 알 만하다는 표정들이었다. 그들은, 아들이나 남편의 수감 소식을 전해 듣고 급히 달려온 사람들이 놀란 감정을 어떻게 주체해야 할지 몰라 무턱대고 흐느끼기부터 하는 모습을 수도 없이 보아온 터였다. 나라고 예외는 아니었다. 처음 동생이 수감된 사실을 알고 면회하러 왔을 때, 지금의 저 여자처럼 흐느끼까지 한 것은 아니지만, 마음이 초조하고 조마조마해서 좀처럼 안정을 찾을 수가 없었다. 신문을 읽거나 책을 읽을 수 있는 여유 같은 것은 꿈도 꿀 수 없는 상황이었다. 의자에 앉을 수도 없었다. 그때는 그랬다. 그러던 것이 시간이 흐르고 구치소를 출입하는 횟수가 늘어가면서 처음의 불안정한 상태가 조금씩 엷어져갔다.

나이가 비슷하게 들어 보이는 한 부인이 혀를 끌끌 차며 우는 여자를 위로하고 나섰다. 그 부인의 표정이나 어투에는 초조함 같은 것은 묻어 있지 않았다. 오히려 어떤 종류의 여유 같은 것이 느껴질 지경이었다.

"너무 상심 마세요. 저기도 다 사람 사는 데라우. 아들이

학생인 모양인데, 우리 아이들이 어디 파렴치한 짓거리라도 저지르고 들어갔소? 인간다운 세상 만들자고 옳은 말 하고, 옳은 일 하는 우리 애들을 자꾸만 잡아들이는 이 정권이 나쁘지……"

아들을 똑같이 구치소에 빼앗긴 두 여자의 반응이 어떻게 이렇게 다를 수 있을까. 그 이유를 성품이나 기질, 또는 의식화의 차이에서 찾으려 한다면, 진실은 절반밖에 발견되지 않을 것이다. 가장 그럴듯한 대답은, 나의 경험이 시사하는 대로, '익숙함의 정도 차이'이다. 예컨대 구치소에 면회를 하러 다닌 횟수가 참된 이유인 것이다. 시간이 많이 지나지 않아, 지금 울고 있는 저 부인도 자기처럼 울먹이는 다른 여자를 향해 비슷한 충고를 할 수 있게 될 것임을 나는 의심하지 않는다. 그때 그녀는 "인간다운 세상 만들자고"와 같은 생경한 언사도 자연스럽게 사용할 수 있게 될 것이다(그런 식의 과정을 거쳐 언어들은 우리의 사전에 표준어로 편입된다).

내 차례가 되어 금방 한 잔을 뽑고 다시 한 잔을 더 뽑기 위해 커피 자판기에 막 동전을 집어넣는데, 누군가가 내 어깨를 툭 쳤다. 아내였다.

"여태 뭘 했어요? 난 어디로 사라져버렸나 했지 뭐예요? 이리 와보세요."

나는 대답 대신 어깨를 으쓱해 보이고 커피 잔을 건넸다. 아내는 종이컵을 받아 들고 나를 한쪽으로 잡아끌었다. 마치 남들이 들으면 안 될 무슨 비밀 이야기라도 있다는 것처럼.

"뭐야? 뭔데 그래?"

나는 끌려가면서 물었다.

"이걸 보세요. 저기, 신문 사이에서 발견한 건데요……"

아내는 손에 들고 있던, 16절지 정도 되는 종이를 꺼냈다. 그것은 신문들 사이에 끼여 들어온 광고지처럼 보였다. 아마도 누군가가 배달된 조간신문을 그대로 집어 들고 여기까지 가져온 것이리라. 아내는 내 눈앞에 그 광고지를 펼쳐놓았다. 나는 거기 적힌 크고 작은 글씨들을 읽었다.

'3차 서린 빌리지 분양/평수 다양, 17, 21, 28평형, 다른 주택과 비교하십시오/전세금으로 내 집 마련을, 실입주금 3,200만 원부터/도시 가스 시공, 통베란다, 약수터, 관공서, 신도시 인접/문의 환영 (0343)56-7890……'

나는 아내를 쳐다보았다. 그녀가 무슨 생각을 하고 있는지 짐작하고도 남았다. 그러나 나는 부러 모른 체했다.

"이게 뭔데? 이게 어떻다는 거야?"

"좋잖아요? 3천 2백이면 적금 타고 곗돈 끌어 대고 해서 해볼 만하잖아요? 무엇보다도 동네가 맘에 드는데. 서울도 가깝고, 공기도 좋고…… 굳이 서울을 고집할 이유가 없잖아요. 안 그래요? 어디, 전화나 한번 해볼게요."

말을 끝내기가 무섭게 그녀는 쪼르르 공중전화 쪽으로 달려갔고, 나는 어슬렁거리면서 그녀 뒤를 따라갔다. 전화기 앞에도 사람들이 줄을 서 있었다. "당신, 전화 카드 있지요?" 하면서 아내는 비교적 짧은 줄 쪽으로 자리를 옮겼다. 나는 수첩 사이에서 전화 카드를 꺼내 그녀에게 건네주었다. 차례를 기다리는 동안에도 아내는 그 광고지를 열심히 들여다보며 혼잣말 비슷하게 무슨 말인가를 주절거렸다. "전세 보증금 2천 만 원에다가 적금 5백을 보태고……" 그녀는 계산을 뽑아보고서 빠듯하긴 하지만, 무리하면 안 될 것도 없겠다는 판단을 내린 것 같았다. 나는 어쩐지 그 모습을 보고 있기가 민망스러워져서 그녀를 외면했다.

자기 차례가 돌아오자 그녀는 광고지를 전화기 옆에다 세워놓고 버튼을 눌렀다. 나는 다 마신 커피 잔을 구겨서 쓰레기통에 버렸다. 아내의 목소리가 들려왔다.

"여보세요. 거기가 서린 빌리지…… 맞아요? 네, 광고를 봤는데, 좀 알아보려고요…… 네, 집을 살까 하는데…… 그래요? 그런데 제가 그곳 지리를 잘 모르거든요…… 서울 살아요…… 아니, 지금 있는 데는 의왕시구요…… 그래요? 어떻게 가야 하는데요?…… 여기요? 여기가, 그러니까, 구치소 있는 데에요…… 그래요? 그것밖에 안 걸려요? 그럼 바로 여기 어디네요?…… 잠깐만요. 다리 건너서 한성연립 건너편에…… 무슨 부동산이요?…… 서린? 알았어요…… 그러지요, 뭐. 잠깐 들르지요……"

띄엄띄엄 들리는 그녀의 목소리가 어째서 내 가슴을 무겁게 했을까. 아내의, '집'에 대한 원한의 깊이가 나를 무너뜨리려 했다. 내가 조금이라도 책임 있는 가장이라면, 그런 통화를 아내에게 계속하게 하지는 않을 거라는 내부의 목소리를 그 순간 나는 듣고 있었다. 전화를 직접 걸지도, 그렇다고 아내를 중지시키지도 못하는 내 자신에게 나는 심한 허탈감을 느꼈다. 그 허탈감은 아주 허망한 가사를 가진 노래를 들었을 때처럼, 가슴이 아린 슬픔을 동반하고 있었다. 나는 일부러 고개를 돌려 안내문의 문구에 시선을 주었다. 붉은 불이 들어와 있는 아라비아 숫자는 이제 겨우 '26'으로 바뀌어 있었다. '지금은

26회 차 진행 중입니다.'

"바로 요 앞이래요, 여보. 다리만 하나 건너면 된다는데. 여기서 5분 거리래요. 전화로는 잘 알 수 없으니 직접 와서 보고 이야기도 들어보고 그러라는데요. 계약이 거의 다 되어서 물건이 얼마 없대요. 되도록 빨리 오라는데, 한번 가보지요, 뭐…… 어때요? 아직도 많이 기다려야 하면, 같이 거기나 갔다 오는 게…… 뜻밖에 좋은 기회가 될지 누가 알겠어요?"

아내는 통화한 내용을 받아 적은 광고지를 들여다보면서 내게 말했다. 그녀는 약간의 흥분기까지 내비치고 있었다. 그녀의 얼굴에 노골적으로 덮여 있는 희망의 너울이 나를 주춤거리게 했다. 나는 고개를 저었다. 그러나, 당신 왜 이래? 여기까지 와서……, 하고 말하지는 못했다. 그 대신 나는 다른 변명을 만들었다.

"이제부터는 면회 시간이 굉장히 빨라질 거야. 지금 26회인데, 37회는 금방이라고. 한 회를 3분 정도 잡으면, 한 30분밖에 안 남은 거잖아. 차례를 놓치면 오늘 하루는 아주 헛고생한 게 되는데, 그 시간에 갔다 올 수 있겠어?"

그러나 아내는 나의 그런 말에 설득되지 않았다.

"그럼 당신은 여기서 기다리고 있어요. 내가 혼자 다녀올게요. 되도록 빨리 올게요. 다른 데 있지 말고 저기 벤치에 있어요."

아내는 광고지를 접어서 가방에 넣고, 곧바로 정문 쪽으로 걸어 내려갔다. 4월의 풍성한 햇살을 휘휘 젓기라도 하려는 듯 팔을 앞뒤로 흔들며 빠르게 걸어가는 아내의 뒷모습이 무엇 때문인지 흐릿하게 보였다. 나는 눈을 몇 차례 깜박거린 다음 몸을 돌렸다.

오전에는 더디게 진행되던 면회가 오후가 되면서 빨라지기 시작했다. 정말로 3분 이상의 시간을 주지 않는 것 같았다. '37회 접견하실 분, 대기해달라'는 방송이 나올 때까지 아내는 돌아오지 않았다. 어느 정도는 예상한 일이었다. 말이 5분 거리지, 그렇게 가깝지만은 않을 터이고, 또 이야기가 시작되면 아내의 성격상 그리 쉽게 일어나지지도 않을 것임을 나는 처음부터 짐작하고 있었다. 별수 없이 면회실에는 혼자 들어갈 수밖에 없었다. 차라리 잘된 일인지도 모른다는 생각이 들었다. 아마도 동생은 칸막이 너머로 '형수'와 면대하는 불편을 바라지 않을 것이었다.

면회실은, 바깥의 강렬한 햇살 때문인지 조금 어두워 보였다. 칸막이 너머에서 동생은 씨익 웃기부터 했다. 그는 언제나 그랬다. 내가 면회실로 들어가면, 그는 늘 그렇게 겸연쩍은 듯한 웃음을 지으며 다가왔다.

"몸은 어때?"

나의 첫마디 또한 여느 때와 다르지 않았다. 그는 좋다고 말하며 팔을 흔들어 보였다. 그러고는 약간의 침묵이 흐르는 것까지 다른 날과 똑같았다. 바로 옆에서 구치소 직원이 무엇인가를 적고 있었다. 나는 한마디밖에 하지 않았는데, 저자는 무얼 저렇게 잔뜩 쓰는 것일까. 나는 조금 신경이 쓰였다. 눈길을 그쪽으로 돌려 들여다보려 했지만, 내용을 알아볼 수는 없었다.

동생은 밖에서 일이 어떻게 진행되고 있는지 물었다. 나는 염려하지 않아도 좋다는 변호사의 의견을 들려주었다. 변호사는 집행유예를 장담했다. 취중이었고, 전과가 없다는 것이 참작될 것입니다. 저쪽이 여럿이었다는 것도 변론에 상당한 도움을 줄 것이고…… 야쿠르트와 함께 위장약을 털어 넣으면서, 만성 위장병으로 시달리고 있다는 허약한 체격의 변호사는 호언했었다. 나는 그의 말을 믿지 않을 이유가 없었다.

"정말 괜찮대요? 변호사를 자주 좀 만나줘요. 여기 있는 사람이 무슨 일을 어떻게 할 수가 있겠어요? 속수무책이에요. 이 안에 있는 사람의 운명이라고 하는 것은 순전히 밖에 있는 사람에게 달려 있는 것이나 마찬가지데요. 내 운명에 대해 내가 아무 일도 할 수 없다니…… 이런 게 인생이 아닌가 싶어져요."

겉으로 표시를 내지 않으려고 애쓰지만, 그 역시 자신의 감정을 온전히 감추기가 어려운 모양인가. 녀석은 자신도 모르게 조급증을 드러내었다. 아무리 걱정할 것이 없다고 말해도, 혹시…… 하는 우려를 떨쳐버리지 못하는 것이 당사자의 심정일 터였다. 그러면서도 내가 힘들지? 하고 물으면, "여기도 사람 사는 곳인데, 뭐……" 하고 아무렇지도 않다는 듯 웃어 보이곤 한다. 그런 그의 친숙한 모습이 보기 좋아서 나도 따라 웃어버린다.

"책들 넣어주는 것은 고마운데, 기독교 관련 서적들은 넣지 마요."

지난번 면회 왔을 때, 나는 일본 작가 엔도 슈사쿠가 쓴 『예수의 생애』와 역시 일본 사람으로 무교회주의 운동을 이끌었던 우치무라 간조의 『나는 어떻게 크리스천이 되었는가』를

일기 **211**

4월호 『신동아』와 함께 영치물로 넣었었다. 동생을 신자로 만들겠다는 기독 신자로서의 전도열이 발동해서라기보다(그런 열망이 전혀 없었던 것은, 물론 아니었겠지만) 그곳에서 읽기에는 아무래도 종교 서적이 어울릴 것 같은 생각이 들어서였다. 그런데 기독교 관련 서적을 넣지 말라는 이런 요구는 조금 뜻밖으로 들렸다. 형의 종교에 별로 호의적이지 않다는 사실은 알고 있지만, 그렇더라도 그렇지, 자신에게 베푼 친절을 이런 식으로 무색하게 할 수 있는가. 순간적으로 섭섭한 마음이 들어서 나는 잠시 입을 열지 않았다.

"오해하지는 말고…… 우리 방에 사형수가 한 명 있어요. 항소 중이지만, 희망이 없다고 그래요. 자신도 그렇게 생각하는 것 같고…… 들어올 때부터 불교 신자였는지는 알 수 없지만, 적어도 요즘은 독실해요. 항상 불경을 읽고 염불을 외고 기도를 하면서 지내요."

"그 사람이 뭐라고 그래? 다른 종교 서적을 본다고?"

"아니, 그건 아네요."

"그럼 왜?"

"그건 아니지만, 예우를 해줘야지요. 그는 사형 선고를 받았잖아……"

나는 잠깐 동안 머릿속이 멍멍해지는 것 같은 기분에 빠졌다. 권투 글러브 같은 것으로 한 방 제대로 얻어맞은 듯한 충격이 뇌수를 파고들었다. 예우라는 단어가 기묘한 울림을 만들며 내 의식을 흔들고 까불었다. 사형수는 예우를 받아야 한다. 그는 더 이상 소망이 없기 때문이다. 소망이 있는 사람은 죽음을 선고받은, 소망 없는 사람을 예우해야 한다. 그는 곧 죽을 것이기 때문이다. 예우를 받을 기회가 더는 없을 것이기 때문이다. 살 소망이 있는 사람만이 너그러울 수 있다. 그런 사람만이 참을 수 있고, 그런 사람만이 다른 사람을 예우해줄 수 있는 것이다…… 나는 다시 한번 동생의 얼굴을 보았다. 그리고 그 얼굴에서, '예우'가 아닌 '소망'을 읽었다. 나는 그것이 반가웠다. 나는 기꺼이 그렇게 하겠노라고 대답했다. 동생은 다시 씨익, 익숙한 웃음을 웃었다.

"아이들은 공부 잘하지요? 형수님도 건강하시구요……"

나는 잠시 망설이다가 형수가 여기까지 함께 왔노라고 말했다. 그러나 그녀가 집을 알아보기 위해서 복덕방에 갔다는 설명까지 덧붙일 수는 차마 없었다. 나는 그냥, 밖에서 기다리고 있다고 얼버무렸다. 동생은 그에 대해 더 묻지 않았다. 그나름대로 편리하게 해석했을 것이다. 그가 어떤 생각을 했을지를 나는 짐작할 수 있다. 아마도 내가 그래주기를 바란 대로, 시동생의 불편한 입장을 헤아린 속 깊은 형수의 배려쯤으로 오해하지 않았을까.

면회가 끝났음을 알리는 벨이 울렸다. 두 시간이 넘도록 기다리고, 고작 3분. 그러나 어쩔 수 없었다. 나는 마음을 편하게 가지고, 조금만 고생하라고 마지막 인사를 건넸다. 막 돌아서려던 그가 참, 하면서 다시 내 쪽으로 고개를 돌렸다.

"『퀸』이라고 있지요? 여성지 말예요. 그거 하나 넣어줘요."

"그걸 어디다 쓰게?"

"우리 방에 귀찮은 사람이 하나 있어요."

그 말을 하고, 다시 씨익 웃어 보이며 그는 방을 나갔다. 나도 알 만하다는 뜻으로 고개를 끄덕이고 웃었다. 새로운 면회자가 벌써 들어와서 방을 비워주기를 요구했다. 3분이 주어진 시간의 전부인 터에 앞사람의 꾸물거림을 용납할 여유가 있을 리 만무했다. 나는 미안하다고 인사하고 9호실 방을 빠져나왔다.

『퀸』이라는 여성지를 사서 넣어주고(그 책을 사기 위해 구치소 정문을 빠져나갔다 들어와야 했다. 안에는 책을 살 곳이 없었다. 언덕을 내려가 버스 정류장 근처에 과자 부스러기와 컵라면 따위를 파는 허술한 건물이 '휴게실'이라는 간판을 달고 서 있었는데, 그곳에서 각종 잡지들도 팔고 있었다. 나는 너무 무겁고 커서 책이라기보다는 차라리 돌판을 든 것 같은 느낌을 전해주는 『퀸』을 사 들고 다시 구치소 정문을 통과했는데, 이번에도 예외 없이 주민등록증을 보여주어야 했다) 어슬렁거리며 아내와 만나기로 했던 벤치까지 내려왔을 때도 아내는 나타나지 않았다. 나는 시계를 보았고, 그녀가 집을 보러 간 지 한 시간이 다 되어간다는 사실을 확인했다. 조금 걱정도 되었고, 짜증도 났다. 웬만하면 그냥 돌아올 일이지…… 중얼거리면서 나는 잠깐 동안 벤치 근처를 서성거렸다. 책을 읽던 짧은 치마의 여자는 보이지 않았다. 심각한 표정으로 대화를 주고받던 부부의 모습도 보이지 않았다. 신문지가 어지럽게 널린 벤치에는 다른 사람들이 와서 앉아 있었다. 나는 풀밭으로 시선을 옮겼고, 그곳에 아직 신문지로 얼굴을 덮은 남자가 누워 있는 모습을 발견했다. 아까와는 달리 오른쪽으로 비스듬히 돌아누워 있었다.

나는 천천히 걸어서 정문께로 내려왔다. 어차피 돌아가자면 정문 앞에서 택시를 타야 할 것이었다. 택시들은 정문 바로 앞에 줄을 서서 기다리고 있다가 손님들이 오면 차례대로 네 명씩 태우고 떠났다. 택시는 사당역까지만 운행한다. 나는 언제나 정문 바로 앞에서 합승 택시를 잡아타고 사당역까지 갔다. 오늘도 그럴 것이다. 나는 정문에서 아내를 기다릴 참이었다. 어디 있는지도 모르는 그녀를 찾아 나설 수 없는 나로서는 그것이 최선의 방법이라고 생각했다.

걸어 내려오다가 나는 문득 걸음을 멈추었다. 나는 무엇인가를 보았다. 구치소로 오르는 길 양편의 나지막한 언덕에 4월 오후의 눈부시게 빛나는 투명한 햇살들을 받으며 파릇파릇한 봄의 풀들이 누워 있었다. 그러나 나의 눈길을 잡아당긴 것은 그것이 아니었다. 그 봄풀들이 무성한 언덕에 구부리고 앉아서 움직이고 있는 사람들의 모습이 어딘지 낯설지 않았다. 나는 달리 할 일이 없었기 때문에 그들 쪽으로 가까이 다가갔다. 두 여자가—한 사람은 나이가 들어 보였고, 다른 사람은 훨씬 젊었다—언덕에 돋아 있는 쑥을 뜯고 있었다. 하이힐을 신고 분홍색의 짧은 치마를 입은 젊은 여자가 쑥을 뜯는 모습은 어딘지 보기가 어색했다. 나이가 그보다 더 들어 보이는 부인의 경우도 사정은 비슷했다. 그녀는 하이힐을 신은 것은 아니었지만, 색이 고운 한복을 입고 있었다. 그 복장은 그리 잦지 않은 외출을 위한 차림새가 분명했다.

그런 어색함에도 불구하고 낯설지 않다는 느낌은 무엇이었을까. 친숙함이라고 말할 수 있는 성질의 것은 아니지만, 안 어울린다든가 어색하다는 것과는 확실히 다른 느낌이 있었다. 그것은 어디서 말미암은 것이었을까. 사람들을 가둬두는 구치소로 오르는 길에 양탄자처럼 돋아난 쑥들의 푸르름, 누군가가 갇힌 자를 만나러 왔다가 문득 갇혀 있지 않은 가족들을 상기하고, 그들을 위해 그 쑥을 뜯는 여인네의 마음, 그런 것들이 서로 섞여 불러일으키는 복합적인 감정이었을까. 어느 정도는 그랬을 것이다. 그러나 충분하지 않았다. 나는 그 당장에는 만족스러운 대답을 할 수가 없었다.

그 순간 아내가 어깨를 축 늘어뜨리고 돌아왔다. 그 모습이 그녀의 실망을 전시하고 있었다. 것 보라지, 쯧쯧…… 나는 혀라도 차고 싶었지만, 참았다.

"3천 2백만 원짜리는 제일 작은 평수에 그나마 반지하예요. 방도 두 갠데, 하나는 겨우 들어가서 잠이나 잘 정도고. 거기다 은행 융자까지 끼여 있는 거 있죠?…… 내친걸음이라 주변에 다른 복덕방도 좀 돌아다녀보았는데, 다 마찬가지예요. 최소한 5천은 있어야 어떻게 해보겠더라구요. 피곤해요. 여기저기 실속 없이 계속 걸어 다녔더니…… 면회 끝났지요? 미안해요. 여기까지 와서 삼촌도 못 보고……"

"미안하긴. 고생했어. 자, 그만 가자고. 저기 저 택시를 타면 돼."

조금만 잘못 건드리면 눈물을 왈칵 쏟아내고 말 것처럼 아슬아슬한 그녀를 조심스럽게 다루면서[이야기하지 않은 것 같은데, 아내는 울보다. 전혀 예상치 못한 상황에서 대뜸 눈물을 쏟아내어 나를 당황하게 한 적이 한두 번이 아니다. 그래서 나는 그런 조짐만 보이면 온 신경을 날카롭게 세우고 아내의 눈치를 살피는 버릇이 생겼다. 아내의 별명은 소(蘇)도꼭지다. 소씨 성을 가진 그녀에게 내가 신혼 때에 붙여준 것이다] 나는 마음이 납덩이처럼 무거워지는 것을 느꼈다. 이런 경우를 나는 언제나 잘 감당하지 못하겠다. 그저 어떻게 해서든 피하고 보자는 소극적인 방어 기제가 어김없이 작동하게 되고, 그래서 나는 모른 체한다.

"저 아래로 내려가요. 내려가서 타요."

조심스레 끌어안고 택시들이 서 있는 쪽으로 다가가는 내 팔을 아내가 잡아당겼다. 나는 왜? 하는 표정으로 아내의 얼굴을 쳐다보았다.

"여기서 타면 천 5백 원이고, 저기 내려가서 타면 천 원이라면서요? 아침에 우리를 태우고 온 택시 기사가 그랬잖아요. 저 아래 내려가면 또 버스도 있고……"

아내는 내 얼굴을 빤히 쳐다보았다. 그녀의 얼굴이 너무 많은 감정을 담고 있는 것처럼 내게는 보였다. 내가 지극히 평범한 말을 툭 던지기만 해도 그녀는 제풀에 감동해서 눈물을 쏟아내버릴 것이다. 나는 더욱 불안해져서 군말 없이 그녀의 말을 따랐다. 그녀가 나의 팔을 단단히 끌어안았다. 이제는 거꾸로, 그녀가 나를 부축해 안은 형국이 되어 우리 부부는 언덕을 내려갔다.

몇 발짝 걷지 않아서 어떤 예감인가가 뒤돌아보게 했다. 고개를 돌려 뒤를 보는데 문득 가슴이 먹먹해졌다. 아, 저들은…… 나는 아예 몸을 돌려세우고 우뚝 서서 그들을 물끄러미 바라보았다. 갇혀 있지 않은 가족들을 위해 지금 쑥을 뜯는 여자 가운데 한 사람은 아까 면회 대기실에서 "우리 착한 순철이……"를 연발하며 자기 감정을 억제하지 못해 울먹이던 부인이었고, 다른 한 사람은 그 여자를 부축해 안고 달래던 젊은 여자였다. 그들은 모녀지간처럼 보였다. 삶은 이어진다……

문득 그런 중얼거림이 내 입에서 나왔다. 아내가 그녀들에게서 시선을 거두고 가만히 내 어깨에 머리를 기대왔다. 나는 한쪽 팔을 들어 그녀를 안았다.

홍콩

박

"어유, 징그러워라. 세상에, 저런 걸 다……"

아내는 숟가락에 뜬 밥을 입속에 넣지 못하고 콧등에 잔뜩 주름을 잡았다. 그녀의 밥숟가락이 한동안 공중에 떠 있다가 탁 소리를 내며 그냥 상 위로 떨어졌다. 끔찍해, 징그러, 소리를 반복하며 그녀는 머리를 흔들었다. 텔레비전을 등지고 앉아 있어서 화면이 보이지는 않았지만, 귀는 열려 있었기 때문에 나는 그녀가 무엇 때문에 저렇게 호들갑을 떨어대는지 대충은 짐작할 수 있었다. 하긴 그녀가 호들갑을 떨 만한 소식인 것 같긴 했다. 나는 그녀의 절제되지 않은 반응이 재미있어서 빙글거리는 웃음까지 만들어 붙이며 계속 숟가락과 젓가락을 움직였다. 그러다가 문득 고개를 들었는데, 아닌 게 아니라 그녀는 밥맛이 다 달아난 사람의 표정을 짓고 앉아 있었다.

"저걸 좀 봐요. 어마, 저거, 저…… 세상에 저런 걸 다 외국에서 들여와야 해요? 도대체 이 나라 남자들이란 짐승들은……"

그녀는 화면 쪽으로 시선을 비껴 쳐다보며 내 팔을 잡아 흔들었다. 무어 혼자 보기 아까운 것이라도 된다는 건지…… 보지 않아도 알 만했다. 아마도 화면에는 흉측한 몰골을 한 동남 아산 뱀들이 그 크고 길고 검은 몸을 비비 꼬며 금방이라도 화면 밖으로 뛰쳐나올 것처럼 머리를 빳빳하게 치켜들고 있을 것이었다. 웬만한 사람이라면 밥숟가락을 놓지 않을 수 없는 그림일 거라는 짐작이 들었다.

"저놈의 방송국은 하필 저녁 식사 시간에 그렇게 혐오스러운 그림을 내보내서 공연히 우리 마누라 식욕을 뺏어가고 그럴까."

나는 여전히 빙글거리는 표정을 고치지 않은 채 몸을 돌려 텔레비전을 보았다. 그때는 이미 그 흉측스러운 짐승들이 화면에서 사라지고 난 다음이었다. 뉴스 진행자는 최근 급격히 증가하고 있는 동남아 지역으로부터의 혐오 동물 불법 밀수를 강력하고 지속적으로 단속하기로 했다는 당국의 입장을 소개하고 있었다. 뉴스 진행자가 그 말을 하고 있을 때, 화면은 그 밀수 사건의 용의자인 듯한 몇 남자의 떳떳하지 않은 모습을 비추고 있었다. 그들은 항용 나쁜 일을 하다 붙잡혀 온 사람들이 그러하듯 어깨를 축 늘어뜨린 채 고개를 꺾고 서 있었다. 겉옷을 머리 위로 뒤집어써서 할 수 있는 대로 자신들의 얼굴을 감추려 하는 것도 자주 보던 그림이었다. 그들은 긴 바다 생활을 마치고 이제 막 육지에 오른 뱃사람들처럼 하나같이 초췌해 보였으며, 며칠씩 수염을 깎지 못한 듯 얼굴이 형편 없이 까칠했다. 그리하여 보는 이로 하여금 엉뚱한 측은지심까지 유발케 하고 있었다.

저들은 흉악무도한 폭력배도 아니고, 그렇다고 파렴치범도 아니지 않은가, 먹고살기가 오죽 힘들었으면 그 흉측한 짐승들을 몰래 국내로 들여올 생각을 다 했을까……

그런 가당치 않은 너그러움이 불쑥 치밀어올라, 입가의 빙글거림을 소제하려는 찰나였다. 그 순간 뜻밖의 얼굴이 클로즈업되어 화면을 채우지 않았더라면 아마 그랬을 것이다. 내 아내의 손에서 숟가락을 빼앗아 간 텔레비전 뉴스는, 내 숟가락까지 노리고 있었던 것일까.

방송 카메라는 그 초췌하고 풀 죽은 남자들의 몰골을 쓱 훑으면서 지나가다가 무슨 생각을 했는지 한 사내 앞에서 딱 멈춰 섰다. 마치 여기 이 사람을 주목하시오, 하고 지시하는 것 같은 카메라의 동작이었다. 나는 그 지시에 복종했다.

사내는 달라 보였다. 함께 고개 숙인 다른 남자들과 한 패라고는 도무지 믿어지지 않았다. 그는 고개도 숙이지 않았고, 어깨도 늘어뜨리지 않았다. 겉옷을 머리 위로 뒤집어써서 얼굴을 가리는 짓은 더구나 하지 않았다. 이상스럽게도 그만은 오랫동안 면도를 하지 못한 것 같은 얼굴도 아니었다. 그는 단지 지향점 없는 눈빛으로 망연히 정면을 응시하고 있을 뿐이었다. 그 사람의 눈길이 가닿는 지점은 이 지상의 어느 곳이 아닌 것 같았다. 사내의 얼굴이 빛나 보였다고 한다면 필시 과장으로 들릴 테지만, 적어도 그 순간에는 그런 느낌이 조금도 이상스럽지 않았다. 물론 그의 얼굴은 그렇게 윤기 있는 편이 아니었다. 그에게서 느껴지는 광채는 그러니까 그 사람의 고유한 얼굴에서 말미암은 것이 아니고, 그를 둘러싸고 있는 주변의 어둠에서 비롯한다는 말이 좀더 사실에 가까울 것이었다. 그와 함께 서 있는 다른 남자들의 그 대조적인 초라함과 비굴함이 사내의 얼굴에 광채를 만들어주고 있었다고 할까.

그 사내가 처해 있는 상황은 그에게 어떤 떳떳함의 명분도 마련해주지 않고 있다. 그는 밀수꾼이다. 밀수꾼에게, 그것도 혐오스러운 뱀 따위를 몰래 반입하려던 자에게 무슨 떳떳함이 있을 수 있단 말인가. 그런데 어떻게 저렇게 아무렇지 않을 수 있는가. 어떻게 저렇게 당당할 수 있는가…… 그 사내의 남다른 모습은, 그런 식의 놀라움과 의문을 유발하기에 부족함이 없었다. 요컨대 그 사내는 클로즈업될 만했다. 카메라맨인들 그 사실을 눈치채지 못했을 까닭이 없다. 때문에 유독 그 자를 붙잡고 초점을 맞추었을 것이다.

사내의 얼굴이 화면을 가득 채우는 그 순간에 나의 숟가락도 허공에서 오랫동안 머물러 있었다. 그는 주목받을 만했다. 하지만, 사실을 이야기하자면, 내가 그를 주목한 것은 그 사내의 상황에 맞지 않은 처신 때문이 아니었다. 카메라 너머 가상의 피사체를 좇고 있는 사내의 내밀하게 굴절된 눈빛. 그러나 그것 때문만도 아니었다.

"아무튼 정력에 좋다면 똥오줌을 안 가리는 이 나라 남자들이 문제라구요. 아유, 미개인들 같으니……"

아내는 이제 엉뚱하게도 남자 일반을 대상으로 공세를 펴고 나섰다. 남자들의 '짐승스러움'을 격파해내는 그녀의 공격은 야멸찼고 무자비했다. 자신과 직접 상관없는 일에 대한 분별없는 분기탱천, 그것이 그녀였다. 신문을 읽다가 기가 막힌 사건을 만나면 공연히 분을 못 이기고 혼자서 씩씩거리는 여자였다. 천성적으로 남의 집 불구경하는 식의 거리 유지가 어려운 여자였다. 모처럼 호재를 만났구나 싶었다. 아니나 다를까, 그녀는 소위 건강 식품이라고 이름 붙은 것들에 대한 '이 나라 남자들의' 게걸스러운 집착을 매도해대기 시작했다. '야만스러움'과 '혐오스러움'은 시작이었고, 생태계의 먹이 사슬을 파괴하는 잡놈의 식성을 거쳐 이 땅의 성인들을 지배하고 있는 의식의 천박함과 저열스러움에 대한 한탄으로 이어졌다.

"4,50 먹은 성인 남자들의 건강과 정력에 대한 과도한 집착의 배경에 열등감은 물론이고, 일종의 죄의식이 도사리고 있다는 게 아마 틀리지 않은 분석일 거예요. 열등감에는 먹고 살기 위해 제 몸 아까운 줄 모르고 부려온 지난 세월에 대한 아귀 같은 보상 욕구가 은밀하게 뒤섞여 있을 테고, 또 돌이켜보면 그런 와중에서 사람으로 차마 못 할 짓거리는 오죽 많이 했겠어요. 죄의식은 거기서 오지요. 나이는 들어 기력은 예전 같지 않고, 옛날 일은 자꾸만 떠오르고, 그러니 제 목숨이 언제 어떻게 될지 불안하고 조마조마할밖에요. 그래서 구차한 목숨 붙들려고 사람으로 할 짓 못 할 짓 안 가리고 자꾸 하는 거지요. 저게 뭐 하는 짓거립니까. 사람이 최소한의 품위는 유지해야지요, 저 미물들 앞에서 말입니다……"

아내의 장광설이 이어졌다. 그러나 나는 이미 그녀의 말에 귀를 기울이지 않고 있었다. 나의 관심은 벌써부터 다른 쪽으로 향해 있었다. 그녀는 그 사내를 보지 못했을까. 그렇지는 않았을 것이다. 터무니없이 흥분하며 주절주절 불만을 늘어놓으면서도 그녀는 시종 텔레비전 화면에서 눈을 비키지 않고 있었으니까. 아마도 그녀를 사로잡은 그 짐승들에 대한 인상이 너무 강렬해서 그 사내의 엉뚱한 당당함의 자태에 신경 쓸 여유가 없었던 것이리라. 하기야 그녀가 그 사내의 얼굴을 똑바로 쳐다보았다고 하더라도 그가 누구인지 알아보았을 리 만무했다. 그녀가 어떻게 그를 알겠는가. 그를 모르는데 무슨 관심이 생겨나겠는가. 그는 동남아 지역에서 그 징그러운 뱀을 몰래 가지고 들어오려다 붙잡힌 한낱 혐오스러운 밀수꾼에 불과한 것을. 하지만 나에게 그 사내는 뱀을 밀수하려다 붙잡히고서도 이상하게 당당한 자세를 취하고 있는 뻔뻔스러운 범죄자일 수는 없다.

"저런 걸 다 외국에서 수입해 와야 해요? 저런 사람들은 그저 뱀이 우글거리는 굴에다 한 열흘쯤 가둬두어야 하는데. 안 그래요?…… 남은 열을 내가며 이야기하는데, 이이가 무슨 딴생각을 그렇게 해요?"

아내는 내 옆구리를 툭 쳤다. 그제서야 내가 자신에게 귀기울이지 않고 있다는 사실을 눈치챈 모양이었다. 나는 엉겁결에 고개만 끄덕였다. 그때쯤에 아나운서는 다른 뉴스를 전하고 있었고, 따라서 화면도 바뀌어 있었다. 그러나 나는 텔레비전 화면에서 그의 뜻밖의, 뻔뻔스러운, 내성의, 허전한 눈빛을 여전히 보고 있었다.

홍콩 박. 우리는 그를 그렇게 불렀다. 물론 그것은 그의 본명은 아니었다. 그의 이름은 따로 있었다. 그러나 박홍달이라는 이름보다 홍콩 박이라는 호칭이 훨씬 친숙했다. 우리에게도 그랬고 그에게도 그랬다.

그를 떠올리자면 어쩔 수 없이 자발적으로는 결코 뒤돌아보고 싶지 않은 한 시절의 기억 속으로 들어가야 한다.

내가 처음으로 돈벌이를 하겠다고 들어간 직장은 명색 잡지사였다. 주로 시정에 나뒹구는 싸구려 가십거리들을 모아다 그럴듯하게 양념하고 버무리고 포장하는 것이 그 잡지사의 소위 기자라는 사람들의 일거리였다. 스무 평이나 될까 싶은 좁은 공간을 일곱 명의 직원이 나눠 썼다. 그나마 3분의 1 정도는 칸막이를 쳐서 사장이 혼자 사용했기 때문에 우리가 차지하는 공간은 한층 좁아질 수밖에 없었다. 사람이 지나가려면 옆 사람이 일어나 의자를 안으로 집어넣어주어야 할 정도였으니 말해 무엇하겠는가. 실제로 우리는 우리가 근무하는 사무실을 창고라고 불렀다. 창고처럼 여유가 없었고, 짐이 많았고, 먼지가 풀풀거렸고, 하루 종일 햇빛이 들어오지 않았고, 바퀴벌레와 개미를 비롯한 별의별 벌레들이 시도 때도 없이 기어 다녔다. 창고처럼 사무실은 벌레들의 천국이었다.

그러나 사무실이 좁고 벌레가 많고 어둡다는 건 참을 만했다. 정말로 참기 힘든 것은 외형상의 근무 조건이 아니었다. 급료가 많지 않다는 것도 최악은 아니었다. 그 시절을 최악으로 기억하게 만드는 것은 그런 조건들이 아니라 사람이었다. 계급 정년에 걸려 중령으로 예편한 사장은, 비유하자면 자비심의 효용에 대한 교육을 별로 받지 못한 군주였고, 그 사무실은 그의 왕국이었다. 그의 안하무인식의 전횡을 10개월 이상씩 견딜 수 있는 사람은 없었다. 누구나 멋모르고 발을 들여놓긴 했지만 계속해서 그의 백성으로 눌러앉아 있기를 원하지는 않았다. 10개월이 한계였다. 더러는 1, 2개월 만에 사정을 파악하고 달아나는 친구들도 있었다. 아무리 둔한 사람도 10개월을 넘기지 않아 사장의 영토를 벗어나고자 했다.

그러나 사장은 직원들이 들고나는 일에 눈 하나 깜짝하지 않았다. 너희 같은 놈들은 천지에 널려 있다는 배짱이었고, 그것은 어느 정도 사실이기도 했다. 형편없는 대우를 받더라도 취직만 되면 좋겠다는 젊은이들이 줄을 서 있던 시절이었다. 그는 자주 몇천 명의 잘 길들여진 부하들을 거느리던 옛일을 추억하며 '군기 빠진 요즘 것들'을 사정없이 몰아치곤 했다. 아침부터 저녁까지 장소와 시간을 가리지 않는 '부연대장'(그것이 사장이 군복을 벗기 전의 직책이었다)의 거친 훈화와 질책으로 직원들의 몸과 정신도 거칠고 사납게 단련되어갔다.

사정이 그러하였으므로 10개월을 넘기기가 힘든 그 직장에서 유일하게 3년을 버티고 있다는 박홍달이라는 위인은 단연 돋보이는 존재가 아닐 수 없었다. 이런 경우 예상되는 당연한 질문은 그 인물과 사장의 관계일 것이다. 이를테면 사장의 친척이라든지, 또는 친구라든지, 또는 미리부터 친분이 있는 사이라든지. 그도 저도 아니면 그자의 실력이나 인물됨이 단연 출중하여 사장이 함부로 대할 수 없었던 게 아닐까, 그래서 사장이 그에게만은 무자비한 폭군 노릇을 할 수 없었던 것이 아닐까. 어떤 이유인가로 그에게는 남다른 대우를 해주었을 수 있고, 그렇다면 그에게는 그 직장에서의 근무 환경이 나쁠 이유가 없었을 것이다. 마땅히 불만도 없었을 것이고…… 그런 식의 추측은 가능하다. 하지만 진실은 사뭇 달랐다. 박홍달이야말로 사장에게서 가장 자주, 가장 거친 훈화와 닦달을 받는 사람이었다. 사장이 사람을 가리는 편은 아니었지만, 박홍달에게는 유난히 함부로 대했다는 기억이 있다. 그는 거의 하루도 빠지지 않고 사장의 화풀이 표적이 되었다. 사장은 그를 향해서는 더욱 거리낌 없이 폭언을 퍼부었고, 그러면서 주변에 쌓인 책들을 망설임 없이 집어 던지기도 했다. 한번은 군복 입고 사병들을 호령하던 시절이 떠올랐는지 그의 정강이에 조인트를 가한 적도 있었다. 그런 일들이 아무렇지도 않게 일어날 수 있었던 시절이 있었다.

지나간 역사의 한 장면을 두고 사람들은, 어떻게 그런 일이, 설마…… 하고 고개를 젓곤 한다. 그러나 역사 속의 장면은, '백 투 더 퓨처'식으로, 그 장면이 벌어진 시간대로 돌아가 그 현장에 서서 바라보고 경험하지 않고는 옳게 이해할 수 없다. 한때 경찰들이 가위를 들고 다니며 머리 긴 남자들을 잡아 가위질을 한 적이 있었다. 그렇게 어이없는 일이 그 당시에는 당연지사였다. 어이없다는 것은 지금 어이없다는 것이므로, 말하자면 하나의 해석일 것이다. 해석이 이루어지고 있는 시간은 그 해석의 대상으로부터 떨어져 나온 시간이다. 그 사이에는 거리가 있게 마련이다. 사실이 없으면 해석도 없다. 해석되지 않은 사실이 무의미하다는 지적도 옳긴 하지만, 그렇다고 사실이 해석을 위해 존재한다고 말할 수는 없을 것이다.

거기에다 한층 어이없는 것은 박홍달이라는 위인이 그와 같은 사장의 폭언과 폭행을 그지없이 양순하게 감수하곤 했다는 데 있다. 그는, 사장은 언제나 옳고 자신은 언제나 그르다는 태도를 취했다. 애초에 잘잘못을 따지고 분별하는 것이 무의미한 일이긴 했다. 그렇더라도 매번 도에 지나친 모욕을 당하면서도 도무지 억울하다고 항변하는 법이 없는 그의 모습은 차라리 경이로울 지경이었다. 어떻게 저럴 수가 있을까…… 곁에서 지켜보는 사람들이 속에서 불을 지피고 있는데도 정작 당사자는 태연했다. 무서운 인내력이거나 놀라울 정도의 우둔함이었다. 아니라면, 반복된 자극에 의해 타성이 붙은 결과일까. 그것이 인내력이든 우둔함이든, 또는 반복적인 자극에 익숙해진 결과이든 박홍달의 그런 모습은 보는 사람들에게 한없이 비굴하고 참담한 인상을 심어주기에 족했다. 어떻게 저런 식의 세월을 3년씩이나 견뎌왔더란 말인가, 하고 의아해하다가도, 하긴 저런 식이니까 그 악조건 속에서도 3년씩 버틸 수 있었겠구나, 하고 고개를 끄덕이게 되는 것이다.

내가 그 직장에 처음 출근하던 날 아침에 나는 그의 면상을 향해 날아가는 영한사전을 보았다. 그리고 귓불을 때리고 어깻죽지를 거쳐 발등을 스치고 바닥에 떨어져 내린 영한사전을 한없이 공손한 동작으로 집어 들어 원래 있던 책상 위에 올려놓는 박홍달이라는 위인을 보았다. 그 장면이 조금 놀랍기는 했지만, 큰 충격을 받은 것은 아니었다. 나는 그때 군대에서 사회로 돌아온 지 몇 달 지나지 않은 터였다. 그렇다고는 해도 내가 기대한 직장 분위기와 그 장면은 사뭇 다른 것이었고, 그래서 기분은 썩 좋지 않았다. 그 순간에는 거의 매일 사무실에서 그런 일이 비일비재하게 벌어진다고 하는 사실까지는 차마 짐작도 하지 못했다.

그리고, 그 출근 첫날 오전에 나는 그 이야기를 처음 들었다. 이미 그 창고 같은 사무실에 자기 자리를 가지고 있는 사람이라면 수없이 듣고 또 들었을, 거기에 자리를 마련한 이상 나도 앞으로 귀가 닳도록 듣고 또 듣게 될 그 말을.

"홍콩에서 배만 들어와봐. 이깟 직장 당장 그만두고 말지……"

사장이 밖으로 나가고 얼마 있지 않아서 누군가가 벌떡 일어나 그렇게 소리를 질렀다. 박홍달이었다. 그는 눈자위를 희번덕거리며 푸푸 괴상한 웃음을 짓고 있었다. 이상한 것은 다른 직원들의 반응이었다. 그 자리에 있던 누구 하나 그에게 대꾸하고 나서는 사람이 없었다. 그 순간 고개를 들어 소리 나는 쪽에 시선을 보낸 사람은 아마 나뿐인 듯싶었다.

"어이, 신입. 기다려. 기다리라구. 홍콩에서 배만 들어오면 말이야. 이까짓 형편없는 잡지사에서 이 고생 안 해도 된다구. 나만 믿어. 내가 뭘 할 거냐면 말이야, 여행사를 차릴 거라고. 여행 잡지도 만들고. 그때는 내 밑에 와서 일해야 돼. 알았지? 홍콩에서 배만 들어오면 말이야."

내가 보인 관심이 반가웠던 것일까. 그는 내 쪽으로 다가와 내 어깨에 손을 올리고 그렇게 알 수 없는 말을 지껄여대는 것이었다. 내가 어떻게 대꾸해야 할지 몰라 어리둥절한 표정으로 주변을 살피는데, 다른 직원들은 마치 비밀스러운 무슨 모의라도 꾸미고 있는 사람들처럼 고개를 책상에 처박고서 은밀하게 키득거리고만 있는 것이었다. 그들의 그런 모습이 나를 당황하게 했다. 일순 내가 놀림감이 된 것이 아닌가 싶으면서 뒷머리 쪽이 근질거리고 얼굴로 뜨거운 기운이 확 끼쳐오는 듯했다. 나는 이제까지의 정황들을 듬성듬성 더듬어보았다. 아무리 '신입'이고, 첫 출근이라고는 해도 내가 무슨 실수를 저지른 것 같지는 않았다.

마침내 더 이상은 웃음을 참아내지 못하겠는지 내 곁에 앉은 여자 직원이 의자를 뒤로 젖히며, 몸도 따라서 젖히며 크아악, 웃음을 토해냈다. 그것이 신호였다. 이윽고 다른 사람들

도 벙글거리며 책상에서 고개들을 치켜들었다. 나는 한층 영
문을 알 수 없는 얼굴을 하고 멀뚱하게 앉아 있을 수밖에 없었
다. 그들 가운데 한 사람이 볼펜 끝으로 톡톡 소리를 내며 물
었다.

"그러니까 언제요? 언제 홍콩에서 배가 들어오는데요?"

"나만 믿어. 이제 얼마 안 남았어."

"우리야 믿지요. 홍콩 박의 배는 우리도 눈 빠지게 기다리
고 있는 거 아닙니까? 말이 나왔으니 말이지만, 어디든 옮길
데만 있다면야 누가 여기에 미련을 두겠어요? 제발 좀 빨리
배를 들어오게 해서 우리 좀 데려가줘요."

"염려 말라니까. 사람한테는 다 때가 있는 거라구. 조금만
참아요."

나는 그 텔레비전 뉴스 화면에 얼굴이 비친 밀수꾼에게
어째서 홍콩 박이라는 별명이 붙여졌는가를 회상하는 것으로
그에 대한 기억을 더듬기 시작했다. 그랬다. 그 유쾌하지 않
은 시절의 복판에 홍콩 박이 있었다. 홍콩에서 배가 들어올 날
을 기다리며 사는 남자. 그날을 위해 꿈을 꾸고 이것저것 설계
하고 이 사람 저 사람에게 후한 약속을 하며 사는 남자. 그러
고는 그 터무니없는 약속을 담보로 일과처럼 만 원, 2만 원, 돈
을 꾸어달라던 남자. 그가 홍콩 박이었다.

그는 틈만 나면 '홍콩에서 들어올 배'에 대해 이야기했
다. 열 번이고 백 번이고 되풀이했다. 그 첫날 이후 나도 수없
이 그의 '홍콩' 이야기를 들어주어야 했다. 그는 그 한 날에 인
생의 모든 것을 걸고 현재를 버티고 있었다. 따지고 보면 그의
남다른 참을성도 그처럼 집요한 기대와 믿음에 물꼬를 대고

있을 터였다. 문득문득 떠오른 생각이지만, 그는 이를테면, 내세에서의 복락을 바라고 이생에서의 지옥 같은 핍박과 가난과 질고를 무작정 참고 견디는 맹목의 종교인처럼 보였다.

곧 후회하고 말았지만, 나는 어리석게도 그에게 '홍콩에서 배가 들어온다'는 말이 대체 무슨 뜻인지를 물은 적이 있었다. 점심밥을 먹고 난 직후였고, 그가 다시 그놈의 홍콩 배 타령을 늘어놓으며 내게 2만 원만 꿔달라고 했기 때문이었다. 돈을 꿀 때면 그는 늘상, 홍콩에서 배 들어오면 그까짓 것 단숨에 갚을 수 있다고 큰소리쳤다. 그가 그렇게 말했기 때문에 사람들은 더욱 그에게 돈을 꾸어줄 수 없었다. '홍콩에서 배가 들어올 날'이란 구체적인 기한일 수 없었다. 그런 조건을 믿고 누가 손쉽게 돈을 건네주겠는가. 때문에 그는 늘 돈타령을 했지만, 거의 매번 돈을 꾸는 데 성공하지 못했다. 어디에 돈을 쓸 거냐고 물으면, 어떨 때는 어머니가 아프다고 하고, 어떨 때는 동생 등록금을 내줘야 한다고 하고, 또 어떨 때는 복권을 사야 한다고 했다. 그런 부실한 구실들 또한 그에게 돈을 꾸어주지 못하게 하는 이유가 되었다. 어이없는 것은, 돈을 꾸지 못해도 전혀 마음 쓰지 않는 것 같은 그의 태도였다. 그는 꿔줄 돈이 없다고 하면, 두말하지 않고 물러섰다.

"홍콩 몰라? 홍콩도 몰라? 생각해봐. 홍콩에서 배가 들어온단 말이야."

나는 더 묻지 않았고, 물을 수가 없었고, 그도 더 대답하지 않았다. 정말로 눈앞에 어떤 그림이 보이는 듯 그의 얼굴빛이 환해지고 눈은 게슴츠레해졌다. 나도 그가 보고 있는 그림을 보고 싶었다. 그래서 나는 그의 얼굴을 주의 깊게 바라보았다. 애써 생각을 모아서 그랬는지, 내 눈앞에 하나의 그림이 떠오르는 듯했다. 큰 배가 짐을 가득 싣고 바다를 헤엄쳐온다. 배는 물고기 모양을 하고 있는데, 머리부터 꼬리까지 온통 붉은 등을 달고 있다. 하필이면 물고기 모양의 큰 배에 붉은 등이라니…… 어째서 그런 그림이 그려졌는지 알 수가 없었다. 어디선가 이전에 그런 그림을 보았는지 모른다. 아니면 홍콩이라는 미지의 도시에 대해 내가 가지고 있는 이미지라는 것이 얼추 그런 투였는지도 모르겠다. 아무튼 그때 홍콩 박의 얼굴에서 나는 그런 그림을 보았고, 그날 한번 떠오른 그 그림은 이후에도 그 생각을 할 때면 되풀이해서 나타나곤 했다.

도대체 그에게 홍콩이란 무엇이었을까. 하필이면 왜 홍콩이었을까. 뉴욕이나 동경이 아니라, 스톡홀름이나 제네바가 아니라 어째서 홍콩이었을까. 그 의문에 대해서도 딱 부러지게 갖추어진 대답은 있을 수 없었다. 우선 그 자신이 딱 부러진 대답을 해준 적이 없었기 때문이거니와, 설령 그가 무슨 그럴듯한 설명을 늘어놓았다 하더라도 그의 말에 귀를 기울이려고 하는 사람이 있었을지 의문스럽다.

우리들 가운데 홍콩 박 다음으로 오래 근무한 남자 직원 한 사람이 제 딴에는 퍽 재치 있는 농담을 한다는 표정으로, 홍콩 박의 '홍콩'을, 그러니까 어째서 다른 곳이 아니라 홍콩이어야 했을지를 추측해 보인 적이 있었다. 물론 홍콩 박이 없는 자리에서였다.

"여성 동지들 앞에서 좀 야하다는 소리를 들을지 모르겠는데, 왜, 흔히 사용하는 은어로, 홍콩 보내준다는 게 있고, 또 홍콩 간다는 것도 있잖아. 다들 그 뜻을 알 터이므로 따로 설명을 보탤 필요는 없겠지만, 그래도 혹시 이 자리에 이런 말을 처음 듣는 숙맥이 있을지 모르겠다 싶어 한마디 하자면, 요컨대 성적 엑스터시, 즉 오르가슴 상태를 지칭하는 일종의 속어 아니겠어? 유사하긴 하지만 조금 더 천박한 것으로는 '뿅 간다'는 것이 있고, 아예 '죽인다'고 극단적인 표현을 쓰기도 하지. 요약하면 극단적인 쾌락의 경지를 가리킨다고 할 수 있을 텐데…… 배가 그런 데서 들어온다는 건 기가 막힌 거지. 홍콩이 있는데 배를 어디서 들여오겠어? 동경이겠어, 제네바겠어? 홍콩만 한 맛이 안 나잖아. 홍콩 하면 확 하고 오는데, 동경이나 제네바는 그 느낌이 '확'이 아니란 말이야. 안 그래?"

그가 기다리는 배가 어째서 하필 홍콩에서 와야 하는지에 대해 그럴듯한 다른 설명을 붙일 수 없었기 때문에, 그날 이후 우리들은 그 해석을 잠정적인 해답으로 받아들이고 말았다. 그 해답에 대해 공개적으로 확인하고 나선 사람은 없었지만 모두들 내심으로는 고개를 끄덕이고 있었다. 어쩌면 그 설명을 듣기 전부터 나 역시 무의식 상태에서 그런 연상을 하고 있었는지 모른다는 생각이 든다. 내가 얼마 전에 홍콩 박의 얼굴에서 보았던 낯선 그림, 그 이상한 물고기 모양의 배를 밝히고 있는 수많은 붉은 등이 그런 내 마음의 생각을 대변하는 기호가 아니었을까. 유치하긴 하지만, 붉은 등, 홍등, 홍콩…… 하는 식으로 연상의 꼬리를 잇고 있었던 게 아닐까.

사정이야 어찌 되었든 우리는 그런 식으로 홍콩 박의 '홍콩'을 정리해버렸는데, 머지않아 홍콩 박은 우리들의 그처럼 장난스러운 해석이 전혀 엉뚱한 것만은 아니었음을 그 스스로 증거해 보여주었다. 이렇게 말하는 것은 옳지 않을지 모른다. 그가 우리에게 보여준 것은 증거가 아닐 것이다. 그가 무엇 때문에 남의 주장을 증거하려고 했겠는가. 우리들이 그의 우연한 행동에 편리한 대로 상상력을 갖다 붙였다는 편이 사실에 부합할 것이다. 그렇다고 하더라도 홍콩 박에게 지울 책임이 아주 사라지는 것은 아니다. 사실이 없으면 해석도 없을 테니까.

퇴근 후의 시간이 언제나 거추장스러운 시절이었다. 적어도 나에게는 그랬다. 그 무렵 나는 회사에서 그리 멀지 않은 곳에 방을 얻어 혼자 자취를 하고 있었는데, 퇴근을 한 후 지친 몸을 끌고 들어가 밥해 먹고 설거지하고 멍청하게 텔레비전이나 들여다보고 앉아 있는 게 끔찍하게 싫었다. 처음 얼마간은 제법 찌개도 끓여보고, 김치도 사 날라보고 했다. 그러나 나는 한 달이 되기 전에 그 짓을 그만두고 말았다. 직장 안에서 낮 동안 겪어야 하는 기상천외의 사태들로 저녁 무렵이 되면 머릿속은 헝클어진 실타래처럼 어지럽고, 몸은 뼛속까지 물이 차 있는 것 같았다. 나름대로 기대를 가지고 들어간 직장이었기 때문에 마음은 제법 심란했다. 내가 하는 일이 자부심이라곤 도무지 느낄 수 없는 것이었고, 근무 환경 또한 참담할 지경이었다.

그랬으므로 그 시절의 나는 되도록 귀가 시간을 늦추는 것을 퇴근 후의 과제로 삼고 있었다. 꼭 마음속에 무언가가 쌓여 있어서 그것을 풀어보겠다는 마음으로 그런 것은 아니었다. 뭐가 뭔지 갈피를 잡기 어려웠다고 할까, 내 자신을 향한 정체 모를 불만을 추스르기가 쉽지 않았다고 할까. 그랬다. 그 시절에 내 몸은 저녁마다 거리에 있었다. 때로는 다른 직원들과 함께 싸구려 술집에 있었지만, 대부분은 혼자였다. 혼자일 때는 영화관에 가서 마지막 상영을 보거나 음악이 시끄러운 다방에 앉아 꾸뻑꾸뻑 졸거나 했다. 그렇지도 않은 날은 이곳 저곳을 기웃거리며 뭉그적뭉그적 걸어 다니기도 했다.

그런 어느 날 밤이었을 것이다. 맹세컨대 그날 나는 술을 한 잔도 입에 대지 않았다. 종로3가에 있는 영화관에서 영화를 한 편 보고(아마 서부 영화였을 것이다. 그곳을 나오고 나서도 꽤 오랫동안 나는 말발굽 소리를 듣고 있었고, 뽀얗게 일어나는 먼지 구름들을 보고 있었다) 비원 쪽을 향해 뭉그적거리고 있었 을 것이다. 물론 여느 때와 마찬가지로 목적지가 정해진 것은 아니었다. 상가들이 대부분 철시한 그쪽 길은 어두웠다. 나는 어두운 게 좋았다. 여자라도 곁에 있으면 한결 낫겠다는 충동 이 불쑥 치솟곤 하는 때가 그런 순간이었다. 제기랄, 무슨 얼어 죽을 여자…… 내 입속에서 한숨처럼 그런 말이 튀어나왔고, 나는 공연히 쑥스러워서 가로수 밑동에다 침을 탁 뱉었다.

바로 그때, 나는 주변이 밝아져 있다는 사실을 깨달았고, 사람들의 발소리가 들려오고 있다는 걸 알아차렸다. 나는 가 로수에 한쪽 손을 짚고 고개를 들었다. 주변이 밝아진 것은 길 가에 세워진 건물의 간판에서 나온 불빛 때문이었는데, 그곳 에서 한 명의 남자와 한 명의 여자가 걸어 나오고 있었다. 두 사람은 거의 부둥켜안듯 서로를 의지하며 걷고 있었는데, 그 짧은 순간에 나는 두 사람 가운데 남자의 얼굴을 알아보고 말 았다. 내가 그날 밤에 술을 마시지 않았다는 사실을 미리 강조 해둔 까닭이 이 증언의 신빙성을 확보하기 위해서이다. 내가 본 그 남자는 뜻밖에도 홍콩 박이었고, 그가 한 여자를 부둥켜

안고 나온 집의 간판에는 선명한 네온등으로 '풍은장 모텔'이
라고 씌어져 있었다. 단속적으로 깜박이는 글자들 아래서 나
는 떨어지면 큰일이라도 날 것처럼 홍콩 박에게 바짝 매달려
있는 여자의 모습을 살폈다.

키는 보통보다 작았고, 몸집은 보통보다 뚱뚱해 보였다.
손가락과 목과 귀에 큼지막한 금붙이들이 매달려 있었고, 얼
굴에도 화장품을 두껍게 바른 자국이 선명했다. 하지만 화장
품은 그녀의 못생긴 얼굴과 나이를 전혀 감춰주지 않았다. 아
무리 낮춰 잡아도 마흔은 되었을 성싶은 그 여자의 얼굴은 흡
사 바가지에 군데군데 점을 찍어놓은 것처럼 밋밋했다. 매달
고 있는 장신구들과 걸치고 있는 꽤 값나가 보이는 모피 코트
에도 불구하고 그녀가 풍기는 인상은, 흔히 하는 말로 '귀티'
나 '부티'와는 전혀 상관없는 것이었다. 오히려 몹시 천박하고
궁상스러워 보이기까지 했다. 요컨대 성적 매력이라고 할 만
한 것이 도무지 찾아지지 않는 여자였다. 거기다가 나이까지
상당히 들어 보이지 않는가. 나는 짧은 순간에 홍콩 박의 나이
를 떠올리고 두 사람의 나이 차이를 어림해보았다. 아무리 생
각해도 짝이 잘 맞지 않는 한 쌍임이 분명했다. 그렇지만 짝이
잘 맞든 안 맞든 그들이 한 쌍이 되어 부둥켜안고 내 앞을 걸
어간 것은 틀림없는 사실이었다.

그날 내가 목격한 장면은 확실히 나를 놀라게 했고 또 불
순한 상상을 하게 했다. 나는 어리둥절했고, 혼란스러웠으며,
어느 정도는 불쾌했다. 남의 사생활에 관여할 의무도 자격도
없다고 스스로를 달랬지만 그날 밤에 보았던 풍은장 모텔 앞
의 풍경은 그 뒤로도 자주 떠올랐다. 이튿날 회사에서 홍콩 박

을 보았을 때, 내 눈앞에는 그 치렁치렁한 장신구와 모피 코트를 걸친, 천박한 인상의 중년 여자가 자동적으로 영사되었다. 홍콩 박의 얼굴은 그렇게 생각해서 그런지 조금 피로해 보이고, 눈도 충혈되어 보였다. 무엇 때문인지 하루 종일 그의 얼굴이 정면으로 보아지지가 않았다. 나는 애써 그를 외면했다.

물론 나는 전날 밤에 내가 목격한 장면을 그에게 확인시킬 수 없었다. 다른 직장 동료들에게 그 사실을 떠벌리지도 않았다. 어쩐지 그래서는 안 될 것 같았다. 그때만 해도 나는 홍콩 박의 '그 여자'에 대한 정보를 나 혼자만 가지고 있는 줄 알았다. 그도 그럴 것이 내가 그 모텔 앞에서 그들을 보았을 때 그곳에는 나 혼자밖에 없었다. 그렇기 때문에 나는 아무도 알지 못하는 비밀을 혼자만 알고 있다는 이상한 자긍심까지 품고 있던 터였다. 그러나 그것은 나의 오해였음이 곧 밝혀졌다.

어느 날, 점심 식사를 마치고 몰려간 지하 다방에서(자주 있는 일이지만, 그날도 홍콩 박은 그 자리에 없었다) 누군가가 분위기를 돋울 필요를 느꼈는지, 홍콩 박을 화제 삼고 나섰다. 그것은 자주 있는 일이었고, 그것만큼 되풀이해서 질리지 않는 이야깃거리도 달리 없었다. 무엇보다도 그 화제는 아무도 다치게 하지 않았다. 우리들에게 이야깃거리를 제공한 홍콩 박조차도 우리들의 이야기 속에서는 상처를 입지 않았다. 왜냐하면 아무도 진정으로 홍콩 박을 멸시하거나 그의 허황된 중언부언을 경멸하지 않았기 때문이다. 오히려 대화의 여백을 잘 들여다보면 홍콩 박에 대한 은근한 부러움이 발견되기도 했다. 우리들은, 아무도 진지하게 고백하지는 않았지만, 홍콩 박에게 어떤 설명하기 힘든 기대와 희망을 걸고 있었다. 모이기만 하면 그를 화제 삼는 까닭도 그 사실과 무관하지 않을 것이었다. 말하자면, 우리들 역시 어느 정도는 홍콩에서 배가 들어오기를 기다리는 사람들이었다. 왜 아니었겠는가. 홍콩 박과 우리는 같은 공간과 같은 시간을 살고 있는 사람들이었다. 단지 거추장스러운 의상처럼 둘러쓰고 있는 공연한 교양과 남루 같은 자의식이 내놓고 그런 희망과 기대를 발설하지 못하게 막고 있을 뿐이었다. 그 점이 홍콩 박과 다른 점이었다. 그뿐이었다.

한 사람이, 홍콩 박의 배가 언제 들어올까? 하고 묻는다. 그러면 모두들 입가에 슬금슬금 야릇한 웃음들을 머금으며 현실과는 다른 세계로 빨려 들어갈 준비들을 시작한다. 그곳은 폭군도 없고 창고도 아닌 세계이다. 그곳은 수많은 붉은 등이 매달려 환하게 불 밝힌 물고기 모양의 큰 배의 세계이다. 배는 값나가는 물건들을 가득 싣고 바다에 떠 있다. 바다에 떠서 어딘가로 움직인다. 미세한 소리도 내지 않고 천천히. 저 먼 곳에 아득하게 수평선이 보인다…… 그런 세계이다.

"거의 들어온 것 같지 않아? 이번에는 꽤 성공적인 모양이던데."

홍콩 박의 배가 빨리 들어와야 할 텐데, 하고 한 사람이 입을 열자, 다른 사람이 대뜸 받아친 말이 그랬다. 그것만으로는 물론 무슨 뜻인지 알아듣기가 어려웠다. 나는 눈을 꿈벅거리며 다른 사람들을 둘러보았는데, 사람들의 입가에는 의미심장한 미소들이 물리고 있었다. 나는 어리둥절해서 가까이 있는 사람에게 나지막하게 물었다.

"무슨 말이에요?"

"무슨 말씀이냐 하면, 우리의 홍콩 박께서 드디어 골 빈 여자를 하나 물었다, 그 말씀이셔."

"아니, 그럼…… 다들 알고 있었단 말이에요?"

"뭘?"

나는 그 자리에서 간밤에 풍은장 앞에서 벌어진 풍경을 묘사하지 않을 수 없었다. 나로선 뜻밖이었고, 혼자만 목격한 터라 아무도 모르는 비밀인 줄 알았다는 말도 덧붙였다. 내 말을 들은 직장 동료들은 소리 내서 웃었다. 알고 보았더니, 그것은 이미 공개된 비밀이나 마찬가지였다. 적어도 직장 동료들 사이에서는 그랬다.

"홍콩 박이 입버릇처럼 말하는 홍콩 배란 게 바로 그 여자를 두고 말한 게 아닐까, 우리는 그렇게 짐작해보는 거지."

"그러니까, 그 여자가 홍콩에서 온 여자야?"

"그럴 수도 있겠지. 왜 그럴 수 없겠어? 하지만, 무엇보다 확실한 것은 우리들의 홍콩 박이 밤이면 밤마다 홍콩으로 보내주는 여자일 테지."

그렇게들 농담을 주고받으면서 킬킬거렸다. 나도 따라서, 어색하게 킬킬거릴 수밖에 없는 노릇이었다.

그리고, 이튿날 오후에 홍콩 박은 우리들 앞에서 뜻밖의 사태를 연출해 보임으로써 우리들의 상상에다 절묘한 방식으로 옷을 입혔다.

사태의 발단은 회사에 걸려 온 한 통의 전화에서 비롯하였다. 일이 그렇게 되려고 그랬는지, 다른 때는 여간해서 먼저 전화를 받지 않던 사장이 공교롭게도 그 전화를 받은 모양이었다. 사장은 쾅 소리가 나게 전화기를 내려놓자마자 사장실

문을 벌컥 열고 나왔다.

"이것 봐, 미스 최. 지지난 호 원고료 왜 여태 안 보냈어?"

"누구 말입니까? 다 보냈는데요?"

경리 일을 보고 있는 미스 최가 벌떡 몸을 일으키며 대답했다.

"그런데 어째서 이런 전화가 걸려 와. 그 강 뭐라는 개그 작간지 뭔지 하는 사람한테 원고료 보냈어? 빨리 확인해봐. 만일 보낸 게 확실하면 내 이놈의 자식을 가만 안 둘 테니까. 시답잖게 그것도 글이라고 원고료는 픽도 챙기고……"

미스 최는 허리를 굽히고 장부를 뒤적였다. 한 달에 서너개 정도 들어가는 청탁 원고 가운데 하나가 그 개그 작가의 것이었다. 연예인들을 주인공으로 해서 제법 야한 우스갯소리를 만들어내는 코너였는데, 필자 본인이 그만 쓰겠다고 해서 지지난 호를 끝으로 연재가 끝났다. 그것도 글이냐는 비난을 받을 만한 수준이긴 했다. 하지만 따지고 보면 우리가 만들어내는 잡지에서 그것보다 나은 글도 별로 없었다. 사장이라고 그 사실을 모를 까닭이 없었다. 그라고 해서 우리가 만들어내는 잡지가 퍽 고상하고 유익한 내용을 담고 있다고 생각할 리 만무했다.

그 개그 작가의 글은 제법 독자들에게 인기를 얻고 있었고, 따라서 편집부에서는 웬만하면 연재를 중단하지 말아달라고 사정을 했었다. 그러자 그 개그 작가는 이렇게 형편없는 원고료를 받으면서 더 글을 쓸 수는 없다고 대답했다. 편집부에서는 원고료를 조금 인상해주고 그의 글을 계속 받자고 사장에게 건의했다. 그러나 사장은 원고료를 올리는 것은 절대 불

가능하다고 못 박았고, 그 때문에 연재가 중단되어버렸다. 글 같지 않아서 연재를 중단한 것이 아니라, 원고료를 인상할 수 없어서였다. 따지고 보면, 사장에게는 글 같은가, 글 같지 않은가는 관심 밖일 터였다. 사장이 "원고료는 픽도 챙기고……" 운운한 것은 아마 그때의 일을 상기해서일 것이었다.

장부를 뒤적이던 미스 최의 표정이 갑자기 어두워지는가 싶더니 반대쪽 자리를 흘깃 살폈다. 그곳에는 나와 홍콩 박과 또 다른 한 명의 직원이 앉아 있었다. 나도, 홍콩 박도, 또 다른 직원도 고개를 처박고 숨을 죽이고 있는 중이었다.

"그거 확인하는 데 웬 시간이 그렇게 걸려? 느려 터져가지고는. 빨리빨리 찾지 못해?"

사장이 미스 최의 등 뒤까지 다가와서 꽥 소리 질렀고, 그러자 얼굴이 흙빛이 된 미스 최가 더듬거렸다.

"그게, 지난달 28일에, 나갔는데요, 그게……"

"그게 뭐야? 이리 줘봐."

사장이 미스 최의 손에서 장부를 빼앗아갔다. 미스 최의 표정은 거의 울 것 같았다. 그녀는 사장에게 장부를 빼앗기고 당황한 나머지 불쑥 큰 소리로 말했다.

"박 차장님이 전해준다고……"

미스 최는 말을 끝냄과 동시에 큰 죄라도 진 사람처럼 고개를 숙였고, 일순 사무실 안은 숨소리도 들리지 않는 정적에 싸였다. 누구도 고개를 들어 사장이나 홍콩 박이나 미스 최를 쳐다볼 엄두를 내지 못하고 있었다. 다들 같은 생각을 하고 있을 것이었다. 오늘 또 홍콩 박, 박살 나겠구나…… 내막 같은 건 알려고도 하지 않았다. 사장이 내막 따위를 묻지 않으리라는 걸 너무나 잘 알고 있었으므로.

　나는 곁눈질로 홍콩 박의 표정을 살폈다. 그런데 뜻밖에
도 그의 표정이 담담해 보였다. 책상에 코를 박고 무언가를 쓰
고 있는 그의 얼굴에는 초조한 기색이 없었다. 그 모습은 어쩐
지 다른 때와는 달라 보였다.

　사장은 오래 기다리지 않았다. 그의 손에 들려 있던 경리
장부가 날아와 홍콩 박의 머리를 정확히 때렸다. 그리고 사장
의 우렁차고 사나운 말들이 속사포처럼 날아왔다.

　"남의 원고료를 떼먹어? 그런 짓을 다 해? 이 사기꾼 같은
놈. 니가 내 회사를 말아먹을라고 작정을 했냐? 또 대봐. 또 누
구 걸 얼마나 먹었어?……"

　사장은 어찌 된 영문인지 묻지 않았고, 홍콩 박도 어찌 된
영문인지 설명하지 않았다. 그의 그런 태도는 곧바로 자신의
과오를 시인한다는 뜻으로 읽혔다. 그런 일을 벌이고도 남을
만한 위인이라든가, 혹은 반대로 그런 일을 할 만한 사람이 아
니라는 식의 분별력을 행사할 여유들이 없었다. 이런 순간에
는 그저 고개 처박고 누구네 집 개가 짖는가, 하는 자세를 견
지해야 한다는 것, 그것이 길지 않은 직장 생활에서 터득한 처
세술이라면 처세술이었다.

　뜻밖인 것은 홍콩 박의 태도였다. 분명하게 설명할 수는
없지만 표정이며 자세 같은 것이 다른 때와 달랐다는 말은 앞
에서 이미 했다. 사장의 노발대발에도 불구하고 그는 자리에
서 일어나지 않았고, 고개도 들지 않았으며, 자신의 머리를 때
리고 바닥에 떨어진 장부를 들어 사장 앞으로 가지고 가지도
않았다. 잘못했다든지, 시정하겠다든지(사장은 그 두 개의 말

을 듣는 걸 좋아했다. 직원 가운데 누군가가 야단을 맞으면서도 그 말을 입에 올리지 않으면, 그는 "잘못한 거여, 안 한 거여?" 또는 "시정할 거여, 안 할 거여?" 하고 다그침으로써 그 말을 유도해냈다) 하는 의사 표시도 거부했다. 그는 고개를 숙인 채 하던 일만 계속했다. 그런 홍콩 박의 태도는 사장을 더욱 화나게 만들었다. 도무지 이전의 그가 아니었다. 홍콩 박의 태도가 너무 뜻밖이어서인지 처음에는 어리둥절한 표정을 짓고 있던 사장이 얼굴을 붉으락푸르락해가지고 홍콩 박의 자리로 쏜살같이 달려갔다.

"무슨 말을 해야 할 거 아냐? 이 굼벵이 같은 친구야……"

그것이 사장이 한 말이었다. 그러나 사장은 더 말을 잇지 못했다. 왜냐하면 그 순간 문득 홍콩 박이 자기 자리에서 벌떡 몸을 일으켰기 때문이었다. 그가 일어서면서 의자를 뒤로 쭉 뺐기 때문에 사장은 중심을 잡지 못하고 바닥에 쓰러졌다. 우리들은 웃음이 나오려는 걸 참고 있었는데, 사장이 몸을 일으키기도 전에 홍콩 박은 호주머니에서 지갑을 꺼내 만 원짜리를 헤아리고 있었다. 그때쯤에는 다른 사람들도 그냥 고개만 처박고 있을 수가 없었다. 우리들은 일제히 고개를 들었고, 홍콩 박의 뜻밖의 반응을 흥미 있게 지켜보고 있었다.

"이게 뭔가?"

자신의 가슴께를 향해 내밀어진 홍콩 박의 손을 향해 사장이 물었다. 홍콩 박의 손에는 흰 봉투와 만 원짜리 지폐 여러 장이 들려 있었다. 사장은 조금 당황한 것 같았다. 그도 그럴 것이 그는 이런 사태를 도무지 예상하지 못했을 것이었다. 하지만 사장보다 더 당황한 것은 우리들이었다. 우리들은 숨을 죽이고 전혀 기대하지 않았던 이 뜻밖의 장면에 신경을 집중했다.

"이건 제가 미처 전해주지 못한 세 사람의 원고료고, 이건 사직섭니다. 그동안 어쨌거나 고마웠습니다. 이제 저는 그만 사장님의 왕국을 떠날 때가 된 것 같습니다. 안녕히 계십시오."

그는 마치 연극을 하는 것 같았다. 아니, 나는 정말로 연극을 보고 있는 것처럼 생각되었다. 사장도, 다른 직원들도 어안이 벙벙해 있는데, 홍콩 박은 그길로 뚜벅뚜벅 걸어서 문을 열고 밖으로 나가버리는 것이었다. 그 모습까지도 너무나 연극적으로 보였다. 그는, 문을 잡고 서서, 할 말들을 잊고 멍청하게 앉아 있는 우리들을 향해 한마디 은혜의 말을 베푸는 걸 잊지 않았다. 그 음성조차도 연극 대사처럼 들렸다.

"제군들, 내가 연락할 테니 조금만 참게. 내가 반드시 그대들을 구원하러 올 것이네. 그동안 너무 오래 기다리게 해서 미안하네. 하지만 이제 머지않았네. 아주 잠깐만 더 기다려주게."

문이 쾅 소리를 내며 닫혔지만 우리 가운데 아무도 아무 말도 하지 못했다. 사장도 마찬가지였다. 한참 후에야 정신을 차린 듯 헛기침을 하고 제 방으로 들어가면서 사장이 중얼거렸다.

"저 미친놈, 대체 무슨 소리를 지껄이는 거야. 지가 여기 아니면 어디 갈 데나 있어? 두고 보라지."

그러나 그 '미친' 홍콩 박은 정말로 다음 날부터 회사에 나오지 않았다. 우리는 속으로 쾌재를 불렀다. 우리들은 우리들의 추측이 들어맞은 것으로 간주하고 축배를 들었다. 그러니까 그 여자가 홍콩 박에게는 홍콩에서 들어올 배였을 것이다. 이제 그는 배를 만난 것이다. 우리들은 그 점에 대하여 오랫동안 이야기했다. 홍콩 박이 그렇게도 기다리던 배가 드디어 들어왔다. 그 일은 결코 남의 일일 수 없었다. 고맙게도 마지막 순간까지 그는 우리를 잊지 않았다. 그는 약속하고 선언했다. 조금만 참고 기다리라고. 그는 우리를 구원하러 오겠다고 약속했고, 자기의 약속을 지키기 위해 우리에게로 다시 올 것이다.

홍콩 박이 말하는 '구원'을 내놓고 입에 올리는 사람은 물론 없었지만, 그렇다고 그의 말을 '미친놈'의 횡설수설로 치부하는 사람도 또한 없었다. 겉으로는 웃으면서 속으로 긴장하는 경우가 있다. 겉으로는 아무 일 아닌 것처럼 헛폼을 잡아보지만, 속에서는 도무지 아무 일 아닌 것이 되지 않는 그런 경우가 있다. 설마 하면서 혹시 하는…… 우리가 그랬을 것이다. 우리는 그의 돌변한 태도를 목격했다. 지갑에서 빠져나오던 빳빳한 만 원권 지폐도 보았다. 그는 달라졌다. 그는 다른 사람이 되어 있었다. 그의 그런 변화는 홍콩에서 배가 들어오면 일어날 것으로 추측되고 예언된 것이었다. 그의 돌변을 달리 어떻게 설명하겠는가. 이전 것은 지나갔으니, 보라, 새사람이 되었도다…… 고백하거니와, 우리들도 홍콩 박 못지않게 홍콩 배를 기다리고 있었던 것이다. 물론 홍콩 박이 우리에게 그런 믿음을 갖도록 세뇌했다. 우리는 그에게 물들었다. 그의 믿음은 우리들에게 전도되었다. 그것이 전부였을까. 어쩌면 그런 기대는 그가 세뇌하기 전부터 우리들 내부에 자리하고 있었는지 모른다. 그가 그것을 밖에서 가져다 우리에게 안겨준 것이 아니라 우리 속에 있는 것을 불러일으켰을 뿐이라는 편이 사실에 가깝다. 그는 가져온 것이 아니라 일깨웠다. 이를테면 우리들이 그동안 막연하게 공유하고 있던 기대를 그가 조금 더 부풀리고 강화하여 하나의 체계로 만들어낸 것이다. 사정이 그러할진대 우리가 어떻게 홍콩 박의 약속을 무시할 수 있겠는가. 막말로 말해서, 기다리는 것쯤이야 누가 못 하겠는가, 그런 심정들이었다면 이해받을 수 있을까.

우리는 자주 회사를 떠난 홍콩 박을 회상하고, 홍콩에서 들어온 배를 떠올리고, 그가 우리에게 입버릇처럼 했던 약속에 대해 이야기했다. 우리는 대체로 점심 식사를 마친 후 커피를 마시면서 홍콩 박을 기억해내곤 했는데, 한 친구가 마치 큰 선심이라도 베푼다는 태도로 먼저 말을 꺼내면, 우리들의 입가로는 자기도 모르는 사이에 배시시 미소가 물리곤 했다. 믿지 않을지 모르지만 그때만큼 행복한 시간도 달리 없었다.

그러나 조금만 참으면 곧 돌아오겠노라고 스스로 약속하고 떠난 우리들의 메시아는 여러 날이 흘러도 나타나지 않았다. 세월은 속절없이 흘렀고, 우리는 그를 추억하며 세월을 견뎌야 했다. 홍콩 박이 간절하게 홍콩에서 들어올 배를 기다렸던 것처럼 이제 우리가 또 홍콩 박을 그렇게 기다리고 있다는 사실을 깨닫고 있었지만, 아무도 그 사실을 입 밖으로 발설하지는 않았다.

여러 달이 지나도 소식이 오지 않았기 때문에 마침내 우리는 홍콩 박이 홍콩에 건너갔을 것이라고 결론을 내리기에 이르렀다. 그런 식으로 우리는 자꾸만 하나의 체계를 만들고자 했다. 그것은, 그를 위해서가 아니라, 우리를 위해서였다. 우리가 위로받기 위해서였다. 그가 당장 나타나지 않는다면, 그가 당장 나타나지 않는 데 대한 그럴듯한 이론이 만들어져야 했다. 그것을 가지고 우리는 서로를 위안하며 버틸 것이었다.

우리는 그가 진정으로 홍콩에 갔기를 바랐다. 그래야 그가 홍콩에서 배를 타고 들어올 수 있기 때문이었다. 우리는 홍콩 박을 기다리고 있었는데, 그 기다림은 곧 홍콩에서 들어오는 배를 기다리는 홍콩 박의 믿음과 자연스럽게 결합했다. 그래서 우리는 우리의 상상 속에서 그를 홍콩으로 보냈다. 그리고 이제 홍콩에서 홍콩 박이 타고 오는 배를 기다리기 시작했다. 엄청나게 많은 붉은 등을 걸고 환히 불 밝힌 큰 배가 항구를 향해 들어오는 그림을 우리는 눈앞에 그려보곤 했다.

우리는 우리들의 참담한 현실을 버티는 유일한 동력과 이유가 홍콩 박과 홍콩 배에 대한 우리들의 기다림이라는 사실을 인정했다. 비로소 홍콩 박이 왜 그렇게 배를 기다려야 했는지 알 것 같은 심정이었다. 홍콩 박이 그 긴 세월 동안 이 직장에서 버티기 위해 필요했을 그 홍콩 배에 대한 기다림은 곧바로 우리의 것으로 바뀌었다. 그의 기다림은, 그러니까 만들어낸 허구의 체계일 수도 있었다. 실체가 없는 기다림일 수도 있었다. 그러나 아무도 그 점을 지적하지 않았다. 그 사실을 의식하지 못했기 때문이 아니라, 설령 그것이 인위적으로 만들어낸 것이라고 하더라도 달라질 것은 없다는 확신 때문이었다.

우리의 믿음이 거기에 이르렀으므로, 종국에는 홍콩 박이 소식을 보내오지 않는다든지 모습을 드러내지 않는다든지 하는 문제에 연연할 필요도 없어지고 말았다. 초기에는 그가 나타나는 것만이 우리들의 관심사였다. 그러나 그에 대한 믿음이 하나의 체계가 되고, 내재화되면서 이제 그는 오지 않아도 상관없는 존재가 되어버렸다. 아니, 오히려 오지 않는 편이 좋았다. 우리에게 필요한 것은 그가 홍콩에서 배를 타고 올 것이라는 믿음이었으니까. 그가 와서 우리를 구원할 것이라는 확신이었으니까. 그것으로 족했다. 따라서 그는 우리들을 위해 홍콩에서 배를 타고 와야 했지만, 그렇기 때문에 그는 우리를 위해서 오랫동안 우리 앞에 나타나지 않아야 했다. 그는 약속으로만 존재하면 되었다. 우리를 살게 하는 것은 그가 우리 앞에 나타날 것이라는 믿음이지, 우리 앞에 나타나버린 그의 존재가 아니었다. 우리는 구원자를 잃고 싶지 않았다.

세상에는 많은 일이 일어난다. 그 많은 일 가운데 사람의 뜻대로 되는 것이 몇이나 될까. 모든 일이 사람의 뜻대로 이루어지려면 최소한 모든 사람의 뜻이 같아야 한다. 그렇지 않으면 이 사람의 뜻과 저 사람의 뜻이 부딪치게 되고, 또 저 사람의 뜻과 그 사람의 뜻이 대결하게 된다. 백 사람이 백 개의 뜻을 가지고 있으면 뜻을 이루는 사람은 한 사람뿐이다. 백 사람이 열 개의 뜻을 가지고 있으면 확률은 조금 커져서 열 사람이 뜻을 이룬다. 설령 백 사람이 한 개의 뜻을 가지고 있다고 하더라도 확률은 절반을 넘지 못한다. 아무와도 뜻이 부딪치지 않는 경우에 사람의 반대편에는 신이 서 있다. 그래서 아무와도 거스르지 않는 지선의 의지도 이루어지거나 이루어지지 않거나 하는 것이다. 이를테면 그것이 존재하는 것들의 운명이다. 사정이 그러한데 제 뜻을 다 이루고 산다는 것을 어떻게 꿈이나 꿀 수 있으랴.

이야기를 계속하기 위해 청계천으로 가보자. 그날 나는 무엇 때문에 그곳에 갔을까. 아, 생각난다. 우리가 잡지를 찍던 인쇄소가 그 근방 어디에 있었다. 꽤 늦은 시간이었는데, 그 시간에 나는 마지막 필름 교정을 마치고 집으로 돌아가기 위해 그 길을 건너가고 있었을 것이다.

청계천은 언제 가봐도 분주하다. 사람만 그런 것이 아니라 물건들도 분주하다. 길거리마다 이런저런 물건들이 쌓여 있고, 으레 그런 곳이면 입심 좋은 장사꾼들이 있어서 소리소리 지르며 행인들을 끌어모으게 마련이었다. 나는 그런 풍경에 쉽게 유혹당하는 편이다. 청계천에 가면 발걸음이 저절로 늦춰지고 눈길이 좌우로 바삐 움직인다. 그날도 그랬다. 그날도 내 발걸음은 저절로 늦춰지고 내 눈길은 좌우로 바삐 움직였다. 그러다가 한 자리에 가서 발과 눈이 같이 멈췄다.

이상한 광경이 벌어지고 있었다. 약간 어두운 골목 쪽인데, 두 명의 가죽 점퍼를 입은 젊은 남자가 한 명의 양복을 입은 남자를 벽에 몰아붙여놓고 뭐라고 소리 지르며 위협을 가하고 있었다. 이 새끼, 저 새끼, 하는 상소리도 흘러나왔다. 두 남자 가운데 한 사람은 양복 입은 남자의 정강이를 툭툭 걷어차고 있었다. 그런데도 양복을 입은 남자는 고개를 꺾고 일방적으로 당하고만 있었다. 길 가던 사람들이 호기심으로 눈빛을 반짝거리며 모여들었다.

"왜 그러십니까?"

구경꾼들 가운데 한 사람이 참견하고 나섰다. 그러자 기다렸다는 듯 두 남자 가운데 한 명이 설명을 늘어놓기 시작했다.

"글쎄, 이게 죽을라고 환장한 놈이지, 우리한테 사기를 치지 않겠소. 뭐, 꼴에 지가 경찰이랍니다. 처음에는 속을 뻔했지요. 이 근방 경찰들 다 알고 이 영업 하는데, 어째 모르는 놈이 단속 나왔구나, 되게 재수 없네, 그렇게만 생각했는데, 그런데 이놈이, 그냥 봐줄 테니까 섹스 테이프를 야한 걸로다 두 개만 달라고 그러잖아요? 돈을 달라고 그러는 것도 아니고, 섹스 테이프를…… 어째 좀 수상타 했더니…… 그게 그렇게 보고 싶으면 돈을 주고 사서 보든지 말든지 해야 할 거 아닙니까? 양복은 쫙 빼입었는데, 지갑을 뒤져보니 이거 완전히 알거지예요. 이런 싸가지 없는 새끼를 그냥, 콱…… 우리 하는 일이 떳떳하지 못하다 보니 경찰에 넘길 수도 없고, 미치고 환장하겠다니까요."

그는, 정말로 기분이 몹시 상했는지 한 번 더 사내의 정강이를 걷어찼다. 사내는 처음 자세 그대로 도무지 반응이 없었다. 축 늘어진 꼴이 여간 볼썽사나운 것이 아니었다.

"오죽했으면 그랬을까, 괘씸하긴 해도 그냥 보내주시오. 젊은 친구가 안돼 보이는구먼."

"다른 수가 없지요. 성질 같아서는 뒈지게 패버리고 싶지만. 아유, 재수 없어……"

그것이 끝이었다. 두 남자는 사내를 땅바닥에 내동댕이치고 손을 탁탁 털며 돌아갔다. 양복 차림의 남자는 아무 말도 하지 않고 뭉그적거리며 몸을 일으키려 하였다. 어이없게도 그의 입가에는 미소가 걸려 있었다. 그 순간 나는 그를 알아보고 말았다. 하필이면 왜 그였을까. 하필이면 왜 나였을까. 왜 내가 그를 보아야 했을까…… 나는 내가 그를 본 사실을 부정하고 싶었다. 마음 같아서는 못 본 체 그냥 돌아서버리고 싶었다. 어쩌면 그렇게 하는 것이 그를 위해서나 나를 위해서 좋을 거라는 생각도 들었다.

그가 몸을 일으킴과 동시에 그곳에 몰려 있던 몇 명의 구경꾼들도 힐끗거리며 슬금슬금 뒷걸음질 치기 시작했다. 아무 일도 없었던 것처럼 무연한 눈빛으로 주변을 둘러보던 그는 곧장 내 쪽으로 걸어와 내 팔을 낚아챘다. 그는 진작부터 나를 알아본 것일까. 나는 별수 없이 그의 팔에 붙들려 나란히 걸었다.

"도대체 어떻게 된 거예요?"

얼마큼 따라 걷고 나서 내가 물었다.

"뭐가?"

"아까, 거기서요."

"그 자식들이 말한 대로야."

"정말로 경찰을 사칭했단 말예요?"

그와 나는 어제 만나고 오늘 또 만난 것처럼 자연스럽게 이야기를 주고받고 있었다. 그러면서도 나는 그 사실을 이상하게 생각하지 않고 있었다.

"그렇고말고. 다른 데서는 잘 통했는데, 그 새끼들이 좀 눈치가 빠른 놈들 같애. 그래도 그 자식들, 이걸 내가 훔쳐 온 건 모를걸. 히히."

홍콩 박은 야릇하게 웃으면서 허리띠 속으로 손을 쑥 집어넣더니 사타구니에서 수첩만 한 책을 한 권 꺼냈다. 자 봐, 하면서 책장을 넘기는데, 거기에 담겨 있는 것은 남자와 여자의 성기 부분을 확대한 사진들이었다. 누가 볼 것 같아서 나는 황급히 손바닥으로 덮었다.

"왜? 이런 거 안 좋아해?"

그는 예의 이상야릇한 웃음을 띤 채 내 얼굴을 빤히 쳐다보았다. 나는 그가 좀 끔찍스럽게 여겨졌다. 나는, 우리가 기다리던 홍콩 박이 이 사람이었던가, 하고 반문했다. 그래, 이런 사람이었지…… 하는 대답이 곧바로 나왔다. 부정하지 말자. 우리는 그가 어떤 종류의 사람인지를 잘 알고 있었다. 단지 그를 미화시키려 했을 뿐이었다. 그를 위해서가 아니라 우리를 위해서. 그래서 우리는 그렇게도 이 사람의 실체와 마주치는 걸 회피해온 것이 아닌가. 그러는 편이, 그에게가 아니라, 우리에게 유리했으니까. 따라서 그는 우리 앞에 나타날 필요가 없었던 것이다.

그런데 내 앞에 서 있는 이 사람은 허상이 아니다. 왜 이 사람은 내 앞에 나타나서 자신의 실체를 확인시키는가. 왜 그러는가…… 내 마음은 어두웠다. 알 수 없는 슬픔이 핏줄을 타고 일렁였다. 나도 모르게 주먹이 꼭 쥐어지고 그 주먹에 저절로 힘이 들어갔다. 나는 내 주먹이 그의 면상을 노리고 있다는 걸 알았다. 그러면 안 돼, 하고 내 안의 목소리가 외쳤다. 그러나 주먹이 조금 빨랐다. 주먹은 벌써 그의 얼굴에 가 꽂히고, 그의 코는 뻘건 피를 쏟아내고 있었다. 피를 흘리는 그의 얼굴을 멍한 표정으로 바라보는데, 그 순간에 문득 어떤 깨달음이 뒷머리를 쳤다. 나는 무려 9개월 동안이나 버티고 견뎠다. 결코 짧지 않은 세월이었다. 이제 나는 더 이상 버티지 않을 것이다. 아니, 더는 버틸 수 없을 것이다……

왜 그래? 하고 물은 사람은 홍콩 박이 아니었다. 길을 가던 할아버지가 젊은이들이 길거리에서 쌈박질을 하면 되느냐며 지팡이로 나의 어깻죽지를 때렸다. 홍콩 박은 말이 없었다. 그는 느닷없는 내 주먹 세례를 받고도 도무지 반응을 보이지 않았다. 조금 전 두 명의 젊은이에게 발길질을 당하면서도 그랬었다. 물론 그날 처음 본 모습은 아니었다. 같은 직장에 있을 때 그가 수없이 보여주었던 모습이었다. 사장에게서 무차별적인 공격을 당하면서도, 그는 언제나 그 모습으로 버텼다. 고개를 떨어뜨린 채 꼼짝달싹도 하지 않는, 그 특유의 비굴한 자세는 우리에게 너무 친숙했다. 그가 그 모습을 바꾼 적이 꼭 한 번 있었다. 직장을 떠나던 날, 사직서를 내밀며 그는 한없이 당당하게 문을 열고 나갔었다. 우리에게 홍콩에서 들어올 배에 대한 신념을 확실하게 심어준 날이었다. 아, 그때 그는 얼마나 믿음직스러웠던가. 우리들 속에서 그의 돌변한 모습은 신화가 되었다. 우리는 그 일을 추억하고 회고하고 기념하면서 그를 기다렸다. 벼르고 벼르던 그날이 마침내 왔구나, 이제 그는 더 이상 고개 숙이고 비굴하게 살지 않겠구나…… 그는 우리들로 하여금 그런 믿음을 갖게 했다. 그런데 이건 뭔가. 이건 아니다. 이건 아니다. 나는 자꾸만 고개를 절레절레 저었다.

나는 홍콩 박에게 홍콩에서 들어올 배에 대해 묻지 않았다. 묻지 않은 것은 물을 필요가 없었기 때문이다. 물을 필요가 없었던 것은 묻지 않고도 알 만했기 때문이었다. 마찬가지로 어느 겨울 저녁에 한 모텔 앞에서 목격했던 그 여자와의 관계가 어떻게 되었는지도 나는 묻지 않았다.

코피를 쏟으며 바닥에 주저앉아 있는 그의 몰골은 이상하게 나를 잔인하게 만들었다. 나는 그를 향해 티끌만큼의 동정심도 느끼지 않았다. 더 아무 말도 하지 않고 그를 길바닥에 그대로 방치한 채 돌아섰다. 마음은 칠흑처럼 어두웠고, 가슴속에선 알 수 없는 슬픔이 물결처럼 차올라왔다.

다음 날, 나는 내 결심을 실천했다. 하지만, 직장 동료들에게 내 결심의 배경이나 동기를 발설하는 짓은 하지 않았다. 그래선 안 된다는 것 정도는 알고 있었다. 혹시 눈치챈 사람이 있을지 모르고, 만일 그렇다면 어쩔 수 없는 일이지만, 공개적으로 그들의 믿음을 부수는 짓을 해선 안 된다고 나는 생각했다.

홍콩 박의 '여자'에 대한 정보를 내가 맨 마지막으로 알았던 것처럼, 그러고서도 나 혼자만 비밀을 알고 있는 양 의기양양해했던 것처럼, 어쩌면 최근의 홍콩 박에 대해서도 모두들 어떤 정보를 가지고 있는지 모를 일이었다. 이번에도 내가 맨 마지막일 수 있는 일이었다. 모두들 이미 알고 있으면서도, 알고 있는 바를 차마 공개하지 않고 있는 것이 아닐까. 이를테면 그런 식으로 안간힘을 쓰고 있는 것이 아닐까…… 이심전심으로 그런 합의들을 하고 있을 가능성은 얼마든지 있었다. 애초에 하나의 기다림을 공유하기로 했을 때의 상황이 그러하지 않았던가. 그렇다면 더욱 안 될 일이었다. 나는 저들의 믿음을 파괴할 자격이 없었다. 스스로의 의지에 의해서가 아니라면, 누구도 그런 믿음을 파괴당해선 안 될 일이었다. 오직 자신만이 자신의 믿음을 파괴할 수 있을 터였다. 그래야 할 것이었다.

나의 사직에 대해 누구 하나 까닭을 묻거나 아쉬움을 표해주지 않았다. 그것이 증거였다. 그들은 나에게 말을 시킴으로써 내 입에서 터져 나올 '누설'을 두려워하고 있었다. 나는 그렇게 생각했다. 그러고 보니 이전에 회사를 떠나는 동료 직원에 대해 나 역시 아무 관심을 기울이지 않았다는 사실이 떠올랐다. 자신도 의식하지 못하는 사이에 그 가공의 믿음을 지키려고 나 또한 안간힘을 쓰고 있었더란 말인가. 그런 깨달음이 쓸쓸하고 놀라웠다.

이곳에서는 떠나면 그만, 이름도 얼굴도 잊힌다. 모두들 이곳에서의 생활을 추억하고 싶어 하지 않기 때문일 것이다. 나 역시 그랬다. 나도 되도록 그때 일을 기억하지 않으려 했다. 아내는 내가 한때 그런 직장에 있었다는 사실조차 알지 못한다. 아내만이 아니라 내 주변에 있는 사람들 대부분이 그러하다. 물론 그것은 내가 말하지 않았기 때문이다. 텔레비전 뉴스 시간에 나온 홍콩 박의 느닷없는 얼굴만 아니었다면, 나는 이번에도 군이 그때 일을 되새김질하려고 하지 않았을 것이다.

나는 이 기록 속에 홍콩 박을 제외하고는 아무의 이름도 밝히지 않고 있다. 그것은 내 숨은 의식이 시킨 일이었다. 나는 왜 그런지 그들을 보호해주고 싶었다. 그들을 기억하지 않는 것이야말로 그들을 보호하는 길이라고 나는 생각한다. 나는 할 수만 있다면 홍콩 박 한 사람만을 기억하고자 했다. '기억'이라고 했지만, 엄밀히 말해서 이것은 사실의 기억은 아니다. 나는 사실을 복원하자고 옛날 일을 떠올린 것이 아니다(도대체 무엇 때문에 그 짓을 한단 말인가!). 나는 홍콩 박이라는 인물의 신화를 통해 한 시절에 우리가 공유했던, 할 수밖에 없었던, 함으로써 간신히 자신을 지켜나갈 수 있었던 하나의 마음 체계에 대해 말하고자 했을 뿐이었다. 기억이 부실하고 그 대신 사설이 많아진 것은 그 탓이다.

하지만 이젠 됐다. 나의 되새김질도 이젠 끝날 때가 되어

간다.

　물론 이것이 홍콩 박에 대한 내 이야기의 끝은 아니다. 나는 다시 상당히 많은 시간이 흐른 후 그에게서 전화를 받았다는 사실을 밝혀야겠다. 2, 3년의 세월은 족히 흐른 다음의 일이었을 것이다. 그때 나는 다른 직장에서 밥벌이를 하고 있었고, 그에 대한 기억도 까맣게 잊고 지내던 참이었다. 그랬으므로 그가 대뜸 "나, 홍콩 박이여" 했을 때, 더구나 그 음성이 어울리지 않게 크고 씩씩하게 들려왔을 때, 솔직히 많이 당황스러웠다. 무슨 말을 해야 할지 몰라 입을 열지 못하고 있는데, 그 어울리지 않게 씩씩한 목소리가 하하하, 하고 호탕한 웃음까지 보태고 있었다.

　"설마 나를 잊어버린 것은 아니겠지? 반가운 인사는 나중에 만나서 하기로 하고, 내가 전화 건 용건부터 툭 까놓고 이야기하겠네. 거시기, 요번 선거에 어떤 후보 찍을 것인지 결정했어? 새삼 말할 필요도 없지만, 우리 조국의 내일을 책임질 진짜 훌륭한 사람을 찍어야 돼. 진짜진짜 심사숙고해야 한다고. 이미 알고 있겠지만, ○번은 건강이 심히 의심스러워. 유세하는 도중에 두 번이나 졸도했대. 소문 안 나게 쉬쉬하지만, 그걸 모르는 사람이 어딨어? 그리고 □번은 천하가 다 아는 독불장군 아니여? 그 사람이 권력 잡으면 이 나라 말아먹을 거라는 건 불을 보듯 뻔한 거라고. 또 그동안 쌓인 한은 좀 많겠어? 그 한 다 쏟으면 이 나라 거덜 나지, 거덜 나. 안 그래?……"

　그는 듣는 사람은 안중에도 두지 않고 자기가 하고 싶은

258

말만 지껄여댔다. 어디까지 들어주어야 할지 감을 잡을 수가 없었지만, 딱히 참견할 말도 없었기 때문에 말을 끝맺을 때까지 가만히 기다려주기로 했다.

"나 있는 데는 어떻게 알았어요?"

이윽고 일사천리로 내뿜던 그의 장광설이 대충 마무리되는 듯싶어 내가 물었다.

"그까짓 것. 다 아는 수가 있지. 달나라에 가서 숨어보게. 거기로 전화 못 하나. 나, 요새 정치하네."

거기서 나는 하마터면 주책없이 웃음을 터뜨릴 뻔했다. 겨우 웃음을 참으면서, 그러나 비실비실 삐져나오는 자잘한 웃음 방울들을 그냥 입가에 깨문 채 장난스럽게 물었다.

"홍콩에서 배는 안 들어와요?"

나는 정말로 별생각 없이 장난삼아 그렇게 물은 것이었다. 그가, "나, 요새 정치하네"라고 말하는 순간, 문득 짓궂은 마음이 들었고, 이 덜떨어진 인간한테 장난이나 한번 쳐주자는 충동이 일었다. 이제는 세월이 제법 흘렀으므로 이 정도의 농담쯤은 아무렇지도 않을 거라고 짐작했던 것 같다. 그런데 그는 내 장난스러운 질문을 정색하고 받았다.

"걱정 마. 이제 가까웠어. 정말로 가까웠어. 기다리게. 배 들어오면 내 꼭 부를 테니."

그 말을 듣는 순간 내 눈앞으로 하나의 영상이 무슨 신호등처럼 떠올랐다. 몇 년 전에 풍은장 모텔 앞에서 보았던, 그 키가 작고 뚱뚱하고 못생기고 천박한 여자의 얼굴이었다. 그리고 이내 그 여자의 얼굴 위로 그가 뜬금없이 전화를 걸어와 열광적으로 지지를 부탁하는 한 후보의 얼굴이 겹쳤다. 이 사람은, 아, 이 사람은 끊임없이 자기 속에서 무언가를 만들어내는 사람이 아닌가. 무엇을 하기 위해서가 아니라 무엇을 하지 않기 위해서. 그리고 자기가 만든 그것을 붙들고 아슬아슬하게 이 세상을 버티고 있는 것이 아닌가. 나는 그의 '정치'가 현실의 정치가 아니라는 짐작을 쉽게 할 수 있었다. 그는, 왜 현실 속의 어떤 구체적인 줄을 붙잡을 생각을 하지 않는 것일까. 그는 언제나 그랬던 것처럼, 이번에도 제스처만 쓰고 있는 것이다. 그가 붙잡고 있는 줄은 현실 밖의 줄이고, 자기가 만든 줄이다. 어째서 그는 한사코 허상에 자기 몸을 의지하려고 하는 것일까. 그는 왜 엄연히 존재하는 현실을 신뢰하고 거기에 의지하는 대신 보이지 않는, 또는 오지 않는, 또는 아예 볼 수도 없고 올 수도 없는 가상에 집착하는 것일까……

나는 솟구치는 의문들을 말렸다. 그 순간 그가 한때 우리에게 약속했던 구원의 메시지가 나를 엄습해 왔기 때문이었다. 그를 따라, 그가 제시해 보여주는 마음의 체계에 한사코 매달리던, 매달려야 했던, 매달릴 수밖에 없었던 한 시절이 떠올랐기 때문이었다. 그 시절이 떠오르면서 문득 그럴 수밖에 없었던 정황들이 떠올랐기 때문이었다. 홍콩 박이 홍콩에서 들어올 배에 집착하고, 우리가 홍콩 박이 타고 들어올 배를 은밀하게 기다렸던 것은, 그러니까 우리가 홍콩에 살고 있지 않은 까닭이었다. 우리의 현실이 우리에게 이곳이 아닌 다른 세계를 꿈꾸게 한 까닭이었다. 그러니까 홍콩 박은, 우리와 마찬가지로, 아직도 홍콩에 이르지 못한 것이었다……

나는 그 허구의 체계 속으로 다시 끌려 들어가고 싶지 않았다. 그곳에 어느 정도의 진실이 숨 쉬고 있다고는 해도 그 시절을 다시 되풀이하고 싶지는 않았다. 나는 문득 그가 그곳에서 나를 데리러 온 사자인 양 여겨졌고, 그 때문에 정신이 번쩍 들었다.

그제야 오래전의 그 여자 소식을 묻고 싶어진 데에는 그런 마음의 움직임이 작용했다고 할 수 있다. 전에는 차마 물을 수 없었던 '그 여자'를 떳떳하게 질문함으로써 내가 그 세계로부터 완벽하게 빠져나왔음을, 이젠 더 이상 그 세계의 시민이 아님을 그와 나에게 똑바로 확인시키고 싶어졌으리라. 나는, 내 질문이 그의 마음을 너무 상하게 만들지 않기를 바라면서 조심스럽게 물었다.

"그때 그 여자분 있잖아요. 어떻게 되었지요?"

"누구?"

"왜, 직장 그만둘 무렵에 박 차장이 사귀던, 나이 많은⋯⋯"

못생기고 키가 작고 뚱뚱하고 천박하다는 말은 붙이지 않았다. 그런 설명이 뒤따르지 않아도 그는 충분히 알아들었을 것이었다.

"아, 그 여자? 말도 마. 생각만 해도 끔찍해. 자네만 알고 있으라고⋯⋯ 나이도 먹을 만큼 먹은 여자가 어찌나 밝히는지 감당을 할 수 있어야지. 아이구, 치 떨려. 그 여자한테서 도망하려고 한때는 배를 다 탔다니까."

거기까지가 그날 그에게서 전화로 들은 이야기였다. 그는 그 말을 끝으로 다른 데 또 전화를 넣어야 한다면서 서둘러 전화기를 내려놓아버렸다. 그것이 사실상 그와의 마지막 대화인 셈이었다. 그날 이후 그는 다시 전화도 걸어오지 않았고, 내 앞에 모습을 나타내지도 않았다. 그날 그가 전화로 한 말이 사실인지 아닌지는 물론 확인할 수 없는 노릇이었다.

나는 홍콩 박이 지지하라고 했던 후보에게 투표하지 않았다. 그 후보를 찍지 않은 데 별다른 이유는 없었다. 굳이 이유를 대라면 홍콩 박이 찍으라고 했기 때문일 것이다.

다시 많은 시간이 흘렀다. 나는 홍콩 박이 어디서 무얼 하는지 듣지 못했다. 가끔씩 그를 떠올리긴 했다. 그럴 때마다 '정치한다'던 그의 말이 상기되며 피식 웃음이 나오곤 했다. 그사이에 나는 다니던 직장에서 나처럼 평범한 여자를 만나 결혼을 하고 애도 낳았다. 그렇게 세월이 흘러갔다.

내가 결혼을 하고 애를 낳고 하는 동안 홍콩 박은 산 뱀을 밀수하는 밀수꾼이 되어 텔레비전 뉴스에 나왔다. 그는 배를 기다리다 못해 자기 스스로 홍콩에서 들어오는 배가 되고 싶었던 것일까. 그래서 배를 탔던 것일까. 그래서 동남아에 가고, 홍콩에 가고, 그래서 산 뱀을 배에 싣고 들어올 생각을 한 것일까. 그가 바라고 기다리던 배가 산 뱀을 가득 실은 배였을까. 그랬을까. 그런 식의 엉뚱스러운 의문들이 나의 마음을 거북하게 했다.

결혼하고 애 낳은 것이 무슨 죄란 말인가. 물론 아무도 나에게 그렇게 말하지 않았다. 그런데도 나는 어쩐 일인지 홍콩 박에게 죄를 지은 것 같은 기분이 든다. 나는, 밀수하다 붙잡힌 홍콩 박의 당당함을 설명할 수 없는 것처럼 결혼하고 애 낳으며 살아온 나의 죄의식 또한 설명할 수 없다.

그러고 보니 아직 못다 한 이야기가 하나 남아 있다. 홍콩 박의 신화를 완성하기 위해서는 아무래도 이 이야기를 마저

해야 할 것 같다.

　불과 며칠 전의 일이었다. 퇴근 준비들을 하느라고 어수선한 시간이었을 것이다. 나는 습관대로 화장실에 가서 담배를 한 대 빨고 손을 씻고 자리로 들어왔다. 대충 책상을 정리한 후 밖으로 나가면 그만이었다. 동작이 잽싼 친구들은 벌써 빠져나가고 사무실에는 몇 명 남아 있지 않았었다. 그때 마침 책상 위에서 전화벨이 울렸다. 누군가가 전화기를 집어 들었고, 나는 책상을 정리하면서 전화 내용에 귀를 기울였다. 혹시 나에게 걸려온 전화가 아닌가 싶어서였다.

　"누구요? 박홍달 씨요? 그런 사람 없는데요."

　전화를 받아 든 직원은 박홍달이라는 사람이 이 사무실에 근무하지 않는다는 사실을 밝혔다. 나는 문을 열고 나가려고 했다. 그런데 무언가가 나의 발목을 걸었다. 나는 발걸음을 멈췄고 몸을 돌려세웠다. 나의 발목을 잡은 것은 박홍달이라는 이름이었다. 낯설고도 낯익은 그 이름은 홍콩 박의 것이 아니던가. 하지만 알 수 없는 일이었다. 전화를 걸어온 사람이 박홍달이라면 모르지만, 박홍달을 찾고 있지 않은가? 이곳으로 전화를 걸어 박홍달을 바꿔달라고 할 사람이 누구란 말인가. 하기야 이름만 같을 뿐 다른 사람일 수도 있는 일이었다. 그런데도 나는 그 이름을 접하는 순간 홍콩 박을 찾는 전화임에 틀림없다는 이상스러운 확신을 받았다.

　"글쎄 그런 사람 없다니까요. 어디다 거셨어요. 회사 이름은 맞는데요, 사람은……" 하고 다소 짜증을 섞기 시작하는 동료를 물끄러미 바라보다가 나는 반사적으로 손을 내밀어 전화기를 받았다.

"누구신데 박홍달 씨를 찾습니까?"

"예, 저는 박홍달 씨 누이 되는 사람인데요, 급한 일이 있
어서 그래요. 좀 바꿔주세요. 거기로 전화하면 된다고 그랍디
다."

여자는 목소리가 높았고, 말이 빨랐다.

"박홍달 씨가 언제 이 번호를 알려주었나요?"

"꽤 오래되었는데요. 또 돈을 보내라고 해서 야단야단했
더니만 인제 취직했다면서 이 전화번호를 알려주데요."

"그랬군요. 한데 무슨 일인데요? 박홍달 씨가 지금 자리
에 없어서 그러는데 말씀을 하시면 전해드릴게요."

준비한 것도 아닌데, 그런 거짓말이 저절로 나왔다.

"예. 그러면 꼭 좀 전해주세요. 어머니가 위독하다고요.
어머니가 오빠를 찾는다고요. 세상에, 그래도 아들이라고, 얼
굴이라도 보고 싶다고 그런다고요……"

여자는 마지막 부분에서 조금 울먹였다. 나는 충분한 준
비 없이 갑작스럽게 떠맡은 배역이 당황스러워서 어찌할 바를
모르고 한동안 그냥 있었다. 여자는 오빠에게 원망이 많은 듯
했다. 그것을 참아내려고 하지만 잘 참아지지가 않는 듯했다.
그녀는 모르는 사람에게 제 감정을 주체하지 못한 자신이 민
망했는지 잠시 후에 훌쩍거림을 멈추며 억지로 웃음 띤 목소
리를 내어 미안하다고 했다. 그러곤 자기 집 전화번호를 알려
주며 꼭 좀 연락해달라고 몇 번이나 당부를 했다. 나는 그러마
고 약속했다. 나도 박홍달에게 연락할 길이 없다고 말할 수가
없었다.

나는 물론 그 약속을 지킬 수 없었다.

이틀 후 여자가 다시 전화를 걸어왔다. 그러나 그때 나는 "글쎄, 박홍달인지 홍당문지 그런 사람은 없다니까요" 하고 짜증을 내는 동료의 전화를 빼앗지 않았다. 나는 그의 목소리를 못 들은 체 책상에 얼굴을 묻고 내 일만 했다. 다른 방법이 없다고 스스로를 달랬다. 그렇게 하는 편이 모두에게 이롭다고 애써 자위했다. 그것이 불과 사흘 전의 일이었다.

　　텔레비전 뉴스 화면을 통해 홍콩 박의 엉뚱하게 당당한 얼굴을 대하는 순간에, 나는 지키지 못한 그 누이와의 약속을 떠올렸다. 위독하다는 그의 어머니와 그 소식을 전하며 울먹이던 여자를 생각했다. 누이는 이 뉴스를 보았을까. 그녀가 이 뉴스를 보는 편이 좋을까, 보지 않는 편이 좋을까. 나는 그 질문에 대답할 수 없었다. 하지만, 위독하다는 어머니, 간절하게 아들을 보고 싶다고 했다는 그의 어머니에게 생각이 미치자 대답이 저절로 만들어지는 듯했다. 어쩌면 그의 어머니는 벌써 이 세상 사람이 아닐지도 모르는 일이었다. 그렇더라도 홍콩 박은 그 사실을 알아야 하고, 만일 어머니가 아직 살아 있다면 더욱 알아야 했다. 그가 알지 못한다면 누군가가 알려주어야 했다. 내가 그의 누이에게 전화라도 걸어주어야겠다고 작정한 것은 그 때문이었다.

　　이튿날 아침에 나는 회사에 도착하자마자 내 책상 달력의 한 모서리에 적혀 있는 그녀의 전화번호를 확인하고 곧장 전화를 넣었다. 나는 지난번 일에 대해 사과부터 할 생각이었다. 사정이야 어찌 되었든 그녀에게 사실을 숨기고, 또 그렇게 간곡하게 당부한 여자의 부탁도 들어주지 않은 잘못이 나에게 있었다. 그러나 나는 그런 수고를 할 필요가 없었다. 그녀는 그사이에 벌써 모든 사정을 다 이해하고 있었다.

"오빠를 만났어요. 얼마 전에, 그러니까 그날 잡혀 들어간 모양인데, 경찰서에서 전화가 왔었어요. 공교롭게도 그날이 어머니가 임종한 날이었지요. 법보다 인정이라고 사정 이야기를 듣더니 어머니 영전에 절이나 하라고 경찰이 데리고 왔습디다. 그래, 이런저런 이야기를 들었어요. 지난번에는 미안도 하고 고맙기도 하고 그랬습니다. 나는 그것도 모르고, 오빠가 적어준 것만 믿고…… 우리 오빠, 사실은 대학도 다녔답니다. 공부도 픽 잘했지요. 그런데 대학 들어가더니 경찰서 몇 번 들락날락하고, 억지로 붙들려 군대 갔다 오고 그러더니 사람이 이상해져버렸어요. 착하고 똑똑한 사람이었는데, 우리 가족은 오빠만 바라고 살았는데, 오빠가 유일한 희망이었는데, 그 희망에다 모든 걸 다 걸고 모든 걸 희생하고 살았는데, 그 희망 때문에 그래도 괜찮았는데, 우리는 어쩌라고 저 모양이 되어버렸는지. 집에 있는 재산이란 재산은 모조리 탕진하고…… 우리 엄마 제 명에 못 죽게 하고, 누구를 원망해야 할지 모르겠어요……"

그녀는 누군가 하소연할 대상을 기다리고 있었던 사람 같았다. 중지하지 않는다면 그녀의 넋두리는 한없이 길어질 것만 같았다. 하지만 왜 중단해야 한단 말인가. 나는 그럴 이유를 가지고 있지 않았다. 나는 그러고 싶지 않았다. 나는 그녀가 속에 있는 것들을 모조리 꺼내놓기를 바랐다. 그리하여 마지막에는 맨 밑바닥에 있는 울음까지 뱉어내기를. 그 정도의 호의는 차라리 의무라고 생각하면서 나는 끝까지 그녀의 넋두리를 들었다. 그러는 동안 내 가슴속으로도 묵 같은 슬픔이 차올랐다. 부러 잊고 살았던 한 시절의 신화가 문득 고개를 치켜들고 일어서는 듯했다.

"그 위인이 뭐랬는지 알아요? 파렴치한 짓거리로 붙들려 들어간 몸이면서도, 그 와중에, 나한테, 조금만 기다리래요. 곧 좋은 시절이 온대요. 그때가 언젠지 알아요? 홍콩에서 배 들어올 때래요. 홍콩에서 배 들어오면 고생 끝이래요. 아직도 그 소리를 하고 다녀요. 도대체 홍콩에서는 배가 언제 들어와요? 그런 데서 배가 들어오긴 해요? 아니, 홍콩이라는 데가 있기는 한 거예요? 그게 어디예요? 그게 이 지구상 어디에 현실로 존재하는 땅이에요?……"

그녀는 마지막 부분에 가서 목소리를 죽였지만, 오히려 내게는 절규하는 것처럼 들렸다. 홍콩 박의 길고 한결같은, 그래서 안타깝고 슬픈 기다림이 가슴을 서늘하게 했다. 아, 그는 아직도 기다리고 있구나. 문득 하나의 그림이 내 눈앞에 그려지기 시작했다. 처음엔 조그맣고 흐릿했다. 그러다가 조금씩 크고 선명해졌다. 그것은 수천수만의 붉은 등을 내건 크고 넓은, 물고기 모양을 한 배였다. 수천수만의 붉은 등은 수천수만의 사람이 내건 등이었다. 파도는 숨을 죽이고, 피처럼 붉은 배는 움직이는 기척도 없이 바다를 헤엄쳐 오고 있었다. 나는 더 이상 그녀의 이야기를 듣고 있지 않았다.

동
굴

1.

    최근에 '무덤들의 계곡'에서 발견된 이 동굴은 여러모로 세인들의 관심을 끈다. 그 지역에 붙여진 '무덤들의 계곡'이라는 이름의 기원에 대해서는 아직 밝혀진 것이 없다. 원주민들은 그들이 태어나기 훨씬 전부터 그렇게 불러왔다고 말했다. 이 동굴은 잃어버린 양을 찾아 산속을 헤매고 다니던 한 양치기 소년에 의해 우연히 발견되었다. 이 동굴을 정밀하게 탐색한 학자들은 적어도 1만 5천 년 전의 선사인(先史人)의 흔적을 찾아내었다고 보고했다.

    학자들의 관심을 집중시킨 것은 동굴의 가장 안쪽 벽에 그려진 이상한 모양의 그림이었다. 이미 알려진 스페인의 알타미라 동굴이나 프랑스의 퐁 드 곰 동굴의 벽화보다 앞서거나 최소한 동일 시기의 것으로 추측되는 이 벽화는 보존 상태도 그리 나쁘지 않았다. 그림은 날개 달린 사람이었다. 남자인지 여자인지 잘 분간되지 않는 사람이 날개를 펼력이고 있다. 그러나 이 사람은 날지 못한다. 기이하게도 몸이 땅에 박혀 있기 때문이다. 금방이라도 하늘을 향해 날아갈 듯 날개를 펴고 있는 사람이 흡사 나무처럼 땅에 심겨 있는 것이다. 이 기묘한 형상의 그림은 여러 가지의 추측을 불러일으켰다. 당시에 죄를 지은 사람에게 가한 형벌의 일종이었을 것이라는 가정도 많은 추측 가운데 하나였다. 그러나 그 가정은 사람의 어깻죽지에 붙어 있는 날개의 존재에 대해서는 설명하지 못했다. 당연한 일이지만, 어떤 가정도 모든 사람의 지지를 받을 수는 없었다. 학자들은 이 그림에 베토벤의 교향곡 이름을 따서 '운명'이라는 제목을 붙였다.

—H.M.호프, 『예술가』 중에서

그가 전화를 걸어왔을 때 나는 H.M.호프의 소설을 번역하고 있었다. 이 낯선 작가는 나를 질리게 했다. 처음부터 내키지 않는 작업이었다. 그 때문인지 사흘째 집에 틀어박혀 있었지만 번역 일은 속도가 붙지 않았다. 앞으로 한 걸음 나아가면 뒤로 두 걸음쯤 돌이키는 형국이어서 영 재미가 없었다. 한마디로 지지부진이었다. 그 사흘 동안 H.M.호프의 소설만을 붙잡고 있었다는 뜻은 물론 아니다. 번역 일을 위해 집에 처박혀 있었다는 것은 사실이 아니다. 나는 그저 우연히 외출을 하지 않았을 뿐이다. 집에 혼자 있으면서 나는 번역에 매달리는 것보다 훨씬 많은 시간 동안 다른 책을 보거나 잠을 자거나 비디오를 보거나 했다.

소설은, 굳이 말하자면, 진지하고 무거운 편이었다. 이 소설가가 아프리카 출신이라는 사실이 믿기지 않을 정도였다. 이 말이 아프리카를 비하하는 뜻으로 들렸다면 그것은 나의 말하는 방식이 세련되지 않은 탓이다. 내 말의 의도는 H. M. 호프의 소설이 그 지역의 고유한 색채, 이를테면 원시적인 건강성 같은 것을 표현하는 대신 보편적인 관념 세계를 그리는 데 상당한 의욕을 과시하고 있다는 사실을 지적하려는 데 있었다. 트집 잡기 좋아하는 사람은 다시 또 아프리카 작가는 아프리카의 색깔만을 써야 한다는 이상한 선입견에 빠져 있다고 나를 공격할지 모른다. 그와 같은 혐의를 각오하고 말하자면, 나에게 아프리카는 아프리카이다. 그곳은 밀림과 야생 동물들과 검은 피부의 대륙이다. 그런 것이 거세된 아프리카는 도무지 상상이 되지 않는다. 의식하지 못하는 사이에 보편과 관념을 유럽의 부존 자원쯤으로 간주하고 있다는 비난이 전혀 터무니없는 것은 아니다. 하지만 어쩔 것인가. 그와 같은 편향된 사고 양식과 언어 습관이 우리가 오랫동안 서양을 선생으로 교육받아온 결과임을 부정할 생각은 없다.

H. M. 호프라는 소설가를 내게 소개해준 사람은 준이었다. 지금은 L. A. 근처의 소도시에서 컴퓨터 공학을 공부하고 있는 그는 컴퓨터 박사보다는 소설가가 되고 싶어 한 문학청년이었다. 모르긴 해도 아직 소설에 대한 욕심을 완전히 벗어버리진 못했으리라고 나는 생각한다. 그는 무서울 정도의 독서광이었고, 직접 말은 하지 않지만 실제로 소설 습작도 하는 눈치였다. 그는 미국으로 떠나기 전에 국내에서 발행되는 문학 서적 가운데 읽을 만하다고 판단되는 작품을 골라 한 달에 한 권씩만 보내달라고 내게 부탁했었다. 자기도 그곳에서 좋은 책을 발견하면 기꺼이 보내주겠다는 약속을 덧붙였다. 우

리들은 그 약속을 비교적 성실히 이행해온 편이었다. 그동안 나는 그에게 이청준과 양귀자, 이제하의 소설을 보냈다. 최승호와 박세현, 양선희의 시집도 보냈다. 그는 앨리스 워커와 보르헤스의 소설, 로버트 풀검의 에세이, 그리고 조지프 캠벨의 종교학 서적 등을 보내왔다. 그가 보내온 책 가운데 몇 권은 한두 달 만에 국내 출판사에 의해 번역되어 나와서 세계가 하나의 시장이라는 걸 실감하게 했다. 메리 히긴스 클라크의 추리소설 같은 것이 그 대표적인 예이다. 조금 쑥스럽지만 그 가운데는 내가 번역한 것도 한 권이 포함되어 있다.

내 속마음도 그랬지만, 준 역시 내게 책을 보내기로 했을 때, 꼭 그것만은 아니겠지만, 나의 밥벌이를 염두에 둔 측면이 없지 않았다. 솔직히 고백하자면, 나의 외국어 실력은 번역 일을 할 만한 수준이 아니다. 사전이 없으면 단 한 페이지도 제대로 번역해내지 못하는 실력인 것이다. 그런데도 내가 번역 일을 하는 것은, 그러니까 궁여지책이고, 더 정확히 말해서 호구지책인 셈이다. 번역을 하지 않고 소설만 쓰게 되기를 언제나 소원하지만, 내게는 그럴 능력이 있는 것 같지 않다. 앞으로도 그런 여건이 조성될 기미는 별로 보이지 않는다. 친구는 그 점을 잘 알고 있다. 그가 알고 있는 것은 내 문학의 가망 없는 한계이고, 또 더할 수 없이 가난한 내 호주머니 사정이다.

생활에 대한 성실성이 종종 문학에 대한 악덕으로 작용하는 걸 느낀다. 나는 이른바 생활을 위한 문학과 문학을 위한 생활 사이에서 아직도 갈등하고 있는 것이다. 내가 생각해도, 마흔이 되어서까지 사춘기 소녀 같은 고민을 하고 있는 내가 참으로 유치하고 답답하다.

어느 날 밤에 전화를 걸어온 준은 한참 동안 향수병을 호소하고 난 후, 지난번에 내가 보내준 박세현의 시집에 대한 소감을 다소 장황하게 늘어놓았다. 그 시인의 다른 시집이 있으면 더 받아보고 싶다고 말하는 것으로 보아 독후감이 썩 괜찮았던 모양이었다. 그리고 나서 그는 불쑥 H. M. 호프에 대해 아느냐고 물었다.

　"호프? 무슨 맥주 이름이야?"

　그는 나의 반문이 재미있다는 듯 낄낄대고 웃었다.

　"맥주가 아니고 사람 이름이야. 아프리카에서 온 소설가지. 특별한 분위기는 느껴지지 않는데 이상하게 매력이 있어. 그런대로 반응도 괜찮은 것 같고."

　"어떤 사람인데?"

　"나도 몰라. 나이가 이제 막 50이 되었고, 젊었을 때 영국에서 공부를 했다는 정도가 전부야. 책 제목은 '예술가'고. 모르긴 해도 너라면 꽤 흥미 있어 할 것 같은 느낌이 들어. 그것하고, 연금술에 대해 쓴 재미있는 책이 있는데, 같이 보내줄게."

　통화를 한 지 열흘쯤 되었을 때, 책이 도착했다. 'H. M. 호프의 소설들'이라는 부제가 붙은 그 책은 네 편의 길고 짧은 소설로 이루어져 있었는데, 책의 제목이 된 「예술가Artist」는 맨 앞에 실려 있었고 전체 분량의 절반이 넘었다. 우리말로 옮기면 2백 자 원고지로 6백 장은 될 것 같았다. 나는 습관적으로 앞뒤 장을 살피며 작가의 얼굴 사진을 찾았다. 뒤표지나 날개 쪽 어딘가에 글쓴이의 프로필이 실려 있으리라고 지레짐작했기 때문이었다. 그러나 사진은 고사하고 작가에 대한 어떤 정보도 찾아지지 않았다. '현대 아프리카 소설 문학의 자존심'

이라는 뜬구름 잡는 식의 찬사가 전부였다. 이렇게 생판 낯선 외국 작가의 소설집을 펴내면서 글 쓴 사람에 대한 이력을 한 줄도 밝히지 않은 출판사의 무신경과 불친절이 이해되지 않았다. 하기야 작가는 작품으로 말한다는 오래된 경구를 모르는 바는 아니다. 작가의 이력을 알고 있다는 것이 선입견으로 작용해서 작품을 이해하는 데 오히려 방해가 되는 경우도 없지는 않을 것이다. 그럼에도 불구하고 독자들은 하나의 작품을 읽기 전에 그 작품을 쓴 사람의 이력을 희미하게나마 먼저 알고자 한다. 글쓴이에 대한 기본적인 정보의 확보, 그것을 독서를 위한 준비 운동쯤으로 여긴다고 할까. 독자는, 막연하지만 떳떳하게 그럴 권리가 있다고 생각한다. 아무에게도 승인받지 못한 불법의 권리이다. 하지만 누가 이 권리를 영치(領置)할 것인가.

아마도 그와 같은 엉뚱한 권리에 대한 고집스러운 집착이 나로 하여금 뜻밖의, 별로 공개하고 싶지 않은 유치한 상상까지 하게 했을 것이다. H. M. 호프라는 위인이 실은 아프리카와는 아무런 상관도 없는 작자일지 모른다는 상상이 그것이다. 작자는 아프리카 여행을 한 번쯤 다녀온 경험이 있을지 모른다. 그 정도가 전부이지 않을까. 나는 그런 생각을 했다. 말하자면 자본주의 종주국의 문학 상인들이 신비감과 호기심을 자아내기 위해 가공의 인물을 내세워 '현대 아프리카 소설 문학의 자존심' 운운한 것일지도 모른다는 부질없는 의심이 꽤 오랫동안 가시지 않았다. 그의 작품들에 아프리카 지역의 고유한 정서 같은 것이 결여되어 있다는 독후감도 그 의심을 지지했다.

꼭 그것 때문만은 아니지만 나는 처음부터 그 책에 썩 마음이 끌리지가 않았다. 근거는 없지만 막연하게 싫었다. 내가 관심을 보일 거라는 준의 예상은 빗나간 셈이다. 그가 어째서 그런 생각을 했는지 모를 일이다. 몇 가지 짐작되는 바가 없는 것은 아니지만(그 가운데 가장 그럴싸한 것은 내 문학과의 어떤, 그가 생각하는, 유사성이다), 나는 끝내 만족한 결론을 이끌어내는 데는 실패했다.

책을 받은 첫날 여기저기 뒤적여보고는 아예 잊어버리고 지냈다. 날이 지남에 따라 읽어야 할 책은 책상의 면적을 자꾸만 좁혀왔고, 그 책은 새로운 책 더미에 묻혀 보이지도 않았다. 만일 내가 애초에 했던 상상대로 출판사에서 독자들의 호기심을 자아내고자 가공의 인물을 내세운 것이라면 그 기도는 일단, 적어도 나에게는 실패한 셈이다. 그들의 상술은 역작용을 일으켰다. 물론 출판사가 내가 추측하고 있는 것과 같은 야비한 장삿속을 가지고 있었다는 증거는 없다. 그것은 순전히 내 야비한 추측일 뿐이다.

사정이 그러했으므로, 그 우연한 술자리에서의 돌연한 기억의 회생이 없었다면 나는 준으로부터 H.M. 호프의 책을 받은 사실까지 잊어버렸을 것이다.

바람이 몹시 거세게 부는 날 저녁, 인사동의 어떤 음식점에서였다. 그날 낮에 나는 이웃 동네의 소극장으로 「폭풍의 언덕」이라는 영화를 보러 갔었는데, 표를 사기 위해 서 있는 동안 바람이 사납게 불어와 내 손에서 돈을 낚아채 가버렸다. 그리고 영화를 보는 내내 현실의 바람과 영화 속의 바람을 혼동

하곤 했었다. 어떤 일을 하기에 적합한 기후 조건이 있다는 뜻은 아니지만, 그날의 날씨야말로 「폭풍의 언덕」을 감상하기에 알맞았다. 그 거센 바람은 머릿속을 헤집고 들어와서 소용돌이를 일으켰다. 해가 질 무렵이 되어서는 등짝이 으슬으슬 떨리고 정신까지 어질어질해오는 것이어서 나는 저녁 약속을 무시하고 그만 집에 돌아가 이불을 뒤집어쓰고 누워버릴까도 생각했었다. 그러나 몇 차례나 전화를 걸어온 한 시인의 얼굴이 떠올라 생각을 고쳐먹었다.

밥을 먹으면서 술을 곁들여 담소를 나누기 좋도록 칸막이된 작은 방이 주어졌다. 긴 테이블을 마주하고 방바닥에 앉은 사람들은 연배가 비슷한 젊은 소설가 몇 명이었는데, 출판사 등록을 한 지 얼마 되지 않은, 같은 또래의 젊은 시인이 한 명 끼여 있었다. 거기 앉은 소설가 가운데 한 사람이 갓 태어난 신생출판사[출판사의 이름이 신생이었다. 새로 태어났다는 뜻과 함께 그것은 유신(兪新)이라는 그 시인의 본명이기도 했다]에서 첫번째 책을 얼마 전에 냈다. 그 소설가는 이름이 장춘(長春)인데, 시인이기도 한 출판사 사장 유신의 절친한 대학 친구라고 했다. 시인은 자기 출판사의 첫번째 책으로 친구의 장편소설을 내고 싶어 했고, 소설가는 또 소설가대로 친구의 출판사에 가장 먼저, 기꺼이 원고를 넘기고자 했다. 이 나라의 출판 행위가 이런 식의 끈적한 인간관계에 의해 이루어지고 있다는 것은 익히 잘 알려진 사실이다. 그만큼 인간적이라는 뜻도 되지만, 또 그만큼 구멍가게식이고 주먹구구라는 증거이기도 하다. 그 모임은 그러니까 첫번째 책의 출간을 기념할 겸해서 출판사 사장이 평소에 알고 지내던 사람들을 불러내서 만든 자리였다.

"여기 있는 모든 사람들이 다 우리 신생출판사의 편집위원이고 또 필자라는 걸 유념할 것. 나는 당신들 믿고 이 일 저지른 거야."

자리가 어느 만큼 무르익었을 때 유신이 술을 한 잔씩 돌리며 너스레를 떨었다.

"그거야 출판사 하기 나름이지. 안 그런가?"

장편소설을 펴낸 장본인이 껄껄 웃으며 친구의 말을 우회적으로 거들었다.

"편집장은 끼어드는 게 아니야. 발행인이 말씀하시는데."

유신이 과장되게 손짓을 해가며 장춘의 말을 가로막았다.

"뭐여? 편집장? 내가 네 밑에 들어가 편집장이나 하고 있을 사람이냐?"

"아니면 내가 너한테 경리 일이라도 맡길 줄 알았더냐? 택도 없다."

"어럽쇼! 저 능청. 그래, 책 장수 맘대로 지지고 볶고 술이나 받아라, 이 썩을 놈아."

분위기는 시종 자유분방하고 유쾌했다. 술맛이 부드럽고 달았다. 처들어오려던 몸살기도 어느새 달아나버린 것 같았다.

유신은 거기 모인 젊은 소설가들에게 남다른 애정을 표시했다. 다른 사람은 어땠는지 모르지만 나로서는 황송하다는 느낌이 들 정도의 호감이었다. 그는 이어서 자본의 논리에 지배당해가는 우리나라의 출판 행태를 성토해댔다. 돈으로 밀어붙여서 쓰레기를 비단으로 둔갑시키는 상술의 철면피함에 대한 신랄한 비난을 출판업자의 싱싱한 목소리로 듣는 일이 나

쁘지 않았다. 질 좋은 작가와 질 좋은 독자를 연결시키는 것이
신생출판사의 사명이라고 생각하며 그 일을 위해 그대들의 참
여와 도움이 필요하다는 그의 웅변은 어느 만큼 감동적이었
다. 그는 간접 화법으로 시류와 상업성에 휩쓸리지 않는 질 좋
은 출판사에의 의지를 피력했다. 그러나 물론 그때까지도 나
는 H. M. 호프에 생각이 미치지 않았다.

"좋아, 좋아. 다 공감한다고. 그런데 편집위원은 무얼 하
는 건데? 권한과 책무랄지 뭐 그런 것 말이야."

누군가가 그렇게 물었다. 술기운이 그의 혀를 말랑거리게
하고 있었다. 출판사 사장의 대답은 명쾌하고 또렷했다.

"편집위원은 기획하는 거고, 필자는 글을 쓰는 거지 뭐.
그대들은 좋은 글을 써서 주든지 빛나는 아이디어를 제공하든
지 해야 한단 말씀이지."

"이거 술인 줄 알았더니 약일세."

장춘은 약을 입속으로 들이부었다. 모두들 머리 꼭대기
가까이 술이 올라 있었다. 술이 한없이 들어갈 것만 같은 분위
기였다. 유신은 술병이 비워지기가 무섭게 새로운 술을 시키
곤 했다. 유신만이 비교적 정신이 멀쩡한 편이었다. 그 자리에
서 자신이 무슨 소리를 하는지 분명하게 알고 말하는 사람은
아마도 그밖에 없었을 것이다.

11시쯤 그곳을 나왔다. 밖에는 바람이 낮보다 조금 거세
게 불고 있었다. 술기운 탓인지 그닥 춥지는 않은데도 나는
무의식적으로 바바리 깃을 세웠다. 누군가가 몸을 앞뒤로 흔
들며 담벼락에 세워진 지프형 자동차의 바퀴에다 오줌을 누었
다. 기우뚱하게 서서 장춘이 그냥 헤어지긴 섭섭하다며 2차를

가자고 제안해왔다. 다른 사람이 손을 내저으며 손목을 가리
켰다.

"벌써 11시가 넘었어. 술집들도 금방 문을 닫는다고."

"바로 이 골목이야. 아주 가까워. 한 시간만 있다 나오지
뭐. 자, 따라들 오라고."

그냥 돌아서기는 어쩐지 아쉽다는 기분을 공유하고 있었
던가. 비틀거리면서 우리들은 말없이 그의 뒤를 따라갔다. 그
가 우리를 끌고 간 곳은 독일어 간판을 단 어떤 맥줏집이었다.
"여기가 내 후배의 사촌 형이 하는 곳이야"라고 장춘은 덧붙
였다. 그가 주인인 듯한 사람과 악수를 나누는 동안 다른 사람
들은 한가운데 있는 원탁에 자리를 잡고 앉았다.

"호프집이로구먼."

누군가가 좌우를 둘러보면서 그렇게 말했다. 템포가 빠
른 음악이 담배 연기 자욱한 실내를 맘껏 휘젓고 다녔다. 귀가
얼얼하다는 느낌이 맨 먼저 찾아왔고 그다음은 어쩐지 잘못
온 것 같다는 느낌이 일었다. 여기저기 대학생처럼 보이는 젊
은애들이 모여 있었는데, 그들은 비스듬히 앉아 몸짓들을 크
게 하며 이야기를 나누고 있었다. 음악 소리가 워낙 컸기 때문
에 목소리도 따라서 커질 수밖에 없었지만, 그렇게 한다고 해
서 의사소통이 잘되는 것 같지도 않았다. 하긴 어차피 의사소
통 따위는 중요하지 않을지 모른다는 생각도 들었다. 그런 걸
배려한 흔적은 아무 데서도 찾아지지 않았다. 이들에게는 의
사 소통이 언어를 매개로 할 필요가 없다는 쪽이 더 분명하지
않을까. 의사소통의 수단으로 대화밖에 염두에 두지 못하는
사람이 있고, 대화 이전의 원초적 수단을 알고 있는 사람이 있

다. 그렇게 볼 때 이 집은 대화 이전의 소통 수단에 민감한 사람들을 위한 집인 셈이었다.

H. M. 호프가 문득 나의 의식의 휘장을 젖히고 치솟아 오른 것은 그 어느 순간이었다. 신생출판사 발행인에 대한 호감 때문이라기보다는 아마도 내 정신이 술에 꽤 젖어 있었기 때문일 것이다. 나는 갑자기 거의 악을 쓰는 듯한 목소리로, 스스로도 잘 알지 못할 뿐만 아니라 별로 좋은 인상을 가지고 있지도 않은 그 낯선 작가에 대해 이것저것 장황하게 늘어놓기 시작했다. 나 자신도 이해하지 못하는 그 작가의 문학 세계에 대한 찬사가 내 입에서 술술 빠져나왔지만 나는 당황하지도 않았다. 그 역시 술기운 탓이겠지만, 나는 사람들이 나의 이야기에 귀를 기울이는지 어쩌는지도 살필 여유를 갖지 못했다. 주변의 소음 때문에 내 목소리는 턱없이 커졌고, 그 사실이 또 내게 이상한 힘을 불어넣어 나는 평소와는 달리 목소리를 한껏 높이고 있었다. 나는 그렇다 하더라도, 어이없는 것은 거기 앉은 다른 사람들의 태도였다. 갑자기 돌변한 나의 태도 때문이었을까, 그들은 뜻밖으로 진지해져서 조용히 내 이야기를 들었고, 가끔씩 짧은 질문을 던지기도 했다. "그럼 일종의 메타픽션인가?" 하고 누군가가 물었고, 그러면 나는 또 그의 소설을 정독한 것처럼 "꼭 그렇게 말할 순 없지만, 그런 요소가 없지 않은데, 이를테면……" 어쩌구저쩌구, 해도 그만 안 해도 그만인 말들을 늘어놓았다. 또 누군가가 "신화를 독자적으로 해석하는 데 유능한 사람인가 보군" 하고 말하면, "신화와 역사를 버무린다고나 할까, 말하자면, 신화를 역사처럼 쓰고 역사를 신화처럼 쓰는, 그리하여 종래에는 신화도 역사도

아닌……" 어쩌구 하며 나도 모를 소리를 쉼 없이 나불거렸다. 물론 그들의 엉뚱한 진지함은 전적으로 내게 그 책임이 있다. 나는 터무니없이 진지하고 열정적인 자세를 취하고 있었음에 틀림없다. 그들은 H. M. 호프에게 정통하다는 듯 자신만만하게 그의 문학을 전도(傳道)하는 나를 경청하지 않을 수 없었을 것이다. 도대체 어쩌자는 수작이었는지 도무지 모르겠다. 그 자리에 있었던 한 친구가 나중에 그때의 분위기를 들려주었는데, 그처럼 열변을 토하는 내 모습을 이전에는 한 번도 본 적이 없었노라고 했다. 그는 그때처럼 술에 취한 내 모습을 본 적이 없었노라는 말은 하지 않았다. 물론 모든 책임을 술기운에 떠넘길 뜻은 없다. 유감스럽게도 나는 지금 그 자리에서의 어이없는 내 행위의 쓴 열매를 따고 있는 중이다.

그때는 미처 짐작하지 못했지만, 나의 말만 들은 그들에게 H. M. 호프는 이 시대의 가장 뛰어난 소설가 가운데 한 사람으로 인식되었음에 틀림없다. 추측건대 이 땅에서 명색이 글줄이나 만진다고 자부하는 젊은 소설가들에게 나의 예외적인 장황한 웅변은 일종의 머쓱함과 부끄러움을 함께 선사했던 것 같다. 그리하여 유신으로 하여금 마침내 "그런 작가가 어째서 통 소개되지 않았을까?" 하고 의문을 품게 했다. 나는 또 그 이유에 대해 엉뚱한 장광설을 늘어놓았는데, 그 결정적인 이유는 H. M. 호프가 아프리카 출신이기 때문이라는 것이었다. 우선 아프리카에 대한 우리들의 문화적인 사시(斜視)가 가장 큰 문제이고, 또 현실적으로 그들 나라의 문학을 전공하는 학자가 도무지 없다는 점도 그 이유 가운데 하나라고 지적했다. 우리나라의 경우 외국 문학의 창구는 주로 영어권이나 불어권인데 그들 문화권에서도 아프리카 작가들에 대한 홀대는 별로 차이가 없다는 식의 언급을 했다. 나는, 『예술가』라는 이 작품이 미국에 처음 소개된 그의 책인 듯한데, 우리나라의 어떤 소설가의 경우를 예로 들며, 아마도 작가가 직접 영어로 써서 출판했을지 모른다는 추측을 덧붙였다. 청산유수였다. 하등의 거리낌도 없이 어쩌면 그럴 수 있었을까. 내 속에 무슨 귀신이 들어와 있었는지 모르겠다. 오랫동안 소설을 쓰지 못하고 있는 캄캄한 내 상상력이 그런 식으로 엉뚱한 출구를 만들었던 것이나 아닌지. 막다른 골목에 몰린 내 상상력의 절망적인 발악이나 혼신을 다한 고의적인 헛발질이라고 할 수 있을지, 어떨지.

그날 밤, 내가 술기운을 빌려 무슨 짓거리를 저지른 것인지를 상기시키는 친절한 전화가 이튿날 아침에 걸려왔다. 전화를 건 사람은 유신이었는데, 그때까지 이불 속에 누워 전날 밤에 혹사당한 몸과 정신을 달래고 있던 나와는 달리 그의 목소리는 쾌청하고 생기가 넘쳤다. 벌써 사무실에 나와 일을 시작한 모양이었다. 나는 우선 그의 체력에 기가 죽었다. 그는 의례적으로 내 몸의 안부를 물은 뒤 곧바로 그 이야기를 꺼냈다.

"어제 말한 그 소설 말이오."

그가 그렇게 말했을 때 나는 솔직히 그가 무슨 말을 하는지 눈치채지 못했다. 아침이 되었어도 술과 잠으로 뒤범벅된 머릿속은 시궁창처럼 혼탁하기만 했다.

"소설이라니, 뭘 말하는 거요?"

"그 왜 무슨 호폰지 하는 아프리카 작가 말이오."

나는 권투 글러브로 한 대 얻어맞은 듯한 기분이었다. 시궁창의 혼탁함을 뚫고 한 줄기 길이 희미하게 열렸다. 길은 험하고 사나워 보였다. 그 길을 따라 필름이 거꾸로 빠르게 돌았다. 나는 맥줏집에 앉아 되는 소리 안 되는 소리 마구 지껄이고 있는 술 취한 한 남자의 방만한 모습을 보았다. 얼굴이 화끈 달아올랐다. 나는 당황해서 말을 더듬었다.

"그, 그건, 어제, 내가, 뭐라고 그랬는지는 몰라도……"

"각설하고, 그 책 가지고 있지요? 우리, 출판합시다."

그는 앞질러도 한참을 앞질렀다. 나는 마치 상대가 내 앞에 있기라도 한 것처럼 급히 손을 내저었다. 나의 얼굴은 파렴치한 짓을 저지르다 들킨 것처럼 벌겋게 달아올랐다.

"아니에요. 어제 내가 술이 좀 심했던가 봐요. 실은 그 작가를 잘 몰라요. 소설도 제대로 읽지 않았고, 또."

"이거 왜 이러시나? 다른 데 이야기된 데 있어요? 이름 없는 출판사라고 그러기요?"

나의 변명은 뜻하지 않게 이상한 오해를 불러일으켰다. 나는 몇 번 더 나의 진심을 이해시키고자 했다. 그러나 그럴수록 상대는 오해의 골을 더 깊이 팠다. 나중에는 나의 말은 아예 들을 생각도 하지 않고 일방적으로 몰아붙이기만 했다. 질 좋은 출판사에 대한 그의 신조가 무슨 주문처럼 다시 주입되었다. 그러고는 스스로 원고 마감 날짜를 정하고, 출간 예정 날짜까지 통고했다. 저돌적이라는 평판은 전부터 들어 알고 있었지만 그 정도인지는 몰랐다. 나는 몹시 당혹스러웠다. 궁여지책으로, 그 책을 번역·출판하자면 저작권 문제가 해결되어야 할 것이라는 구실을 내놓아봤지만, 그런 사무적인 문제는 자신이 알아서 할 테니 염려 놓으라는 그의 호언(豪言)에

기가 꺾이고 말았다. 딴소리 말고 번역할 태세나 갖출 것, 그
것이 그의 한결같은 주문이었다. 나는 마침내 항복하고 말았
다. 어떻게 되겠지, 하는 안이한 생각이 슬그머니 마음 한구석
에서 고개를 들었다. 이게 무슨 사악하거나 부도덕한 문서도
아니지 않는가, 굳이 못 하겠다고 할 건 또 무어란 말인가, 그
런 생각이었다.

그렇게 해서 떠맡은 일감이었다. 예상은 했지만 만만한
작가가 아니었다. 게다가 나의 영어 실력은, 이미 밝혔듯이, 애
초에 번역으로 먹고살 수준이 아니었다. 그 소설은 번역가로
서의 나의 자격을 끊임없이 의심하게 했다. 나는 애를 먹고 있
었다. 그의 전화는 그 와중에 걸려왔다.

2.

그는 주술사의 아들이었다. 그는 심약했고, 체질이 허
약했다. 그의 운명은 태어나기 전부터 정해져 있었다. 그는
아비에게서 주술을 배워 익혔다. 아무도 그에게 수렵을 요
구하지 않았다. 사람들이 숲속으로 들어가 먹이를 사냥하고
있을 때, 그는 그들의 동족이 사냥을 잘할 수 있도록 그들의
먹이가 될 동물들을 그렸다. 창을 맞고 피를 흘리고 있는 산
양과 바닥에 쓰러져 누워 있는 들소의 그림이었다. 그들은
믿었다. 주술의 힘에 의해 실제의 동물들이 그들 앞에 굴복
할 것이라고. 이 수렵인들은 주술사에게 주술의 힘을 부여
받지 않고는 결코 사냥하러 나가지 않았다.

그는 자기 일을 사랑했다. 그는 다른 주술사와 같지 않았다. 그는 손재주가 있었고 사람들은 그의 그림 솜씨를 칭찬했다. 사람들은 그에게 와서 자연의 재앙과 적들의 위협으로부터 보호해달라고 요청했고, 그는 사람들의 몸에 여러 가지 모양의 그림을 그려주었다. 그림은 그들에게 있어 곧 주술이었다. 그는 해를 그리기도 하고 나무를 그리기도 하고 새를 그리기도 했다. 그러면 그것은 곧바로 그들을 외부의 재앙으로부터 지켜주는 신비한 능력의 표시가 되었다. 왜냐하면 그 그림을 그가 그렸기 때문이었다. 그는 주술사였다. 주술사가 아니고는 그림을 그리는 일이 허용되지 않았다. 그림을 그리는 것은 신성한 일이었다. 그것은 아름다움이라든가 오락적 기능과 관련된 행위가 아니었다. 그것은 주술적인 행위였다.

─H. M. 호프, 『예술가』 중에서

그를 만나러 가는 날은 아침부터 비가 뿌렸다. 바람도 제법 불었다. 우산은 내 몸을 보호해주지 못했다. 내가 가장 싫어하는 날씨였다. 이런 날은 외출을 하는 게 아니었다. 가장 그럴듯하기로는 온종일 빈둥거리면서 미스터리류의 비디오 영화에 빠지는 것이었다. 이런 날 그런 영화를 보고 있으면 시간이 가는 둥 마는 둥 한다. 밤이 낮의 시간 속으로 출몰했다가 스르르 낮과 뒤엉킨다. 낮도 없고 밤도 따로 없다. 안도 바깥도 경계가 되지 않는다. 신비스러운 최면 작용, 그렇게 하루가 잘 건너간다. 그러나 비디오도 없고 더구나 방 안에 눌어붙어 있을 수도 없다면 그런 호강은 기대하지 말아야 한다.

그가 지정한 시내의 호텔 커피숍에 도착했을 때, 바지는 비에 젖어 무릎 근처까지 축축했고 걸을 때마다 물기 묻은 바짓단이 살갗에 달라붙어 불쾌했다. 나는 호텔에 들어서는 마지막 순간까지도 그를 만나야 할 필요가 있는 것인지를 거듭 따져 물었다. 물론 새삼스러운 질문이다. 이미 그와 약속을 했고, 어떤 상황이든 한번 한 약속은 지켜져야 한다고 나는 생각해오고 있었다.

어떻게 그럴 수 있었을까. 나는 20년 가까운 세월 저편의 목소리를 금방 알아들었다. 그것은 참으로 기이하고 이상한 경험이었다. 자주 만나는 친구의 목소리도 얼른 알아차리지 못해 번번이 곤혹스러워 하던 나였다. 한데도 그의 목소리는 얼굴을 마주 보고 있는 것처럼 분명했다. 목소리에 얼굴이 붙어 있었다고 해야 할까. 하지만 어떻게 그럴 수 있었을까. 이제까지 살아오면서 나는 한 번도 그를 떠올려본 적이 없었다. 기억하고 싶지 않은 인물이라는 뜻으로 이렇게 말하는 것이 아니다. 그가 내 기억의 갈피 어딘가에 들어 있었다는 사실을 이해할 수 없다는 뜻이다. 그러나 나는 지금 진실을 왜곡하고 있는지 모른다. 그렇지 않다면 내 이름을 확인한 뒤 "내가 누군지 알겠어?" 하고 그가 물어온 순간 그의 얼굴이 확연하게 떠오른 사태를 어떻게 설명할 수 있겠는가. 물론 그 왜곡이 나의 의식이 간섭하기 어려운 영역의 작용이었을 것이라는 변명은 가능하다. 그리고 그 정도의 변명을 혐의의 대상으로 삼아서는 안 될 것이다. 사람에게는, 굳이 그럴 필요가 없다면 일부러 재생해내고 싶지 않은 기억이 있는 법이다. 그것들은 흔히 기억의 거푸집 속에 잠겨 있어서 누군가가 그 뚜껑을 열어주기만 하면 용수철처럼 튀어 오른다. 그가 이름을 말하기도 전에 나는 그의 이름을 상기해냈다. 김기홍. 그것이 용수철처럼 튀어 오른 그의 이름이었다. 뒤이어 내가 그에 대한 정보를 그렇게 분명하게 입력해 가지고 있다는 사실이 놀라울 정도로 또렷한 몇 개의 인상이 한꺼번에 영사(映寫)되어 나타났다. 그는 몇 번이나 반갑다고 말했고, 말하는 중간중간 다소 과장기가 느껴지는 부자연스러운 목소리로 껄껄 웃어대곤 했다. 그의 목소리에서는 기름기가 느껴졌다. 그러나 낭랑하고 두툼했다. 알겠다. 그를 단번에 상기시킨 것은 그 목소리였다. 정체를 알 수 없는 혐오감이 나의 몸과 정신을 움츠러들게 했다. 그 때문에 나는 의례적인 인사말에 불과한 줄 알면서도 반가움을 전하지 못했다. 그는 어디선가 보았노라고 하면서, 내가 소설을 쓴다는 게 사실이냐고 물었다. 나는 그렇다고 대답하면서 공연히 자신 없어져가지고 말을 더듬었다.

"뭐 그냥, 시원찮아."

"그거 잘됐다. 참 잘됐어. 고등학교 다닐 때부터 네 글재주는 알아줬으니까. 내 그럴 줄 알았지."

전화기 너머에서 그는 나의 손을 잡고 자꾸만 흔들었다. 그 순간 나의 몸과 정신이 한꺼번에 불편해지기 시작했다. 나는 자기감정을 과장하기 좋아하는 사람에 대해 본능적인 기피심리를 가지고 있는 편이다. 그런 사람에게는 얼른 신뢰가 가지 않는다. 금방이라도 자기 간을 빼줄 것처럼 구는 사람일수록 남의 간에 탐욕스레 눈독 들이고 있다는 것을 알고 있기 때문이다. 그가 내 손을 잡아 흔들면 흔들수록 내 손은 자꾸만 등 뒤로 돌아가 숨으려고 했다. 나는 지난 20년 세월의 안부를 묻는 것조차 인색해했다. 그에게는 미안하지만, 나는 그의 연락이 조금도 반갑지 않았던 것이다.

그러므로 나는 마땅히 그와 만날 약속을 하지 말았어야 했다. 그랬다면 아무 일도 일어나지 않았을 것이다. 그러지 못한 것은 순전히 내가 흐리멍덩하기 때문이다. 나는 매사에 맺고 끊지 못하는 용렬한 성격 탓에 마음에 없는 일로 이리저리 끌려다니곤 하는 맹추 축에 든다. H. M. 호프를 떠맡은 일만 해도 그런 경우였다. 진정으로 내키지 않았다면 분명한 의사표현을 하는 것으로 마무리 지을 수 있는 일이었다. 하지만 나는 종종 내가 어떤 일을 진정으로 내켜 하는지 그렇지 않은지조차 말할 수 없는 흐리멍덩한 상태에 곧잘 빠져들곤 했다.

그는 나의 기분 따위는 안중에도 없다는 듯한 태도를 견지했다. 그런 점에서도 그는 확실히 나와 달랐다. 그가 시간과 장소를 일방적으로 제시했을 때 나는 딱 부러지게 거절하지 못했다. 나중에는 십몇 년 만의 상면에 거듭거듭 기대감을 피력하는 그에게 나의 떨떠름함이 결례일 것만 같은 일종의 자책감까지 가세해서 그만 부정의 의사를 밝히지 못하게 했다.

그는 중앙에 앉아 있었다. 내가 바짓가랑이에 붙은 물방울을 털어내며 두리번거리고 있을 때, 정복 차림의 남자 안내원이 다가와 누구를 찾으러 왔느냐고 물었다. 나는 김기홍의 이름을 댔다. "아, 김 변호사요?" 하고 되받은 다음 그는 자기를 따라오라는 몸짓을 했다. 나는 손을 저어, 김 변호사는 내가 찾는 사람이 아니라고 말하려 했다. 그러나 다음 순간 바로 그가 무슨 일을 하고 있는지 알지 못한다는 생각이 들었다. 20년의 시간은 결코 짧지 않은 세월이었다. 그의 전화를 받은 후 그가 무슨 일을 하며 살고 있을까를 궁금해하지 않은 것은 아니었다. 아주 잠깐씩 그의 현재 모습을 그려보곤 했었다. 그러나 작정하고 관심을 기울인 것은 아니었다. 불쑥불쑥 그가 평범한 직장인은 아닐 것 같다는 생각을 했고, 어쩌면 꽤 규모가 큰 사업을 벌이고 있을지 모른다는 상상도 했었다. 왜 그랬는지, 변호사가 되어 있으리라는 상상은 유감스럽게도 해보지 않았었다. 나는 잠자코 정복 차림의 남자를 따라갔다.

그는 중앙에 앉아 있었다. 상상대로 말끔한 차림이었으며 혈색이 좋아 보였다. 그의 목소리를 금방 알아들었던 것처럼, 그의 얼굴 또한 금방 알아볼 수 있었다. 전보다는 몸에 살이 많이 붙었는데도 불구하고 그랬다. 내가 다가가자 그는 한쪽 손을 들어 보였는데, 그 곁에는 비슷한 또래의 남자가 얇은 가방을 무릎에 올리고 앉아 있었다. 그 남자는 안경을 썼고 깡마른 체격이어서 안경을 쓰지 않고 건장한 느낌을 주는 김기홍과는 퍽 대조적이었다. 김기홍이 손을 내밀었고, 우리는 악수를 했다. 깡마른 남자는 반쯤 일어나서 목례를 했다. 나도 그렇게 했다. "우리 사무장이네" 하고 김기홍이 건조한 목소리로 그를 소개했다.

정복 차림의 여자가 다가와 테이블 곁에 서자 김기홍은 인삼차를 시켰다. 사무장이라는 남자도 같은 걸 시켰다. 나는 커피를 주문했다. 여자가 무슨 커피를 마시겠느냐고 물었다. 나는 무슨 커피가 있느냐고 되물었다. 여자는 아이리시커피와 비엔나커피가 있다고 말했다. 나는 아무거나 달라고 했다. 여자는 잠시 머뭇거리는 눈치더니 아이리시커피를 가져오겠다면서 가볍게 목례를 하고 돌아서서 갔다.

그는 명함을 꺼내어 내 앞으로 내밀었다. 나는 명함을 받아 들고 그저 습관적으로 눈을 주었다. 명함의 왼쪽 꼭대기에 무궁화꽃처럼 생긴 마크가 금빛으로 새겨져 있었는데, 그 꽃 모양 안에는 좌우가 균형을 유지하고 있는 저울 그림이 조그맣게 그려져 있었다. 그가 "허허, 그 친구 옛날 그대롤세"라고 기름진 목소리를 내고 있을 때 나는 줄곧 그 도형에 눈을 주고 있었다. 처음 대하는 저울의 모양이 새삼스러웠다.

　　"보고 싶었어."

　　그가 내 손을 잡을 듯 앞으로 몸을 수그리며 말했다. 금색 도형 아래 한자로 그의 이름이 박혀 있었다. '辯護士 金基弘', 그 아래 사무실 주소와 전화번호, 팩시밀리 번호, 무선 호출기 번호가 길게 적혀 있었다. 그 자잘한 글자들은 눈에 잘 들어오지 않았다. 그 자리에서 내가 전화번호나 무선 호출기의 번호를 외고 있을 까닭이 없었다. 그러나 나는 명함에서 눈을 떼지 않았다. 건네받은 명함을 일별하지 않고 곧장 호주머니에 집어넣어버리는 것도 보기 좋은 일은 아닐 테지만, 무슨 결함이라도 찾아내려는 듯 그 조그만 종이쪽을 한참 동안 주의 깊게 들여다보고 있는 것도 썩 경우에 맞는 짓거리라고는 할 수 없을 것이었다. 그런 사람은 대체로 그것 말고는 달리 할 일이나 할 말이 없기 때문에 공연스레 진지함을 과장해서 명함에다 눈을 파묻고 있는 것이기 쉽다. 사실 내가 그랬다. 나는 필요 이상으로 긴 시간 동안 그의 명함을 들여다보는 일에 매달려 있었는데, 그것은 내가 그와의 대면에 부담을 느끼고 있다는 뜻이었다.

　　"사무실 연 지 한 5년 남짓 되었네."

명함만 들여다보고 있는 내가 신경 쓰이는지 그는 묻지도 않은 말을 했다. 그 말은 그만 명함에서 고개를 들라는 요청이기도 했다. 나는 고개를 들고 명함을 탁자 위에 올려놓았다.

"소설 쓴다는 것은 알고 있고, 그래 사는 게 어떤가?"

"소설도 그렇고, 사는 것도 그렇고, 지지부진이지 뭐."

내 목소리는 뜻 없이 심드렁했다.

"생활은 어렵지 않아? 가족은?"

나는 피곤을 느꼈다. 이 작자는 대로에서 남의 옷을 벗기려 하는가? 문득 그런 생각이 들었다. 역시 외출하지 않고 집에 틀어박혀 추리극이나 보고 지냈어야 한다는 후회가 울컥 치솟았다. 나는 입술을 비틀어 웃어 보이기만 했다. 알 만하다는 표정이 그의 얼굴을 스치고 지나갔다.

정복 차림의 여자가 커피와 인삼차를 내려놓는 바람에 잠시 말이 중단되었다. 곡명을 알 수 없는 빠른 바이올린 음악이 달음박질쳐 들어왔다. 그 음악은 키만 분별없이 커서 경중거리며 걷는 사내아이를 연상시켰다. 나는 커피를 마셨다. 아이리시커피에서는 독특한 향이 스며 나왔다. 그것은 커피의 향만도 아니고 설탕이나 크림의 냄새와도 달랐다. 무언가 다른 첨가물이 들어 있는 게 분명했다. 나는 그 첨가물의 이름을 알아내기 위해 커피액을 입안에서 음미하며 주의를 집중하였다. 그 때문에 나는 또 그의 말에 관심을 보이지 못했다. 내가 나의 커피 잔에서 위스키의 맛을 추출해낼 때까지 그는 거듭 나의 생활 형편과 가족 관계와 작업의 양 등등에 대해 물었다. 그 모든 질문들이 대부분 구체적이고 산술적인 답을 내놓기가 곤란한 것들이어서(적어도 그 자리에서의 나는 그렇게 느꼈다.

같은 질문에 대한 답이 상황과 상관없이 항상 동일한 것은 아니다. 어떤 경우에는 큰 것이 다른 경우에는 작을 수 있다. 어떤 경우에는 '예'인 것이 다른 경우에는 '아니오'일 수도 있다. 그 상황이란, 예컨대 질문자와 답변자의 관계이다) 나는 또렷한 답변을 하지 않았다. 아마도 나의 태도는 그에게 건성의 얼버무림으로 받아들여졌을 것이고, 그의 해석은 틀리지 않다. 따라서 그는 조금 기분이 나빠졌을 것이다. 나는 그렇게 생각했다. 그러나 그는, 적어도 표면적으로는 그런 내색을 보이지 않았다.

그리고 그는 무슨 말을 했던가. 나에게서 어떤 경계심을 읽었음일까, 그는 자기 자신에 대해 이야기하기 시작했다. 그는 7, 8년 동안의 짧지 않은 법무관 생활을 마치고 변호사 사무실을 개업했다고 말했다. 10년 전에 결혼을 했고, 지금은 아들만 둘을 두었으며 작은애가 유치원을 다닌다고 했고, 아내는 산부인과 의사라고 했다. 사무실에서 가까운 서초동의 어떤 아파트에 살고 있다는 말도 했다. 그리고 또 무슨 말을 했던가. 그는 두서 없이 과거의 기억들을 툭툭 꺼내었다. 그 가운데 어떤 것은 내 기억과 일치했고, 어떤 것은 그렇지 않았다. 그는 체육 시간이면 꾀병을 부려서 교실에 남으려고 했던 두 사람에 대해 이야기했다. 그 두 사람은 그와 나였다. 하굣길에 방죽에 누워 바라보던 하늘에 대해 이야기했다. 자전거포집 딸과 화학 선생의 연애 사건에 대해 이야기했다. 책가방에 늘 『플레이보이』 같은 잡지를 넣고 다니던 짱구라는 별명의 한 친구에 대해서도 이야기했다. 그 멀대같이 키만 큰 사내아이가 경중거리는 것 같은 바이올린 곡은 계속되고 있었다.

"짱구를 얼마 전에 만났지. 그 자식, 이태원 어디서 술집을 하고 있는데, 자기 가게에 술 먹으러 온 사람하고 시비를 벌이다 주먹을 날려서 반쯤 죽여놨어. 그 부인이 우리 사무장을 통해 변호사를 선임하지 않았겠어? 공교롭게도 그게 나였어. 접견하러 가보니까 글쎄, 그놈이지 뭐야. 세상이 참 얼마나 어이없고 재밌던지…… 그런데 말이야, 알고 봤더니 그 자식 벌써 별이 세 개야. 빼내기가 힘들더라고."

그래서 빼냈다는 것인지 빼내지 못했다는 것인지 그는 말하지 않았다. 나 역시 묻지 않았다. 그리고 그는 또 무슨 이야기인가를 더 했다. 그가 늘어놓는 추억담들 가운데 어떤 것은 내 기억 속에도 있는 것이었고, 어떤 것은 내 기억 속에 없는 것이었다. 어떤 것들은 또렷했고, 어떤 것들은 희미했다. 어떤 것들은 정확했고, 어떤 것들은 부정확했다. 그러나 나는 그의 틀린 기억을 바로잡아주지는 않았다. 내 마음은 처음부터 일관되게 건조하고 냉랭했다. 나 자신도 이해할 수 없는 막연한 초조감 같은 것이 시종 마음을 갑갑하게 붙잡고 있었다. 건너편에서 사선을 그으며 경사지게 내리꽂히는 사무장이라는 남자의 눈길도 불편하긴 마찬가지였다. 그는 그때까지 한마디도 꺼내지 않고 있었다. 어쩌면 벙어리일지 모른다는 생각이 들 정도였다. 나는 그가 도대체 왜 그 자리에 나와 앉아 있는 것인지 이해할 수가 없었다. 변호사라는 직업을 가진 사람들의 활동 영역을 잘 알지 못하고 있는 나에게도 사무장이 경호원이 아닌 바에야 언제든지 변호사 옆에 붙어 다녀야 할 필요가 있다고는 생각되지 않았다. 더구나 이처럼 개인적인 자리에 이유 없이 합석할 필요가 무엇이란 말인가.

나의 의문은 옳았고, 나의 판단은 틀렸다. 굳이 앉아 있을 필요가 없는 자리에 앉아 있다면, 그것은 그럴 만한 특별한 이유가 있기 때문일 것이다.

경망스러운 바이올린 음악이 끝났을 때 사무장이 차고 있는 무선 호출기에서 삐삐 소리가 났다. 사무장은 호출 신호를 보낸 전화번호를 확인하더니 그 자리에서 곧장 전화를 걸었다. 그는 그런 방법으로 자신이 벙어리가 아니라는 사실을 내게 알려주었다. 김기홍은 그때 고등학생 시절의 문학 발표회에 대해 막 이야기를 꺼낸 참이었다. 내 속에서 정체를 알 수 없는, 먼지처럼 무수히 많은 불안이 우우거리며 일제히 몸을 세우기 시작했다.

"참 어이없는 일이었지? 정작 당사자인 너는 안 되고. 그런 게 운명이란 걸까?"

그러나 그는 말을 잇지 못했다. 휴대전화를 탁자 위에 내려놓으며 사무장이 그에게 뭐라고 말을 했다. 내용은 정확하게 알아듣기 힘들었지만, 어딘가로 빨리 가봐야 할 일이 생겼다는 것을 알려주는 모양이었다. "상대가 워낙 깐깐해서……" "시간이 촉박한 일" 어쩌구 하는 사무장의 목소리가 들렸다. 김기홍이 "그것 하나 해결 못 한대?" 하고 짜증스럽게 되물었다. 사무장은 더 말하지 않았고, 그러자 김기홍은 나를 한번 힐끗 건너다보더니 "할 수 없지, 뭐" 하고 대꾸했다.

"어떡하지? 워낙 급한 일이라…… 사실은 내가 직접 너한테 말을 하려 했는데, 사설을 늘어놓느라고 꺼내지도 못했구나. 다시 만나 이야기하겠지만, 우선 우리 사무장한테 설명을 들어. 그게 좋겠어. 그리고 나를 좀 도와줘. 난 너를 믿어. 어떡하지? 미안해서. 워낙 급한 일이라 말이야. 조만간 꼭 만나자.

꼭 만나야 돼. 그럴 일이 있거든. 정말 반가웠어. 진심이야."

그는 내 손을 잡고 한동안 수다를 떨더니 자리에서 일어났다. 그러고는 사무장을 향해 갑자기 심각한 표정을 지어 보이며 잘 설명해드리라고 당부하는 것이었다. 사무장은 알았다고 대답하며 변호사를 따라 나갔다. 나도 일어나려고 했다. 그가 하는 말을 못 알아들은 것은 아니지만, 할 수만 있다면 그만 자리를 피하고 싶은 심정이었다. 솔직히 말하면 그때 내 머릿속에는 지난밤에 빌려둔 토머스 해리스 원작의 미스터리물을 보고 싶은 생각으로 충만해 있었다. 그러나 김기홍은 나를 도로 주저앉혔다. 내 팔에 가해지는 힘에서 나는 그의 의지를 읽었다. 아마도 차를 불러주러 갔던지 사무장은 잠시 후에 다시 돌아와 정중하게 목례를 하고 김기홍이 앉았던 자리에 앉았다.

3.

요청되는 것은 아름다움이 아니었다. 신성함이었다. 중요한 것은 개인이 아니라 집단이었다. 그의 위대한 재능은 마을 입구에 그려진 여러 개의, 거대한 그림에 잘 나타나 있다. 그것은 오래전부터 전해 내려오는 부족의 전설을 여러 장의 벽화로 그린 것이다. 사람들은 그 그림을 보며 후손들에게 위대한 부족의 역사를 가르쳤다.

——H. M. 호프, 『예술가』중에서

김기홍이 자리를 뜬 것은 우연히 발생한 일이 아니라 미리 짜놓은 각본이 아니었을까. 예컨대 그들은 나를 관중으로 하여 한 편의 짧은 연극을 공연한 게 아니었을까⋯⋯ 물론 처음부터 그런 의심을 한 것은 아니다. 사무장은 무선 호출기를 통해 연락을 받았고, 어딘가로 전화를 걸었고, 변호사에게 보고를 했다. 변호사는 조금 짜증이 난다는 듯 응수한 뒤, 이내 어쩔 수 없이 가봐야겠다며 자리에서 일어났었다. 그런 일들은 내 눈앞에서 벌어졌다. 그런데 그것들이 나를 관객으로 하여 상연되는 한 편의 연극이라고 어떻게 생각할 수 있겠는가. 그들이 내 앞에서 연극을 할 이유가 무엇이란 말인가⋯⋯ 그들이 내 앞에서 연극을 할 이유가 있다고 생각하지 않았으므로 그들이 내 앞에서 연극을 하고 있다는 의심 또한 당연히 생기지 않았다. 그러니까 그들이 내 앞에서 연극을 했을지도 모른다는 의심은, 이제 그들이 내 앞에서 연극을 할 이유를 가지고 있다는 사실을 내가 알아버린 데서 비롯하는 것이다. 나는 추측한다. 김기홍은 사무장에게 모종의 역할을 맡기고 무대에서 잠시 빠져나갔다. 중요한 인물의 일시적인 퇴장은 흔히 극의 흐름에 결정적인 영향을 미칠 수 있을 만큼 긴요한, 그러나 당사자에 의해서 직접적으로 주어져서는 안 되는 어떤 정보를 관객에게 효과적으로 전달하기 위한 기술적인 방법으로 쓰인다. 김기홍의 퇴장이 그러하지 않은가. 그는 퇴장했지만, 사무장을 남겨두고 퇴장했다. 그가 사무장이라는 위인을 애초에 호텔 커피숍에 데리고 나온 까닭도 이로써 분명해진다. 사무장은 주인공에 대해 중요한 정보를 제공하기 위한 목적으로 잠시 무대에 나온 조연 배우에 불과한 것이다. 김기홍은 자기 입으로 직접 말하는 것보다 다른 배우의 입을 빌려 말하는 쪽을 택했다. 그의 구상이 옳았던가에 대해서는 언급할 입장도 아니거니와 말할 생각도 없다.

사무장은 차를 한 잔 더 하겠느냐고 물었다. 나는 고개를 저어 거부의 의사를 밝혔다. 그가 나의 고갯짓을 보지 못했거나 거부의 의사를 이해하지 못했다고 생각하지 않는다. 그런데도 그는 정복 차림의 여자가 테이블 곁을 지나가자 인삼차와 커피를 한 잔씩 더 갖다달라고 주문했다. 나는 조금 당황했다. 어쩌면 얼굴이 약간 상기되었을지도 모른다. 이 자리에 이 상대와 남겨진 것이 결코 유쾌한 징조가 아닐 것이라는 직감이 스쳤다. 아까 김기홍과 함께 일어나버렸어야 하지 않았을까, 집에 가서 토머스 해리스의 비디오를…… 그런 생각이 오고 갔다. 그러나 나는 생각만 그렇게 하고 있을 뿐이었다. 차를 더 마실 생각이 없다는 뜻을 밝히지도 못했다. 주도권은 언제나 상대방에게 있었다. 상대방은 사람이거나 상황이다. 그리고 그 둘이 모두 나에게는 벅찬 대상이다. 나에게 만만한 것은 나밖에 없다. 어영부영 흐지부지, 내가 생각해도 나는 도무지 내가 맘에 들지 않는다.

그는 내 앞에 명함을 놓으며 "장인철입니다"라고 말했다. 이 사람은 지나치게 깍듯하다. 그의 깍듯함은 예컨대 직무를 수행하고 있는 것 같은 느낌을 주는 깍듯함이다. 그렇게 기계적이고 부자연스럽다. 나는 하릴없이 명함을 집어 들고 장인철이라는 이름을 확인했다.

"우리 변호사님께서 선생님 말씀을 많이 하셨습니다."

그는 그렇게 시작했다. 별로 옮기고 싶지 않은 의례적인

허사가 약간 지나치다 싶게 이어진 다음, 그 허사에 의해 고무
풍선처럼 공중으로 둥둥 띄워진 마음이 서서히 허전하고 불
편해져올 무렵쯤 해서 그는 자기에게 주어진 배역을 연기하
기 시작했다. 아니다, 그의 연기는 이전부터 시작되었었다. 단
지 그 순간에 이르러서야 내가 그의 연기를 의식하게 된 것뿐
이다. 내가 둔하지 않다면 그의 연기가 능숙하다고 해야 할 것
이다. 그러나 그의 연기가 능숙하다고 말하기는 어려울 것 같
다. 아무래도 그가 연기를 하고 있다는 사실조차 눈치채지 못
한 내 쪽의 둔감을 지적해야 하지 않을까.

　그런 건 그리 중요하지 않을지 모른다. 그는 자신에게 주
어진 배역을 성실히 소화해냈고, 그 덕택으로 나는 김기홍에
대한, 김기홍이 내게 알리고자 한 정보들을 얻어내었다. 그러
나 그것들은 내가 갖고자 했던 정보가 아니었고, 내가 필요로
한 정보도 아니었다.

　무엇보다 내가 놀라고 당황한 것은 김기홍의 의도가 나를
관객의 자리에 놓아두지 않고 무대 위로 끌어 올리려 한다는
사실을 깨달았기 때문이었다. 그가 사무장만 남기고 무대를
떠난 것은 극의 진행을 잘 이해하도록 하기 위한 배려에서가
아니라, 사무장으로 하여금 나를 무대 위로 끌어 올리도록 하
기 위해서였던 것이다. 나는 그 사실을 어렵지 않게 깨달을 수
있었다.

　"참신하다는 것은 때 묻지 않고 깨끗하다는 인상을 주기
는 하지만, 또 동시에 대중적인 지명도가 약하다는 결점을 어
쩔 수 없이 떠안지 않을 수 없습니다. 아무리 능력 있고 도덕
적으로 깨끗하여 자질을 갖추었다고 하더라도 사람들에게 그

가 누구인지를 알게 하지 않으면 아무 소용이 없는 일이지요. 우리 변호사님이 그런 입장에 놓여 있습니다. 변호사님께서는 이번에 정치에 입문할 것입니다. 공천을 얻기 위해 노력하고 있는데 그쪽에서는 매우 참신한 인물로 평가하고 있습니다."

그는 지름길을 택하는 쪽보다 한없이 우회하여 아주 조금씩 중심을 향해 접근해가는 전략을 썼다. 그는 우회하는 행보의 이점을 알고 있는 자였다. 마치 토끼몰이꾼들이 멀리에서부터 천천히 간격을 좁혀 토끼를 함정에 몰아넣듯이 그는 그렇게 서두르지 않고 함정으로 유인해갔다.

김기홍은 정치를 꿈꾼다. 그는 잘 알려진 인물이 아니다. 그렇기 때문에 그의 이름을 대중적이게 만들어야 한다(내게는 토끼몰이꾼의 지혜가 없다. 나는 우회해서 말하는 데 서툴다). 그러기 위해서 김기홍은 책을 생각한다. 자기가 살아온 이야기도 전하고 또 자기가 가지고 있는 생각과 포부도 '진솔하게' 밝힐 수 있는 그런 자기 선전류의 책을 한 권 내었으면 하고 생각한다. 최근 정치권에서는 흔히 일어나는 일이다. 그러나 그 일을 그가 직접 하기는 어렵다. 그는 워낙 바빠서 책상 앞에 앉아 글이나 쓰고 있을 수가 없다. 김기홍은 믿음과 호의를 가지고 자신의 일을 도와줄 어떤 사람이 필요하다. 물론 그 사람은 글재주가 있어야 한다. 그래서 내가 그의 전화를 받게 되었다.

"그래서 선생님께 부탁을 드리는 것입니다. 변호사님께서는 선생님께 대하여 매우 깊은 우정과 특별한 믿음을 가지고 있다고 말씀하셨습니다."

사무장은 토끼몰이꾼답다. 토끼의 다리가 그물에 걸려 허우적거리고 있는 이상 더는 머뭇거릴 이유가 없다고 판단했음에 틀림없다. 정신 못 차리게 휘몰아쳐서 결정적인 타격을 안겨야 할 것이다. 그는 나의 의사 따위는 묻지 않는다. 그 문제에 대해서는 이미 의견 교환이 끝난 것처럼 기정사실화하고 훌쩍 건너뛰기를 한다. 나는 그것이 의도적인 생략임을 의심하지 않는다. 이제까지의 남다른 예의 바름에 비추어 볼 때 그의 그와 같은 결례는 자연스럽지 않다. 아니면, 지나치게 예의 바른 이제까지의 그의 태도가 억지였던가. 어느 쪽이든 유쾌하지 않기는 마찬가지다.

"짐작하시는 바와 같이 시간이 별로 없습니다. 바쁜 일이 많으시겠지만, 우선 다른 일은 제쳐놓고 이 일을 서둘러주셨으면 합니다. 일의 효율을 높이고 또 보안을 기한다는 뜻에서 방을 하나 얻었습니다. 기간이 얼마나 걸릴지는……"

"아니, 잠깐만요."

나는 더는 듣고만 있을 수가 없어서 그의 말을 중단하고 나섰다. 해도 너무한다는 생각이었고, 그냥 두었다가는 어느 벼랑으로 몰릴지 모르겠다는 우려가 생겨난 참이었다. 나는 누구에게든 어떤 종류의 제안도 받은 적이 없으며, 당연히 어떤 일을 하기로 승낙한 적도 없다는 사실을 상기시켰다. 또한 이런 유의 일을 한 번도 해본 적이 없고, 할 줄도 모르며, 할 생각도 없다는 의견을 완곡하면서도 분명하게 전했다. 내가 이야기를 하는 동안 상대는 예의 예의 바른 태도로 조용히 듣고 있었다. 나는 말을 하다 말고 중간에 가만히 고개를 들어 그의 표정을 살폈는데, 그가 아주 진지한 눈빛으로 입가에는 희미한 미소까지 띠고 내 얼굴을 빤히 쳐다보고 있었기 때문에 그 이상한 의연함에 갑자기 당황스러워져서 그만 그때까지의 분기(憤氣)를 잃고 어물어물 말꼬리를 흐려버렸다.

"……그러니까 제 말은 이런 성격의 일이 익숙하지 않다는 거지요. 그 친구한테서 들은 바가 없고…… 무턱대고 말씀을 그렇게 꺼내시면 당황스럽지 않겠습니까?"

그는 내 이야기를 다 들었다. 내가 말을 중단하자 이제 할 말을 다했느냐는 표정으로 바라보더니 이윽고 고개를 천천히 끄덕였다.

"물론 그러시겠지요. 하지만 친구분이 아니십니까?"

"그야, 그렇지요."

나는 나 자신이 또렷한 계기도 없이 갑작스레 수세에 몰렸다는 걸 깨달았다. 그러나 그 깨달음은 아무 도움도 주지 않았다. 그는 조금도 흐트러짐이 없어 보였다. 그는 처음처럼 여전히 의젓했고 깍듯했으며 또 진지했다.

"그것은 제가 개입할 문제가 아닌 듯싶습니다. 그 문제를 거론하는 것은 제 권한을 초과하는 일입니다. 왜냐하면 선생님은 변호사님의 친구이지 제 친구가 아니기 때문입니다. 선생님을 모시기로 결정한 사람은 제가 아닙니다. 저는 지시받은 일만 합니다. 저에게 맡겨진 일은 지극히 사무적인 것뿐입니다. 예컨대 이런 겁니다. 집필실로 쓸 수 있는 공간을 마련하고, 가능한 한 함께 기거하면서 선생님께서 집필하는 데 필요로 하는 자료들을 제공하고, 기타 여러 가지 면에서 불편하지 않도록 돕는 것입니다. 변호사님께서는 우선 이걸 착수금으로 드리라고 했습니다. 이건 선생님이 받으실 돈의 일부입니다."

사무장은 내 앞으로 흰 봉투를 내밀었다. '착수금'이라는
몹시 생경한 단어가 귓속을 뱅뱅 돌았다. 날벌레가 귓구멍 속
으로 날아 들어간 것처럼 불안하고 꿉꿉했다. 여태 일어나지
않고 앉아 있는 자신을 다시금 나무랐다. 나는 나의 의사는 상
관하지 않고 치닫는 그의 돌진에 한없이 밀리기만 하는 자신
을 한심스러워하고 있었다. 그 통에 적절하게 응수할 길을 찾
지 못하고 있는데 상대가 내쳐 일격을 가해왔다.

"액수를 확인하시고 사인을 좀 해주시겠습니까?"

그가 무슨 말을 하는가…… 나는 예고 없이 날아온 뭉툭
한 둔기에 대책 없이 머리를 얻어맞은 기분이었다. 곤혹스러
워하는 나의 심사와는 상관없이 그는 아직도 진지하고 여전
히 의젓했다. 피부 속에 따뜻한 피가 도는 사람이라면 어떻게
저럴 수 있을까 싶게 시종 변화도 없고 흔들림도 없었다. 원격
조정되는 기계 인간을 대하는 듯해서 가슴이 다 서늘해지려
했다. 내가 어이없다는 듯 멍한 시선으로 그의 얼굴을 바라보
는데도 그는 끄떡도 하지 않았다. 그는 덧붙였다.

"사무적인 일이라서요."

"선생의 사무인지는 몰라도 나의 사무는 아닌 듯합니다.
가서 김기홍 변호사한테 전하세요. 나는 그런 제안을 받은 적
도, 승낙한 적도 없으므로 따라서 이런 돈을 받을 이유가 없다
고 말이오."

"그렇지 않습니다, 선생님. 그런 문제는 두 분이서 해결할
일이고, 이 돈은 받으셔야 합니다. 저는 사무적인 일만 처리하
도록 되어 있습니다."

그는 막무가내였다. 나는 더 이상 그와 대화하는 일이 무

의미하다고 판단했다. 너무 더디고 힘들게 이끌려 나온 깨달음이었다. 김기홍이 이 친구를 남겨둔 사정도 얼추 짐작이 되었다. 자기 손을 더럽히기는 싫지만 쓰레기는 치워야 하는 상황이란, 특히 김기홍과 같은 직업을 가진 사람에게는 다반사일 것이다. 군소리 없이 쓰레기 속에 손을 집어넣을 줄 아는 이런 친구는 얼마나 유용한가. 이 일도 실상은 쓰레기 치우기 수준 이상은 아닌 것이다. 나는 몸을 일으켜 세웠다. 상대가 따라서 몸을 일으켜 세우는가 싶더니 양손으로 내 어깨를 잡아 그대로 주저앉혔다. 가볍게 누르는 듯했으나 의외로 힘이 느껴졌다. 나는 도로 털썩 주저앉았다. 그 완력에서 은근하면서도 완강한 의지가 읽혔다. 그 의지는 김기홍의 의지로 자연스럽게 이첩되었다. 김기홍 또한 조금 전에 이곳을 떠날 때 일어나려는 나의 몸을 이상하게 힘이 느껴지는 손으로 주저앉혔었다. 나는 무슨 짓이냐는 듯 그가 짚었던 어깨를 툭툭 털며 그를 바라보았다. 그는 김기홍이 그랬던 것처럼 제자리에 앉지 않았다. 그 자세로 눈앞에 선 채 나를 내려다보면서 나지막하게, 그러나 여전히 흔들림 없는 목소리로, 마치 무슨 보고서를 읽듯 말하는 것이었다.

"영수증은 다음에 받겠습니다. 저는 오늘 제 일을 마쳤습니다. 집필실은 한강 변에 있는 호텔로 잡았습니다. 우선 한 달간 임대를 했습니다. 리버플라워 호텔 1205호입니다. 내일 이후라면 언제라도 쓸 수 있습니다."

그렇게 말하고 나서 그는 재빨리 돌아서더니 성큼성큼 걸어서 커피숍을 나가버렸다. 나는 몸을 일으키려 했다. 몸을 일으키며 이런 경우가 어디 있느냐고 화를 내려 했다. 실제로 나는 "이것 봐요" 하고 외치며 손을 흔들었다. 그러나 그는 들은 체도 하지 않았고, 돌아보지도 않았다. 그것이 내가 할 수 있는 항의의 전부였다. 그는 벌써 입구 쪽에 놓인 커다란 열대수 화분 사이로 몸을 감추고 있었다. 책상 위에는 조롱이라도 하는 것 같은 모습으로 흰 봉투가 입을 벌리고 누워 있었다. 징 그러운 벌레라도 바라보는 것처럼 저절로 눈살이 찌푸려졌다.

4.

추장은 그를 벌했다. 요청된 것은 아름다움이 아니라 신성함이었다. 중요한 것은 개인의 감정이 아니라 집단의 정서였다. 그는 규례를 범했다. 그는 어둡고 깊은 동굴에 갇혔다. 그곳은 공동체에 위해(危害)한 자를 상당한 기간 동안 격리시키는 감옥이었다. 그곳에 들어가면 목숨을 연명할 수 있을 만큼의 음식만 공급되었다. 그는 주술사로서 신성을 모독하고, 개인의 감정을 절제하지 못한 과오의 대가를 치러야 했다. 그는 그에게 허용되지 않은 그림을 그렸다. 그는 여자를 그렸다. 그가 사모하는 여자였다. 그것은 불경한 일이었다. 그림을 그리는 것은 주술적인 행위였다. 그것은 신성한 일이었다. 여자를 욕망하는 것은 주술사에게 허용된 일이 아니었다.

—H. M. 호프, 『예술가』중에서

내가 직면한 상황 속으로 나와 똑같은 각오로 뛰어들어올 사람이 있을까. 나는 고개를 젓는다. 타인은 벽이다. 아무리 얇은 벽도 벽이 아닐 수는 없다. 구약 성경 속의 욥의 이야기는 좋은 본보기를 제공해준다. 그는 누구보다 의로운 사람이었다. 그가 의로운 사람이라는 것은 세상이 다 아는 사실이었다. 그러나 그에게 재난이 닥쳤을 때, 그 재난의 현실 속에서 괴로워하고 있는 욥을 찾아온 그의 친구들은 건성으로 위로의 말을 던지고는 인과응보 따위의 지극히 상식적인, 따라서 그만큼 추상적인 논리를 앞세워 욥의 재난을 당연시하려 했다. 재난의 이유와 목적에 대한 형이상학적인 논의를 장황하게 벌임으로써 그들은 현실의 재난을 추상화시키는 데 성공한다. 욥의 상황은 최악이다. 그러나 누구도 욥의 상황을 욥처럼 인식하지는 않는다. 왜 그런가. 욥의 상황은 그들의 상황이 아니기 때문이다. 욥은 욥이고 그들은 그들이기 때문이다. 어쩔 수 없는 사람 사이의 벽, 넘을 수 없는…… 사람들이 불구경이나 싸움 구경을 태연하게 할 수 있는 것은 이런 이유 때문이다.

물론 다급한 상황 속에 빠져 있는 사람의 의식이 턱없이 과장되어 있을 수 있다. 객관적으로(객관적으로라니? 이런 말이 사람 감정의 수위를 드러내는 데 가당키나 한 것일까? 그래도 혹시 가능하다면) 별 대수롭지 않은 일을 별스럽게 확대 포장해서 극단적 감정을 끌어들이는 것과 같은 사례가 없을 수 없다. 그렇다고 해도 그 사람의 감정을 나무라는 것은 온당한 일이 아니다. 과장되었더라도 그것은 그의 감정인 까닭이다. 그 감정이 과장되었다는 판단 역시 객관적으로 감정의 수위를 잴 수 있다는 생각의 연장선에 있다. 객관적인 감정이 불가능하다면, 감정의 과장도 있을 수 없다. 최악의 감정(이나 그런 감정에 이를 수 있는 조건)이 따로 있는 것이 아니라 누군가가 최악의 감정에 빠져 있다고 느낄 때, 그 상태가 최악인 것이다. 말하자면 감정에 있어서 최악이나 최상은 특정한 수위를 말하는 것이 아니라 특정한 수위를 의식하는 마음의 상태를 가리키는 것이다. 따라서 상황과 상관없이 언제나 최상의 감정 속에 잠겨 있을 수도 있고, 그런가 하면 사랑하는 사람이 죽는 일과 꽃병에 꽂아놓은 장미꽃이 시드는 일에 대해 동일하게 최악의 감정을 느낄 수도 있는 것이다.

나는 도대체 무슨 이야기를 하려는 것인가. 내 감정의 파행적인 움직임을 합리화하기 위해 늘어놓은 구실의 변이라는 것이 꽤 구질구질한 것 같다. 내가 보기에도 허풍기가 느껴진다. 한심하고 가련한 일이다.

"이 한심하고 가련한 친구야."

나와 비교적 가까운 편인 한 선배는 혀를 끌끌 찼다. 내가 어려운 일이 있을 때마다 도움을 받곤 하는 김민석이라는 선배인데, 그는 한 시중 은행의 차장이다. 그가 은행원이라는 것이 내게는 퍽 다행한 일이다. 왜냐하면 내가 그에게 부탁해야 하는 어려운 일이라고 하는 것이 대부분 돈과 관계된 것이기 때문이다. 그는 내가 언제든지 돈을 꿔달라고 부탁할 수 있는 유일한 사람이었다. 결혼하기 전부터 그랬다. 피차 가정을 이룬 다음에도 상황은 달라지지 않았다. 물론 그가 은행에 근무하기 때문에 나의 부탁을 수월하게 들어주는 것이라고 생각하는 것은 아니다. 돈을 많이 만진다고 해서 그게 어디 그의 돈이겠는가. 또 그 사람이 다른 사람의 부탁에 대해서도 그런 식으로 흔쾌히 도움을 주느냐 하면 그렇지가 않았다. 돈을 꿔주고 받는 그런 관계란 지갑의 부피에 의해 결정되는 것이 아니다. 누구나 마찬가지겠지만, 내 경험에 의하면, 돈이란 있다고 꿔줄 수 있는 것도 아니고, 없다고 꿔줄 수 없는 것도 아니다. 그렇다고 해서 반드시 친소 관계가 엄정하게 적용되는 것도 아니다. 아무리 친해도 가능하지 않을 수 있고, 별로 친하지 않아도 가능할 수 있다. 여기에는 다른 채널이 작용한다. 이 관계 속에는 일종의 중독 현상이 있는데, 이상하게 한번 형성되고 나면 여간해서는 바꾸기가 어렵다는 뜻에서 그러하다. 그 선배가 내게 그랬다. 내가 그에게 돈을 꾸는 것은 대개의 경우, 그에게나 나에게나 너무 당연해서 자연스러웠다. 오히려 한동안 돈을 꿔달라는 요청을 받지 못하면 그쪽에서 먼저 마음이 불안해져서 "너, 돈 안 필요하냐?" 하고 물어올 정도였다. 그전에 꿔간 돈을 채 갚지 않았는데도 그런다. 굳이 자랑스럽게 내세울 건 없는 일이지만, 어쨌든 그 선배에게 나는, 아주 오래전부터 그런 식의 신세를 져오고 있는 것이다.

그러다 보니 자연 나의 구질구질한 생활에 대해 가장 많이 알고 있는 사람이 그 선배인 셈인데, 그의 한결같은 걱정과 한탄은 돈도 되지 않는 글을 고집스럽게 붙들고 있는 나의 무능과 미련, 그로 인해 조금도 나아지지 않는 생활, 그럼에도 불구하고 도대체 각성을 하지 않는 나의 무감각과 무사안일이었다. 그는 자주 나의 나이와 가족을 상기시켰고, 기회가 있는 대로 치솟는 물가와 집값의 비상에 대해 노래 불렀다. 돈 되는 글을 좀 써라, 누구처럼…… 하고 말했고, 그렇게 쓰지 못할 것 같으면 안 팔리는 글이라도 남들이 쓰는 만큼은 쓰라고 다그쳤다. 그 정도의 성실성은 보여야 인간의 이름에 값하는 것이 아니냐는, 또 그래야 기적 같은 문학의 성과라도 혹시 기대해볼 수 있지 않겠느냐는 투의 지청구를 수도 없이 들어야 했다. 농담인지 진담인지 모르겠지만, 그러지도 못하겠으면 차라리 장사를 하라고 충고하기도 했다. 그런 그가 이번 일에 대해 떨떠름한 태도를 보이는 나의 태도를 마땅하게 볼 리 없었다. 더구나 내가 받았다는 그 '착수금'의 금액을 듣자 더욱 펄쩍 뛰며 흥분을 했다.

"야, 이 새끼야. 니가 뭐 이슬만 먹고 사는 신선이냐? 아니면 무슨 도스토옙스키라도 되냐? 뭐 그렇게 재는 게 많아? 도스토옙스킨가 하는 위인도 돈 때문에 단 며칠에 걸쳐 후딱 장편소설을 하나 써내고 그랬다며? 그런데 네가 뭔데 그렇게 별스럽게 굴어? 너, 언제까지 나한테 돈 꿔달라고 하면서 살 거야? 큰돈이면 또 말을 안 해. 맨날 자잘한 생활비 타령 아니었어? 배부른 소리 작작 하고, 움켜쥐어. 너를 택한 것은 모르긴 해도 그 작자가 눈이 삐었거나 아니면 너의 처지를 크게 생각한 처사일 거야. 그러지 않고서야 너 같은 무명작가를 찾을 리가 있냐? 그 사람 마음 바뀌기 전에 잔말 말고 내 말대로 해. 야, 니 주제에 그게 적은 돈이냐?"

그 선배의 충고가 내 마음을 움직였다는 뜻은 아니다. 내가 말하려고 하는 바는 그런 것이 아니다. 선배의 충고를 듣는 순간 나는 문득 김기홍을 떠올렸다. 이상한 일이지만, 선배의 목소리가 어쩐지 그의 목소리처럼 들렸다. 심지어는 그가 내게 부탁을 하고 있는 것이 아니라 오히려 나를 염려해서 호의를 베풀고 있는 것인지도 모른다는 느낌까지 들었다. 나는 '네가 뭔데 별스럽게 구느냐'는 그의 힐난을 아주 가까이에서 들고 있었다. 그런데 그의 목소리에는 한마디 말이 더 붙어 있었다. 그것은 '새삼스럽게'라는 말이었다. 그랬다. 그는 입을 비틀어 웃음을 만들며 내게 말하고 있었다. 새삼스럽게 네가 뭔데 그렇게 별스럽게 굴어?……

별스러운 것일까. 새삼스러운 것일까. 어쩌면 그럴지 모른다. 그는 호텔 커피숍에 앉아 옛날 기억들을 하나씩 끌어내면서 나와 그 자신에 대한 것은 외면했다. 어째서 그랬을까. 지금에야 하는 말이지만, 나는 은근히 마음을 졸였었다. 그 역시 자제할 필요가 있다고 느꼈던 것일까. 나는 그렇게 생각하지 않는다. 그는 자리에서 일어나기 직전에 문학 발표회 이야기를 하려고 했다. 그 순간 내 마음속에서 일던 먼지 같은 불안의 웅웅거림이 지금도 선명하다.

자기 홍보를 위한 책을 만들 계획이며, 그 일을 내게 맡기고 싶다는 뜻을 사무장에게서 파행적으로 전달받는 동안 내머릿속에서는 애써 회피하고자 했던 기억들이 비교적 선명하게 떠올랐다. 그 자리에서 내가 유난히 안절부절못하는 태도를 보였던 이유의 상당 부분이 그 뜻밖의 기억과 관련되어 있다는 사실을 굳이 부인하고 싶은 생각은 없다.

그는 시를 읽었다. 연극학과가 있는 인근 대학의 대극장은 객석이 꽤 컸고, 조명 시설이 잘되어 있었다. 어두운 객석에는 남녀 중·고등학생들이 가득 들어앉아 있었다. 스포트라이트가 무대를 향해 집중적으로 쏟아지고 있었다. 김기홍은 그 무대 위에 서서 시를 읽었다. ……마르지 않는 반역의 눈물/함성으로 쏟아지며/거꾸로 솟구치며/분수는 꽃핀다./울지 않아도 슬프다./만개한 꽃의 슬픔을 그대는 아는지…… 제목이 '분수'였으리라. 나는 그 시를 지금도 욀 수 있다. 매우 잘 만들어진 시라거나 아주 감동적이라서가 아니다. 그래서가 아니다. 그 시를 지금도 욀 수 있는 것은 내가 그 시를 썼기 때문이다.

가을이면 문학 발표회가 열렸다. 2학기가 시작되자마자 문학 발표회에서 낭송할 작품들을 모집했다. 되도록 많은 학생의 참여를 유도하기 위해서라는 이유로 각 반에 의무 편수를 지정해주기까지 했던 기억이 난다. 예컨대 한 반에서 열 편 이상씩의 원고를 제출해야 한다는 식이었다. 정해진 기한이 다 되도록 열 편이 차지 않자 우리 반 담임은 비교적 공부를 잘하는 학생들을 지목해서 억지로 써내게 했다. 김기홍은 그렇게 지목받은 학생 가운데 한 명이었다.

그는 내게 다가와 '아무렇게나 하나 끄적거려달라'고 부탁했다. 그는 내가 이미 여러 편의 작품을 응모했으며, 그것들 말고도 적지 않은 시를 가지고 있다는 사실을 알고 있었다. 같은 반 아이치고 그 사실을 모르는 사람은 한 명도 없었다. 그때 나는, 이상한 겉멋에 들어서 일기장을 학교까지 가지고 다니며 틈틈이 책상에 엎드려 되지도 않은 문장을 만들곤 했었다. 지금의 나를 있게 한 문학 병이기는 했지만, 그때의 치기만만한 내 모습은 생각만 해도 낯이 뜨거워진다.

시를 한 편 짓는 것쯤은 일도 아니라고 생각하던 때라 나는 별 망설임 없이 내 수많은 시 가운데 하나를 그에게 베껴주었다. 그것은 물론 내가 공들여 쓴 시가 아니었다. 나는 이미 가장 마음에 드는 작품을 다섯 편이나 골라 문학 발표회 낭독을 위한 작품 모집에 응모를 마친 상태였다. 그런데 어처구니없는 일이 발생했다. 때때로 운명은 얼마나 심술궂은지 모른다. 문학 발표회장에서 낭독할 작품이 선정되었는데, 김기홍의 「분수」가 거기에 들어 있었다. 그것도 매우 뛰어난 작품이라는, 시인이기도 했던 국어 선생님의 심사평까지 붙어서였다. 더욱 어처구니없는 것은 내가 응모한 다섯 편이나 되는 작품 가운데서는 단 한 편도 선정되지 않았다는 점이다. 믿어지지 않았다. 나는 당혹스럽고 섭섭했다. 혹시 하고 기대했지만, 김기홍은 「분수」가 자신의 작품이 아니라는 사실을 밝히지 않았다. 그는, 이 작품은 제가 쓴 것이 아닙니다, 이 시는 제가 아니라 저 친구가 낭독해야 합니다,라고 말했어야 했다. 그러나 그는 그러지 않았다. 그 대신 그는 많은 아이들 앞에서 근사한 조명을 받으며 낭랑한 목소리로 그 시를 낭독했다. 사실을 밝히기에는 너무 늦어버렸다고 생각했는지 모른다. 그리고 실제로 그랬을 수도 있다. 그러나 나의 섭섭하고 억울한 심정은 쉽게 가눠지지가 않았다. 대극장 뒤편 어둠 속에 웅크리고 앉아 나는 그의 깊고 울림이 큰 목소리를 듣고 있었다. 나야말로 사실을 밝히기에는 너무 늦어버렸던 것이다.

처음이 중요하다. 첫걸음이 빗나가면 두번째 걸음도 빗나간다. 빗나간 걸음을 바로잡는 것은 첫발을 새로 딛는 것보다 백배쯤은 어렵다. 그 일을 시작으로 나는 그 이후에도 그의 두툼하고 낭랑하며 호소력 있는 목소리를 빛나게 하기 위해 여러 차례 내 둔한 글재주를 바쳐야 했다. 암시된 대로 그는 웅변가였다. 그때는 여러 가지 종류의 웅변 대회가 이상스럽게 많던 시절이었다. 6·25 기념일에는 한 해도 거르지 않고 웅변 대회가 열렸고, 어머니날에도 개교 기념일에도, 심지어는 유엔 기념일 같은 날에도 웅변 대회가 열렸다. 주제도 다양해서 '상기하자 6·25'에서부터 '국산품을 애용하자' '어머니의 하해 같은 은혜' 등등으로 거치지 않은 게 없을 정도였다. 아마도 융통성 없이 딱딱하기만 한 사회 분위기가 그런 현상을 부추겼을 것이다. 그러다 보니 은연중에 그와 같은 웅변술이 사람의 능력을 평가하는 대단히 중요한 기준인 것처럼 통용되기도 했었다. 김기홍은 그 기준에 가장 잘 어울리는 인물이었다. 그는 천성적으로 어린아이의 것이라고는 믿어지지 않을 정도로 굵고 울림이 큰 목소리를 가지고 있었으며, 성격도 활달하고 대범했다. 그런가 하면 위기 상황을 빠져나가는 임기응변도 뛰어났고 언변과 재치도 남달랐다. 우리는 그를 '황금의 입'이라고 불렀다. 극성스럽게 잦은 그 크고 작은 규모의 각종 웅변 대회는 그를 위해 열리는 것 같은 느낌을 줄 정도였다. 그는 교내 행사 때는 학급 대표로 나갔고 지역 행사일 때는 학교 대표로 나갔으며, 그보다 규모가 큰 전국 대회일 때는 지역 대표로 나갔다. 그리고 그 대회 때마다 그는 빈손으로 돌아오는 법이 없었다. 그의 품에는 거의 언제나 상장과 트로피가 들려져 있었다. 그처럼 화려하고 눈부신 활동 뒤에서 보이지 않는 역할을 한 사람이 나였다. 그의 표현을 빌리면, 나는 그의 '황금의 입'을 빛나게 하기 위한 '황금의 손'이었다.

물론 내가 처음부터 그에게 부역하겠다고 마음먹은 것은 아니었다. 그것은 처음부터 나의 생각이 아니었다. 김기홍은 문학 발표회가 있은 지 얼마 지나지 않아서 넌지시 국산품 애용에 대한 웅변 원고가 필요하다고 말해왔다. 나는 물론 응하지 않았다. 문학 발표회 사건(?)의 낭패감에서 채 벗어나지 않은 상황이었기 때문에 나는 나도 모르게 울컥 화가 치미는 걸 참아내지 못했다. 그래서 아마 나는 그에게 내 속엣말들을 이 것저것 조리 없이 뱉어내고 말았을 것이다. 그 말들의 내용이 무엇이었으며 그 말을 하는 내 태도가 어떠했을지는 짐작이 가고도 남을 것이다. 하지 않은 편이 백배는 나았을 한심하고 유치한 말들. 그 말들을 했기 때문에 생긴 치욕감 때문에 정신을 차릴 수가 없을 지경이었다. 어쩌면 그 치욕감이 결과적으로 그 이후 나를 김기홍에게 부속시킨 진짜 이유였으리라는 생각을 지울 수가 없다. 그는 내 두서 없는 항의를 가만히 듣고만 있었는데도 나를 압도해버렸다. 그가 어떻게 했기 때문이 아니라, 어떻게도 하지 않았기 때문에 나는 패자가 되었다. 그의 행동 때문이 아니라 나의 행동 때문에 그가 이겼다. 다음 날 담임 선생은 그와 나를 불렀다. 담임 선생은 김기홍을 위해 원고를 쓰라고 요구했다. 나는 거절하지 못했다. 어쩌면 그 이전에 이미 항복해 있는 상태였는지 모른다. 선생의 요구는 나에게 항복의 의사를 표시할 수 있는 기회를 제공해주었을 뿐이었다. 선생을 만나고 돌아오는 길에 김기홍이 나의 어깨를 끌어안으며 귓가에 대고 속삭였다.

"우리는 훌륭한 콤비가 될 거야. 나는 너를 믿어. 너도 나를 믿어야 해. 알았지? 너는 황금의 입을 위한 황금의 손이 되는 거야."

그렇게 나는 '황금의 손'이 되었다.

5.

동굴에서 나온 후에 그의 영향력은, 그의 쇠락한 육체를 따라 급격히 쇠퇴했다. 그것은 추장이 의도한 바였다. 상대적으로 추장의 힘이 전보다 훨씬 강화되었다. 그가 동굴에 갇혀 있는 동안 추장은 자신의 심복 가운데 한 사람을 주술사로 임명했다. 그렇게 함으로써 추장은 주술사의 자리를 자신의 발아래 두고자 했다. 임명된 자는 임명한 자에게 복종하게 되어 있다. 추장은 은근히 전에는 주술사에게만 주어져 있는 것으로 간주되었던 주술적 능력까지도 자신에게 부여되어 있는 것처럼 선전하곤 했다. 예컨대 추장은 자신이 부족을 지배하는 신적 존재인 것처럼 행세했다.

그가 동굴에서 나왔기 때문에 이 부족에는 주술사가 두 명이 되었다. 처음 있는 일이었다. 그러나 달리 도리가 없었다. 주술사는 죽을 때까지 주술사였다. 어떤 식으로도 한번 주술사가 된 자를 몰아낼 수는 없었다.

전에 그가 하던 많은 일을 새로운 주술사가 맡아 했기 때문에 그는 할 일이 별로 없었다. 추장은 그에게 자신의 집과 특히 자신의 침소를 잘 단장하라고 지시했다. 그는 개인적인 즐거움에 우선하는 집단의 이익을 상기시켰다. 추장은 그에게, 자신이 곧 집단이며 자신의 즐거움이 곧 집단의 이익이라고 말했다. 그는 장식을 위해 그림을 사용할 수 없다는 오래된 전통을 내세웠다. 추장은 장식이냐, 아니냐를 결정하는 것은 그림이 그려진 장소가 어디냐가 아니라 그림의 내용이 무엇이냐라고 대답했다. 그는 논쟁에서 이길 수 없

었다. 심약하고 허약한 체질의 이 무력한 주술사는 정기적
으로 불려 가 추장의 침소에서 그림을 그리는 자가 되었다.
추장은 자주 새로운 여자를 자기 침소로 불러들였고, 그럴
때마다 그에게 침소를 단장하라고 시켰다. 그는 추장의 순
간적인 즐거움을 위해 봉사하는 자가 되었다. 추장은 사냥
터에서의 자신의 용맹을 과장기를 섞어 전해주면서 그것을
그림으로 그리라고 요구했다. 그리하여 한꺼번에 두 마리의
들소를 쓰러뜨린다든지 사슴의 뿔을 뽑아 들고 환호성을 지
르는 추장의 모습이 집 곳곳에 그려졌다.

———H. M. 호프, 『예술가』 중에서

H. M. 호프의 책을 읽는 일은 지루하고 따분했다. 연필을
들어 줄을 긋게 만드는 대목이 더러 눈에 띄긴 했지만, 그리고
그때마다 버릇대로 줄을 그었지만, 어쩐 일인지 깊이 빨려 들
어가지지 않았다. 그 때문에 나의 독서는 자꾸만 토막이 나곤
했다. 번역을 하느라 우리말로 옮겨 적는 작업의 번거로움 탓
이 없지 않을 것이다. 그것은 또 내가 마음을 한군데 모으지
못하고 있다는 뜻이기도 했다. 나는 H. M. 호프의 책을 밀쳐놓
고 딘 R. 쿤츠의 추리소설과 『우리가 처음은 아니다』라는 책
을 읽었다. 그 책들은 H. M. 호프의 책과는 달랐다. 빨리 읽혔
고 재미도 있었다.

유신은 심심찮게 전화를 걸어서 작업의 진척 정도를 점검
했다. 해찰을 부리고 있다는 사실을 알리지 않았음에도 눈치
챈 모양인지 요즘 들어서는 제자리걸음을 하고 있는 나의 작
업을 자주 채근하고 나섰다. 언제가 서점의 성수기이고, 언제

가 책을 펴낼 적기라는 둥 표현은 간접적이지만 분명한 메시
지들이 되풀이되었다. 나는 늘상 같은 소리를 했다.

"지지부진이에요. 이 아프리카의 흑인한테 어쩐지 정이
안 가요. 그 이유를 모르겠어요."

말은 그렇게 했지만, 그 무렵에 나는 나의 그 막연한 불만
의 정체를 어렴풋이나마 짐작하고 있던 터였다. H. M. 호프에
대한 미심쩍은 의혹, 그것은 이제 보니 흑인인 작가가 너무 백
인의 목소리를 낸다는 인상에서 말미암은 것이었다. 잠언 투
의 언설이라든지 관념의 냄새가 물컹한 표현들에서 그가 남의
옷을 빌려 입고 있는 것 같다는 느낌이 그대로 전해져 왔다.
그는 왜 남의 옷을 입고 있는가, 하고 나의 무의식은 항의하고
있었던 것이다. 하지만 그가 남의 옷을 입고 있다는 나의 생각
은 무엇이란 말인가. 그가 남의 옷을 입고 있다고 내가 생각했
다는 것이지, 실제로 그가 남의 옷을 입고 있었다는 것은 아니
다. 그는 남의 옷을 입고 있었을 수도 있고, 그렇지 않았을 수
도 있다. 나는 어째서 그의 소설에서 남의 옷을 입고 있는 그
를 발견한 것일까…… 그와 같은, 그에 대한, 나의 인상의 문
제점에 대해 적어도 그 순간에는 미처 생각하지 못했다.

호텔 커피숍에서 그를 만난 지 닷새째 되는 날 아침에 나
는 잠자리에서 김기홍의 전화를 받았다. 그는 지난번에는 미
안했노라고 인사말을 건네더니, 이어서 사무장한테 이야기 들
었다, 일을 맡아주기로 했다니 고맙다,라고 빠르게 말했다. 틀
림없이 도와줄 줄 알았다는 말도 했다. "너와 나 사이가 보통
사이니?"라는 말도 덧붙였다. "새삼스럽지만"이라고 전제한
다음 나를 좋아한다는 말도 빼놓지 않았다. 그는 그 모든 말들

을 시종 껄껄 웃으면서 했다. 그의 굵고 낭랑한 목소리는 여전히 매력이 넘쳤다. 활력이 있었고, 울림이 깊으면서 컸다. 그의 말들은 하나같이 연출된 것이었고(나는 그렇게 생각했다. 선입견 때문인지 그의 말을 듣고 있으면 그가 말을 하고 있는 것이 아니라 웅변을 하고 있다는 생각이 들었다) 그 때문에 하나같이 눈살을 찌푸리게 만드는 것이었다. 그러나 나는 이의를 달지 않았다.

5일이 지나도록 나는 그로부터 받은, 결코 적지 않은 액수의 돈을 돌려주지 않고 있었다. 김기홍이 이제야 전화를 걸어와서 능청을 떠는 것도 그 사실에서 어떤 자신감을 얻었기 때문일 것이었다. 부끄럽지만, 마음은 내켜 하지 않는 와중에서도 나는 그 돈의 거의 절반 이상을 이미 써버린 터였다. 가난한 사람과 그렇지 않은 사람을 구별하는 일은 어려운 일이 아니다. 내 경험에 의하면, 어떤 돈이 생겼을 때 그것을 여분으로 남길 능력이 있느냐, 그렇지 않느냐를 가지고 부자와 가난뱅이를 나누면 크게 어긋나지 않는다. 가난한 사람은 언제나 허기가 져 있기 때문에 접시에 음식이 놓이자마자 금방 해치운다. 그 음식은 대체로 너무 오랜만에 식탁에 오른 것이다. 자주 식탁에 음식이 오른다면 그가 늘 허기져 있을 이유가 어디 있겠는가. 부자들은 다르다. 그들은 거의 언제나 포만 상태에 있기 때문에 접시에 음식이 놓여도 아주 천천히 아주 조금밖에는 먹지 않는다. 그들의 식탁에 놓인 접시 위에는 늘 음식이 풍부하다. 그들은 서두를 필요가 없고 한꺼번에 먹어치우겠다고 덤벼들 이유도 없다. 그런 이치이다. 내게는 제법 큰돈이 생겼지만, 그 돈은 너무 오랜만에 식탁에 오른 음식 접시에 비유될 만한 것이었다. 들어오기 전에 이미 나갈 준비를 끝내고 있는 돈들…… 그러나 물론 처음부터 그 돈을 써버릴 생각을 했던 것은 아니었다. 돈을 쓴다는 것은 그 돈의 지시에 복종하겠다는 적극적 의사 표현일 것이다. 내게는 그런 식의 의사를 표현할 적극성이 갖춰져 있지 않았었다. 그렇다고 그 반대의 의사 표현에 대한 적극성이 마련되어 있었던 것도 아니었다. 시작은 은행에 다니는 선배가 했다. 다른 생각을 하지 못하도록 내 마음을 꼼짝없이 붙잡아두려는 의도가 분명했다. 그는 내 앞에 수첩을 꺼내놓고 앉아 내가 갚아야 할 돈의 액수를 하나하나 적기 시작했다.

"이자까지 받아낼 생각은 없어. 하지만 꿔준 원금만은 돌려받아야지, 안 그래?"

그렇게 많았던가. 그가 내보인 액수는 나를 놀라게 했다. 티끌 모아 태산이라는 말이 실감으로 다가왔다. 내가 입을 열지 못하자 선배는 빙글거리며 압박을 가해왔다.

"왜, 생각보다 많아? 그렇게 꿔달랄 때 마음하고 갚을 때 마음이 다르다잖아. 못 믿겠으면 직접 계산해보시라고. 계산이 틀리지 않으면 어서 돈을 내놓고. 있을 때 받아내야지 언제까지 기다리겠어? 뭘 믿을 게 있다고."

그는 빼앗듯 내 지갑을 뒤져 수표를 꺼내 갔다. 그러고는 그날 바로 내 통장에 나머지 돈을 넣어주겠다고 말했다. 내 통장에 입금된 돈은 그 수표액의 절반이 조금 넘는 금액이었다. 그렇게 수표가 한번 헐리자 걷잡을 수가 없었다. 돈으로 막아야 할 구멍들이 숱하게 많았다. 그 보기 흉한, 전에는 잘 의식도 하지 못했던, 내 생활의 곳곳에 뚫린, 수없이 많은 크고 작은 구멍. 나는 여태 저 구멍들을 외면하고 살았단 말인가. 어떻게 그럴 수 있었을까. 구멍투성이의 나의 삶을 대면하게 된 기분은 그렇게 유쾌한 것일 수 없었다. 아내는 주택은행에 서너 달씩 연체하고 있는 전세 대출금을 메워야 한다고 했고, 이제는 골동품에 비유되는, 세탁과 탈수를 따로따로 하게 되어 있는 반자동식 세탁기를 자동으로 바꿔야 한다고도 했다. 봄나들이 옷이 없다는 말도 했고, 아이 방에 책상이 있어야 한다는 말도 했다. 의료 보험료를 거의 1년째 넣지 않아 오래전부터 보험 혜택을 받지 못하고 있으며, 교육 보험료를 세 달째 넣지 않고 있다는 것도 모르고 있던 사실이었다. 그 밖에도 '꼭 필요한 것들'이 수도 없이 많았다. 그 모든, 꼭 필요한 것들 없이 어떻게 여태 살아올 수 있었을까, 신기하게 여겨질 정도였다. 그렇다고 그것들의 '필요'를 부정할 수도 없었다. 그동안 어떻게 그 필요에 둔감할 수 있었던가, 이제야 갑작스레 그것들의 필요를 절감하는 것은 또 어쩐 일인가, 생각하니 속이 쓸쓸하고 매웠다. 나는 그것이 신경의 예민함이나 둔감함의 문제가 아니라는 사실을 인정해야 했다. 나와 아내는 그동안 그것들을 일부러 모른 체해온 것이다. 불편하기 때문에 필요한 것이 아니다. 필요해지면서 불편해지는 것이다…… 나는 아내에게 내가 가지고 있던 나머지 돈을 맡겨버렸다. 마침내 에이, 모르겠다, 될 대로 되라지, 하는 자포자기의 심정까지 작용하여, 나는 내 몫으로 백과사전 한 질을 주문하기까지 했다. 물론 마음 한구석이 허전하고 찜찜하지 않은 것은 아니었지만, 그때쯤 되어서는 은근슬쩍 무슨 얼어 죽을 순결 콤플렉스냐는 식의, 다분히 위악적인 자기 합리화까지 마련해놓고 있던 상태였다.

상황이 이쯤 되었으니 어쩔 것인가. 마음은 불편하지만, 나는 어차피 김기홍에게 고용되고 만 것이다. 변명의 여지가 없었다. 이것은 내가 자초한 일이다. 나는 되도록 내가 맡아 할 일에 큰 의미를 부여하지 않으려고 노력했다. 안다. 나는 행동을 합리화할 구실을 만들려고 했다. 나는 직장에 다니면서 소설을 쓰는 동료들을 생각했다. 그들은 회사에 나가서 자기 문학과는 아무 상관없는 일을 해서 돈을 번다. 그 돈으로 쌀을 사고 세탁기를 사고 옷을 사고 보험료를 낸다. 어떤 사람은 학생들을 가르치고 어떤 사람은 남의 삶을 글로 바꾸고, 또 어떤 사람은 물건을 파는 일에 종사한다. 그들은, 자신들이 하는 일이 자기 문학과 상관없는 종류의 것이라고 해서 가책을 느끼거나 회의를 품거나 하는가? 나는 그렇지 않다는 쪽에 동그라미를 했다…… 그런 식으로 나는 부지런히 내 자신을 달래었다. 나는 당분간 취직을 한 것이라고 생각하기로 했다. 회사에 고용되어 일을 해주고 보수를 받는 것뿐이라고 생각하자. 그 이상도 그 이하도 아니다. 무슨 큰일이 일어나기라도 한 것처럼 유별나게 마음 상해할 필요는 없는 것이다…… 물론 자신을 속이는 일이 만만하기만 한 것은 아니었다. 속임의 구실은 모른 척 속아 넘어가주기에는 너무 허술했다. 그 때문에 일을 하는 동안 시종 마음이 개운하지 않았다.

침대와 텔레비전, 전화기, 옷장, 냉장고, 책상이 각각 하나씩 비치되어 있는 리버플라워 호텔 1205호에 나는 김기홍의 홍보용 저작물을 만들어주기 위해 갇혔다. 나는 그곳에서 글을 쓰고 밥을 먹으며 텔레비전 뉴스를 보고 잠을 잤다. 김기홍

322

은 둘째날 한 번 찾아와서 자기 책의 대강의 윤곽을 그려 보이고는 나타나지 않았다. 나도 그를 보지 않는 쪽이 편했다. 사실을 말하면 그와 많은 이야기를 나누어야 했다. 한 권의 책을 만들자면 적어도 서너 권 분량 이상의 말을 주고받아야 했다. 그러나 그런 일은 번거롭고 껄끄러웠다. 그는 어땠는지 모르지만, 나는 그랬다. 아마도 그는 최소한 내가 그(와의 대화)를 껄끄러워하고 있다는 사실만은 눈치채고 있었을 것이다.

그 일을 사무장이 대신했다. 사무장은 거의 하루 종일 내 곁에 붙어 있다가 밤이 되면 돌아가곤 했다. 그는 김기홍의 경력과 일화 들, 인생관과 정치 철학 등을 내가 필요한 대로 풀어내놓았다. 김기홍이 이런저런 지면에 발표한 글들을 복사해서 갖다주기도 했다. 그 글들 중에는 학술지에 발표된 논문도 있었고, 신문이나 잡지 등에 기고한 짧은 칼럼들도 있었다. 최근 것도 있었고, 십몇 년 전의 것도 있었다. 그러나 그것들은 그렇게 많지 않았고, 글을 쓰는 데도 크게 도움이 될 것 같지 않았다. 자연 사무장에의 의존도가 높아질 수밖에 없었다. 그는 김기홍에 대해 모르는 것이 없는 사람이었다. 나이는 어슷비슷해 보였는데, 아주 일찍부터 김기홍의 일을 도와준 먼 친척이라고 했다. 그는 자기가 맡은 일을 매우 성실하고 꼼꼼하게 하는 타입의 위인이었다. 꼼꼼하다 못해 융통성이 없다는 느낌까지 주었다.

김기홍은 일이 빨리 끝나기를 바랐다. 그는 공천 작업이 진행되기 전에 여기저기에 책을 뿌려야 한다는 생각을 하고 있었다. 시일이 촉박했다. 나 역시 그곳에 오래 머물고 싶은 마음이 없었기 때문에 되도록 빨리 끝내려고 애를 썼다. 그 책은 3부로 기획되었는데, 1부는 김기홍의 이제까지의 삶의 이력을 일화 중심으로 꾸미는 것이고, 2부는 그의 진취적이고 생산적인 생각들을 그리 길지 않은 여러 편의 에세이에 담아내는 것이며, 3부는 그가 발표한 연구 논문들을 추려서 싣는 것이었다. 각 부마다 4백 장씩의 원고를 써서 모두 천 2백 장을 만들기로 했다. 3부는 내가 새로 할 일이 아니었기 때문에 나는 8백 장의 원고를 쓰면 되었다. 사무장은 20일 안에 일이 끝났으면 좋겠다고 했다. 20일 동안 8백 장이면, 하루에 40장꼴이었다. 나는 그의 의견에 동의했다. 나도 더 연장하고 싶은 생각이 없었다. 그리고 다행히, 마음을 가볍게 먹어서 그런지 의외로 속도도 붙었다. 진행되는 속도로 보아 제시간에 일을 끝내는 것은 그리 어렵지 않을 듯싶었다.

나는 집을 나올 때, 한동안 지방에 가 있을 거라고 했고, 하루에 한 번씩 전화를 걸겠다고 말했다. 그러나 나는 사흘째 되는 날까지 전화 넣는 걸 잊어버렸다. 아내는 전화기 너머에서 투덜투덜 나의 무성의를 나무라고 있었다. 사흘째에 전화를 건 나는 집에 별일이 없느냐고 물었다. 아내는 궁금하지도 않은 걸 뭣 땜에 물어보느냐는 식으로 쏘아붙였고 혹시 그동안 무슨 일이라도 생겼으면 어쩔 뻔했느냐고 야단을 쳤다. 나는 아내에게 조금 미안했다. 그래서 다시금 매일매일 전화를 넣겠다는 약속을 했다.

다음 날 나는 아내와의 약속을 지켰다. 아내는 신생출판사에서 온 다급한 전갈을 옮겼다. 출판사 사장인 유신이 H. M. 호프의 번역 원고가 어떻게 되었는지 몹시 궁금해하더라고 했다. 일이 있어서 며칠째 집에 들어오지 않고 있다고 하자 펄쩍 뛰더라는 말도 했다.

"어디 있는지 연락처를 알려달라고 하는데, 당신이 어디 있는지 난들 알아야지요. 그래 모른다고 했지요. 안 믿는 눈치데요. 원고 넘기기로 한 날이 지났다면서요? 암튼 꼭 전화를 해달라고 했어요. 여러 번 그랬어요."

"알았어요. 또 전화 오거든 번역 원고를 가지고 갔다고 해요. 다 되면 연락한다고……"

나는 한동안 그에게 전화하지 못하리라는 걸 알고 있었다. 급하기로 따지면 김기홍의 일이 훨씬 급했다. 더구나 나는 그가 돈을 지불하는 호텔의 침대에서 잠을 자고 밥을 먹고 전화를 쓰고 있었다. 그것은 그렇게 단순한 문제일 수 없었다. 말하자면 나는 그에게 고용되어 있었던 것이다.

6.

무엇이 그로 하여금 온갖 곤욕과 치욕을 견디게 하는가. 그것은 그림이었다. 이제 그림은 이전의 그림이 아니었다. 그는 자신의 그림이 이미 주술의 기능으로부터 벗어났다는 걸 알고 있었다. 처음에는 그 사실을 받아들인다는 것이 쉽지 않았다. 주술과 상관없는 그림은 상상되지 않았다. 주술적 동기 없이 무엇을 그린단 말인가. 그러나 그는 한때 자신이 사랑하는 여자의 그림을 거의 무의식적으로 그렸다는 걸 기억해냈다. 그리고 그때 자신의 마음속이 거의 처음 느껴보는 색다른 충만감에 휩싸였다는 걸 기억해냈다. 그 색다른 충만감은 어디서 기인했을까. 그것은 그에게 주어진 것을 그리는 것이 아니라 그가 그리고 싶은 것을 그렸기 때문이었다. 그는 자신을 살아 있게 하는 것의 정체를 보았다. 그것은 자유였다. 그는 그림을 그리기로 했다.

──H. M. 호프, 『예술가』 중에서

나는 호텔 방에서의 20일을 나의 노동력을 필요로 하는 사람에게 고용된 기간으로 삼기로 마음먹은 바 있었고, 그런 애초의 의식을 그런대로 잘 유지해나가고 있었다. 기계적인 작업으로서의 단순 소박한 글쓰기, 어떤 면에서 그것은 속 편한 짓이기도 했다. 나의 더딘 펜으로 하루 40장 이상을 꼬박꼬박 써낼 수 있었던 것은, 서둘러 이 작업을 마무리하고자 하는 무의식의 작용 탓도 있었지만, 어쨌든 글이 속도를 내고 있었기 때문에 가능한 일이었다.

15일째 되는 날 아침에 김기홍이 호텔로 찾아왔다. 물론 사무장과 함께였다. 일을 시작한 다음 날 한 번 들른 것 말고는 처음 있는 방문이었다. 그날그날 쓴 원고를 사무장이 챙겨 들고 나갔기 때문에 그는 그동안 내가 쓴 원고를 충분히 검토했을 것이다. 그의 의견은 다음 날 사무장의 입을 통해 내게 전달되었다. 그는 대체로 만족해했지만, 가끔씩 수정할 것을 요구해오기도 했다. 나로서는 동의하기 힘든 이유들이 달라붙어 있을 때도 있었다. 그러나 나는 내 의견을 고집하지 않기로 했다. 나는 내가 그에게 고용되어 있다는 사실을 잊지 않으려고 노력했다. 고용되어 있는 자가 들고 있는 방패는 최종적인 책임의 면제였다. 그것이야말로 고용인의 즐거움이었다. 나는 그 즐거움을 누리고자 했다. 어차피 이 글들은 그의 이름을 달고 나갈 것이었다. 애초에 일을 맡지 않겠다고 버텼다면 몰라도, 그렇지 않은 이상 그의 의견을 무시할 이유가 없었다. 사용자가 주문하는 대로 제작하는 것, 그것이 고용인의 의무이고 또 방패였다. 나는 그 조그만 의무를 기꺼이 수행함으로써 내게 주어진 큰 방패로 나를 보호하고자 했다.

그날 김기홍이 호텔 방으로 직접 찾아왔을 때, 나는 그가 막바지로 접어들고 있는 이 작업과 관련하여 종합적인 무슨 의견이라도 내놓으려는 것인가 보다고 생각했다. 그러나 그는, '잘되어가느냐'는 투의 몇 마디 인사말만 건성으로 던졌을 뿐 내가 쓰고 있는 원고에 대한 의견을 내지는 않았다. 그는 얼굴 표정이 조금 굳어 있었고, 그답지 않게 말을 꺼내기 전에 책상 주위를 몇 바퀴 빙빙 돌기까지 했다.

"이건 아주 중요한 일인데 말이야…… 사실 총선은 문제가 아니야. 그 지역의 특성을 자네도 알겠지. 여당의 공천만 받고 나가면 선거는 치르나마나라구. 문제는 공천을 받는 거라니까……"

그는 창틀에 엉덩이를 붙이고 기대서서 얼굴 가득 심란한 표정을 지어 보였다. 그의 가늘고 날카로운 눈빛이 침대에 걸터앉아 있는 내 얼굴을 세심히 더듬고 있었다. 사무장은 책상 앞에 반듯이 앉아 내가 간밤에 써놓은 원고를 읽고 있었다. 밤늦게까지 깨어 있었기 때문에 나는 아직 새날을 맞이할 준비를 미처 하지 못하고 있었다. 아침 식사도 못 했을 뿐 아니라 얼굴에 물도 묻히기 전이었다. 험하게 잠을 잤는지 머리카락들이 제멋대로 헝클어져 있었다. 나는 손가락을 머리빗처럼 펴서 머리카락 사이로 집어넣고 쓰다듬었다. 그러나 머리카락은 좀처럼 얌전해지지 않았다.

"왜 일이 잘 안 되나?"

너무 참견을 하지 않는 것도 예의가 아닌 것 같아서 나는 건성으로 한마디 내뱉고는 책상 쪽으로 다가갔다. 그는 심각한 표정 그대로 고개만 두어 차례 끄덕였다. 책상 위에서는 커피포트가 물을 끓이고 있었다. 나는 컵을 챙겨 내놓으며 커피를 마시겠느냐고 물었다. 김기홍은 커피가 아닌 다른 마실 것이 있으면 달라고 했고, 사무장은 커피를 마시겠다고 했다. 마침 책상 위에는 생강차가 있었다. 그것은 처음 이 방에 들어오던 날 사무장이 커피와 함께 준비해준 것이었는데, 여태 병뚜껑도 따지 않은 채 그대로 놓여 있었다. 나는 생강차를 한 잔 만들고, 커피를 두 잔 만들었다. 책상 위에 있는 빵 바구니를 끌어다 놓고 빵을 뜯었다. 빵은 딱딱하게 굳어서 별로 맛이 없었다. 입맛도 나지 않았다. 나는 빵 바구니를 도로 밀쳐놓고 커피만 후루룩 마셔댔다. 김기홍은 생강차를 입에 대지 않았다. 그는 아직 창틀에서 엉덩이를 떼어내지 않고 있었다. 그의 뜻밖으로 심란한 태도가 문득 어떤 생각을 하게 했다. 어떤 사정에 의해 이 작업이 불필요해져버린 게 아닐까. 그는 정치에 입문하기 위해서 자신의 이름을 대중화시킬 필요를 느꼈다. 그 방안으로 생각해낸 것이 다분히 자기 홍보적인 책을 한 권 펴내는 일이었다. 내가 고용된 것은 그 일을 하기 위해서였다. 그런데, 만일 그가 상황을 판단한 후 스스로 패배를 자인하고 물러서버린다면……? 그렇다면 그는 자기 책을 서둘러 가질 이유가 없어지게 된다. 그런 것일까. 그러면 보름에 걸친 내 노동은 무엇이 되는가. 저 얼굴은 무슨 말인가를 하기 위해 준비를 끝낸 얼굴이다. 그는 지금 그 말을 하기에 가장 적절한 타이밍을 찾고 있는 것이다…… 또렷한 확신이나 근거가 없이 그런 생각들이 불거져 나오곤 했다. 그러나 그가 입을 열 때까지 기다리는 방법밖에 없었다.

"아침밥을 좀 먹어야 하지 않아? 뭐 좀 시켜다 주지."

내가 괜찮다고 손을 젓는데도 김기홍은 기어이 먹을 것을 가져오라고 했고, 사무장은 전화기를 들었다. 나는 더 사양하지 않고 커피 마시는 일에만 집중했다. 마침내 기회를 잡았다고 생각한 것일까, 김기홍이 갑자기 창틀에서 훌쩍 뛰어내려 왔다. 그는 침대 쪽에 놓여 있던 소파를 책상 앞으로 갖다 놓고 바짝 당겨 앉았다. 그는 자기 몫의 생강차를 한 모금 마시고 나더니 다시 내 쪽으로 시선을 옮겼다.

"생각나? 우리는 명콤비였지. 우리는 황금의 입에 황금의 손이었지. 나는 너를 만남으로써 황금의 손을 가졌고, 너는 나를 통해 황금의 입을 가졌지. 우리는 하나가 됨으로써 서로에게 입과 손이 되어준 거였어. 황홀한 시절이었지. 생각나? 황금의 시간들이었어."

나는 애꿎은 커피만 마셔댔다. 그의 "생각나?" "생각나?" 하는 목소리는 다분히 연극적이었고, 나를 향해 무슨 주문을 거는 것처럼 들렸다. 나는 그가 만들어내는 주술적인 분위기를 피하기 위해 의식적으로 커피만 마셔댔다. 커피를 마시면서 은밀히 호흡을 가다듬었다. 알 수 없는 경계심이 발동하려 했다. 나는 할 수 있는 한 아무렇지도 않은 듯한 표정을 지어 보이려고 애를 썼다. 그는 나와는 달리 생강차를 마시지 않았다.

그는 말을 계속했다. 그의 말은 느리고 낮았다. 그의 말에는 빨
판이 붙어 있었다. 방 안의 공기들이 그의 말에 달라붙었다.

"우리는 힘든 선거를 치렀지. 생각나? 너의 문장이 아니
었으면 이길 수 없었을 거야. 물론 내 웅변도 작지 않은 몫을
했지. 그러나 내 웅변에 빛을 준 것은 너의 문장이었어. 모두
들 그렇게 이야기했지. 생각나? 모두들…… 우리의 연설에 박
수를 쳤지."

그는 차를 마시지 않았다. 나는 커피를 마셨다. 그는 말을
잠깐 중단하고 내 표정을 살폈다. 나는 아무 말도 하지 않았
다. 나는 할 수만 있다면 그의 말을 중단시키고 싶었다. 정체
를 알 수 없는 불길함이 의식을 팽팽하게 잡아당기고 있었다.
사무장이 수첩을 꺼내놓고 무언가를 메모하는 듯했다. 김기홍
은 손가락으로 책상을 톡톡 두드렸다. 그의 표정은 더 이상 거
칠 것이 없다고 판단한 듯했다. 그는 차를 마시지 않았다. 그
는 말을 계속했다.

"애초에 불리한 선거였지. 상대쪽의 인기가 워낙 높았으
니까. 하늘을 찌를 것 같았잖아. 시간이 갈수록 패배는 불을
보듯 확연해 보였어. 그때 우리가 어떻게 했지? 생각나?"

"생각하고 싶지 않아."

나는 그의 눈길을 외면한 채 작은 소리로 말했다. 나는 잔
을 들어 커피를 마시려고 했다. 그러나 잔은 비어 있었다. 나
는 몸을 일으켜 빈 잔에 새로 커피를 넣었다. 포트의 물은 아
직 뜨거웠다. 나는 물을 부었다. 커피 크림도 넣었다. 나는 그
일들을 매우 천천히 매우 진지하게 했다. 김기홍은 내 태도의
진지함 속에 감춰져 있는 위장술을 간파했으리라. 그 위장이

무엇을 가리기 위한 것인지도. 그는 나의 위장술에 속아 넘어
갈 정도의 맹추가 아니었다. 더욱이 알면서 모르는 척 속아줄
만한 너그러움을 가지고 있는 친구도 아니었다.

"생각해봐. 우리가 어떻게 했지? 우리는 그때, 선거전에
서 이기기 위해 우리를 잘 홍보하는 것만으로는 충분하지 않
다는 사실을 본능적으로 알고 있었어. 나를 홍보하는 것만큼,
어쩌면 그보다 더 중요한 것은 상대방을 흠집 내는 거였지. 너
는 그걸 너무나 잘 알고 있었어. 생각나? 너는 그걸 역홍보라
고 불렀어. 상대방의 약점을 집중적으로 공략함으로써 하늘에
닿을 것 같던 그 친구들의 인기를 땅으로 끌어내려버렸지. 정
말 신나고 통쾌한 싸움이었어. 대역전극을 벌였지. 다들 니가
쓴 그 비장하고 의분에 찬 문장에 매료되지 않을 수 없었어.
선생님들까지도…… 생각나?"

나는 대답하지 않았다. 내 속에서, 그건 뭘 모를 때 일이
야, 철이 없었어…… 하는 말들이 비굴하게 고개를 들려고 했
다. 그러나 그런 말들을 밖으로 내놓을 수는 없었다. 그렇게
해서 부정될 수 있기만 하다면 그렇게 했을지 모른다. 그러나
과거는 무거운 것이었다. 티끌처럼 무책임한 몇 마디 말을 가
지고 날려 보낼 수 있는 성질의 것이 아니었다. 가장 좋은, 아
마도 유일한 길은 부정하는 것이 아니라 기억하지 않는 것이
었다. 그러나 기억이나 망각 또한 의식의 지배 아래 있는 것
은 아니었다. 그의 말이 옳다. 우리는 아슬아슬한 싸움을 벌였
고 이겼다. 우리는 우리를 홍보하는 대신 상대를 공격하는 전
술을 택했다. 김기홍은 마치 그 전술이 내 머리에서 나온 것인
양 말한다. 그랬을까. 그랬던 것 같지는 않다. 물론 그 글은 내

가 썼다. 나는 상대방의 머리카락 같은 비리를 부풀리고 비틀어서 장작개비만 하게 만들었다. 정보들은 그가 날라 왔다. 예컨대 상대측 후보가 제과점에서 여학생 몇 명과 빵을 먹고 있는 장면이 목격되었다고 하자. 이튿날 아침 게시판에는 그가 여학생들과 상습적으로 술집 출입을 한다는 비방문이 나붙었다. 학교에서 그리 멀리 떨어져 있지 않은 창녀촌에서 새벽에 나오는 그를 목격했다는 식으로 부풀려지기도 했다. 커닝을 했다고 고발되기도 했고, 학교 앞 당구장에서 담배 피우는 걸 보았다는 근거가 막연한 목격담이 나오기도 했다. 한번 불이 붙자 걷잡을 길이 없었다. 조마조마해하면서도 우리는 가학적인 쾌감을 즐기고 있었다.

김기홍은 한 번도 그 불순한 일화들을 학생들 앞에서 공개적으로 직접 거론하지는 않았다. 그것은 물론 내가 그렇게 쓰지 않았기 때문이었다. 우리는 "떠도는 소문의 진상은 알 수 없지만" "혹시 만에 하나라도 사실이라면" 등등의 단서를 사용하면서도 '아니 땐 굴뚝에 연기 나겠느냐' 식의 속담을 인용하는 걸 잊지 않았다. 그리고 결말 부근에 가서 사실 여부는 차치하고라도, 어쨌거나 그와 같은 불미스러운 소문의 주인공이라는 것만으로도 이미 전통 있는 명문 고등학교의 학생 대표로 나설 자격이 없는 것 아니냐고 목소리를 높였다. 김기홍은 각 학급을 돌아다녔다. 그는 그 놀라운 웅변술로 교내에 퍼져 있는 각종 소문들을 암시해가며 비분강개했고, 학생들은 설마설마 하면서도 상대쪽 후보에게서 차츰차츰 눈을 돌렸다. 이쪽의 음해 공작을 눈치챈 상대쪽에서 뒤늦게 사태를 수습하려고 나섰지만 시간은 그들의 편이 아니었다. 투표일이 눈앞으로 다가왔고, 그들은 교무실로 불려가 교내에 나도는 갖가지 소문들에 대한 진상을 해명해야 했다. 그 일은 그들의 사기를 완전히 꺾어버렸다. 그들은 투표일 하루 전에 사퇴하고 말았다. 선거가 끝난 후 그들은 괴소문에 대한 누명을 벗었지만, 그 발원지를 추적하지는 못했다. 심증만 가지고 우리들을 매도할 수는 없었을 것이다. 김기홍은 범행의 흔적을 남기는 따위의 칠칠치 못한 행동을 할 위인이 아니었다. 그는 누구보다 용의주도한 친구였다. 나는 2년여 동안 그 용의주도한 친구의 하수인이었다. 그의 황금의 입을 위한 더러운 손이었다.

그는 그 대가로 그의 그룹에 나를 끼워주었다. 그에게는 손이 필요했다. 그것 말고 다른 무슨 뜻이 있었을까. 그 이후로도 나는 여러 차례 그를 위해 나의 손을 빌려주었다. 그는 웅변 대회에 나가 상을 타오기도 했고, 도민의 날 행사에 학생 대표로 나가 인사말을 하기도 했다. 그는 학교에서만이 아니라 그 지역에서도 이름을 날리고 다녔다. 그의 화려한 입 뒤에 나의 더러운 손이 있었다. 황금의 더러운 손. 한번 더럽혀진 손은 좀처럼 깨끗해지지가 않았다. 그만 손을 씻으려 했지만 그때마다 한번 더럽혀졌다는 사실이 지적되었다. 한번 더럽혀진 자의 손은 스스로 깨끗해질 수가 없었다. 한번 더럽혀진 손의 청결을 아무도 믿으려 하지 않았기 때문이었다. 나중에는 나 자신조차도 그랬다. 어차피 더럽혀진 걸 뭐…… 이해할 수 없는 자기 포기―만족의 양수 속에서 시간은 덧없이 흘렀다.

"생각나? 우리가 터득한 그 싸움의 원리. 유리한 것을 극대화해 홍보하되 상대방의 바늘구멍만 한 약점은 태산처럼 부풀려라. 너를 키우는 것보다 더 중요한 것은 상대에게 상처를 입히는 것이다…… 생각나?"

"자꾸 그렇게 묻지 마. 골백번도 더 생각했어. 어제 일처럼 선명해. 너를 만나던 그 첫 순간부터 생각이 났어. 자꾸 생각이 나서, 그 생각을 밟아 누르느라 너무 힘이 들었어."

나는 창가 쪽으로 몸을 돌리고 소리 질렀다. 등 뒤에서는 어떤 움직임도 감지되지 않았다. 나는 목구멍을 넘어오려는 말들을 삼키고 있었다. 그것들은 의식으로부터 충분한 검증을 받지 않은 것들이었다. 알 수 없는 것들은 위험하고, 나는 생래적으로 위험한 일을 반기는 체질이 아니었다. 좀더 직접적으로 말하면, 나는 말에 서툴렀다. 김기홍과 나는 그런 점에서 달랐다. 나는 입 밖으로 빠져나온 내 말에 대해 단 한 번이라도 후회를 해보지 않은 적이 없었다. 어떤 때는 불필요한 말을 했다고 후회하고, 어떤 때는 너무 말을 많이 했다고 후회하고, 또 어떤 때는 적절하지 않은 말을 했다고 후회했다. 그 느낌은 듣는 사람의 소감과는 아무런 상관이 없는 것이었다. 실제로 많은 말이나 불필요한 말을 하지 않았을 수도 있었다. 그러나 말한 사람 자신이 그렇게 느꼈다면, 사실 여부와는 상관없이, 그리고 다른 사람의 생각과도 상관없이 그런 것이었다. 그 때문에 나는 되도록 입 밖으로 말을 내보내지 않으려 했다. 오래전부터 그랬다. 그것이 글을 쓰게 된 진짜 내력인지도 모를 일이었다. 김기홍이라는 저 변호사는 자기가 한 말에 대해 후회를 해본 적이 있을까. 상상이 되지 않는다.

그 잠깐 동안의 침묵이 나를 견디기 힘들게 했다. 조금만 더 계속되었다면 나는 그만 몸을 돌려서 또 무슨 말인가를 하고 말았을 것이다. 그리고 그 말을 해놓고 틀림없이 후회했을 것이다. 그 순간 문을 두드리는 소리가 들렸다. 그동안 숨소리도 내지 않고 있던 사무장이 몸을 일으키는 기척이 느껴졌다. 그가 아직 여기 있었던가, 싶었다. 문이 열리고, 제복을 입은 젊은 남자가 쟁반을 받쳐 들고 들어왔다. 남자는, 음식을 어디에 놓을까요, 하고 물었다. 사무장은 책상 위를 치워주었다. 남자는 책상 위에 음식을 내려놓고, 맛있게 드십시오, 하고 말했다. 유리창으로 그 남자가 공손히 고개를 숙이는 모습이 희미하게 비쳐 보였다.

"식사를 하시지요."

사무장이 책상 위에 놓인 음식 그릇들을 먹기 좋게 옮겨놓으며 말했다. 김기홍도 거들었다.

"아침 식사를 해. 나는 그만 가야겠어. 우리 사무장이 자세한 이야기를 할 거네. 나를 좀 도와줘. 기왕 같이 일을 하기로 나선 거 아닌가. 그리고, 우리는 보통 사이가 아니잖아? 우리가 황금의 콤비였다는 사실을 잊지 말게. 나, 가네."

그는 내 등을 토닥거린 다음 손을 쥐었다. 그의 손은 뜨거웠고 끈적끈적했다. 그가 내 손을 꽉 쥐었기 때문에 나는 몸을 움직이지 않을 수 없었다. 잠깐 동안이지만, 그리고 흐릿하긴 하지만, 나는 그가 나를 협박하고 있는 것 같다는 느낌을 받았다. 그는 나의 불온한 생각을 감지하기라도 했는지 손을 흔들며 호쾌하게 웃었다. 그러고서 그는 사무장에게, '잘 모시라'는 전갈을 남기고 떠났다. '설명을 잘하라'는 말도 덧붙였다. 사무장은 김기홍을 따라 방 밖으로 나갔다가 잠시 후에 들어왔다.

나는 유리창을 통해 창밖 풍경을 바라보면서 화려하고 고급스러운 집에 감금되어 있는 신분이 낮은 남자의 신세를 떠올렸다. 남자의 신분은 화려한 집의 규모와 어울리지 않는다. 그는 자기 신분으로서는 도저히 상상할 수 없는, 크고 화려한 저택에서 턱없이 과분한 대접을 받고 있다. 먹을 것과 입을 것, 잠자리까지가 그러하다. 그 크고 화려한 집에서 그는 제왕처럼 지낸다. 아무도 그를 제어하지 않는다. 그러나 그는 그 집에서 한 발짝도 나가지는 못한다. 그것은 금지되어 있다. 하긴 그가 밖으로 나간다고 해서 무슨 좋은 일이 있는 것은 아니다. 아니, 그는 그 집을 나가는 순간 이 집의 온갖 특혜를 등지고 자기 신분에 어울리는 비참한 신세로 돌아가야 한다. 자, 그러면 이 호화스러운 집에 갇혀서 신분에 어울리지 않는 과분한 대접을 받고 있는 이 신분 낮은 남자는 행복한가, 불행한가……

7.

추장이 그림의 주술적 능력을 여태 신봉하고 있었단 말인가. 믿어지지 않았다. 추장은 그를 은밀히 불러서 그 일을 시켰다. 오래전부터 소나 산양에게 행했던 저주 의식이었다. 한 번도 사람에게 그런 저주를 주술한 적은 없었다. 아무도 가르쳐주지 않았지만, 사람을 저주의 대상으로 삼으면 안 된다는 것은 모두가 공유하고 있는 원칙이었다. 그런데 추장은 그 보편적 원칙을 깨뜨리려는 것이 아닌가. 그는 추장이 어째서 그런 부탁을 하는지 어렴풋하게나마 짐작할 수 있었다. 추장의 전횡과 무원칙한 통제를 견디다 못한 부족민들 가운데 일부 젊은이들이 저항 세력으로 등장하고 있

는 상황이었다. 추장이 그려달라고 요구한 그림의 대상이
된 젊은이가 그 저항 세력의 지도자 격이었다. 추장은 그 젊
은이의 가슴에 칼을 꽂으라고 말했다. 바닥에 쓰러져 피를
흥건히 흘리게 하라고 요구했다. 들소나 산양이나 사슴에게
하듯이 그렇게 주술을 걸라고 명령했다.

—H. M. 호프, 『예술가』 중에서

사무장은 사무적인 사람이었다. 사무적이라는 말은 비인
간적이라는 말과 동의어는 아니다. 어떤 사무는, 경우에 따라
한없이 인간적이기도 하다. 인간적인 사무라는 것이 있다. 사
무로서 인간적일 것이 요청되는 그런…… 예컨대 이 사람의
경우가 그랬다. 그는 사무적이었지만 동시에 인간적이었다.
문제는 그 인간미가 사무적이라는 데 있었다.

그가 자세하게 설명을 하기 전에 나는 미리 사태의 내막
을 눈치채고 있었다. 김기홍은 충분한 암시를 하고 방을 나갔
다. 나는 내가 무슨 일을 해야 하는지 짐작했다. 그것은 더럽
혀진 손으로 흙을 만지는 일이었다. 기왕 더럽혀진 손으로 자
기 대신 한 번 더 흙을 만져달라는 것이 그의 요구였다. 마음
이 썩 내키지 않는다는 이유로 도저히 못 하겠노라고 뻗대는
것도 우스꽝스럽고 무안한 일이었다. 내가 손을 더럽히고 있
다는 것은 최소한 내게 일을 시킨 김기홍에게는 너무나 잘 알
려진 사실이었다. 정도의 문제였다. 조금 더 더러워질 수 있었
다. 어쨌든 많든 적든 흙은 흙이고 더러운 것은 더러운 것이었
다. 이제 와서 이미 더러워진 손을 등 뒤로 감춘다고 해서 상
황이 바뀔 리 없었다. 한번 한 사람은 계속해서 하게 된다. 무

엇이든 그렇다. 김기홍은 그 원리를 잘 알고 있는 위인이었다. 하기야 내 마음도 그랬다. 아예 손을 대지 않았다면 몰라도, 여기까지 와서 손을 뺀다는 것은 어쩐지 비겁하고 속이 들여다보이는 행동만 같았다. 어쩔 수 없다…… 그런 생각이었다. 나는, 그의 웅변 원고를 써주고, 그의 학생회장 선거 참모 노릇을 할 때도 이런 식의 함정에 빠져 있었다는 사실을 깨달았다. 기왕 참여했는데 뭐, 이번은 어쩔 수 없지 뭐…… 그런 식이었다. 한번 빠진 한은 제 힘으로 잘 빠져나오지 못하는 나의 심약함과 우유부단함을 김기홍은 제대로 간파했고, 그리고 적절하게 이용해온 것이다.

사무장은, 정작 총선이 문제가 아니라 공천이 가장 큰 과제라고 말했다. 공천을 받아내느냐, 그렇지 못하느냐에 이번 선거의 사활이 걸려 있다고 했다. 그것은 지난번에도 했던 말이고 조금 전에 김기홍도 했던 말이었다. 나는 밥을 먹지 않았다. 사무장은 억지로라도 한술 뜨라고 했지만, 나는 아침 식사를 거르는 습관을 내세워 고집을 부렸다. 나는 실제로 배가 고프지 않았고, 거기다가 밥을 먹을 기분도 아니었다. 사무장은 할 수 없다는 듯 음식 쟁반에 신문지를 덮어서 문밖으로 내놓았다. 그러곤 수첩을 꺼내었다. 사무장은 김기홍이 공천을 받기 위해서는 아주 큰 걸림돌이 하나 있다고 말했다. 난적이라는 표현도 썼다. 자천, 타천으로 거론된 인사 가운데 유력한 후보자가 사실상 김기홍과 다른 한 명으로 압축되었는데, 그 상대가 의외로 버거운 사람이라고 했다. 당내의 유력한 인사가 그 사람을 지원하고 있다는 것이었다. 상대방이 공천되는 걸 방해하기 위해서는 그자의 사람됨에 흠집을 내는 것 말고는 달리 묘안이 없겠다는 판단을 하게 되었노라고 했다. 그리하여, 은밀히 상대 후보의 과거와 사생활을 조사했으며, 그 결과 몇 가지 트집 잡을 만한 것을 찾아내었다고 했다. 사무장은 "이겁니다" 하며 내 앞으로 자신의 수첩을 쭉 내밀었다. 거기에는 투기의 혐의를 품게 하는 다량의 부동산 소유 실태와 복잡한 여자관계를 암시하는 탤런트 M 모, 가수 H 모 양과의 친분 등이 적혀 있었다. 치졸하고 더럽다는 생각이 거기 적힌 다른 글들을 읽지 못하게 했다. 나는 수첩을 밀어놓으며, "이걸 가지고 마녀 사냥을 하겠다는 말인가?"라고 물었다. 그는 내 말에 깜짝 놀랐다는 반응을 보였다. 그의 과장된 동작이 그 와중에서도 우스꽝스러웠다.

"아닙니다. 사냥은 우리가 하는 것이 아닙니다. 우리는 사냥하기 좋도록 먹잇감을 몰아줄 뿐입니다. 기억하셔야 할 것은, 우리가 몰이꾼이라는 겁니다. 선생님께서는 황금의 손을 가지고 계십니다. 이 일의 성사는 선생님의 그 손에 달려 있습니다. 선생님께서는 지푸라기를 산더미로 만들 수도 있고, 미꾸라지를 용으로 만들 수도 있습니다. 흰 것을 검은 것으로 둔갑시킬 수도 있습니다. 하물며 흰 것을 회색으로 만드는 것쯤이야 식은 죽 먹기가 아니겠습니까? 자, 보십시오."

나는 그가 나를 고문하고 있다고 생각했다. 고문까지도 그가 방법적으로 이용하고 있다고 생각했다. 나는 그의 수첩을 돌려주었다. 사무장은, 내가 주는 대로 자신의 수첩을 돌려받고는 다른 것을 내밀었다. 얼마든지 더 자료를 제시할 수 있다는 뜻 같았다. 나는 실소했다. 제과점에 여학생과 같이 앉아 있는 모습만 가지고도 상습적으로 술집을 출입한다고 뻥튀기

를 하던 실력이었다. 그 실력이 지금이라고 줄어들었을 까닭
이 없었다. 여자 연예인들과의 친분 관계는 숨겨진 자식 운운
으로 비약할 것이 뻔했고, 부동산의 다량 보유는 상습적이고
악의적이며 파렴치한 반사회적 범죄 행위로 지탄될 것이 뻔했
다. 그렇게 하라고 내놓는 자료들일 것이었다. 지푸라기를 가
지고 산을 만들라고. 미꾸라지를 가지고 용을 만들라고.

    적어도 그때의 마음으로는 무얼 더 보고 싶은 기분이 아
니었다. 나는 그가 내미는 것들을 건성으로 뒤적거리며 한쪽
으로 밀쳐놓았다. 그 가운데 두어 장의 사진이 눈에 띄었다.
얼핏 보기에도 거기 찍힌 얼굴들은 낯이 익었다. 탤런트 M 모,
가수 H 모 양 운운한 것이 바로 이 사진이구나 싶었다. 한 장
의 사진은 장소가 골프장인 듯했다. 운동 모자를 쓰고 골프채
를 한쪽 손에 들고 서서 즐겁게 웃고 있는 여러 명의 남자와 여
자의 모습이 보였다. 다른 사진에서도 역시 같은 복장을 하고
있었는데, 이번 것은 한 명의 남자와 한 명의 여자만 찍혀 있
었다. 남자가 여자를 내려다보며 무슨 이야기인가를 꽤 다정
하게 하고 있는 모습이었다. 그러나 그 사진은 두 사람이 함께
골프장에 가서 골프를 쳤다는 사실 말고는 아무것도 말해주지
않는 사진이었다. 여자의 얼굴은 낯이 익었다. 탤런트 M 모 양
이 이 여자로구나 싶었다. 그런데…… 나는 긴장했다. 낯이 익
은 것은 그 여자만이 아니었다.

    "이 사람입니까?"

    나는 사진을 가리키며 물었다.

    "맞습니다. 그 여자가 M 모 양입니다. 저 친구와 상당히
깊은 사이였던 것으로 알려져 있습니다."

"아니, 이 사람. 이 사람이에요?"

나는 환하게 웃으며 무슨 말인가를 여자에게 건네고 있는 남자를 손가락으로 가리켰다.

"그렇습니다. 그 사람입니다."

"이 사람 이름이……"

"조찬굽니다. 사업가지요. 잘난 부모 덕에 신세가 핀 친구지요. 외국에 나가 유학을 하고 돌아와 제 아버지 밑에서 일하고 있습니다. 하지만, 그 사람 아버지가 워낙 팔팔해놔서 언제쯤 회사를 직접 넘겨줄지는 미지숩니다. 하다 보니 그 넘쳐나는 돈을 가지고 정치에 한번 뛰어들어보겠다고 작정한 모양인데……"

조찬구라니. 하필이면, 어떻게 조찬구란 말인가.

사무장은 사무적인 이야기를 늘어놓았다. 그는 그 밖에도 여러 가지 시시껄렁하고 추잡한 일화들을 들먹이며 조찬구를 황금 만능 사고에 젖은 반윤리적인 철면피로 몰아대고 있었다. 말하자면 그는 그런 식으로 내 작업이 나아갈 방향을 지시한 것이었다. 그러나 나는 이제 그의 말에 전혀 귀를 기울이고 있지 않았다. 조찬구의 얼굴만이 눈앞에서 쉴 새 없이 어른거렸다. 누구나 인정하는 수재이고 모범생이었던 그는 학생회장이 될 뻔했다. 그는 설마 고등학교 학생회장 선거에 음해 공작 같은 것이 동원되리라고는 상상도 하지 못했을 것이다. 큰 상처를 받고 그는 학생회장 후보를 사퇴했다. 그 전에도 개인적인 친분이 있지는 않았지만, 그 이후 나는 단 한 번도 그와 대화를 나누지 않았다. 다행히 그와 나는 한 반이 되어본 적이 없었다. 혹시라도 그와 마주칠 일이 있으면 우회하거나 미루었다. 나는 한사코 그를 피했다. 그가 두려워서가 아니었다.

두려운 것은 내 자신이었다. 김기홍이 '황금의 손'이라고 부른 내 손에 의해 생긴 상처를 똑바로 보는 일이었다. 그 상처를 통해 내 슬프고 부끄러운, 더러운 손을 인식하는 일이었다. 내 손이, 내 손의 그 알량한 재주가 사람을 그렇게 해칠 수 있다는 것은 충격이었다. 그것은 참으로 가슴 아픈 성찰이었다. 나는 내 손을 칼로 쓰고 싶지 않았다. 적어도 의식적으로는 그러고 싶지 않았다. 그때도 그랬고, 지금도 그랬다. 그런데 오늘, 나는 어이없는 선택을 하고 말았다. 한번 더럽혀진 손을 핑계 삼아 누구인지도 모르는 사람의 상처를 만드는 일에 다시 나서려 했다. 그 누군가가 누군지 몰랐기 때문에 쉽게 결단할 수 있었던 것은 아니다. 누구라도 마찬가지로 쉬울 수 있는 결단은 아니었다. 그렇다고는 하지만, 내 어처구니없는 선택의 대상이 되어 상처를 입을 그 누군가가 하필이면 조찬구란 말인가. 나는 내가 맞이한 이 운명의 가혹함에 기가 질렸다. 나에게 이 기가 질리는 운명을 떠안긴 김기홍에게 와락 무섬증이 일었다. 아, 그는 도대체 누구인가. 그는 도대체……

8.

그림이 그려진 동굴은 주거 공간이 아니었다. 습기도 많고 햇빛도 들어오지 않는 곳이었다. 입구는 너무 좁아서 들어가고 나올 때 납작 엎드려야 했다. 더구나 그림은 가장 깊은 곳에 그려져 있었는데, 그곳으로 가는 길에는 최소한 어른의 허리 높이까지 물이 고여 있었음을 추측하게 하는 자국이 남아 있었다. 그곳에서 사람들이 살았을까? 살지 않았다면, 그곳은 무얼 하는 곳이었을까.

―H. M. 호프, 『예술가』 중에서

나는 웅크리고 앉아 있었다. 어둡고 습했다. 목이 말랐다. 숨쉬기가 곤란했다. 나는 심호흡을 했다. 호흡이 트이지 않았다. 땀방울들이 종기처럼 떼거리로 돋아났다. 주변을 둘러보았다. 사방이 암흑인데, 어디선가 가느다란 빛이 보였다. 나의 쓸모없는 눈에 잡힌 그 빛은 금방이라도 그림자가 되어 풀썩 쓰러질 것처럼 희미하게 흐느적거렸다. 나는 갑갑하고 안타까웠다. 나는 저 빛이 검은 재가 되어 아주 가라앉기 전에 이곳을 빠져나가야 한다고 생각했다. 빛이 흘러 들어오는 곳을 향해 날아야 한다고 생각했다. 나는 내 어깻죽지에 날개가 달려 있다는 것을 생각해냈다. 나는 날개를 활짝 펴보았다. 크고 힘찬 나의 날개가 나를 황홀하게 했다. 나는 목마른 것도 잊고, 숨이 가쁜 것도 잊고, 날개를 찬찬히 바라보았다. 볼수록 대견하고 신이 났다. 나는 날개를 펄럭였다. 크고 힘찬 날개가 금방이라도 하늘을 차고 올라갈 것만 같았다. 나는 빛이 스러지기 전에 서두르자고 다그쳤다. 힘차게 날갯짓을 했다. 그러나 내 몸은 그 어둠 속에 그대로 있었다. 나는 다시 맹렬한 기세로 날갯짓을 해보았다. 하지만 내 몸은 여전히 움직이지 않았다. 움직이는 것은 날개뿐이었다. 크고 가벼운 날개뿐이었다. 내 다리는 땅속에 심겨 있었다. 마치 나무처럼 땅에 박혀서 꼼짝을 하지 않았다. 숨이 막히고 목이 말랐다……

꿈이 너무 선명해서 오히려 현실 같지가 않았다. 꿈을 꾸면서도 나는 내가 꿈을 꾸고 있다는 걸 자각하고 있었다. 이상한 현상이었다. 거기다가 나는 꿈속에서 그 꿈의 출전(出典)까지도 이해하고 있었다. 그것은 H. M. 호프의 책이었다. 『예술가』라는 그 소설의 한가운데 그런 그림이 있었다. 날개를 퍼덕이지만, 몸이 땅에 심겨 날지 못하는 한 사람의 그림. 이상한 그림을 다 그려놓았구나, 생각하며 들여다본 기억이 있다. 그런데 그 그림이 어떻게 내 꿈속으로 들어온단 말인가⋯⋯

나는 김기홍에게 전화를 걸어 어째서 상대 후보가 조찬구라는 걸 말하지 않았느냐고 따졌다. 김기홍은 내 항의를 무시했다. 자신이 말하지 않았어도 결국 알게 되지 않았느냐고 말했다. 그는, 상대가 누구면 어떠냐고 했고, 오히려 잘 아는 상대이니 일하기가 더 수월하지 않느냐고 반문하기까지 했다. 그는 자신과 나의 특수한 관계를 거듭 상기시키면서 다른 생각은 하지 말 것을 몇 번이나 주문했다.

"일은 이미 시작됐어. 어차피 할 거면서 혼자 의로운 척, 순결한 척 위장하는 거, 제발 고만하자고. 피차 시간 낭비야. 나는 너를 알아. 너도 나를 알고. 더 무슨 말이 필요하지?"

그는 좀 화가 난 것 같은 목소리를 냈다. 마치 징징거리는 어린애에게 제발 그만 좀 하라고 야단치는 듯했다. 그의 뜻밖의 힐난이 나를 괴롭혔다. 나는 내 속의 가장 부끄러운 부위를 억지로 보여준 것과 같은 치욕으로 몸을 떨었다. 그는 더 말하고 싶지 않다는 듯 전화를 끊었다. 나는 좀처럼 마음을 가라앉힐 수가 없었다. 나는 상처 입은 짐승처럼 우리 안을 휘젓고 다녔다.

몇 시간 후 사무장은 내 앞에 봉투를 내놓았다. 나는 뭐냐고 묻지 않았다. 사무장은 액수를 말했다. 그것은 지난번에 내가 받은 것보다 두 배쯤 많은 금액이었다. 큰돈이었다.

"변호사님께서는 선생님을 믿기 때문에 이 일을 맡기신 겁니다. 함부로 이런 일을 부탁할 수 있습니까? 그 점을 꼭 생각해주십시오. 변호사님께서 자신의 믿음과 우정을 전해달라고 하셨습니다."

사무장은 그렇게 말하고 방을 나갔다. 나는 봉투를 열어보지 않았다. 그 돈이 있으면 많은 일을 할 수 있을 것이다. 어차피 남의 집일망정 내 서재가 따로 있는, 조금 넓은 공간으로 옮겨 갈 수 있을 것이고, 또 시골에 혼자 계시는 어머니의 낡은 집을 수리해드릴 수도 있을 것이다. 또…… 그러나…… 나는 오랫동안 방 안을 어슬렁거렸다. 마음은 헝클어진 실타래와 같았다. 좀처럼 수습하기가 어려웠다. 나는 그만 이불을 뒤집어쓰고 누워버렸다. 잠을 자고 싶었다. 잠을 자고 일어나면 세상이 좀 달라져 있을지 모른다는 막연한 기대가 잠을 청할 때마다 있었다. 그리고 실제로 어느 정도는 그런 기대가 충족되곤 했다. 잠을 자기 전에는 심각하게 마음을 끓이던 일도 자고 일어나면 아주 시시한 일로 바뀌어 있곤 했다. 오늘이야말로 더욱 그와 같은 잠의 신비한 마력에 잔뜩 기대를 걸고 싶은 심정이었다. 잠을 자고 일어나서 마음이 지시하는 대로 행동할 참이었다. 하지만 잠은 좀처럼 찾아와주지 않았다. 침대 위를 몇 바퀴 굴렀는지 모른다. 그러다가 어느 순간에 나도 모르게 겨우 잠이 들었는데, 그 속에서 그와 같이 야릇한 꿈을 꾼 모양이었다.

나는 애써 정신을 수습하고 책상 앞으로 다가가 H. M. 호프를 찾았다. 그림이 나오는 페이지를 펼쳤다. 내 꿈을 복사한 것 같았다. 나는 책상에 꼼짝하지 않고 앉아 채 읽지 못한 부분을 마저 읽어나갔다.『예술가』의 마지막 부분에, 내가 꿈속에서 보았고 그의 책 한복판에 그려진 그 이상한 그림에 관련된 이야기가 나왔다.

......추장의 명령을 거역한 죄로 그는 다시 동굴에 갇혔다. 추장은 자신에게 저항하는 무리 가운데 지도자 격인 한 젊은이를 저주하라고 시켰다. 그 젊은이의 가슴에 칼을 꽂아 피를 토하고 바닥에 쓰러지게 하라고 했다. 그것은 태어날 때부터 심약한 미소년이었던 그가 사냥을 면제받은 대신 맡아 하던 중요한 일 가운데 하나였다. 그러나 그것은 들소나 산양이나 사슴에게 하는 것이었다. 사람은 아니었다. 그는 이제까지 언제나 명령에 잘 복종했다. 여자를 바꿔가며 불러들이는 추장의 침소를 치장하라는 요구까지도 마다하지 않았다. 그러나 그는 동족의 가슴에 칼을 꽂는 그림만은 그릴 수 없었다. 주술로서의 그림을 그런 일에 쓸 수는 없었다. 추장은 동굴에 감금하겠다고 위협했다. 전에 사랑하는 여인의 얼굴을 그렸다는 이유로 갇혀 지낸 적이 있는 동굴이었다. 두 번 다시 들어가고 싶지 않은 곳이었다. 그러나 그는 기꺼이 그 동굴에 갇히는 쪽을 택했다.

동굴 속으로는 사람이 먹을 만한 음식이 들어오지 않았다. 먹다 남은 뼈다귀들이, 그것도 아주 조금 던져질 뿐이었다. 겨우 목숨을 부지할 정도의 음식이었다. 그러나 그는 그것들조차 먹지 않았다. 동굴 깊숙이 들어가 가끔씩 천장에서 뚝뚝 떨어지는 물방울을 받아 마시는 것이 전부였다. 그는 깜깜한 어둠 속에서 눈을 부릅뜨고 진종일 벽을 마주 바라보고 앉아 지냈다. 그의 몸은 점점 허약해졌다. 그러나 그는 면벽의 자세를 풀지 않았다. 그러던 어느 순간, 그의 몸이 거의 지푸라기처럼 가늘어졌을 때, 갑자기 그가 바라보고 있는 벽이 환하게 밝아지면서 어떤 깨달음이 그를 덮쳤다. 그는 충동적으로 일어나 동굴 벽에 매달렸다. 그의 몸속에서 근원을 알 수 없는 무서운 힘이 꿈틀거리는 걸 느꼈다. 그는 자기 몸의 피를 조금씩 빼내어 동굴 벽에 그림을 그리기 시작했다. 사방이 어둠으로 뒤덮여 있는데, 그가 그림을 그릴 동굴 벽만은 환하게 밝았다. 그는 혼신의 힘을 다하여 그 동굴 벽에 매달렸다. 날개를 그렸다. 자신의 붉은 피로 그렸다. 날개가 달렸지만, 날개는 퍼덕이지만, 몸이 나무처럼 땅에 박혀 하늘을 날지 못하는, 얼굴이 유난히 긴, 남자인지 여자인지 잘 분간되지 않는 인물을 그렸다. 그림은 그의 몸에서 피가 다 빠져나오는 순간에 완성되었다. 아니, 그 반대인지 모른다. 그의 피는 그림이 완성되는 순간 더 이상 빠져나오지 않았다. 그의 피는 한 방울도 남지 않고 모조리 그의 몸 밖으로 빠져나와 그림이 되었던 것이다. 그러자 그의 몸은 날개처럼 가벼워졌다. 그의 날개처럼 가벼운 몸은 공중으로 둥둥 떠서 동굴 밖으로 날아갔다.

9.

나는 집으로 전화를 했다. 아내는 나에 대한 불만을 굳이
숨기려 하지 않았다. 어디서 무슨 음모를 꾸미기에 연락처도
알려주지 않고 그렇게 꼭꼭 숨어 있는 거냐고 따졌다. 나는 이
제 이곳에서 나갈 것이라고 말했다. 아내는 일이 끝났느냐고
물었다. 나는 일은 끝나지 않았다고 말했다. 왜냐하면 여태 일
을 시작하지 않았기 때문이라고 말했다. 아내는 나의 말을 이
해하지 못했다. 나는 이제 일을 시작할 것이라고 덧붙였다. 그
래서 다시 한동안 집에 들어가지 못할 것이라고 말했다. 아내
는 또 어디를 가느냐고 물었다. 나는 잠시 사이를 두었다가 동
굴,이라고 말했다. 그렇게 말하면서 나는 알 수 없는 감동이
복받쳐 올라오는 걸 느꼈다. 그 바람에 그만 나도 모르게 울컥
울음을 토하고 말았다. 잠시 침묵 속에서 이쪽의 눈치를 살피
더니 아내는 "무슨 일이에요? 지금 우는 거예요? 무슨 일이 있
는 거예요?" 하고 숨 가쁘게 물어왔다. 나는 아무 일도 없다고
말하고 전화를 끊었다.

권력의 바깥, 상상의 비상

우찬제
(문학평론가)

1. 미로의 진실, 진실의 미로

"여기에 길고 복잡한 미로가 있습니다. 그 길은 누가, 왜, 누구를 위해 만든 것입니까?"(p. 26). 이승우의 소설「선고」는 이런 질문을 우리 앞에 부려놓는다. 결코 단순한 질문이 아니다. "황당한 수수께끼처럼" 펼쳐진 "난해한 미로"(p. 28) 앞에서 우리는 실존적 숙고의 시간을 갖는다. 나날의 삶을 미분하여 생각하면 온갖 난해한 미로 앞에서 고뇌하고 방황하고 좌절하고 상처받는 생의 어떤 속성을 떠올리게 마련이다. 잘 포장된 반듯한 길을 사뿐히 지르밟으며 경쾌하게 살고 싶지만, 그렇지 않은 경우가 대부분인 까닭이다. 작가 이승우는 1980년대와 90년대에 걸쳐 그 복잡하고 난해한 미로를 만든 형성인(形成因)의 하나로 '권력'을 주목하고, 다양한 방식으로 권력의 문제성을 파고들었다. 사회학적 정치학적 국면뿐만 아니라 종교적 인류학적 성찰에 이르기까지 이승우의 권력 탐색은 매우 집요하고 탁월한 상상력의 으뜸에 육박하는 경지를 보였다. 타락한 권력이 타락한 힘을 행사할 때 인간의 진실과 정의는 제 자리를 알지 못한 채 속절없는 미로에서 불안과 두려움의 나날을 보낼 수밖에 없다는 이승우의 문학적 메시지는 당대의 산문정신의 중핵에 값하는 것이었다. 가령 1991년에 발표한 『가시나무 그늘』은 이른바 1980년 봄을 시대 배경으로 하여 왜 문제는 권력인가, 권력의 작동 방식으로부터 인간이 자유와 진실을 획득할 수 있는 가능성은 정녕 희박한 것인가의 문제를 매우 정치하게 형상화한 장편이었다. "힘은 그 힘이 나타내는 가치 때문이 아니라, 바로 그것이 힘이라는 이유 때문에 매혹시킨다"라는 에리히 프롬의 전언을 모두에 내세우면서 시작하는 이 소설은 권력의 속성, 지배 권력의 문제성, 복종할 수밖에 없는 상황의 모멸감 등을 복합적으로 다룬다. 예컨대 이런 대목을 보자.

시간조차도 힘의 법칙 아래 지배받는다는 것이 진리일 것이다. 힘이 있는 자의 시간은 길고 공격적이며 착취적이다. 반면에 힘이 없는 사람의 시간은 짧고 굴욕적이며 자기 희생적이다. 그처럼 힘은 사람들의 시간에도 개입하고 간섭한다. 그리하여 힘을 가진 자는 힘이 없는 사람의 시간까지도 점령지로 삼으려 한다. 내게 아무리 풍부한 시간이 주어졌다고 하더라도 그곳에서의 나의 시간은 이미 껍데기에 불과했다. 나의 시간은 나의 심문관에게 벌써 점령당한 다음이었다. 나의 시간은, 공간이 그러한 것처럼, 그자의 점령지

일 뿐이었다. (『가시나무 그늘』, 중앙일보사, 1991, p. 45.)

시간조차도 권력의 지배를 받는다고 했다. 그렇다는 것은 공간을 포함한 물리적 국면뿐만 아니라 그 시간과 공간에서 인간의 육체와 영혼 모두를 권력이 통제하거나 지배할 수 있다는 것으로 확산될 수 있다. 실제로 이 소설에서 주인공은 그런 촘촘한 권력의 그물망에 포획되어 불안한 생을 겨우 살아간다. 사람들을 지배하기 위해 권력이란 대타자는 줄기차게 미로를 만든다. 아니 지배받을 힘없는 자들로 하여금 미로를 만들게 부역시키고 그 미로 안에 갇혀 삶의 전면적 진실을 파악하지 못하게 한다. 소설 「선고」의 관심은 바로 이 지점에 있다. 주인공 F는 나날의 삶에서 거짓 평화를 견디지 못해 하는 인물이다. "세상은 막막하고 적막했다. 세상은 모든 사물들이 출렁이는 햇빛에 녹아 없어진 것 같았다. 바람도 먹히고 소리조차 기화되어 사라진 것 같았다. 그 숨 막히는 한낮은 역설적으로 평화로웠다. F는 언제나 이 거짓 평화를 못 견뎌 했다. 그는 그 세상의 적막한 평화 뒤에 몸을 숨기고 있는 깜깜한 절벽을 보았다" 같은 본문에서 볼 수 있는 것처럼, 거짓 평화 이면의 절벽을 보아낸 까닭에 고통스러워한다. 하여 그런 세상이 받아들일 수 없는 "반(反)세상적인 욕망"(p. 11), 이를테면 "감춰져 있는 핵폭탄이라도 터져서 이 위선으로 가득 찬 세계의 안일한 평화를 깨뜨려주기를 강렬하게 소망하"지만 세상은 그에 대해 당연히 "노골적인 무관심"(p. 16)으로 일관하고 있어 좀처럼 견딜 수 없는 형편이다. 그러던 중 환각처럼 꿈속에서 초대를 받게 되고 새로운 "길과 문"을 발견하는 "광대한 섭리의 그물"(p. 17)에 포섭되고 만다. 처음엔 이 세상이 아닌 곳으로 향한 동경 때문에 새로운 문을 열게 된 것이지만, 그 문안의 세계에서 그는 속절없는 이계(異界) 체험을 하게 된다. 우선 들어가는 문에서부터 사정이 예사롭지 않다. "저 문은 들여보내야 할 사람과 들여보내지 않아야 할 사람을 잘 알고 있습니다. 문은 사람을 차별합니다. 열리기도 하고 닫히기도 합니다. 열려 있기만 하는 것은 문이 아니지요. 문이 세워져 있는 것은 들어갈 사람이 있고 들어가지 않아야 할 사람이 있기 때문입니다. 그렇지 않다면 무엇 때문에 문이 세워져 있겠습니까?"(pp. 18~19).

이런 문지기의 담론은 프란츠 카프카를 떠올리게 한다. 그의 짧은 소설 「법 앞에서」(1915)로 발표되었다가, 미완성 장편 『소송』의 9장에 편입된 시골 남자 이야기 말이다. 한 시골 남자가 '법' 안으로 들어가려 한다. 문지기가 입장을 가로막는다. 시골 남자는 나중에는 들어갈 수 있느냐고 묻는다. 문지기는 나중에는 가능한 일이지만, 지금은 안 된다고 말한다. 자신의 '금지'를 어겨서 들어간다 하더라도 그 안에는 더 위력적인 문지기들이 지키고 있기 때문에 안 된다고 위협한다. 시골 남자는 문지기의 말을 곧이듣고 어떻게든 그를 달래려 한다. 시골에서 가져온 물품을 뇌물로 주기도 하며 다각적인 시도를 하지만 문지기의 금지를 풀지 못한다. 오랜 시간이 흘러도 그는 법 안으로 들어가지 못한다. 마침내 쇠약해진 그는 최후의 순간에 "법의 문으로부터 꺼질 줄 모르고 흘러나오는 광채를" 알아보게 된다. 그는 문지기에게 왜 이 문을 통해 법으로의 입장을 요청한 다른 사람들이 없었느냐고 묻는다. 문지기는 이 입구는 오로지 당신만을 위해 정해진 곳이었을 따름이라며, 문을 닫는다. 짧지만 매우 복합적인 의미망을 함축한다. 시골 남자가 왜 법 안으로 들어가고 싶어 했는지는 드러나 있지 않다. 오직 그는 법으로 들어가길 욕망했고, 문지기는 금지했다는 사실만 드러난다. 문지기의 금지는 법과 관련한 권력을 최대한 이용하는 타락한 관료주의나 전체주의적 속성의 단면을 환기한다. 오직 그를 위한 입구임에도 지금은 안 되고 나중에는 가능하다며 끝내 허용하지 않은 부조리함의 알레고리가 어지간하다. 최후의 순간까지 허용받지 못한 시골 남자는 법으로부터 보호받지 못하고 부당하게 외면당한 자의 슬픔을 상징한다.

카프카의 문지기처럼 이승우가 형상화한 문지기의 담론 역시 권력의 깊은 속성을 함축한다. 선택과 배제, 금지와 허용과 같은 분별 혹은 차별은 누가, 왜, 누구를 위해서 하는 것인가? 카프카의 시골 남자는 끝내 문안으로 들어가지 못했지만 이승우의 남자는 문안으로 들어가긴 한다. 문안에 입장했다고 해서 현실의 절벽 너머 욕망하는 신천지를 볼 수 있었을까? 카프카의 시골 남자보다 덜 슬플 수 있었을까? 가까스로 입장하긴 했는데, 들어가 보니 이제는 미로를 뚫고 지나가야 하는 과업이 앞을 가로막는다. 길고 복잡한 미로를 뚫고 나가는 것은 일종의 부조리한 수수께끼 풀이 같은 것이었다. 어쨌거나 그렇게 입장한 그곳에서 두 가지 이색적인 일을 체험한다. 왜 만들어야 하는지도 모르면서 하염없이 미로를 만드는 노역에 동원되어야 한다는 것이 하나라면, 매일 왕을 선출하는 행사에 참여하는 것이 둘이다. 매일 선출되는 왕은 "천 개의 권리"

가지게 되지만, 그 대가로 "죽을 의무"(p. 40) 하나를 져야 한다. 왜 왕은 매일 선출되고, 다음 날 새로운 왕이 선출되면 바로 사형 선고를 받아야 할까? 단순히 절대 권력에 대한 경계의 의미로 받아들일 수 있는 것도 아니다. 그렇다면? 미로에서 벗어날 수 있는 비극적 가능성의 문제와 관련한 것이 아닐까? 이런 발화를 주목해보자. "우리는 미로를 만들지만 미로를 알지는 못합니다. 아, 물론 당신은 자유입니다. 그러나 그 자유는 죽음의 한계 안에서의 자유입니다. 그 한계를 벗어나 바깥 세계로 이주하려는 욕망은, 물론 그 역시 자유롭게 시도할 수야 있는 일이지만, 실현될 수 있는 건 아닙니다." 이어지는 본문은 "자기가 만든 미로 속에 갇혀서 길을 찾지 못해 죽는"(p. 45) 것만이 "확실하게 말할 수 있는 한 가지 사실"이라고 적는다. "힘써서 미로를 만들다 죽는다. 그 미로는 다른 사람이 아니라 바로 자기 자신을 가두기 위한 미로이다. 그것이 인생이다"(p. 46). 결국 미로의 바깥은 없는 것일까? 신화 시절 테세우스처럼 아리아드네의 실타래를 지녀 가질 수는 없는 것일까? 미로의 진실을 탐문하고자 하는 이승우의 서사적 질문은 이처럼 도저하다.

2. 권력의 탄생과 불평등의 기원

「해는 어떻게 뜨는가」와 「수상은 죽지 않는다」에서 권력 탐색은 본격화된다. 전자가 통시적으로 권력이 탄생하는 과정의 이야기라면, 후자는 공시적으로 권력 작용이 어떻게 인간을 억압하는가의 문제를 다룬다. 「해는 어떻게 뜨는가」에서는 망구스족 마을에 "머지않아 해가 뜨지 않을 것"(p. 86)이라는 풍문이 떠돈 뒤, 일출을 관할한다고 주장하는 주술사가 등장하면서 부족민들은 "'태양의 신전'에서 그들의 왕인 주술사가 부싯돌을 부딪치며 주문을 외면 해가 그 둥글고 잘생긴 얼굴을 동쪽 바닷속에서 서서히 들어 올린다고. 주술사의 부싯돌에서 불꽃이 나와 잠자고 있던 해를 깨우는 것이라고"(p. 85) 믿게 된다. 주술사의 염력에 의해 해가 뜬다고 믿은 것은 일종의 집단무의식이었다. 매일 해가 뜨고 지는 것은 자연스러운 우주의 법칙이자 섭리였기에 주술사의 존재가 굳이 집단적인 의식화의 영역에서 자리 잡지 않아도 좋았다. 그러나 풍문이 엄청난 재앙으로 받아들여지면서 새삼 해를 뜨게 하는 주술사의 존재가 의식되기에 이른다. 의식은 의혹과 불신을 낳을 수 있다. 그것을 조장하는 트릭스터가 있을 때 사태는 새로운 국면으로 전개되기 일쑤다. 이방인. 풍문 속 불안의 소용돌이 가운데 기존의 주술사-장로를 밀치고 이방인이 권력을 잡기 시작한다. 그는 자기 주술로 뜨지 않을 예정이던 해를 다시 뜨게 하겠다고 큰소리치며 약속한다. 맹목과 맹신은 그렇게 탄생한다. 실제 어떻게 주술을 행하는지 부족들은 알 수 없지만, 그의 수사(修辭)에 마냥 이끌리고 만다. 그러다 보니 망구스족은 어느 순간부터 해를 경배하는 것이 아니라 이방인 주술사를 맹목적으로 따르게 된다. 부족의 맹목을 이방인은 노회하게 이용하면서 권력을 확대해간다. 자신의 권력을 과시하기 위해 부족들을 동원하여 거대한 '태양의 신전'을 새로 짓고, 거기서 왕으로 행세한다. 이전에는 없던 왕이라는 명칭으로 부르며 부족들은 더 복종하게 된다. "말의 사용에 대한 그와 같은 구별과 제한과 통제를 통해 또렷하게 형성되어가는 권력이라고 하는 것의 실체"를 주목하는 사람은 없었다. 수사가인 이방인이 "해가 뜨지 않을지도 모른다는 사람들의 맹목적인 근심과 불안을 없애고 그 대신 달콤한 밤잠을 돌려주었"(p. 96)기 때문이다. 맹목적인 근심과 불안이 맹목적인 복종을 낳은 것이다. 이런 성찰 없는 맹목으로 인해 이방인의 권력은 하염없이 커지고, 그에 따라 불평등이 생겨나고 가속화된다. 어떤 면에서 망구스족 이야기는 권력에 따른 불평등의 기원에 관한 탐색담이기도 하다.

이전에 부족의 구성원들은 평등했었다. 같이 먹었고, 같이 입었고, 같이 일했다. 그들은 같이 살았다. 그러나 이제는 달라졌다. 한 사람의 예외자가 생겨났다. 그는 다른 사람들과 어울려 살 수 있는 존재가 아니었다. 그는 가장 높은 곳에서 일도 하지 않으면서 호화스러운 생활을 하며 살았다. 그것은 그가 다른 사람이 갖고 있지 않은 능력——해를 뜨게 할 수 있다는——을 갖고 있기 때문이었다. [……] 오래지 않아서 주술사가 살고 있는 '태양의 신전'을 출입하는 데도 제한이 생겨났다. 주술사는 자신의 허락을 받지 않은 사람의 출입을 금했다. 그렇게 하여 신전은 한층 특별한 지역이 되었다. 그것이 끝은 아니었다. 생활과 관련된 이런저런 제한과 통제와 금기가 자꾸 늘어났다. (p. 98)

더불어 일하고 더불어 먹으며 더불어 살았던 평등한 부

족에 명백한 불평등이 생겨났다. 이방인이 왕으로 군림하면서 정치경제적 사유화를 시도했기 때문이다. 1755년 발표된 장 자크 루소의 『인간 불평등 기원론』(1755)을 떠올리게 한다. 이 소설은 예의 불평등 기원론에 대한 인류학적 성찰에 값한다. 불평등은 다양한 "제한과 통제와 금기"를 통해 더욱 심해진다. 권력에 중독되면 도파민이 과도하게 분비되는데, 권력을 구가하면 할수록 도파민이 코카인같이 뇌에 쾌감을 준다는 이안 로버트슨의 지적이 있는데, 왕이 된 이방인도 그랬던 것일까. 그렇게 권력을 즐기면서도 이 수사가 — 권력가는 모든 게 부족의 안녕과 행복을 지키기 위해 필요한 것들이라고 둘러댄다. 그러나 실제로는 자신의 권력을 살찌우기만 한다. 그의 권력은 철저하게 독백적이다. 대화는 없다. 권력은 급기야 성화(聖化)된다. 모든 것은 해 뜨는 것과 관련한 이방인의 사특한 권력에서 야기되었고, 그 결과는 참혹했다. "법을 제정한 것은 백성들이 아니었다. 백성들에게는 복종할 의무만이 지워졌다. 사람들은 의심 없이 복종했다. 사람들은 천부적인 자유를 반납하고 기꺼이 통제와 관리의 대상이 되었다. 해는 떠야 했고, 해의 뜨고 뜨지 않음은 주술사의 뜻 속에 있었다"(pp. 98~99). 이 텍스트에서 작가는 시적 정의의 기제로 이 타락한 권력가를 처단한다. 우연적 주술에 기대는 우화적인 방식으로 해결하는 수밖에 없었지만, 그만큼 타락한 권력, 진실하지 않은 권력, 불평등을 심화하는 권력에 대한 작가의 비판적 의도를 가늠하게 하는 대목이다.

우화적인 해결은, 그러나, 실제로는 그리 쉬운 일이 아니다. 세계 혁명사가 증거하는 바이기도 하다. 「수상은 죽지 않는다」는 억압적 권력의 작동 방식을 극명하게 보여준다. 작중 소설가 KMS는 "희망 없는 정치에 대한 혐오감"(p. 159)을 지닌 인물이다. 현실의 이면에 집요하게 관심을 보여 종종 "환각적 리얼리즘이라든지 비현실적인 진지성의 탐구"라는 등의 평을 받은 그의 소설은 대개 "백일몽의 산물"(p. 163)로 보인다고 얘기된다. 의식적인 작업의 결과가 아니라 자유분방하고 기묘한 무의식의 소산이 그의 소설로 보이기에 "백일몽의 보이지 않는 손이 없으면 한 편의 소설도 쓰지 못"(p. 164)하는 그는 어느 날 수상이 허상이라는 백일몽에 사로잡힌다. 여러 차례 수상의 유고 소식이 있었음에도 그때마다 드라마틱하게 건재를 과시하던 수상이었다. 그런데 작가는 이미 수상은 죽었고 다만 대역을 통해 연기하면서 그 이면에서 특정 권력들이 통치하고 있다는 백일몽 같은 소설을 쓰게 되는데, 이로 인해 처형되기에 이른다. 호영송의 「파하의 안개」(1978)에서는 추방되었는데, 여기서는 아예 처형되는 것으로 설정한 것을 보면 "희망 없는 정치" 혹은 타락한 권력에 대한 작가의 비판 의지의 심연을 짐작하게 된다.

3. 막막한 꿈의 우울

왕이나 수상 같은 큰 권력만이 문제인 것은 아니다. 『가시나무 그늘』에서도 주인공이 다니는 직장의 사장은 제왕처럼 군림하며 사원들을 억압했다. 이승우의 다른 소설에서도 그런 경우가 많은데, 이 소설집의 「홍콩 박」에서도 사정이 다르지 않다. 군 고급장교 출신인 잡지사 사장은 군대식으로 군림하며 회사를 운영한다. 이에 사원들은 오래 버티지 못하고 떠나기 일쑤다. 그런 가운데 예외적인 인물이 있었는데, 바로 표제 인물인 '홍콩 박'이다. 그는 비겁할 정도로 사장에게 복종하며 오랜 기간 동안 잡지사에 붙어 있었는데, 그럴 수 있었던 것은 홍콩에서 배만 들어오면 자기도 이렇게 살지 않을 것이라는 허구적 꿈, 혹은 난망에 가까운 희망을 무지개처럼 좇았기 때문이다. 홍콩 배에 대한 기다림, 그 "만들어낸 허구의 체계" 내지 "실체가 없는 기다림"(p. 249)으로 버티던 그는 어느 날 돌연 사장을 거부하고 떠나버린다. 그러면서 남아 있는 동료들에게 조금만 기다리라고, 홍콩에서 배만 들어오면 다 불러주겠다고 약속한다. 물론 그 약속을 믿은 것은 아니지만 남은 사람들은 그것이 허구인 줄 알면서도, 또는 비웃고 야유하면서도, 한편으로는 그를 미화하기도 한다. "그를 위해서가 아니라 우리를 위해서. 그래서 우리는 그렇게도 이 사람의 실체와 마주치는 걸 회피해온 것이 아닌가. 그러는 편이, 그에게가 아니라, 우리에게 유리했으니까. 따라서 그는 우리 앞에 나타날 필요가 없었던 것이다"(p. 254). 비루하고 남루한 실체를 확인하고 싶지 않은 것, 그것은 홍콩 박의 처지와 자신들의 입장이 그리 다르지 않다고 생각했기 때문이다. 그러기에 그것이 거짓이라 할지라도 함께 홍콩 배를 기다려주고 싶은 마음이 없지 않은 것이다. 홍콩 박을 위해서가 아니라 자신들을 위해서 말이다. 이 소설에서 홍콩 박은 "무엇을 하기 위해서가 아니라 무엇을 하지 않기 위해서" 끊임없이 자기 안에서 무언가를 가공해내는 사람으로 그려진다. 그는 지금, 여기 현실에 사는 것이 아니라 미래의 홍콩이라는 가상을 사는 인물이다. "그가 붙잡고 있는 줄은 현실 밖의 줄이고, 자기가 만든 줄이다. 어째서 그는 한사코 허상에 자기 몸을 의지하려고 하는 것일까. 그는 왜 엄연히 존재하는 현실을 신뢰하고 거기에 의지하는 대신 보이지 않는, 또는 오지 않는, 또는 아예 볼 수도 없고 올 수도 없는 가상에 집착하는 것일까……" 이런 질문에 서술자는 이런 서글픈 답을 내놓는다. "우리의 현실이 우리에게 이곳이 아닌 다른 세계를 꿈꾸게 한 까닭이었다"(p. 260). 현실 안에서 홍콩 박은 비루하고 비겁한 편집사원이었고, 정치 사기꾼, 밀무역꾼에 지나지 않는다. 끝 부분 동생의 발화에서 확인할 수 있지만, 가족이 기대했던 그는 그런 인물이 아니었다. 그 자신의 소망 또한 그랬을 것이다. 그렇게 살고 싶지는 않았을 것이다. 그런데 현실에서 꿈은 스러지고, 막막한 존재의 우울은 견디기 어려웠을 터이다. 그러니 현실 밖에 자기가 가공한 줄, 혹은 망상과도 같은 가상현실에 집착할 수밖에 없지 않았겠는가. 이청준의 「조만득 씨」(1980)에서 지독하게 가난한 이발사 조만득 씨가 광기에 사로잡히게 되어 거부 행세를 하는 정신증에 걸려 병원에 입원하는데, 그를 치료하는 과정에서 의사와 간호사는 의견이 엇갈린다. 민 박사는 당연히 치료하여 제 정신이 들게 해야 한다고 생각하지만, 윤 간호사는 그 참담한 현실로 되돌아가게 하는 것이 정녕 진실한 것인지, 그를 행복하게 하는 것인지 회의한다. 막막한 꿈, 혹은 가망 없는 희망 때문에 우울한 이들의 현실 이야기는 대개 비극적이다. 굳이 확인해 즐거울 게 별로 없다. 조만득 씨는 퇴원 후 노모와 아우를 목 졸라 죽이고 자기도 자살하려 했다. 홍콩 박은 금지된 밀무역을 하다가 발각되어 경찰에 체포된다. 그 장면을 확인하는 순간 홍콩 배와 관련한 가상의 희망은 모두로부터 휘발되고 만다. 타락한 권력에 의해 불평등이 심화되고 그에 따라 보통 사람들의 희망이 아득하게 소실되고 마는 현실이 아니었더라면 그들은 그렇게 살지 않아도 좋았을 것이다.

「선고」에서도 그랬지만 「하얀 길」 역시 낯선 장소로 입사하면서 사건이 발단된다. 주인공은 우연히 다다른 장소에서 "이상할 정도의 고요와 평화"(p. 51)를 느끼며 우정 그곳에 정착하겠다는 생각을 하게 된다. 풍경에 반해 그런 것인데, 그렇게 서두르는 주인공에게 그 마을 통나무집 '버들'의 주인은 이렇게 말한다. "중요한 것은 사람이에요. 자연이나 풍경이 아니에요. 사람이 좋게도 만들고 나쁘게도 만들어요. 사람 때문에 좋은 곳이 나빠지기도 하고 나쁜 곳이 좋아지기도 해요"(p. 79). 장소가 아니라 사람이 중요하다는 것, 이 메시지를 주인공은 절감하게 되는데, 그 마을에서 아주 화목한 가족으로 보였던 사람들이 실은 아이들을 앵벌이 시키는 폭력적인 이들이었다는 사실이 드러나는 대목에서다. 아이들을 살뜰하게 보살피는 부모 같았지만 실은 억압적으로 구걸시키는 조직원들이었으며, 아이들 역시 개나리 같은 순수 영혼일 줄 알았는데 그런 분위기 속에서 거칠게 상처받은 황량한 내면의 존재들이었다는 사실을 확인하며 주인공은 참담한 마음을 가누기 어려워한다. 「홍콩 박」처럼 가상의 꿈마저 지녀 가질 수 없는 아이들처럼 보였기 때문이다. 그 막막한 우울 참으로 아득하다.

4. 신화·역사·예술

앞에서 본「선고」는 미로에 대한 질문을 통해 미로의 바깥은 없다는 무서운 진실에 대해 탐문한 소설이었다. 표제작「미궁에 대한 추측」은 비슷한 질문을 거듭하고 신화와 역사를 반성적으로 성찰하면서 새로운 스토리텔링의 가능성을 보여준다. 장 델뤼크의 소설『미궁에 대한 추측』에 대한 번역자 발문 형식을 취하고 있는 이 텍스트에서 서술자는 이런 질문을 던져놓고 풀어나간다. "도대체 왜 미궁이어야 했는가. 누가 이런 미궁을 무엇 때문에 필요로 했는가"(p. 122). 두루 아는 것처럼 크레타섬의 미궁은 그리스 신화에서 괴물 미노타우로스를 가두기 위해 미노스왕의 명령을 받은 다이달로스가 조성한 것으로 이야기된다. 왕권을 보장해준 포세이돈과의 약속을 미노스가 지키지 않자 포세이돈이 복수 차원에서 미노스의 아내 파시파에로 하여금 황소를 사랑하게 하여 괴물 미노타우로스를 낳기에 이른다. 위험한 괴물을 가두기 위해 미궁을 만들고 아테네의 미소년 미소녀 들을 조공받아 미노타우로스에게 인신 공양한다. 아테네 왕자 테세우스는 그 일원으로 자진 참여하여 미노스의 공주 아리아드네의 도움을 받아 괴물을 물리치고 살아서 미궁을 빠져나오게 된다. 이런 신화를 해체하고 비신화화하면서 새로운 이야기를 대화적으로 만든 소설이 바로 작중 서술자의 번역 대상인『미궁에 대한 추측』이다. 이 소설에는 법률가, 종교학자, 건축가, 연극배우 등 네 명의 인물이 등장한다. 각자의 상상력에 의해 도대체 누가 왜 미궁을 만들었을까 추리하면서 토론한다. 법률가는 흉악범이나 전쟁 포로 등 사회로부터 격리시킬 필요가 있는 죄수들을 수감하기 위해 만든 감옥이었을 것으로 추측한다. 종교학자는 전쟁으로 강성해진 나라의 백성들을 통합할 모종의 상징 체계를 구축하기 위해 일종의 신전으로 만든 것이라고 추리한다. 신성한 것은 두려운 대상이므로 괴물의 형상으로 그로테스크하게 만들어 신적 숭배 대상으로 경외하게 했을 것이라는 얘기다. 건축가는 실용성과는 상관없이 예술가 다이달로스가 비범한 예술작품으로 미궁을 만들었고, 자기 작품을 신화적으로 완성하기 위해 "스스로 자신의 최고의 작품 속으로 들어가 그 작품의 일부가 되었다"(p. 135)라고 상상한다. 그런가 하면 연극배우는 다이달로스를 주인공으로 설정하고 왕비 파시파에와 공주 아리아드네 사이의 삼각관계, 그 사련의 이야기를 드라마틱하게 꾸며낸다. 이렇게 네 사람에 의한 네 가지 추측을 전달하면서 그 모두가 나름의 진실을 담고 있다고 말한다. "하나의 사실을 둘러싸고 있는 네 개의 각기 다른 진실. 이것은 개수의 문제가 아니라, 객관적 사실과 주관적 진실 사이의 문제다. 사실은 딱딱하고 고정되어 있지만, 진실은 부드럽고 유연하다. 진실이 넷인 것은 네 명의 인물, 네 개의 정황이 있기 때문이다"(p. 141). 4천 년 전 크레타섬에서 있었던 역사적 사실에 대해서 아무도 정확하게 말할 수 있는 입장이 아니라면, 최소한의 역사적 사실에 근거하여 신화의 이야기를 비틀고, 나름대로 정황을 조성하고 인물을 등장시켜 사건을 전개해나가는 새로운 상상력의 여행을 하는 것은 얼마든지 가능한 것이라는 메시지다. 딱딱한 고체로 역사나 신화를 수용할 것이 아니라 부드러운 액체로 받아들여 거기에 이색적이고 낯선 상상력이라는 촉

매를 투여한다면 다른 차원의 정신 고양이 가능할 것이라는, 상상력의 가치를 강조한 소설이요, 소설 쓰기 내지 스토리텔링과 관련한 흥미로운 텍스트라 하겠다.

「미궁에 대한 추측」에서 역설한 스토리텔링의 새로운 가능성을 「동굴」은 더욱 의미심장하게 보여준다. H. M. 호프의 소설『예술가』이야기와 작중 작가의 이야기를 교차하고 있는 「동굴」은 신화와 역사를 가로질러 어떻게 새로운 예술이 혹은 스토리텔링이 가능한가를 유현하게 보여준다. 아프리카 출신 소설가 호프의『예술가』는 알타미라 동굴 벽화보다 앞서거나 최소한 비슷한 시기의 벽화로 추정되는 「운명」의 연기 설화다. '무덤들의 계곡'에서 발견된 이 벽화가 어떻게 탄생했을까를 추리하며 이야기를 전개한다. 1만 5천 년 전 주술사 - 예술가는 주술적 그림으로 공동체의 안녕과 평화를 축원하는 존재였으나 차츰 권력화된 추장의 억압으로 주술적이지도 예술적이지도 않은 그림을 강요당한다. 처음에는 힘없는 처지에 어쩔 수 없이 응하기도 했으나, 부족민 가운데 추장의 전횡과 강압에 저항하는 일부 젊은 저항 세력을 저주하는 그림을 그리라는 요구가 있자 단호하게 거절하고 동굴에 갇히는 신세가 된다. 이 과정에서 타락한 권력과 예술가의 자유라는 주제가 돌올하게 부각된다.

그는 한때 자신이 사랑하는 여자의 그림을 거의 무의식적으로 그렸다는 걸 기억해냈다. 그리고 그때 자신의 마음속이 거의 처음 느껴보는 색다른 충만감에 휩싸였다는 걸 기억해냈다. 그 색다른 충만감은 어디서 기인했을까. 그것은 그에게 주어진 것을 그리는 것이 아니라 그가 그리고 싶은 것을 그렸기 때문이었다. 그는 자신을 살아 있게 하는 것의 정체를 보았다. 그것은 자유였다. 그는 그림을 그리기로 했다. (pp. 325~26)

자신이 그리고 싶은 그림을 자유롭게 그렸을 때 색다른 충만감을 느꼈던 그는 마침내 자기 생의 최종적인 그림을 온몸으로 그린다.

그는 충동적으로 일어나 동굴 벽에 매달렸다. 그의 몸 속에서 근원을 알 수 없는 무서운 힘이 꿈틀거리는 걸 느꼈다. 그는 자기 몸의 피를 조금씩 빼내어 동굴 벽에 그림을 그리기 시작했다. 사방이 어둠으로 뒤덮여 있는데, 그가 그림을 그릴 동굴 벽만은 환하게 밝았다. 그는 혼신의 힘을 다하여 그 동굴 벽에 매달렸다. 날개를 그렸다. 자신의 붉은 피로 그렸다. 날개가 달렸지만, 날개는 퍼덕이지만, 몸이 나무처럼 땅에 박혀 하늘을 날지 못하는, 얼굴이 유난히 긴, 남자인지 여자인지 잘 분간되지 않는 인물을 그렸다. 그림은 그의 몸에서 피가 다 빠져나오는 순간에 완성되었다. 아니, 그 반대인지 모른다. 그의 피는 그림이 완성되는 순간 더 이상 빠져나오지 않았다. 그의 피는 한 방울도 남지 않고 모조리 그의 몸 밖으로 빠져나와 그림이 되었던 것이다. 그러자 그의 몸은 날개처럼 가벼워졌다. 그의 날개처럼 가벼운 몸은 공중으로 둥둥 떠서 동굴 밖으로 날아갔다. (p. 347)

자기 몸의 피를 생생한 마티에르로 삼아 그린 벽화, 날개가 달렸지만 몸이 나무처럼 땅에 박혀 하늘을 날지 못하는 그림 「운명」은 그렇게 완성된다. 알바트로스처럼 창천을 비상할 예술가의 자유로운 영혼을 억압당한 자기 평생의 내력과 이루지 못한 소망을 형상화한 것이 아닐까. 비록 그림에서는 날지 못하는 존재였지만 역설적으로 예술가는 죽음을 통해 가볍게 비상하게 된다.

　　이런 예술가소설을 번역하는 과정에서 주인공은 고등학교 동창 김기홍과 권력관계에 놓인다. 고등학교 때 웅변가였던 그의 입을 위해 어쩔 수 없이 글을 대필했던 처지가 성인이 된 현재 시점에서 도돌이표처럼 되풀이되는 형국이다. 처음에는 선거에 출마하려는데 자신을 홍보할 수 있는 책을 써달라는 주문을 받고 마지못해 일종의 고용 관계를 유지하다가, 경쟁자인 조찬구를 비방하는 흑색선전용 글을 써달라는 저주에 가까운 요구를 받고는 그 관계를 끊어낸다. 조찬구는 고등학교 때 학생회장 당선이 유력했던 친구였는데, 김기홍과 주인공이 공모한 흑색선전 때문에 자진 사퇴할 수밖에 없었던, 그래서 회장 자리를 김기홍에게 빼앗겨야 했던 인물이다. 호프의 『예술가』에서 주술사가 저주하는 주술 그림을 거부한 것처럼, 주인공 역시 저주하는 글을 거절하고 자신만의 동굴로 스스로 들어간다. 이처럼 「동굴」은 진정한 예술가, 진정한 작가의 윤리와 예술적 자유를 인상적으로 형상화한 소설이다. 그 어떤 교환가치나 권력 가치와도 거래하지 않고 오로지 자기 예술혼이 움직이는 대로 자유롭게 자기 예술을 하겠다는 당당한 선언에 값한다. 작가 이승우 자신의 오랜 신념처럼 보이기도 한다.

1994년에 처음 출간된 『미궁에 대한 추측』은 아직 민주화가 제대로 진행되기 이전 시절의 정황을 바탕으로 상상된 이야기들이다. 작가가 청소년기를 보낸 1970년대, 등단 후 소설가로서 고뇌하던 1980년대는 혹독한 권력의 시대였다. 그 시절 권력의 바깥은 없었다. 포악한 권력이 매설해놓은 미로, 미궁에 갇혀 헤매는 미몽의 나날이었다. 그런 시절을 통과하면서 이승우는 누가, 무엇을 위해 미로나 미궁을 만들었는지 예리하게 질문한다. 그러면서 절대 권력을 해체하고 권력 바깥으로의 상상을 동경한다. 권력은 가장 진실한 작가마저도 처단할 수 있지만, 가장 진실한 상상력과 문학의 비상까지 막을 수는 없다는 작가의 소신이 심층에 담겨 있다. 물론 이승우가 형상화한 권력 이야기가 오로지 그 시절만에 국한된 것일 수 없다. 신화와 역사를 넘나들며 넓고 깊게 성찰한 까닭에 특정 시기의 권력 담론에 국한되지 않는다. 원시시대부터 권력의 바깥은 없었다고 고뇌하고 있지 않은가. 『미궁에 대한 추측』은 여러 면에서 현재진행형의 이야기다. 그렇다. 미로 같은 현실에서 권력의 바깥은 없다. 그러나 그 미로의 안팎에서 시적 정의를 추구하는 상상력은 새로운 날개를 단다.

땅을 파는 자는, 넓게 파거나 깊게 판다. 넓게 파야 할 상황이 있고, 깊게 파야 할 사정이 있다. 넓게 파려는 사람이 있고, 깊게 파려는 사람이 있다. 넓어지기 위해 깊어지기를 포기하기도 하고, 깊어지기 위해 넓어지지 않기도 한다.

넓을 것인가, 깊을 것인가, 얼마만큼 넓고 얼마만큼 깊을 것인가, 하는 문제는 땅을 파는 사람을 긴장시킨다. 적당한 넓이와 알맞은 깊이를 선택하기가 쉽지 않은 까닭이다. 사실 무조건 넓다고 좋은 것도 아니고, 형편에 관계없이 언제나 깊어야 하는 것도 아니다. 또한 마음먹은 대로 넓어지거나 깊어지지 않는 경우도 있다. 넓어지고 싶으나 넓어지지 않기도 하고, 깊어지기를 바라지만 깊어지지 않을 때도 있다. 토질(土質) 때문이기도 하고, 체질(體質) 때문이기도 하다. 쉽게 넓어지는 토질이 있고, 깊이를 선호하는 토질이 있다. 넓이를 지향하는 체질이 있고, 깊이에 이르는 걸 좋아하는 체질이 있다. 토질과 체질은 투쟁하고 타협한다. 말하자면, 그렇게 해서 하나의, 일정한 넓이와 깊이를 가진 작품이 태어난다.

나는, 나의 소설들이 확보하고 있는 넓이와 깊이가 적당하고 알맞은지 자신하지 못하겠다. 당찮은 소망이겠지만, 최근 얼마 동안 나는 내 소설이 넓으면서도 동시에 깊이를 잃지 않은 세계를 드러내 보였으면 하고 바라왔다. 그 세계는 개성이 한계에 갇히지 않고 보편을 향해 열려 있는 세계이다. 특수하면서 동시에 일반적인 세계, 특수를 통해 일반을 보여주는 세계이다. 보편을 얻기 위해 개성을 버리지도 않고, 개성에 집착한 나머지 보편에 눈감지도 않는, 그런 줄타기 같은 싸움―그 싸움에서 나는 별로 전과를 올린 것 같지 않다. 그렇다 하더라도 내 소설들에 그 싸움의 흔적이라도 묻어 있기를, 그 싸움의 흔적인 상처로라도 독자들과 만날 수 있게 되기를 바라는 마음이다.

이 책은 나의 네번째 작품집이다. 여기 실린 소설들은『세상 밖으로』(1991) 이후 3년 동안 문예지 등에 발표했던 작품들이다. 내세울 것도 없는 작품들에 관심을 기울여주고 다시금 이렇게 한 권의 작품집을 갖는 기쁨을 선물해준 문학과지성사의 여러분께 고마움을 전한다.

1994년 8월
이승우

오래전에 쓴 일기를 꺼내 읽는 것 같은 기분을 느낍니다. 내가 한 일을 내가 기록한 문장들인데도 낯설고 어색하고 쑥스럽지요. 그 문장을 쓸 때의 나와 그만큼 멀어져서 그럴 겁니다. 그 문장을 쓸 때의 나와 그 문장을 쓸 때의 나를 어색해하는 나는 같은 사람일까요? 같은 사람이 아니라면, 그 문장을 쓸 때의 나를 낯설어하는 지금의 나는 그 문장에 대해 무슨 권리가 있는 걸까요? 권리가 없다면 그 문장에 어떻게 손을 댈 수 있을까요? 그렇지만 내가 한 일을 내가 기록한 것이 분명한 그 문장들이 그렇게 낯설고 어색하다면, 어떻게 손을 대지 않을 수 있을까요? 권리가 없는데도 손을 대지 않을 수 없다면, 이 권리, 손을 댈 권리는 어디서 온 걸까요? 권리가 아니라면 이것은 무엇일까요? 과거에 쓴 책을 새로 펴내는 작업을 할 때면 이런 생각들에 시달립니다. 크게 손보지도 못하면서 그렇습니다. 나온 지 오래된 작품일수록 시달림의 정도가 심합니다. 낯섦과 어색함이 시간의 격차만큼 크기 때문이겠지요. 그 나와 이 나 사이가 시간의 길이만큼 멀어졌기 때문이겠지요. 그러면 지금의 내가 과거의 내가 쓴 문장들에 덧칠 — 충분하지 않은, 결코 충분할 수 없는 덧칠 — 이라도 하는 것은, 권리가 아니라 의무이기 때문일까요? 과거의 문장들이 그 나로부터 멀어진 지금의 나에게 요구하는 과제이기 때문일까요? 권리가 아니라 의무라면, 철저하지 않은 이 덧칠을 또 어떻게 변명해야 할까요? 이 요구가 다만 덧칠만을 허용하기 때문이라는 말이 변명이 될까요? 과거의 내가 쓴 낯설고 어색한 문장을 손댄다고 해서 그 문장을 통해 고백되었던 내용을 사라지게 하거나 바뀌게 할 수는 없습니다. 일기의 문장은 일기의 주인이 한 일을 위해 동원되었고 그가 한 일은 동원된 문장들에 의해 이루어졌습니다. 이 덧칠은 부정을 위한 것이 아니라 화해를 위한 것입니다. 이해는 화해의 첨병입니다. 이 변명은 지금의 내가 낯설고 어색해하는 과거의 나를 향해 하는 것일까요, 아니면 지금의 나를 낯설고 어색해할 미래의 나를 향해 하는 것일까요?

2018년 9월
이승우